KB111744

패륜 공작가에는 가정교육이 필요하다

패륜 공작가에는 가정교육이 필요하다 2

마지노선 장편소설

초판 1쇄 찍은 날 | 2022년 3월 10일
초판 1쇄 펴낸 날 | 2022년 3월 17일

지은이 | 마지노선
발행인 | 이진수
펴낸이 | 황현수

기획 | 정수민
편집 | 윤수진

펴낸곳 | 주식회사 카카오엔터테인먼트
등록번호 | 제2015-000037호
등록일자 | 2010년 8월 16일
주소 | 경기도 성남시 분당구 판교역로 221 6(일부)층

제작·감수 | KW북스
E-mail | cl_production@kwbooks.co.kr

ⓒ 마지노선, 2020

ISBN 979-11-385-0321-1 04810
      979-11-385-0319-8 (set)

TO DO OR NOT TO DO
THAT IS THE QUESTION

패륜 공작가에는
가정교육이
필요하다

마지노선 장편소설

2

Yeondam

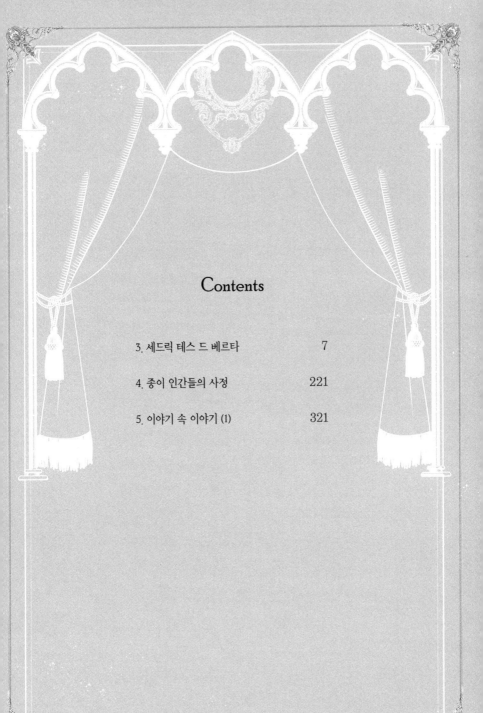

Contents

3. 세드릭 테스 드 베르타

변화의 전조는 에스텔라가 잠에서 깨 잠옷을 갈아입을 때부터 느껴졌다. 복도 저편에서부터 누군가 우당탕탕 달려오는 소리가 들려온 탓이었다.

베르타 공작가의 사용인들은 대가문의 위엄에 맞게 잘 훈련받은 상태였고, 개중에서 이런 소란을 벌일 간 큰 인물은 없었다. 특히나 타인의 방문을 함부로 열어젖히는 건 사표를 쓰는 것과 진배없는 행동이었다. 상대가 해고 따윈 걱정할 필요가 없는 도련님이라면 좀 다르겠지만.

"결혼 안 한다고 했잖아! 안! 한다고!"

에스텔라의 방으로 들어온 세드릭이 악을 쓰듯 소리쳤다. 분명 지금 일어났을 텐데 어디서 이리 빠르게 소식을 전해 들었는지 모를 일이었다.

세드릭이 난리를 피우는 건 이미 예상한 일이었기에 에스텔라는 그리 당황하지 않았다. 갑자기 잠기운이 몰려와, 에스텔라는 대답을 하려다 말고 참았던 하품을 쏟아 냈다. 그에 세드릭의 얼굴이 더욱 붉어졌음은 당연한 바다.

에스텔라가 잠시 후에야 태평한 목소리로 물었다.

"그 얘기는 누구한테서 들으셨어요?"

"하녀들이 얘기하고 있는 걸 들…… 아니, 그게 중요한 게 아니잖아! 왜 거짓말한 건데."

세드릭이 순순히 정보의 출처를 불다 말고 정신을 차렸다. 에스텔라는 짧게 혀를 찼다. 에스텔라의 예상대로 벌써 밤사이 소문이 번진 모양이었다. 이 방 밖으로 나가면 하녀들이 저를 보는 눈빛부터 달라져 있을 것이다.

"그날 말씀드릴 땐 진심이었는데요. 그러니까 여기엔 나름 어른의 사정이……."

에스텔라는 그만 말끝을 흐리고 말았다. 그 어른의 사정이 베르타 공작의 죽음과 다소 복잡하게 얽혀 있었던 탓이다.

에스텔라는 잠시간 세드릭에게 어떻게 해명해야 할지 고민했다. 적당한 사유를 들려줘야 세드릭도 납득하고 넘어갈 것이었다. 당시 기준으로는 거짓말을 한 게 아니었으나 결과적으로는 세드릭을 속인 셈이 되고 말았다. 세드릭으로서는 배신감이 들 법도 했다.

하지만 에스텔라로서도 어이가 없는 건 마찬가지였다. 굳이 따지자면 이 갑작스러운 약혼의 원인은 세드릭이 그리도 아끼는 형에게 있었다. 맞선을 주선하러 무도회에 참석했던 것인데 남편감을 얻은 건 되레 제 쪽이 되고 말았다. 하루아침에 고용주와 결혼을 약속하다니. 그야말로 벼락출세였다.

테라스에서 대강 말을 맞춘 후, 에스텔라는 곧장 사람들에게 연인이라는 명목으로 소개되었다. 처음 입장했을 때 사람들과 오래 말을 섞지 않고 자리를 비킨 게 다행이었다. 갑작스러운 역할 전환에도 말이 꼬이지 않게 되었으니까. 그녀가 베르타 공작가에서 일하는 가정 교사라고는 굳이 밝히지 않았으나, 아마 밤사이 발 빠른 이들의 정보통에 의해 다 소문이 났을 것이었다.

에스텔라는 혹시 모를 오해를 막기 위해 아드리아나에게 가장 먼저 이 약혼의 저의를 설명해야 했다. 아드리아나를 돕기 위한 의도였지만 동시에 완전히 그녀의 계획을 틀어 버린 것도 맞았으니까.

걱정과 달리 아드리아나의 반응은 긍정적이었다. 아드리아나는 고맙고 또 미안하다며 에스텔라에게 반복해 말했다. 남의 남자를 뺏은 기분이라 에스텔라로서는 찜찜하기 그지없었다.

에스텔라가 표정을 갈무리하며 말했다.

"어쨌든 도련님이 생각하는 그런 건 아니에요."

"내가 생각하는 게 뭔데?"

"도련님 형님이랑 제가 정분났다고 생각하고 계시잖아요. 그런 사이 아니라고요."

에스텔라가 조곤조곤 대답하며 마저 머리를 묶기 시작했다. 줄을 짧게 잡은 통에 머리칼을 매듭 안으로 밀어 넣다 놓치고 말았다. 에스텔라는 한숨을 내쉬며 머리카락을 뒤로 쓸어 넘겼다.

"그러니까 그냥…… 이건 짧은 역할극 같은 거예요. 서로 얻고 싶은 게 있었거든요."

에스텔라가 얼굴을 찌푸린 채 설명했다. 에스텔라로서도 이 약혼의 이유를 정확히 어떻게 설명해야 할지 몰랐던 탓이다.

에스텔라의 길게 늘어진 머리칼을 멍하니 응시하고 있던 세드릭이 그제야 정신을 차렸다. 세드릭이 주먹을 틀어쥔 채 소리쳤다.

"선생님 같은 빈털터리랑 결혼해서 형이 뭘 얻는데!"

"……."

저도 인정하는 사실이긴 했으나 남의 입으로 듣는 기분이 썩 유쾌하진 않았다. 에스텔라는 인내심을 가지고 세드릭의 앞에 무릎을 굽히고 앉았다. 세드릭의 코를 쥐어 짧게 흔드는 것으로 버릇없는 언행에 대한 대가는 충분히 치러 주었다.

세드릭이 얼얼한 코를 잡으며 빨개진 눈으로 에스텔라를 응시했다. 에스텔라가 손바닥에 턱을 괸 채 말했다.

"소공작님은 사람을 잘 믿지 못하시는 분이잖아요. 누군가와 살을 맞대고 살 자신은 없지만 아내는 필요하고, 그냥 제가 편하시대요."

나름대로 맞춤 눈높이로 잘 설명한 것 같은데 세드릭은 여전히 납득하지 못한 눈치였다. 심지어 세드릭은 겁이라도 주듯 에스텔라에게 경고까지 남겼다.

"형은 안 된다고 했잖아. 디에고 형님은 선생님이 감당할 수 없는 사람이야."

"도련님, 진짜 감당이 안 되는 게 누군지 아세요?"

에스텔라가 진지하게 세드릭과 눈을 맞추며 되물었다. 세드릭이 의아한 눈을 하자 에스텔라가 곧장 대답했다.

"바로 도련님이랍니다. 숙녀의 방에 이렇게 난입하시다니. 선생님은 부끄러워서 밖에 고개를 들고 다닐 수가 없어요."

에스텔라가 그리 말하며 몸을 일으켰다. 세드릭이 상황을 파악하지 못한 듯 멍한 얼굴로 에스텔라를 올려다보았다. 에스텔라가 세드릭의 등을 밀며 말했다.

"선생님은 마저 준비해야 하니까 이만 나가세요. 교실에서 봬요, 알겠죠?"

그리 말하며 에스텔라가 세드릭을 방 밖으로 밀어냈다. 세드릭은 밖으로 내쫓기지 않으려 애를 썼으나 에스텔라는 아이를 효과적으로 제압하는 방법을 잘 알았다. 겨드랑이에 손을 넣고 들어 옮기자 세드릭도 버둥거리는 것 외에 변변한 반항을 하지 못했다.

"이거 놔, 이거 안 놔?"

에스텔라는 못 들은 척 세드릭의 말을 무시했다. 세드릭을 방 밖에 내려놓은 에스텔라가 곧바로 문을 닫았다. 간밤에 피곤해서 채우는 걸 잊었던 잠금장치를 단단히 잠그는 것도 잊지 않았다.

"에스텔라아아!"

뒤늦게 세드릭이 잠긴 문을 두드리기 시작했다. 에스텔라는 고개를 절레절레 내젓고는 어젯밤 어질렀던 옷들을 옷장에 정리해 넣기 시작했다. 평소와 같은 아침 일과 중 하나였지만 그녀가 만지는 옷감의 재질은 조금 달랐다. 고급스러운 짙은 푸른색의 드레스는 그녀가 기존에 가지고 있던 옷들 사이에서 유달리 두드러졌다.

에스텔라는 부드러운 천을 손끝으로 쓸다가는, 그대로 옷장을 닫아 버렸다. 완전히 다른 아침의 시작이었다.

"미스 마거릿은 해고입니다."

자리에 앉자마자 디에고가 통보하듯 꺼낸 말이었다. 에스텔라는 냅킨을 무릎 위에 깔다 말고 고개를 들었다. 에스텔라가 어안이 벙벙한 목소리로 물었다.

"……다시 말씀해 주시겠어요?"

"미스 마거릿을 해고하겠다고 했습니다."

디에고가 산뜻하게 대답했다. 에스텔라의 기분은 전혀 그렇지 못했지만.

잠이 덜 깼다고 생각할 수도 없었다. 아까 세드릭의 방문이 워낙 과격했던 통에 졸음은 털어 버린 지 오래였다. 다른 사람에게 하는 말을 잘못 들었다기엔 지칭이 명확했으며, 더욱이 식당에 있는 건 디에고와 에스텔라 단둘뿐이었다. 에스텔라는 당황하여 마땅한 대답을 내놓지도 못했다.

어젯밤 무도회를 마치고 귀가한 후, 디에고는 에스텔라에게 다음날 조찬을 함께하자고 제의했었다. 약혼 관계가 된 것치고 두 사람은 서로에 대해 아는 게 거의 없었다. 살인 따위의 대단한 비밀은 공유했으되 연인이라면 마땅히 알아야 할 사소한 정보엔 거의 일자무식이다시피 하다. 이를테면 생일이나 좋아하는 색깔, 혹은 가리는 음식 따위의 것들이 그러했다.

사람들에게 약혼 계획을 공표한 지금, 혹여나 의심을 살 수 있는 요소는 최대한 빠르게 줄여 나가는 편이 좋았다. 따라서 원래 이 조찬은 두 사람이 연인 사이를 연기하기 위한 조율의 자리가 될 예정이었다. 그런데 식사 자리에 앉자마자 디에고가 대뜸 해고를 선언한 것이다.

에스텔라가 황당하다는 듯이 물었다.

"혹시 저 몽유병이 있던가요?"

"미스 마거릿 본인이 알아야 할 문제를 왜 나에게 묻습니까?"

"새벽에 저도 모르는 사이 소공작님에게 큰 실례라도 저질렀나 해서요."

에스텔라의 대답에 디에고가 어이없는 얼굴로 웃었다. 그가 포크로

버섯을 찍어 누르며 대답했다.

"잘못해서 그러는 거 아닙니다. 나로서도 미스 마거릿 같은 유능한 가정 교사를 잃는 건 아쉽지만, 약혼자한테 월급을 줄 수는 없는 노릇이니까요."

그제야 이 뜬금없는 해고 선언이 조금 이해가 되었다. 애인을 고용주로 두는 일이 당사자에게는 꽤 메리트 있을 수도 있으나, 아무래도 세간의 긍정적인 평가를 얻을 수는 없는 법이다.

에스텔라가 수긍의 표시로 고개를 끄덕였다. 깔끔하게 접시를 비운 디에고가 입가를 닦으며 말했다.

"아이들과 시간을 보내고 싶으면 원하는 대로 해요. 놀이를 빙자한 수업을 짧게 진행하는 것 정도는 예비 가족 간의 친목 느낌으로 넘어갈 수 있으니까."

그러니까 에스텔라는 정규 선생님에서 방과 후 놀이 선생으로 강등된 셈이었다. 하루아침에 파트타이머가 되다니 청천벽력 같은 일이 아닐 수 없다. 에스텔라는 자신의 직업을 사랑했지만 그게 자원봉사를 하고 싶다는 소리는 아니었다. 에스텔라가 비협조적인 태도로 눈썹을 추켜세웠다.

"절 월급도 안 주고 부려먹겠다는 말씀이세요?"

"나는 이제부터 미스 마거릿에게 월급이 아닌 약혼자로서의 품위 유지비를 지급할 겁니다. 물론 가정 교사의 품위를 유지시키던 금액보다는 많은 액수겠죠."

품위 유지비, 그것은 꽤 달콤한 단어였다. 생계를 위해 일하지 않아도 인간의 존엄을 지킬 수 있다는 뜻이 아닌가. 그것도 매우 값비싼 방식으로.

에스텔라는 수도로 떠나오기 전에도 고향에서 이런저런 잔일을 했었다. 좀 더 어린 시절에는 여느 또래보다 열심히 공부를 했었고 말이다. 그러나 열심히 살아온 것에 비해 손에 쥔 대가는 늘 보잘것없었다. 치열하되 보상은 충분치 않았던 생애에서, 이건 어찌 보면 처음으로 흑자를 볼 기회인지도 몰랐다.

디에고의 약혼자 역할도 고용 형태가 바뀌었을 뿐이라 생각하면 마음이 편했다. 그와 연인도 아니면서 그러한 양 연기하는 임무를 맡았으니 말이다.

한결 누그러진 기색을 느꼈는지 디에고가 그녀를 달래듯 말했다.

"사용 내역은 들여다보지도 않을 테니 당신 마음대로 해요. 가족들에게 보낼 수 있는 돈도 더 많아지겠군요."

"아뇨, 가족들에게 돈을 더 보낼 생각은 없어요."

에스텔라가 곧바로 고개를 내저었다. 에스텔라의 반응이 의외였는지 디에고가 얼떨떨한 눈으로 그녀를 넘겨보았다.

"……그건 전혀 예상치 못한 결정이네요."

디에고에게 에스텔라는 자기 자신보다 타인을 위하는 사람이었다. 돈을 더 주겠다고 하면 좋아하며 대번에 가족들을 보살피려고 들 줄 알았는데 의외의 반응이 돌아왔다.

디에고의 시선을 느낀 에스텔라가 어깨를 으쓱였다. 그녀라고 이 결정에 대해 할 말이 없진 않았다. 당연히도 그녀가 가족을 나 몰라라 하는 성향의 소유자라서 매정하게 구는 건 아니었다. 에스텔라는 그녀가 일선으로 나와야 했던 이유를 잊지 않았다.

"소공작님 눈엔 안 차시겠지만 원래 부쳤던 돈도 세 사람의 생계를 책임질 수 있을 정도는 됐어요. 생활에 여유가 생기면 아버지가 다시 도박장에 드나들고 싶어 하실지도 몰라요. 그러니 저희 가족에게 더 많은 돈은 필요 없어요."

디에고는 에스텔라의 말에 제 작은외삼촌을 떠올렸다. 약을 살 돈을 구하려 혈안이 된 나머지 조카까지 건드렸던 그 무능한 작자를 말이다. 재활 중인 중독자에게 다시 약물을 내주어서는 안 되는 법이다. 이와 도박을 같은 선상으로 보면 애초에 문제의 싹을 끊어 버리는 게 현명한 결정인지도 모른다.

묘하게 어두워진 분위기를 환기하기 위해 에스텔라는 화제를 돌리기로 했다. 에스텔라가 번뜩 생각났다는 듯 물었다.

"잠깐, 제가 해고되는 거면 저는 앞으로 어디서 지내요? 원래는 숙식 제공을 조건으로 이 저택에 취직했던 거잖아요."

"아, 그건 걱정 마요. 나가라고 하진 않을 테니까. 미스 마거릿은 일종의…… 신부 수업을 핑계로 계속 이 저택에서 지내게 될 겁니다."

디에고가 식탁 위를 손끝으로 두드리며 대답했다. 명색이 약혼자인데 에스텔라를 이전과 같은 숙소에 둘 수는 없었다. 지내기에 큰 불편함은 없는 방이었지만 면적 자체는 확실히 노동자 친화적이었다. 에스텔라가 계속 같은 숙소에 머문다면 하녀들 사이에서 필히 말이 나올 것이었다. 예상하자면 '소공작님 그렇게 안 봤는데 엄청 쩨쩨하시네.'가 되겠지.

디에고가 대수롭지 않은 투로 말했다.

"쓸 만한 침실을 하나 정리하라고 일러뒀으니 내일 오전엔 방을 옮길 수 있을 거예요."

"엄청난 속전속결이네요."

에스텔라가 멍하니 감탄했다. 하루아침에 바뀐 대접이 신기해서였는데 디에고는 조금 다른 의미로 받아들인 모양이었다. 그가 그녀의 의중을 살피듯 물었다.

"마음에 안 듭니까?"

"어련히 더 좋은 곳 내주셨을 텐데 마음에 안 들 게 있나요."

"사실 나도 그렇게 생각합니다. 원래 지내던 방에 그다지 정이 들었을 것 같지는 않아서."

에스텔라의 방은 햇볕이 가득 드는 제법 아늑한 공간이었지만 디에고의 눈엔 제 방 옆에 딸린 화장실만도 못하게 보였다. 실제로도 인테리어 비용을 따지자면 후자가 더 들었을 것이다.

디에고의 저의를 알아차린 에스텔라가 불만스럽게 접시를 긁었다. 날붙이에 자기가 긁히는 서늘한 소음이 제법 음산하게 울려 퍼졌다.

디에고의 말을 듣자 자연히 아침나절 저를 빈털터리 취급했던 어린 도련님이 떠올랐다. 에스텔라는 디에고와 세드릭이 닮은 것이 그래도 형제라서인지, 아니면 단순히 돈이 많아서인지 고민에 빠졌다. 연륜에 따른 표현 방식의 차이는 있으나, 어쨌든 둘은 모두 듣는 고용인의 기분을 상하게 하는 화법을 구사했다. 정작 당사자들은 제 잘못을 인지하지도 못하는 기색이었지만.

"그리고 약혼식은 2주 뒤에 치를 겁니다."

디에고의 폭탄선언에 에스텔라의 눈이 휘둥그레졌다. 그가 최대한 빠른 시일 내에 식을 치를 것이라 말하긴 했지만, 그게 이렇게 번갯불에 콩 볶아 먹듯이 이루어질 줄은 몰랐다. 예식을 준비하기에 2주는 빠듯하다 못해 불가능에 가까운 시간이었다. 베르타 공작가 같은 곳에서 수준과 형식을 갖춰 진행하려고 한다면 더더욱 말이다.

에스텔라가 설마 하는 목소리로 물었다.

"2주 뒤요? 그게 가능한 일인가요?"

"규모를 좀 줄이면 가능합니다. 중요한 인물들만 모아 저택 내에서 간략하게 치를 예정이라 참석 인원은 대략 50명 정도……. 사실 사람 몇 모아 간단하게 식사를 대접하는 자리라고 생각하면 못 해치울 행사는 아니죠."

약혼식이 간단하게 식사를 대접하는 자리가 아니라는 게 문제다. 회의적인 태도의 에스텔라와 달리 디에고는 꽤 의욕이 넘쳐 보였다. 디에고가 손가락을 하나씩 꼽으며 말했다.

"일단 해치워야 할 일은 크게 세 가지인데……. 하객들에게 카드를 발송하고, 피로연에서 대접할 요리와 술을 고르고, 우리 둘이 입을 예복을 맞춰야겠죠. 어제 귀가한 즉시 업자들을 섭외하라 말했으니 이미 식장을 꾸밀 인부들이 오고 있을 겁니다."

"2주 안에 예복을 만들어 내라고 하면 마담 로라가 저흴 죽이려고 하지 않을까요?"

"이전보다 일주일이나 시간을 더 늘려 줬으면 고마워해야 하는 거 아닙니까?"

디에고가 뻔뻔하게 대답했다. 하기야 안 그래도 예약이 밀려 있던 무도회 전주에 훌륭한 드레스를 만들어 주었던 마담 로라였다. 그녀라면 이번 예식 의상도 기간 안에 완성해 낼 것이다.

사실 실제로 움직이는 것은 사용인들이니 많은 돈을 지출하게 되었다는 것 외에 고용주 입장에서 걸리는 점은 없었다. 이 일을 받아 삼킨 업체들은 과로로 드러누울지도 모르겠으나, 원래 하청의 곡소리는 윗선까지 가 닿지 않는 법이다. 소시민의 설움을 모르는 디에고가 태연하게 물어 왔다.

"음식과 술은 주방장에게 후보안을 정해 두라 일렀으니 나중에 가서 적당히 맛보고 고르면 돼요. 아, 식장을 장식할 꽃도 직접 고르고 싶습니까?"

"아뇨, 전문가에게 맡길게요."

에스텔라가 망설이지 않고 대답했다. 어차피 진짜 약혼식도 아닌데 굳이 수선을 피우고 싶진 않았다. 무려 베르타 공작가에서 부리는 인력인데 전문가들이 어련히 알아서 할까.

"오늘 중으로 하객 명단을 추려야 하비에르가 카드를 발송할 겁니다. 식에 당연히 가족들도 초대하겠죠?"

"꼭 그래야 하나요?"

"베르타 공작가의 신부 이름이 고향 땅에 소문나지 않으리라 생각합니까?"

"아니요……."

에스텔라가 크게 한숨을 내쉬며 대답했다. 남의 입으로 딸의 약혼 소식을 듣는다면 가족들이 적잖이 충격받을 것이었다. 에스텔라가 잠시 고민하다가는 덧붙였다.

"아버지는 안 부르는 게 좋을 것 같아요. 솔직히 수도로 모셨을 때 썩 좋은 결과가 예상되진 않아서요."

"당신 뜻대로 해요. 그럼 어머님과 동생분만 수도로 모셔야겠군요. 아, 고향 친구를 불러도 좋습니다."

디에고가 뒤이어 덧붙인 말에 에스텔라의 미간이 좁혀졌다. 디에고의 말이 영 좋지 못한 기억을 건드린 탓이다. 에스텔라가 잠시 침묵하다가는 답했다.

"전 친구 없어요."

에스텔라의 대답에 디에고는 몹시 당황했다. 친한 고향 친구 한둘쯤은 당연히 있으리라 여겨 건넸던 제안이었다. 설마하니 제가 건넨 선의가 안 좋은 기억을 건드릴 줄은 몰랐다. 디에고가 얼떨떨한 음성으로 말했다.

"당신 성격이 그렇게 나쁜 것 같진 않은데요."

"신분에 맞게 어울릴 수 있는 깐깐한 아가씨들은 제 아버지를 경멸했거든요. 저희 집은 몇 년에 한 번씩 주기적으로 폭삭 주저앉았는데, 아버지가 전 재산을 탕진한 후부터는 아무도 절 티 파티에 초대해 주지 않았어요."

사실 초대했어도 가지 못했을 테지만요. 에스텔라가 한숨처럼 덧붙였다. 디에고가 팔짱을 끼며 한쪽 눈썹을 들어 올렸다.

"하지만 본인이 거절하는 것과 아예 초대받지 못하는 건 좀 다르죠."

"맞아요, 그래서 고향 친구들은 아무도 초대할 생각이 없어요. 별로 다시 만나고 싶지 않거든요."

에스텔라가 어깨를 으쓱이며 대답했다.

타고난 환경의 문제로 얻지 못하는 것들이 있다. 다른 것으로 마음속을 채워도 그 빈자리가 유독 크게 다가온다는 사실을, 디에고는 경험을 통해 알고 있었다.

안타까운 일이었다. 에스텔라는 객관적으로 좋은 사람이었으니까.

디에고가 그녀를 위로하듯 말했다.

"내 장담하건대 당신이 약혼했다는 소식을 듣자마자 모두가 그때 일을 후회할 겁니다."

"배 아파하지나 않으면 다행이죠."

"그건 당연한 거 아닙니까?"

피식 웃으며 반문한 디에고가 뒤에서 대기하던 시종을 불렀다. 언제 들어왔는지 못 보던 남자 하나가 편지가 가득 담긴 쟁반을 들고 있었다. 디에고에게 온 것일 줄 알았는데 시종은 에스텔라의 앞으로 다가왔다. 에스텔라가 디에고를 돌아보며 물었다.

"이게 뭐예요?"

"당신한테 온 초대장입니다. 내가 정리되는 대로 식당으로 가져와 달라고 말했었거든요."

"아니, 제가 이 저택에서 지내는지는 어떻게 알고 다……."

에스텔라는 그만 말끝을 흐렸다. 하기야 제 신상이 온 수도에 다 소문이 날 것을 알고 벌인 짓이었다. 딱히 제 본명을 숨기지도 않았으니 정보를 캐기도 쉬웠을 것이다. 에스텔라는 밤사이 자신이 메스키다 왕국 최고의 신데렐라가 되었음을 짐작할 수 있었다.

에스텔라는 편지를 들춰 발신인들을 살펴보았다. 남자보다는 여자로 추측되는 이름이 많았다. 아니나 다를까 개중 하나를 뜯어보자 티파티에 초대한다는 문구가 눈에 들어왔다. 베르타 공작가의 소공작이 드디어 짝을 맞이하겠다 하니 다들 호기심에 찬 모양이었다. 당연히도 가문의 책임자보다는 나이 어린 영애들에게서 온 초대가 다수였다. 그마저도 정말 친목을 가지고 싶어서라기보다는 탐색의 목적이 커 보였다.

디에고가 턱짓으로 편지 더미를 가리키며 말했다.

"그중 한두 군데를 골라 나가 봐요. 약혼식 때 당신과 어울려 줄 동성 친구 몇은 있어야 할 테니까."

확실히 신부 혼자 동떨어져 있다면 휑해 보일 것이다. 하지만 초대의 목적이 이렇게 노골적으로 보여서야 에스텔라의 의욕도 사그라들 수밖에 없었다.

순박한 시골 귀족 처녀들의 텃세도 대단했는데 이젠 내로라하는 가문의 영애들을 상대해야 하다니. 디에고라는 확실한 뒷배경이 있다 한들, 날 때부터 고귀했던 그녀들이 에스텔라의 출신을 문제 삼지 않을 리 없었다. 에스텔라가 힘없이 되물었다.

"한두 번 만난 걸로 예식에 초대할 만큼 친분을 쌓을 수 있을까요?"

"초대객의 수를 늘리는 게 버겁긴 해도 못 할 짓은 아닙니다. 굳이 인원을 줄인 이유는 따로 있죠."

생뚱맞은 대답에 에스텔라가 의아한 표정을 지었다. 디에고가 후식으로 나온 푸딩을 깔끔하게 삼키며 말했다.

"그 티 파티에 참석한 모두가 약혼식에 초대받고 싶어 난리일 테니 걱정하지 말란 소립니다. 못 미더우면 내기할까요?"

⋯⋯⋯

"그것 보세요. 제가 잘될 거라고 했죠?"

마담 로라가 문을 열고 들어오자마자 호언하듯 던진 말이었다. 제 예언이 들어맞은 게 꽤 뿌듯한 눈치였다. 아마 디에고가 약혼식에 쓸 의상이 필요하다는 말을 전했을 때부터 그녀는 저 표정을 하고 있었을 것이다. 마담 로라의 기대를 설레발 취급했던 것이 결국은 면구해지고 말았다. 에스텔라가 어색하게 웃으며 말을 돌렸다.

"어쩌다 보니 이번 일정도 빠듯하게 됐네요. 다음엔 되도록 여유 있게 부탁드릴게요."

"아니에요, 부탁하신 옷을 날짜에 맞춰 드리는 게 저희 일인데요. 그리고 일정을 당긴 만큼 대금을 쳐주시니 아쉬울 것도 없답니다."

마담 로라가 호호 웃으며 모자를 벗었다. 지난번 보았던 행거의 행렬과 같이, 뒤이어 직원들이 옷감을 한 아름 안고 들어왔다. 원단 무더기에 시선이 팔린 에스텔라를 붙잡듯 마담 로라가 헛기침을 했다. 그녀가 눈웃음을 지으며 축하 인사를 전했다.

"이르지만 약혼 축하드려요. 소공작님께서 얼마나 몸이 다셨으면 이렇게 서두르시는지 모르겠네요."

사람을 아름답게 하는 직업의 소유자니만큼, 마담 로라는 연애사에 관해 지대한 낭만을 품고 사는 여자였다. 반짝이는 눈은 꼭 세기의 사랑 이야기를 기대하고 있는 듯했다. 에스텔라로서는 들려줄 말이 아무것도 없었지만 말이다.

에스텔라가 받았던 청혼은 로맨틱한 분위기와는 거리가 멀었다. 지난번은 계약서로 만든 반지를 받았고 이번엔 아드리아나의 안녕을 인질 삼은 제안을 들었다. 강제성은 없었지만 에스텔라는 이것이 부당 계약에 가깝다고 생각했다. 자신의 전적을 생각하면 실제로는 디에고와 사이좋게 잽을 주고받은 셈에 불과할 테지만.

디에고와 자신의 사이가 마담 로라의 바람만큼 열렬하지는 않았으나 이를 밝힐 수는 없었다. 에스텔라는 미적지근한 태도로 어깨를 으쓱였다.

"결혼식도 아니고 약혼인데요, 뭐. 큰 의미는 없죠."

"어머, 베르타 공작가 같은 곳에서 약혼 절차도 거치지 않고 결혼 서약을 하면 사람들 사이에서 얼마나 말이 나오겠어요?"

마담 로라는 에스텔라가 시골 처녀의 한계를 말했을 때처럼 분개했다. 에스텔라는 흥분한 로라를 진정시키듯 그녀를 소파 자리로 안내했다. 로라는 에스텔라의 차분한 태도를 이해할 수 없는 눈치였다. 그녀가 발걸음을 떼면서도 부지런히 반박했다.

"이건 아가씨를 위한 배려예요. 사교계에 적응할 시간도 없이 공작부인이 되면 적응이 힘들 테니까요."

에스텔라는 건성으로 고개만 끄덕였다. 전자는 사실이 맞겠지만 디에고가 후자까지 생각했을지는 알 수 없었다. 꿈보다 해몽이라는 말이 꼭 맞다.

에스텔라가 주의 깊게 듣고 있지 않다는 걸 눈치챈 마담 로라의 얼굴이 확 진지해졌다. 로라가 집중하란 듯 검지를 들어 올렸다.

"남자 말은 못 믿을 것이라지만, 소공작님이 여느 엉덩이 가벼운 사내들 같진 않으세요. 지금껏 그분이 신중하게 약혼을 미뤄 왔던 게 뭐 때문이라고 생각하세요?"

'그건 무려 친아버지의 방해 때문이었는데요.'

에스텔라는 결코 내놓을 수 없는 대답을 마음속으로만 내뱉었다. 그와 동시에 마담 로라가 양손을 마주 잡으며 꿈결처럼 말했다.

"바로 진정 사랑하는 배우자를 찾기 위해서죠."

에스텔라가 어색하게 입꼬리를 끌어올렸다. 마담 로라의 의견에 완전히 동의하진 않았지만 언뜻 귀를 잡아끄는 부분은 있었다. 그러고 보니 마담 로라는 지속적으로 디에고에게 여성 편력이 없었음을 피력해 왔다. 에스텔라가 호기심 어린 눈으로 물었다.

"그동안 소공작님과 만나신 분이 아무도 없었나요?"

"제가 알기로는 없어요. 뭐, 추파를 던지는 귀부인들이야 차고 넘친다고 들었지만요."

"정말요?"

그가 여자를 대하는 데 능숙했기 때문에 연애 경험이 전혀 없으리라곤 생각을 못 했었다. 하지만 수도의 레이디들과 밀접하게 지내는 마담 로라가 듣지 못했다고 하니 합리적인 의심이 싹텄다. 만일 그가 정말 누군가와 사귀어 본 적이 없다면……

……그것도 안 해 봤으려나?

에스텔라는 원작을 더듬어 보았다. 전생의 기억 자체도 대단히 선명하진 않은데 죽기 전 읽었던 책이야 더 말할 것도 없었다. 몇 중요한 골자 외의 세세한 설정까지 기억하고 있진 않았다. 확실한 점은 「위험한 공작과의 계약 결혼」이 19세 미만 구독 불가 도서였으며, 여주인공과 잠자리를 가지는 장면에서 디에고가 꽤…… 그러니까 꽤…….

자칫하다간 그를 머릿속에서 성추행해 버릴 것 같았기에 에스텔라는 생각을 멈췄다. 어쨌든 책 속의 디에고가 썩 미숙해 보이진 않았다. 물론 남주인공의 기본 소양이 절륜함이고 디에고는 실제로 청소년 구독 불가 소설의 주연이었다지만, 첫 경험을 그렇게 능수능란하게 치르는 게 가능한 일이란 말인가?

나중에 기회가 되면 디에고에게 은근슬쩍 물어봐야겠다는 생각이 들었다. 원작의 숨은 설정에 대한 호기심이 치솟은 것도 사실이지만, 단순히 사실 여부가 자체가 궁금하기도 했다.

차라리 디에고가 누군가를 사귀어 본 경험이 있다면 이렇게까지 그의 정조에 깊은 관심을 가지진 않았을 것이다. 결혼 조건으로 으레 순결을 논하는 것과 달리 귀족들의 사생활은 문란하다. 디에고도 술에 취한 어느 밤, 모르는 여자와 남몰래 눈이 맞았을지도 모르는 일이었다.

만일 디에고가 정말 그렇게 상대를 정하지도 않고 놀아난 것이라면 꽤 실망할 것 같았다. 에스텔라는 감정 없이 몸을 섞는 일을 그다지 긍정적으로 생각하진 않았다. 어쩌면 이건 제게 남은 뿌리 깊은 유교 성향 때문인지도 모르겠다.

"아가씨는 소공작님에 대한 믿음이 없으시네요."

의심에 물든 에스텔라의 표정을 읽은 건지 마담 로라가 알 수 없는 미소를 지었다. 그녀가 원단을 펼쳐 에스텔라의 몸에 대보며 말했다.

"때로는 주어진 행운을 즐기는 자세가 필요하지 않을까요? 좋은 날은 분명 한때일 수도 있지만, 그 순간조차 못 즐기는 건 너무 아쉬운 일이니까요."

디에고란 인물에 대한 오류 넘치는 판단은 제하더라도, 마담 로라가 내준 교훈은 받아들일 만한 가치가 있었다. 에스텔라는 기왕 시작한 약혼자 행세를 파격적으로 즐겨 보기로 마음먹었다.

"유념할게요."

에스텔라가 엷게 웃어 보이자 마담 로라도 따라 미소 지었다. 옷을 제작하려면 하루가 급한 상황이었기에 담소는 그쯤에서 정리되었다. 다행히도 지난번 주문으로 인해 마담 로라는 에스텔라에 대한 적당한 데이터를 얻은 상태였다. 에스텔라에게 어떤 게 어울리고 어울리지 않는지 정도는 이미 판별을 마친 상태였다는 뜻이다.

적당한 원단을 골라내자 그 이후로는 속전속결이었다. 마담 로라는 해가 지기 전 에스텔라의 의견을 반영한 디자인 스케치를 완성하는

데 성공했다. 일이 바쁘다며 얼굴을 비치지 않았던 디에고가 돌아온 것도 그쯤의 일이었다.

"아직 안 끝났나?"

약혼자의 등장에 마담 로라는 가방에 집어넣었던 스케치북을 다시금 꺼내 들었다. 예식용 드레스는 클라이언트가 둘이라는 점에서 특히 까다로웠다.

"어떤 스타일로 만들지 막 논의를 마친 참이었어요. 소공작님께선 따로 원하시는 디자인이라도 있으세요?"

여자 쪽의 구미에 맞게 만들었다가 남자 쪽에게 거부당하고, 남자 쪽의 구미에 맞게 만들었다가 다시 여자 쪽에서 거부당하는 일은 흔했다. 한두 번 있는 일이 아니었으므로 마담 로라는 속으로 디자인을 갈아엎을 각오를 했다. 차라리 스케치 단계에서 수정 사항을 말해 주는 게 나았다. 원단을 다 바느질한 상태에서 다시 뜯어내는 것만큼 괴로운 일이 또 없었으므로.

그러나 결연한 태도의 마담 로라와 대비되게도 디에고는 참견을 거절했다.

"지난번 솜씨를 보고 나니 내가 말을 보탤 필요가 없다는 생각이 드는군."

마담 로라가 반색하듯 물었다.

"확인하지 않으셔도 되겠어요?"

"나의 그녀가 약혼식 날 얼마나 아름다울지는 그때의 기쁨으로 간직해 두지."

디에고가 산뜻하게 대답했다. 에스텔라는 내심 마담 로라의 환상에 디에고가 장작을 톡톡히 던져 넣어 주고 있다고 생각했다. 옷 디

자인을 들여다보기 귀찮다는 소리를 저렇게 로맨틱하게 내뱉을 줄은
몰랐다. 에스텔라는 이렇게 드문드문 디에고가 가진 남주인공으로서
의 자격을 깨닫곤 했다.

디에고는 심지어 에스텔라의 옆으로 와 앉더니, 그녀의 어깨를 자
연스럽게 당겨 안기까지 했다. 마담 로라의 눈이 흐뭇하다는 듯 휘어
졌음은 당연한 바였다.

"잘 생각하셨어요. 그럼 이건 에스텔라 님과 저만의 비밀로 간직하
고 있겠습니다."

마담 로라가 그리 말하며 후련한 얼굴로 자리를 털고 일어섰다. 그
녀가 철수를 명하자 한 무더기의 원단이 다시 밖으로 실려 나갔다. 같
은 일을 반복하기 싫었던 에스텔라가 디에고에게 확인차 물었다.

"정말 안 봐도 되시겠어요?"

"굳이 내가 봐야 할 이유가 있습니까? 당신 마음에 들면 되는 문제
인데."

디에고가 에스텔라를 돌아보며 대답했다. 그녀의 어깨 위에 얹은
팔은 그대로였다. 에스텔라가 몸을 뒤틀며 벗어나려 했지만 그의 부
담스러운 속박은 떨어져 나가지 않았다. 마담 로라에겐 이미 보여 줄
만큼 보여 줬는데 왜 아직도 붙어 있는지 모를 일이었다.

그때 정면에서 헛기침 소리가 들려왔다. 정리를 마친 마담 로라가
바로 앞에 서 있었다.

"그럼 저는 이만 들어가 보겠습니다. 일주일 뒤에 시착을 위해 다시
방문할게요."

"아, 마담 로라. 오늘 수고 많았어요. 이번에도 아름다운 드레스 기
다리고 있을게요."

결국 디에고와 다정히 달라붙은 상태로 마담 로라에게 작별 인사를 하게 되었다. 에스텔라의 인사에 마담 로라가 뒤돌아 나갔다. 문이 닫히는 소리가 들리자마자 에스텔라는 자리에서 벌떡 일어섰다. 에스텔라가 딴청을 피우듯 창가를 향해 걸어갔다.

"오래 앉아 있었더니 다리가 저리네요."

둘러대듯 말하며 에스텔라가 흘긋 디에고 쪽을 돌아보았다. 디에고는 여전히 소파에 느긋이 등을 기댄 채였다. 에스텔라의 어깨에 올라앉았던 손은 자연스럽게 등받이 위를 짚고 있었다. 그가 손등에 관자놀이를 괸 채 에스텔라를 지긋이 쳐다보았다. 그 시선이 부담스러워 에스텔라는 재빠르게 화제를 바꿨다.

"그런데 바쁘시다면서 여긴 왜 오신 거예요? 딱히 의견을 내신 것도 아니고."

침묵이 어색해 아무 말이나 떠벌인 것이었지만 그의 갑작스러운 방문에 당황한 건 사실이었다. 마담 로라에게 얼굴만 겨우 비쳤을 뿐, 실질적으로 그가 와서 한 일은 없었다.

"글쎄요. 줄 게 있었는데……."

디에고가 말끝을 흐리다가는 짧게 어깨를 으쓱였다.

"막상 주려니까 좀 긴장이 돼서요."

"대체 뭐길래 소공작님이 다 긴장하세요?"

디에고를 긴장하게 만드는 물건이라니 그 정체가 잘 짐작이 되진 않았다. 에스텔라의 호기심 어린 눈을 본 디에고가 입꼬리를 당겼다. 그가 장난 어린 미소를 지어 보이며 물었다.

"기대됩니까?"

"정체가 뭘지 궁금하긴 하네요."

"그럼 일단 테라스로 나가 봐요."

"테라스요?"

에스텔라가 의아한 기색으로 뒤를 돌아보았다. 응접실 외벽 쪽에는 천장까지 닿는 커다란 창이 나 있었다. 날이 기울면서 햇빛이 눈부시게 쏟아졌던 탓에 커튼을 내려 두어 밖은 완전히 가려진 상태였다.

에스텔라는 반신반의하는 표정으로 커튼의 틈을 헤쳐 손잡이를 잡았다. 그대로 힘주어 돌리려는데 어느샌가 다가온 디에고가 그 위로 제 손을 겹쳤다.

"응접실은 손님들에게 내보이기 위한 공간이죠. 덕분에 저택 정원의 경관을 잘 관람할 수 있도록 설계되는 편이에요."

"부와 위용을 내보이기 위해서요?"

"뭘 또 그리 속물적으로 접근하실 것까지야."

귓가에서 나직한 웃음소리가 들려왔다. 에스텔라는 어쩐지 목덜미가 섬찟해졌다. 살인 전적이 있는 남자가 지척에 접근했기 때문일까?

뒤편에 선 디에고가 에스텔라의 엄한 생각을 알아챘을 리 없다. 그는 제 자랑거리를 못내 공유하고 싶다는 듯이 문을 밖으로 밀었다.

"어쨌든 아름답지 않습니까?"

에스텔라는 제대로 대답도 하지 못했다. 제자리에 멍하니 서 제게로 쏟아지는 자몽색 노을을 바라보았을 뿐이다.

잠시 후에야 정신을 차린 에스텔라가 발을 떼었다. 느릿했던 걸음이 난간에 다다랐을 즈음엔 달음박질처럼 변해 있었다.

그야말로 황홀한 광경이었다. 노을빛으로 물든 저택의 정원이 테라스 아래로 내려다보였다. 담벼락 너머로는 그간 무심히 지나쳤던 길목들이 모형처럼 옹기종기 모여 있었다. 태양은 왕성의 끝에 걸려 아스라이 역광을 비췄다.

에스텔라는 해가 저무는 광경을 넋을 놓고 응시했다. 마치 동화 속에라도 들어와 있는 기분이었다. 에스텔라는 원체 돈의 중요성을 잘 인지하고 있는 편이었지만, 디에고야말로 그것을 사용하는 다양한 방식을 아는 이였다. 이런 전망을 자택에서 관람할 수 있다는 건 그 자체로 특권 아닐까.

"이걸 보여 주려고 하신 거예요?"

에스텔라가 디에고를 홱 돌아보며 물었다. 이곳과 관련된 추억이라도 늘어놓을 줄 알았는데 디에고는 좀처럼 입을 열지 않았다. 에스텔라는 그제야 그가 평소와 달리 어색한 표정을 짓고 있었음을 깨달았다. 눈을 피하는 행동은 꼭 긴장한 사람의 모습과 닮았다.

"아니요, 분위기부터 잡으려고요."

"분위기요?"

"지금부터 청혼할 예정이라서."

에스텔라가 그 말뜻을 인지하기도 전, 디에고가 주머니 속에서 반지함을 꺼내 들었다. 그에게 제대로 된 청혼을 못 받았다고 냉소적으로 생각하긴 했지만, 정말 그가 성의를 갖춰 결혼해 달라고 말하길 바란 건 아니었다. 애초에 연인도 아닌 사이에 딱히 아쉬울 이유도 없지 않은가. 에스텔라가 놀란 눈으로 상자를 내려다보았다.

"반지를 벌써 준비하셨어요?"

"이미 만들어진 물건이라 준비하는 데 오래 걸리진 않았습니다."

디에고가 별일 아니라는 듯 답했다. 놀라움을 가라앉히자 상황이 한층 객관적으로 파악되었다.

이미 만들어진 물건이라니. 아무래도 상인을 들볶아 적당한 반지를 사 온 듯했다. 옷은 반드시 새로 제작해야 한다며 수선을 피웠던 것을 고려하면 다소 김이 새긴 했다. 대놓고 무성의한 사족은 안 덧붙이느니만 못한 법이다.

"언제 기성품은 취급 안 하신다면서요?"

에스텔라가 샐쭉한 태도로 물었다. 디에고의 눈이 살짝 커졌다. 에스텔라의 맹랑한 대답이 그의 자존심을 건드린 모양이었다. 그가 한쪽 눈가를 찌푸리며 대답했다.

"기성품이라 하진 않았는데요."

그리 말하며 디에고가 상자를 열었다.

강조해서 말하건대, 에스텔라는 이런 귀금속들을 상대적으로 접하기 쉬운 시대를 경험했다. 현대에선 구매할 여력이 없어도 백화점에 가면 값비싼 주얼리들을 구경할 수 있었으며, 보석을 검색하면 온갖 귀한 것들의 사진이 나왔다. 저 상자 안에서 어떤 물건이 나오든 딱히 놀라지 않을 자신이 있었다는 뜻이다.

하지만 지금 디에고가 들고 있는 것만큼 아름다운 반지는 단언컨대 한 번도 본 적이 없었다. 크기도 크기거니와 섬세한 세팅이 가히 예술 작품이라 부를 법했다. 디에고가 꺼낸 건 딱 보기에도 예사 물건이 아니었다. 굳이 비교하자면 석유 재벌이나 여느 왕실에서 오가는 예물 같았다. 초대 베르타 공작이 왕족이었음을 생각하면 후자가 마냥 과장된 표현은 아닐 것이다.

에스텔라가 흠칫 눈을 들어 디에고를 올려다보았다. 그녀가 떨리는 목소리로 물었다.

"이런 걸 어디서 구하셨어요?"

디에고는 비싼 물건만 꺼내 들면 몸을 떠는 에스텔라가 웃긴 눈치였다. 그는 최대한 숨죽여 웃으려 했으나 에스텔라가 바보가 아닌 이상 알아차리지 못했을 리 없다. 에스텔라가 눈을 흘겨도 그는 좀처럼 진지한 표정으로 되돌아가지 못했다. 한참 뒤에야 그가 가라앉은 음성으로 말했다.

"공작 부인 안나가 얻지 못한 유일한 물건입니다. 대대로 베르타가의 공작 부인이 다음 대 안주인에게 물려주었던 전통 있는 반지예요. 저희 어머니께선 이걸 아들에게 직접 넘겨주셔야 했지만요."

베르타 공작가에서 대대로 내려온 물건이라니. 에스텔라는 그제야 저 반지에 깃든 광채가 이해가 갔다. 에스텔라가 넋을 놓은 채 중얼거렸다.

"용케 안 뺏기고 가지고 계셨네요."

"어머님이 신탁 자산으로 은행에 맡겨 두었었거든요. 제가 성인이 될 때까지 아무도 꺼낼 수 없도록요. 공작 부인 안나가 그 사실을 알았을 때 지었던 표정은 두고두고 내 즐거움이 되었죠."

디에고가 유쾌한 투로 말을 맺었다. 그러나 에스텔라는 디에고처럼 마냥 즐거워할 수 없었다.

에스텔라는 이 반지의 존재를 알았다. 디에고의 설명을 들었기 때문은 아니었다. 이건 원작에서도 등장했던 물건이었다. 완결이 가까워졌을 즈음, 디에고는 아드리아나에게 이 반지를 주며 진심을 피력했었다.

["내 평생의 진심을 담아 말하겠어. 당신을 사랑해."]

그때 그의 눈에 담겼던 상대는 에스텔라가 아닌 다른 여자다. 에스텔라가 무의식적으로 한 걸음 뒤로 물러섰다. 문득 감당할 수 없다는 생각이 들었다.

"이런 귀한 걸 저한테 주셔도 돼요?"

디에고는 단순히 에스텔라가 귀한 물건에 놀랐다고 판단한 듯했다. 그가 눈을 감으며 노래하듯 그녀의 이름을 불렀다.

"에스텔라 마거릿 몬티엘."

그가 천천히 왼쪽 무릎을 굽혔다. 에스텔라는 그만 그와 함께 주저앉을 뻔했다. 디에고는 평생 에스텔라 같은 사람에게 무릎을 굽힐 일이 없는 이였다. 그녀는 가난했고 출신이 변변치 않았으며, 해고되었다 한들 어제까지는 그를 고용주로 두었던 입장이었다. 심지어 전생을 기억하는 일이 없었다면 그의 손에 죽어 나갔을 운명이기까지 하다.

하지만 지금 디에고의 앞에 선 건 에스텔라였다. 반복해 아드리아나의 품으로 밀어 넣으려 노력했음에도 결국은 그렇게 되었다.

"나와 결혼해 주시겠습니까?"

디에고가 상자를 에스텔라에게 내밀며 물었다. 에스텔라는 무의식적으로 치맛자락을 움켜쥐었다. 그녀가 기어들어 가는 음성으로 되물었다.

"꼭 대답해야 하나요?"

"당연한 말을 하는군요."

"제가 거절하면요?"

"흠, 미스 마거릿은 일자리와 돈 많은 미남을 모두 놓치게 되겠죠."

에스텔라는 그만 어이없다는 듯 웃음 짓고 말았다. 디에고에게도 같은 미소가 감돌았다. 그가 에스텔라를 재촉하듯 말했다.

"슬슬 무릎이 아프니까 다시 묻겠습니다. 미스 마거릿, 부디 나와 결혼해 주시겠습니까?"

형식적인 절차일 뿐, 디에고가 거절을 생각하고 묻진 않았을 것이다. 에스텔라는 이미 디에고의 제안을 수락했고 이제 와 되돌릴 수는 없었다. 에스텔라가 가까스로 마른 입술을 열어 대답했다.

"네."

실직은 무서우니까요. 에스텔라가 농담처럼 덧붙였다.

디에고는 조용히 웃으며 자리에서 일어섰다. 그가 상자에서 반지를 꺼내어 에스텔라의 왼손 약지에 끼워 주었다. 그의 손이 떨어져 나가자 그제야 묵직한 무게가 느껴졌다. 에스텔라가 감탄하듯 멍하니 중얼거렸다.

"……딱 맞네요."

반지는 원래 그녀의 것이었던 것처럼 꼭 들어맞았다. 디에고의 어머니와 자신의 손가락 굵기가 같았던 걸까. 놀라운 우연이라며 신기해하자 디에고가 고개를 내저었다.

"오늘 아침에 나가자마자 찾아서 수선을 맡겼죠. 생각보다 일찍 끝나더군요."

에스텔라가 알 만하다는 표정을 지었다. 당신이 디에고 르웬 드 베르타라서 그리 빠른 결과물을 얻었다고는 굳이 말하지 않았다.

에스텔라는 뒤늦게 수리 기간뿐만 아니라, 그 주문 자체에도 의문이 남았다는 걸 깨달았다. 에스텔라가 호기심 어린 목소리로 물었다.

"제 사이즈는 어떻게 아셨어요?"

"그때 내가 고용 계약서를 쓰자며 가지고 왔던 것 기억합니까?"

"설마 그때 종이를 둘러 본 거로…… 아니, 잠깐. 따로 표시도 안 했었잖아요?"

"맞물리는 철자를 기억했죠. 누가 보면 곤란한 물건이라며 챙겨 가길 잘했지 않습니까?"

"그걸 아직도 안 버리셨어요?"

"나중에 보완해서 다시 쓰려고 했거든."

기분이 이상했다. 값으로 환산할 수 없는 물건을 받은 데다 디에고는 보이지 않는 곳에서까지 부지런히 형식을 갖춰 주었다. 웃음이 나와야 마땅했으나 에스텔라는 어쩐지 울 것 같은 기분이 들었다. 에스텔라가 이상하게 무너진 입가를 겨우 움직였다.

"생각난 김에 그 계약서, 다시 써요. 이번엔 안 찢을 테니까."

"애초에 그러질 못할 테니 상관없습니다."

이해할 수 없는 대답에 에스텔라가 눈을 들어 그를 응시했다. 디에고가 에스텔라의 왼손을 잡았다. 그의 얼굴은 노을빛으로 완전히 붉게 물들어 있었다.

그가 에스텔라의 약지 위로 부드럽게 입 맞추며 말했다.

"새 계약서는 이 반지니까."

❧

"날 비웃으려고 찾아왔니?"

건너편에서 들려온 날 선 목소리에 디에고가 고개를 돌렸다. 한 아리따운 여자가 표독한 눈으로 저를 노려보고 있었다.

디에고는 새삼 그녀의 나이를 되새겨 보았다. 그녀는 디에고보다 아홉 살이 많았고 그의 아버지보다는 열다섯이 적었다. 아들에게 더 가까운 연배였으므로 당연히 보통의 어머니 같은 외관을 가지고 있진 않았다. 그녀는 객관적으로 대단한 미인이었고, 고작 서른다섯의 나이에 저물 만큼 관리를 소홀히 하지도 않았다. 이 저택에 처음 들어왔을 때와 비교해서도 그다지 달라진 점은 없었다.

만일 시간이 더 흘러 이 여자가 늙어 추해졌더라면, 그때도 아버지는 마음을 달리했을까. 답을 돌려줄 사람은 없는데도 묻고 싶은 말이 생각났다. 같은 이유로 외면당했던 어머니가 떠올라서였다.

"아니요, 드릴 말씀이 있어서요."

미련한 생각을 지워 낸 디에고가 담백하게 대답했다. 잇따라 그녀의 미간이 일그러졌다. 장식장에 기대어 있던 몸을 일으킨 디에고가 소파 앞으로 다가갔다. 그녀의 앞에 걸터앉고는 느리게 양손을 깍지 꼈다. 디에고가 대수롭지 않은 투로 말했다.

"그래도 명색이 제 새어머니이신데, 좋은 소식이 생기면 마땅히 알려 드려야 하지 않겠습니까."

디에고의 좋은 소식이 그녀에게도 같은 의미일 리는 없다. 그녀와 디에고는 오래도록 서로의 염원을 방해하려 노력해 왔으니까.

전대 베르타 공작 부인, 안나가 사납게 이를 부딪쳤다. 베르타 공작 부인이었던 그녀의 호칭엔 이제 다른 수식이 붙게 되었다. '전대'라는 건 이제 다음이 존재하게 되었다는 뜻이었다. 그것은 본디 안나와 디에고 모두가 탐내던 자리였으나 근래 들어서는 승기가 명확해졌다.

"아주 친절하구나. 네가 아브릴 백작 부인을 건드렸다는 걸 모를 줄 알았니? 내가 바깥소식을 전혀 전해 듣지 못한 것도 아닌데 말이다."

카밀라와 안나가 함께 보낸 시간이 짧지만은 않았다. 비록 필요에 의해 손잡은 사이였을지언정, 둘에겐 적어도 전우로서의 배려와 존중이 있었다.

리오넬에게 경고의 말을 들은 후 카밀라가 가장 먼저 한 행동은 안나에게 소식을 전하는 일이었다. 도와주기가 어렵게 되었다는 통보식의 사과였으나 안나도 그에 딱히 악감정을 품진 않았다. 가장 큰 조력자마저 세력을 잃어서는 곤란했을뿐더러, 제가 카밀라라도 같은 결정을 내렸을 테니까. 적어도 카밀라는 베르타 공작이 죽자마자 안면 몰수했던 여느 귀부인들보다는 나았다.

안나의 분노는 오랜 친우 대신 익숙한 상대를 찾아갔다. 안나는 되도록 동요하지 않으려 애썼으나 디에고를 향한 매서운 눈길을 멈출 수는 없었다.

"두 분은 절친한 사이라서인지 닮은 구석이 있으십니다. 아브릴 백작 부인께서도 남의 가정에 관심 가지시는 버릇은 여전하시군요."

디에고는 여유작작한 태도로 받아쳤다. 이미 아내가 있는 사람에게 달려들었던 그녀들을 비웃는 말이었다. 정부라 불리는 그녀들만큼이나 반려라는 단어도 우습긴 매한가지였지만.

"친우라면 이럴 때 마땅히 걱정의 말이 오가는 법이지. 가장 기본적인 연을 저버린 넌 모르는 도리겠지만."

안나가 이죽이듯 말했다. 디에고 역시 미소를 지으며 곧장 그녀의 말을 받아쳤다.

"아, 그래서 아브릴 백작 부인의 외도까지 도우셨군요. 대단한 우정이십니다."

공평하게 한 대씩 주고받았으나 더 큰 피해를 입은 쪽은 명확했다. 베르타 공작이 죽기 전까지만 해도 하늘 높은 줄 몰랐던 안나는 어느 덧 한 치 앞 낭떠러지 위에 놓였다. 디에고는 그런 그녀의 비참한 꼴을 찬찬히 음미했다. 그가 시혜적인 친절함을 내보이며 말했다.

"사랑이라. 좋은 말입니다. 반쪽을 찾아 안정을 얻는 것만큼 좋은 일이 없다고 모두가 말하더군요."

"너, 이⋯⋯!"

"그래서 제가 다다음 주쯤 약혼을 할 예정입니다."

안나가 입을 벌린 상태 그대로 굳었다. 그녀는 잠시 후에야 디에고가 무슨 말을 한 것인지 이해했다. 안나가 넋 빠진 얼굴로 되물었다.

"약혼?"

"이번 달 말에 약혼식이 예정되어 있습니다. 본식을 언제 치를지는 아직 정하지 않았지만 그리 먼 때는 아닐 듯싶어요."

디에고가 미소를 지으며 설명했다. 실로 디에고는 대단히 기분이 좋은 상태였다. 디에고가 안타까운 기색을 연기하며 물었다.

"이 소식을 들었다면 아버지께서도 기뻐하셨겠지요?"

안나는 그만 벌떡 자리에서 일어섰다. 밀려드는 모멸감을 더 이상 참을 수 없었다.

그녀는 베르타 공작의 무덤 앞에 섰을 때 디에고에게 들었던 말을 똑똑히 기억했다. 그는 오열하는 그녀에게 꼭 이렇게 속삭였었다. 아버지는 제가 좋은 곳으로 보내드렸다며, 원한다면 그녀도 그와 함께하게 해 주겠다고 말이다. 그건 선포이자 과시였다.

디에고의 입이 귓가에서 떨어져 나가던 순간, 안나는 제게 쏟아진 멸시의 시선에 그만 이성을 놓았다. 정신없이 악을 지르다가 깨어나자

장례식은 모두 끝난 후였다. 그녀는 제 남편에게 제대로 된 작별 인사조차 전하지 못했다.

안나가 이를 앙다물며 말했다.

"결혼해서, 그래서 뭐 어쩌겠다는 거지? 네가 보통 사람들처럼 행복하게 살기라도 할 수 있을 것 같아?"

안나가 씹듯이 저주를 내뱉었다. 단어 하나하나에 살기가 묻어 있었다. 그녀가 디에고를 향해 상체를 낮췄다. 그러고는 낮게 속삭이듯 말했다.

"네 아비와 내가 썩 온건한 인간이 아니었음은 인정하겠어. 특히 네 아비란 사내는 실로 아비 자격이 없는 작자였지. 그런데 네가 보고 자란 게 바로 그런 것뿐이기도 하단다, 디에고."

환경은 어쩔 수 없는 것인데도 사람은 그에 지대한 영향을 받고 만다. 안나는 인간의 그 저주받은 속성을 매우 잘 인지하고 있었다. 아무리 증오한다 한들 자식은 부모의 어느 한 부분을 반드시 닮기 마련이었다. 안나가 비웃듯이 말했다.

"네가 내 남편을 죽인 걸 보면 모르겠니? 넌 결국 그렇게 될 놈이었던 거야."

안나의 악담을 들으며 디에고는 무심히 생각했다. '내 남편'이라니. '네 아버지'라는 부름보다 전자가 훨씬 익숙한 걸 보면 후자의 역할을 기대하는 일이야말로 어리석었던 건지도 모른다.

침묵하는 디에고를 보며 안나는 희열에 찼다. 그녀가 쉬지 않고 말을 이었다.

"네가 정상인처럼 가정을 꾸리고 살 수 있을까? 천만에, 넌 패륜아야. 이 끔찍한 집안의 정수가 바로 네 녀석이지. 딱 너 같은 자식을 낳아서 살아 보렴. 딱히 제대로 된 놈이 나올 것 같진 않으니."

안나가 그리 말하며 숨을 몰아쉬었다. 디에고가 무감정한 눈으로 그녀의 시선을 받아쳤다. 디에고가 조금의 동요도 없는 목소리로 물었다.

"분풀이는 다 끝나셨습니까?"

안나의 말들은 모두 디에고도 이미 생각해 보았던 것들이다. 오랜 걱정을 상대방의 목소리를 통해 들었다고 해서 새삼스럽게 충격받았을 리 없다. 디에고가 차갑게 그녀를 비웃었다.

"제가 아이를 낳을 일은 없으니 전해 주신 조언은 쓸모없게 되었군요. 실행할 힘도 없는 저주 따위, 아무런 의미도 없다는 깨달음 주어 감사합니다."

디에고가 그리 말하며 품 안에서 편지 봉투를 꺼내 들었다. 안나는 그 위에 왕실의 인장이 붙어 있음을 어렵지 않게 알아차렸다. 포장을 이미 뜯어보았는데도 굳이 쓸모없는 겉껍데기를 들고 온 건 과시를 위해서다. 디에고는 이것 보란 듯 안나의 눈앞에 대고 편지 봉투를 흔들었다.

"이게 뭔지 압니까?"

"관심 없으니 저리 치워."

"작위 승계를 허한다는 왕실의 공문입니다. 오늘부로 내가 이 저택의 진짜 주인이 되었다는 뜻이죠. 남은 절차는 전하께 신종선서를 바치는 것뿐입니다."

디에고가 그리 말하며 안나의 손을 잡아 제 쪽으로 당겼다. 안나가 안간힘을 써 벗어나려 했으나, 디에고는 굳이 그녀의 손바닥 위로 그 경사스러운 소식을 넘겨주었다. 디에고가 안나와 눈을 맞추며 사근사근한 투로 설명했다.

"금족령은 풀어 드리겠습니다. 이제 누구와 왕래하시든 이 일을 뒤집을 순 없을 테니까."

"이 무엄한 손 놔라, 디에고."

"참, 돌아가실 곳은 없습니다. 안주인의 방은 이미 제 약혼자에게 내주었거든요."

"무엄하대도!"

디에고가 깔끔하게 그녀를 놓아주었다. 반동을 못 이긴 나머지 안나는 그대로 주춤 뒤로 물러섰다. 디에고가 서늘한 눈으로 울분에 찬 안나의 낯을 응시했다. 그가 나직하게 경고했다.

"모두에게 잊힌 채 죽은 듯이 살아. 내가 당신 존재조차 잊는다면 혹시 아나? 그대로 추하게 늙어 갈 수 있을지."

디에고가 그리 말을 맺고는 몸을 돌렸다. 그가 성질껏 자리를 박차고 나가는 일은 없었으나, 문이 여닫히는 소리가 유난히 둔중하게 울렸다.

닫힌 문을 멍하니 응시하던 안나가 이윽고 떨리는 손으로 봉투를 열었다. 그 안에 담긴 용건은 디에고의 설명과 정확히 같았다. 편지지엔 장황한 인사말과 함께 작위를 승계하는 절차가 완료되었음을 알리는 말이 쓰여 있었다.

새 가주에게 언제나 행운이 함께하길 바란다는 마지막 문장을 눈에 담은 순간, 안나는 그대로 그 단락을 찢어 버렸다. 이윽고 처절한 비명이 울려 퍼졌다.

"와, 넓다……."

촌스럽게 굴지 않으려 노력했음에도, 에스텔라는 자연스레 터져 나오는 감탄을 막지 못했다. 에스텔라는 벌어지는 입을 겨우 다물고는 새로 얻은 방을 천천히 둘러보았다. 왼쪽 벽면 중앙엔 커다란 침대가, 오른편으로는 고풍스러운 소파와 테이블이 배치되어 있었다. 넓은 방이었지만 곳곳에 센스 있게 장식장과 미술품을 배치하여 휑한 느낌은 전혀 들지 않았다.

특히 에스텔라의 마음에 들었던 건 테라스 쪽에 놓인 작은 티 테이블이었다. 의자가 하나만 놓여 있는 걸 보아 손님이 아닌 방의 주인이 스스로를 대접하는 공간 같았다. 채광이 좋은 것은 덤이다. 꼭 영화에 나오는 공주님 침실 같은 곳이었다. 레이스 캐노피가 달린 핑크색 아기 공주 방이 아닌, 진짜 왕족의 공간.

쏟아지는 햇빛 덕분에 반쯤 깼던 잠이 완전히 달아났다. 반면 제가 디디고 있는 이 공간은 꼭 꿈만 같았다. 그도 그럴 것이 에스텔라는 오늘 아침까지만 해도 이 반의반도 안 되는 크기의 방에서 깨어났으니까.

경사스러운 이사는 아침의 일로 거슬러 올라간다. 지금 옆에서 방을 안내하고 있는 하녀는 날이 밝자마자 에스텔라의 방문을 두드렸었다. 전날의 경험을 타산지석 삼아 다시 이불을 뒤집어쓰려는데, 방 밖에서 들려오는 목소리가 기억과는 조금 달랐다. 정확히 말하면 남자아이의 것이라기엔 지나치게 가늘고 어른스러웠다.

그제야 에스텔라는 저를 찾아온 상대가 세드릭이 아니라는 걸 깨달았다. 황급히 에스텔라가 문을 열자 대기하고 있던 하녀가 곧장 디에고의 말을 전했다.

"소공작님께서 다 준비되었으니 방을 옮기라 명하셨습니다."

멍하니 뒷머리를 긁는 에스텔라를 대신해 하녀들이 방 안으로 난입했다. 그녀들은 짐을 대강 싸 들더니 곧장 에스텔라를 다른 층으로 안내했다. 에스텔라가 서재를 방문할 때를 제외하곤 좀처럼 걸음하지 않는 3층이었다. 굳이 찾지 않았던 이유는 간단했다. 이곳은 본래 베르타 공작과 그 부인이 기거하는 공간이었다.

불쑥 찾아든 불안에 에스텔라는 그대로 입구에 멈춰 섰다. 창가의 커튼을 걷어 내던 하녀가 그런 에스텔라 쪽을 힐끔 돌아보았다. 얼굴엔 하루아침에 인생이 바뀐 여자에 대한 호기심이 역력했다.

에스텔라는 시선을 의식하고는 허리를 곧게 폈다. 딱히 기세를 잡고 싶은 건 아니었지만 사용인들에게 얕보여서야 디에고의 입장이 곤란해질 것이다. 에스텔라가 소파 등받이를 쓸며 태연한 척 물었다.

"여긴 원래 누가 쓰던 방이었지?"

하녀는 좀처럼 대답을 내놓지 못하고 머뭇거렸다. 꼭 이야기 속 저주받은 방이라도 대하는 듯한 반응이다. 객관적으로 잘 꾸며진 공간인 데다, 그 귀한 반지를 선물한 디에고가 제게 이상한 침실을 내주었을 리는 없는데도 말이었다. 에스텔라가 설마 하는 음성으로 물었다.

"전대 공작 부인의 방이었나?"

"……네. 맞습니다, 에스텔라 님."

하녀가 머뭇거리며 대답했다. 에스텔라가 공작 부인 안나에게 뺨을 얻어맞았던 일은 저택의 모두가 알고 있었다. 사람에 따라서는 싫어하는 이의 영역에 머무는 걸 꺼림칙하게 여길 법도 했다.

그러나 에스텔라가 놀란 건 이전 주인의 정체가 아닌, 공간 선정의 파격성 때문이었다. 에스텔라는 디에고의 약혼자였다. 그 직책이 경우에 따라 다른 의미를 가지긴 할 것이나, 이 상황에선 '고작'이라는 수식이 어울린다는 생각이 들었다. 디에고가 대체 무슨 생각으로 그녀에게 대뜸 안주인의 방을 내주었는지 알 수 없었다. 쓸 만한 방을 비워 놨으니 옮기라는 말을 곧이 믿었는데, 여긴 그냥 '쓸 만한 방' 아니었다.

지금 와 생각해 보니 그 성질 급한 남자가 하루를 더 기다리라고 한 것부터가 이상했다. 아무래도 가구를 바꾸고 뒤엎느라 하루를 꼬박 들인 모양이었다. 이 정도로 큰 방의 구성을 전부 갈아치웠다면 보통 수고가 아니었을 것이다.

"그럼 저 문은 소공작님의 방과 통하겠군?"

에스텔라가 오른쪽 벽면 가운데 난 문을 가리키며 물었다. 어떤 용도의 통로인가 했는데 부부끼리 왕래하도록 만들어 둔 듯했다. 에스텔라의 예상대로 하녀는 공손히 그렇다고 답했다.

"소공작님께서도 방을 옮기셨나?"

"옆방은 아직 정리 중인 것으로 압니다."

방을 옮기는 시기는 그와 별반 차이가 없는 모양이었다. 에스텔라는 그가 갑작스러운 이사를 결심한 이유를 알 것 같았다.

가주의 방은 베르타 공작이 타계한 이후로 쭉 비워진 상태였다. 디에고가 작위를 물려받지 못해 쭉 후계자의 위치로만 머물렀던 탓이다. 왕실에서 상속에 대한 승인을 미뤄 왔기에 디에고도 가주의 권한을 온전히 가져올 수는 없었다.

한데 지난 무도회에서 왕은 갑작스럽게 태도를 바꿨다. 에드왈도 6세는 디에고에게 몹시 살갑게 굴며 그간 일이 바빠 인가를 내주지 못했다고 말했다. 그러고는 빠른 시일 내에 이를 해결해 주겠다 호언하기까지 했다.

왕이 직접 나서 디에고가 후계자임을 인정했으니 이젠 거칠 것이 없었다. 그 시점 이래 디에고는 아버지의 방으로 옮겨 올 결심을 했을 것이다. 에스텔라는 그 덤이었을 테고 말이다.

이제야 디에고의 약혼자 노릇을 하게 되었다는 게 조금 실감이 났다. 에스텔라는 제 약지를 잠시간 들여다보았다. 두터운 다이아에 손가락이 배길 것 같아 빼고 자려던 것을, 누가 훔쳐 갈까 두려워 그대로 끼워 두었던 물건이었다. 적어도 이곳에선 안심하고 벗어 놓을 수 있겠다는 생각이 들었다.

그때 복도 너머에서 소란스러운 소리가 들려왔다. 에스텔라는 반사적으로 고개를 돌렸다. 어딘지 익숙한 뜀박질 소리에 이어, 누군가가 사납게 문을 두드렸다.

"에스텔라아!"

"선생님!"

아무래도 아이들이 소식을 듣고 찾아온 모양이었다. 에스텔라는 한숨을 내쉬며 입구로 다가갔다. 문을 열자 복도에서 다른 하녀가 열과 성을 다해 침입자를 막고 있는 게 보였다. 하녀가 진땀을 빼며 말했다.

"도련님, 아가씨. 여기로 오시면 안 돼요."

"선생님!"

문틈 사이로 에스텔라를 발견한 세실리아가 반색하며 소리쳤다. 하녀가 에스텔라를 향해 곤란한 얼굴로 물었다.

"에스텔라 님, 어떻게…… 도련님과 아가씨를 아래층으로 내려보낼까요?"

"아니, 그냥 두게."

에스텔라가 부드럽게 미소 지었다. 방해가 약해진 틈을 타 세드릭과 세실리아가 방 안으로 난입했다. 방 안의 하녀가 눈을 휘둥그레 뜨고는 그들을 쳐다보았다. 에스텔라는 그녀에게도 이만 나가 볼 것을 권했다. 머뭇거리던 하녀는 이내 순순히 방을 나섰다.

넓은 방 안을 마구 뛰어다니던 세드릭과 세실리아가 중앙에 멈춰 섰다. 세드릭이 먼저 고개를 갸웃거렸다.

"여기 아는데."

"전이랑 좀 달라."

"다른 방인가?"

"벽지는 똑가타!"

세실리아가 유일하게 바뀌지 않은 벽면을 가리키며 말했다. 아이들이 제 친모의 방에 한 번도 안 와 봤을 리는 없었다. 에스텔라가 그들의 앞으로 다가서며 말했다.

"원래 어머님 방이었던 곳 맞아요. 공작 부인께서 다른 데로 처소를 옮기셔서 제가 이쪽으로 오게 된 거예요."

"그럼 선생임이 엄마야?"

세실리아의 뚱딴지같은 물음에 에스텔라가 멈칫했다. 에스텔라가 곧 어이없다는 듯 웃으며 대답했다.

"그건 당연히 아니죠."

그리 말하며 에스텔라는 아이들을 소파로 안내했다. 방이 넓어져서 좋은 점 중 하나는 손님을 응대할 만한 여유 공간이 생겼다는 사실이었다.

얌전히 자리에 앉은 세드릭과 세실리아가 할 말이 많은 표정으로 에스텔라를 응시했다. 세드릭이 답지 않게 시무룩한 투로 물었다.

"선생님 바뀌는 거 진짜야?"

"아……."

에스텔라의 얼굴에 곤란한 표정이 떠올랐다. 그러고 보니 아이들에게 먼저 알렸어야 했는데 정신이 없어 말을 전하지 못했다. 아이들도 나름 자신에게 정이 들었을 텐데 나쁜 방식으로 이별을 고한 것 같아 마음이 좋지 않았다. 아니나 다를까 적지 않게 기분이 상한 듯 세실리아가 볼을 부풀렸다.

"난 선생임 바뀌는 거 시러."

"이 바보야, 선생님은 빈털터리 신세에서 이제야 놀고먹을 기회를 얻은 거라고."

세드릭이 세실리아에게 핀잔하듯 말했다. 따지고 보면 응원에 가까운 말이었으나 듣는 에스텔라로서는 그다지 힘이 나지 않았다. 에스텔라는 내심 생각했다. 나름의 권력을 얻었으니 이제 세드릭을 좀 더 권위적으로 훈육해도 되지 않을까……?

"그래도 시러!"

세실리아가 짧은 팔로 팔짱을 끼며 소리쳤다. 세실리아의 코끝은 어느새 발개져 있었다. 세실리아가 참지 못하고 작게 코를 들이마셨다. 에스텔라가 미안함이 담긴 목소리로 말했다.

"죄송해요, 직접 말하려고 했는데 다른 사람 통해서 듣게 해서."

확인 사살을 당하자 세실리아는 눈시울까지 붉혔다. 세실리아가 떼를 쓰듯 말했다.

"왜 그망둬? 띠에고랑 겨론하면 우리 선생임 모태?"

"아가씨, 저 어디 떠나는 거 아니에요. 계속 여기 있을 거예요. 좀 역할이 달라지는 것뿐이죠."

에스텔라가 세실리아를 달래듯 말했다. 하지만 우는 아이에게 그 말이 잘 들렸을 리가 없다. 세실리아가 울먹거리며 소리쳤다.

"띠에고 좋아해? 선생임 치향 이상해!"

발음이 분명친 않지만 아무래도 취향을 말하는 모양이다. 에스텔라는 세실리아의 자리로 몸을 옮겼다. 에스텔라가 손수건을 꺼내 세실리아의 콧물을 닦아 주며 물었다.

"선생님이 더 이상 선생님 안 한다니까 슬퍼요?"

세실리아는 입을 꾹 다문 채 아무런 대답도 하지 않았다. 한참 히끅거리던 세실리아가 이내 고개를 크게 내저었다.

"아아니, 나눈 선생임이 행보카면 대써."

에스텔라의 눈이 놀라움으로 커졌다. 한참 서러움을 받아 줄 각오를 했는데 이런 어른스러운 대답을 듣게 될 줄은 몰랐다. 저를 생각하는 마음이 너무 예뻐서 감격스럽기까지 했다. 아이들을 정성으로 돌본 보람이 있구나 싶어 가슴이 다 찡했다. 에스텔라는 벅찬 마음을 참지 못하고 세실리아의 뺨에 짧게 입을 맞췄다.

"아이구, 세실리아가 너무 착해서 선생님은 행복해요."

그리 말하며 에스텔라가 세실리아를 제 품에 안아 들었다. 울음 때문에 열이 몰려서인지 세실리아의 몸은 뜨끈해져 있었다. 에스텔라가 세실리아를 진정시키듯 등 뒤를 느리게 쓸었다. 그것을 지켜보던 세드릭이 툭 내뱉듯이 물었다.

"행복해?"

꼭 새벽 2시에 찾아온 옛 애인인 양 뒤끝 있는 질문이었다. 에스텔라는 슬쩍 어이없는 미소를 흘렸다. 평소라면 대충 넘어갔겠지만 제가 한 짓이 있으니 오늘만큼은 성심성의껏 대답해 주기로 했다. 에스텔라가 골똘히 고민하다가는 대답했다.

"그냥 그런데요."

"벼락출세를 했는데 왜 안 행복해?"

"별로 그런 걸 인생 목표로 삼진 않았거든요."

남이라면 부러워할 자리를 굳이 박차고 나가려는 이유도 같은 선상에 있었다. 에스텔라는 돈을 좋아하고 그것으로 얻을 수 있는 물질 역시 사랑했지만, 동시에 일확천금에는 그다지 관심이 없었다. 그녀는 쉽게 얻은 돈은 쉽게 나간다는 구시대적 믿음을 가지고 있는 여자였다. 그녀의 아버지만 해도 눈먼 돈을 노리다가 가족 모두를 고행으로 밀어 넣지 않았는가.

"난 에스텔라가 행복했으면 좋겠는데."

세드릭이 뽀로통한 기색으로 중얼거렸다. 세실리아에 이어 세드릭까지 이런 감동적인 멘트를 쏟아 내다니. 오늘이 무슨 날인가 싶었다.

에스텔라는 어안이 벙벙하여 세드릭을 빤히 쳐다보기만 했다. 세드릭이 흘긋 에스텔라의 얼굴을 올려다보다가 입을 벙긋했다. 더 할 말이 남았다는 투였다. 에스텔라가 재촉하듯 말했다.

"계속 말씀해 보세요. 지금 엄청 감동받는 중이니까."

"감동받을 말 같은 거 하려는 거 아니거든."

세드릭이 불량스럽게 대답했다. 에스텔라가 의아한 얼굴로 물었다.

"그게 아니면 뭔데요?"

"미래에 대한 조언을 해 줄까 했지."

"그럼 하세요. 제자가 해 주는 조언, 뼛속 깊이 새겨들을 테니까."

"······아니야, 확실친 않아."

세드릭이 결국 에스텔라의 시선을 피해 고개를 돌렸다. 에스텔라는 세드릭의 표정을 자세히 살피고 싶었으나 여유가 없어 그렇게 하진 못했다. 제 가슴에 얼굴을 기댄 세실리아에게서 간헐적으로 딸꾹질이 새어 나오고 있었으니까. 에스텔라가 세실리아의 등을 두드리는 데 집중하며 중얼거렸다.

"대체 뭐기에 그렇게 뜸을 들이시는지······."

"선생님은 형을 사랑해?"

그 와중에도 생뚱맞은 질문은 쉬지 않고 이어졌다. 에스텔라가 대수롭지 않은 투로 말했다.

"그런 거 아니라니까요."

"형이 무슨 짓을 해도 실망하지 않을 거야?"

"그건 무슨 짓이냐에 따라 다르겠죠?"

"그럼 말 안 할래."

세드릭이 벌떡 자리에서 일어섰다. 타이밍 좋게 세실리아에게서 트림이 새어 나왔다. 한참 운 탓인지 세실리아의 눈은 발갛게 변해 있었다. 세실리아가 에스텔라를 올려다보며 말했다.

"나····· 배고파."

"그럼 뭐라도 먹으러 갈까요?"

아직 식사 때는 아니지만 간식이라도 좀 먹여야 할 듯했다. 당분을 섭취하면 세실리아도 기분이 좀 나아질 것이다.

에스텔라는 세실리아를 안은 그대로 자리에서 일어섰다. 세드릭은 그사이 에스텔라의 새 침대로 가 엎어져 있었다. 주인도 개시를 안 해 본 침상에 퍽 대담하게 접근했다 싶다. 에스텔라는 황당한 기분이었지만 세드릭을 향해 인내심 있게 질문했다.

"아가씨랑 같이 나가서 간식 먹을 건데 안 오실 거예요?"

"에스텔라는 바보야, 바보 선생님."

세드릭이 신경질적인 투로 대답했다. 에스텔라는 작게 콧방귀를 끼고는 방 밖으로 나왔다. 맛있는 걸 고사해 봐야 본인만 손해였다. 에스텔라는 평소엔 잘 내주지 않는 케이크를 주방에 부탁해 세드릭을 약 올리기로 결심했다. 새 침대를 뺏긴 마당에 이 정도 소심한 복수쯤은 해 줘야 했다.

에스텔라가 세실리아를 안고 밖으로 나오자 하녀가 고개를 숙여 인사했다. 곧장 방 안으로 들어가려는 하녀를 보며 에스텔라가 작은 목소리로 주의를 남겼다.

"안에 세드릭이 있으니 나중에 정리하는 편이 좋겠어."

침대에 드러누운 세드릭을 넘겨본 하녀가 공손한 투로 물었다.

"도련님께서 잠드시면 방으로 내려보낼까요?"

"아니, 그럼 더 난리 칠 테니 그냥 두는 게 낫겠어."

에스텔라가 피식 미소 지으며 대답했다. 아무래도 제 방이 이 아이들의 아지트가 될 것 같다는, 다소 불길하고도 현실적인 예감이 들었다.

세드릭이 막 잠에서 깨어났을 때, 에스텔라는 이미 방으로 돌아와 있었다. 시간이 지남에 따라 자연스럽게 눈을 뜬 건 아니었다. 머리 위를 간지럽히는 긴 손가락이 잠이라는 불청객을 내쫓고 있었다. 세드릭은 고개를 틀어 위를 올려다보았다. 뻑뻑한 눈으로 빛이 새어 들어왔다. 흐릿한 얼굴의 에스텔라가 물었다.

"깨셨어요?"

잘 생각으로 누운 건 아니었는데 부지불식간에 무의식에 빠져들고 말았다. 세드릭은 눈을 몇 번 깜빡이다가는 검지로 눈꺼풀 위를 비볐다. 세드릭이 졸린 목소리로 물었다.

"……지금 몇 시야?"

"한낮이에요. 배 안 고프세요?"

에스텔라가 염려스러운 얼굴로 세드릭을 응시했다. 간식까지 실컷 섭취한 세실리아와 달리 세드릭은 점심도 건너뛰었다.

우느라 몸이 곤했는지 세실리아는 케이크를 신나게 해치우자마자 끔뻑끔뻑 졸기 시작했었다. 에스텔라는 세실리아에게 자장가까지 불러 주고 나서야 방으로 돌아올 수 있었다. 세실리아가 그녀의 소맷단을 잡고 놓아주지 않은 탓이었다. 한참 혼자 있었던 세드릭에게도 뭘 먹여야 할 것 같아 간식까지 챙겨 왔는데, 정작 세드릭 역시 넋을 놓고 곯아떨어져 있었다.

에스텔라가 테이블 위를 가리키며 말했다.

"도련님이 좋아하시는 딸기 케이크 가져왔어요. 또 저희만 먹으면 삐지실 것 같아서."

"내가 왜 그런 거로 삐져?"

세드릭이 몸도 일으키지 않고 툴툴거렸다. 아무래도 먹을 생각이 없는 모양이라 에스텔라도 더 권하진 않았다.

에스텔라가 아무 말이 없자 되레 관심이 돌아왔다. 세드릭이 물었다.

"근데 왜 나한테 계속 존대해?"

"존대……. 아, 그러네요. 이젠 고용인도 아닌데."

에스텔라가 깨달음을 얻은 목소리로 말했다. 처음 만난 이래 계속해서 존대를 써 왔던 통에 말을 낮출 생각도 못 했다. 관계의 역전은 에스텔라에게도 아이들에게도 낯선 변화였다. 아마 앞으로는 이보다 더 많은 것들이 바뀔 터였다. 정작 당사자인 에스텔라는 적응할 준비가 되지 않은 상태였지만.

세드릭이 경고하듯 말했다.

"공작 부인이 되기에 선생님은 너무 위엄이 없어."

"그러게요, 저도 잘 해낼 자신은 없네요."

에스텔라가 순순히 인정했다. 애초에 아드리아나처럼 독한 마음을 가지고 디에고의 옆자리를 얻게 된 게 아니다. 그런 주제에 여주인공 자리를 차지했으니 각오가 모자란 건 당연한 일이었다.

에스텔라는 디에고의 약혼자가 된 아드리아나에게 쏟아졌던 모든 고난을 기억했다. 악녀 역할이었던 백작 영애의 질시는 기본이고 주변의 온갖 방해들까지 예정되어 있다. 그전에 파업할 수 있다면 더 바랄 바가 없겠다 싶었다.

에스텔라가 진심을 담아 말했다.

"사실 소소하게 애들 가르치면서 사는 게 좋아요, 저는."

"근데 왜 결혼하는데? 왜 세실리아랑 나를 두고……."

세드릭은 에스텔라가 거짓말을 하고 있다고 생각한 모양이었다. 아까 전까지만 해도 제법 의젓하게 굴었던 세드릭이 울컥한 표정을 지었다. 에스텔라는 손을 뻗어 그런 세드릭의 머리를 헝클었다.

"원래 선생님은 학생들을 떠날 수밖에 없어요. 아이가 언제까지나 아이로 있을 수는 없으니까. 다 가르치면 '아, 좋은 배움이었다.' 하고 다음 단계로 넘어가는 거죠."

"고작 석 달 가르쳐 놓고 그런 소리 해도 되는 거야?"

"저 떠나는 거 아니라니까요. 소공작님이 가끔씩 수업 진행하는 건 괜찮다고 하시던데요."

세드릭은 입을 벙긋이다가, 그대로 뒤로 돌아누웠다. 세드릭이 볼멘 목소리로 말했다.

"선생님 인생이 불쌍해서 형의 비밀을 알려 주려고 했는데, 이젠 됐어."

"대체 그게 뭐길래 그러시는데요? 소공작님 엉덩이에 이상한 점이라도 있어요?"

대체 뭐기에 세드릭이 저렇게 말을 못 하고 망설이나 싶었다. 에스텔라의 물음에 세드릭이 황당하다는 표정을 지었다. 꼭 저질을 보는 듯한 눈빛 역시 뒤따라왔다. 에스텔라는 가볍게 어깨만 으쓱였다. 세드릭이 다시 손등 위에 뺨을 기대며 말했다.

"몰라도 돼, 몰라서 행복한 것들이 있잖아."

"저보고 바보라고 하셔 놓고?"

"선생님이 행복하길 바라니까 안 말하는 거야."

에스텔라는 세드릭의 어깨를 흔들어 답을 얻어내려다 말고 멈칫했다. 이상한 예감이 느껴졌다. 잠시 침묵하던 에스텔라가 입을 열려고 할 때였다.

바깥에서 소란이 울려 퍼졌다. 아까 아이들이 찾아왔을 때와는 완전히 다른 소음이었다. 구둣발 소리는 한결 날카로웠으며, 침입자를 막아서는 음성도 그보다 다급했다.

"부인, 이러시면 안 됩니다. 부인!"

쾅!

굉음과 함께 문이 열렸다. 에스텔라는 그대로 얼어붙었다. 세드릭의 몸 역시 긴장으로 빳빳이 굳어진 것이 느껴졌다.

소란 속에서 나타난 건 전대 공작 부인인 안나였다. 에스텔라의 옆에 있는 아들을 발견한 안나가 눈살을 찌푸렸다. 그러나 동요는 잠시, 안나는 같잖다는 듯 헛웃음을 내뱉었다.

"역시 너였군."

"제 방엔 어쩐 일이신지요?"

에스텔라가 최대한 담담한 목소리로 되물었다. 먼저 숙이고 나갔다 간 무시당할 것이었다. 안나는 약자의 냄새를 기가 막히게 맡을 줄 아는 여자였으니까.

에스텔라의 당당한 태도에 안나가 기가 찬다는 듯 코웃음 쳤다.

"'제 방'이라고? 하!"

안나는 이내 고개를 꼿꼿이 들며 안으로 걸어 들어왔다. 입구엔 안나의 침입을 막으려 했던 하녀가 어쩔 줄 모르는 얼굴로 서 있었다. 에스텔라는 굳이 그 하녀가 감당할 수 없는 명령을 내리진 않았다.

안나가 내용과는 어울리지 않는 친절한 투로 말했다.

"걱정하지 말렴, 또 머리채를 잡으러 온 건 아니란다. 네 약혼자가 친히 경고까지 해 주고 가셨거든."

"……."

"한데 내가 머물던 방이니, 여기서 사라진 분실물 정도는 찾을 권리가 있지 않겠어? 의붓아들이 친히 옮겨 준 짐에서는 도통 찾던 게 나오지 않아서 말이야."

그리 말하며 안나가 품평하듯 방 안을 둘러보았다. 러그 귀퉁이를 걷어차더니, 테이블로 다가가 케이크가 담긴 접시를 내려다보았다. 에스텔라가 저지하기도 전, 안나는 그것을 들어 곧장 바닥으로 내던졌다. 사기가 깨지는 날카로운 파열음과 함께 크림이 사방으로 튀었다.

에스텔라는 설렁줄을 잡아당기려다 말고 멈칫했다. 사용인들이 방에 도착하는 것보다 안나가 그릇의 파편을 들고 제게 돌진하는 게 더 빠를 터였다. 에스텔라는 조용히 세드릭을 당겨 품에 안았다. 세드릭은 어느새 몸을 떨고 있었다.

"그래, 처음부터 수상했지. 그놈이 이상하게 네년을 싸고돌았단 말이야. 지난번 네 뺨을 쳤을 때도 답지 않게 과민 반응을 하더라니……."

그리 중얼거리며 안나가 이를 악물었다. 창가를 향해 다가간 그녀가 그대로 창을 걷어찼다. 한 번으로 부서지지 않자 티 테이블에 있던 화병을 들어 내던지기까지 했다. 파열음과 함께 유리 조각이 사방으로 튀었다. 안나는 그중 가장 큰 조각을 집어 들어 커튼까지 찢어 내렸다.

침대를 제외한 모든 곳이 어느새 난장판이 되어 있었다. 엉망이 된 방을 본 안나의 얼굴에 그제야 흡족함이 깃들었다. 안나가 사뿐한 걸음으로 에스텔라에게 다가왔다.

"능력 좋은 건 인정해야겠어. 하기야 반반한 계집이 왜 벌이도 시원치 않은 가정 교사 일을 하려고 하나 싶긴 했었지. 아무래도 대어를 노리기 위해서였나 보군?"

"부인, 거기까지만 하세요. 절 모욕하시는 게 아니라 부인의 명예에 먹칠하는 짓입니다."

에스텔라가 가까스로 동요하지 않은 척 받아쳤다. 안나는 대놓고 픽 웃음 지었다.

"왜, 내 말이 틀려? 고향 땅에 도박하는 아버지가 있다지. 감당이 힘드니 수도에서 크게 한탕 노려보려고 했던 거 아닌가?"

안나의 목소리에 서서히 분노가 깃들었다. 꼭 제 재산을 훔치려 드는 비렁뱅이를 보는 듯한 눈빛이었다. 안나가 이죽이듯 말했다.

"가정 교사 주제에, 내 아이들의 어미라도 되는 양 잘도 내 자리를 뺏었지."

그리 말하며 안나가 눈을 희번덕거렸다. 유리 조각을 쥔 그녀의 손에 힘이 들어갔다. 그러면서도 차마 예기를 에스텔라에게 겨누진 못했다. 화를 못 이긴 안나가 그것을 바닥으로 내던졌다.

"네가 감히 두 눈 똑바로 뜨고 날 쳐다봐?"

에스텔라는 바닥에 부딪쳐 튕겨 나간 유리 조각을 흘긋 응시했다. 안나에게 아직 사리 분간이 가능할 정도의 이성은 남아 있었다. 저를 흉기로 위협한다면 돌이킬 수 없게 됨을 알고 있는 것이다. 단순히 물건을 부수며 패악을 부리는 것과 목숨을 위협하는 건 완전히 다른 선상에 있었다.

에스텔라는 스스로의 안위를 걱정할 필요가 없게 되었음을 기민하게 알아차렸다. 에스텔라는 자리에서 일어서 세드릭을 가리고 섰다. 에스텔라가 차분해진 음성으로 말했다.

"아닙니다, 부인."

"뭐?"

"아니라고요, 일개 가정 교사."

에스텔라가 그리 말하며 손등이 안나를 향하도록 왼손을 들었다. 안나는 어렵지 않게 그녀의 약지에 끼워진 이질적인 무언가를 발견해 냈다.

"전 곧 공작님과 약혼식을 치를 예정이에요. 그러니까 제 위치가 이전과는 많이 달라지지 않겠어요?"

에스텔라가 즐거움마저 느껴지는 음성을 꾸며 냈다. 안나는 휘황찬란한 빛의 반지에 시선을 고정한 채 좀처럼 눈을 떼지 못했다. 워낙눈에 띄는 모양이었기에 안나는 곧 그것이 자신의 기억 속에 있는 물건임을 알아차렸다.

안나가 이를 딱 부딪치며 말했다.

"너…… 네가 그걸 어떻게……."

"디에고 님께서 주셨습니다. 로맨틱한 청혼이었죠. 그분께서 말씀하시길, 베르타 공작가의 안주인에게 대대로 내려오는 물건이라고 하더군요."

손을 돌려 다이아몬드를 들여다보던 에스텔라가 흘긋 안나를 넘겨보았다. 에스텔라가 비웃듯이 물었다.

"그런데 부인께는 영 낯선 물건인가 봅니다?"

디에고는 이 물건을 안나가 무척이나 탐냈다는 듯이 말했었다. 디에고의 아버지와 결혼해 베르타 공작가를 쥐락펴락했던 그녀가 얻지못했던 유일한 물건이라 했다. 이보다 그녀의 콤플렉스를 자극하는물건이 또 없을 것이다.

아니나 다를까 안나는 창백해진 얼굴로 어깨를 떨고 있었다. 에스텔라는 기세를 놓치지 않고 침대 맡으로 걸어갔다. 침대 프레임 아래로 늘어진 긴 줄을 잡으며 경고하듯 말했다.

"사용인을 불러 끌어내기 전에 나가세요. 하인들이 저희 중 누구의 말을 들을지 확인하고 싶진 않으시겠죠?"

"이 건방진 계집이……."

안나가 증오 어린 눈으로 저를 노려보고 있었으나, 에스텔라는 더이상 그녀가 그리 두렵지 않았다. 안나는 저보다 체구가 작았다. 흉기도 놓친 마당에 제게 달려든다 해서 제압이 불가능해지는 않을 것이다. 무엇보다 에스텔라는 자신이 건드릴 수 없는 사람이란 사실을 상대에게 이미 충분히 설명해 주었다.

에스텔라는 안나가 동작을 멈춘 틈을 타 문가에 선 하녀를 향해 눈짓했다. 다른 사용인들을 불러오라는 의미였다. 에스텔라의 뜻을 알아들은 하녀가 황급히 돌아섰다. 이제부터는 시간 싸움이었다.

곧 상황이 종식되리라는 예고에 안나는 섣불리 에스텔라를 자극할 생각을 접었다. 그녀는 가까스로 가슴에 일어난 불을 삼켰다. 뜨거운 분노를 힘겹게 소화해 낸 뒤, 안나는 정제된 악의를 꺼내 들었다. 안나의 시선이 침대 위의 세드릭에게로 돌아갔다.

"세드릭, 오랜만에 보는 어미에게 인사조차 없구나."

세드릭은 움찔 몸을 떨 뿐 대답하지 않았다. 에스텔라는 세드릭이 얌전한 아이가 아니라는 사실을 알고 있었다. 세드릭을 저렇게 만들 수 있다는 것 자체가 안나가 옳지 못한 방식으로 자식을 길렀다는 증거다.

"네 어미는 나란다. 잊은 건 아니겠지?"

언뜻 상냥한 듯했던 안나의 목소리가 갈수록 험악하게 변해 갔다.

"네가 저 연놈들의 알량한 연극에 속은 것 같아 비밀을 하나 말해 주마. 너희들이 가족이 될 수 없는 진짜 이유에 대해서 말이야."

"부인, 당신 설마……."

에스텔라의 혀끝이 바싹 말랐다. 에스텔라는 아이에게 해선 안 되는 말과 행동에 대해 몹시 잘 파악하고 있었다. 그에 반해 안나는 부모로서의 최소한의 자격도 갖추지 못한 사람이었다. 안나가 희열마저 느껴지는 음성으로 말했다.

"네 아버지를 죽인 게 그리도 존경하는 네 형이란다."

제 아들이 작위를 물려받게 하려 모든 힘을 썼으나, 정작 그 아들은 찢어 죽여도 시원치 않을 여자의 품속에 있었다. 창백하게 질린 세드릭의 얼굴을 본 안나가 만족스럽다는 듯 깔깔거렸다.

"부인!"

에스텔라가 세드릭과 안나의 사이를 황급히 막아섰다. 안나의 입을 막는 데는 결국 실패했지만.

"그놈이 네게 작위를 빼앗기기 싫어 제 아비의 심장을 찔렀다 이 말이다, 세드릭. 아버지도 죽인 놈이 동생이라고 뭐 다를까? 심지어는 어미도 다른데 말이다."

안나가 비웃듯이 말했다. 마침 복도 너머에서 사용인들이 달려오는 소리가 들려왔다. 하녀가 말을 제대로 전한 듯, 열린 문으로 모습을 드러낸 건 저택의 경비원들이었다.

그들은 난장판이 된 방을 보고 당황하여 잠시간 머뭇거렸다. 안나와 에스텔라 중 누구의 명을 따를지에 대해 고민하고 있는 듯했다. 에스텔라가 처음으로 분노하여 소리쳤다.

"거기 멀뚱히 서서 뭐 하는 거지? 어서 공작 부인을 내쫓아!"

어찌 됐든 안나는 이미 죽어 버린 가주의 아내였다. 디에고가 안나를 못마땅하게 여겨 별관으로 내쫓았다는 소문은 이미 저택 내에 파다했다. 뒤늦게 정신을 차린 경비원들이 안나의 팔을 잡아 끌어냈다. 안나는 완력으로 끌려 나가면서도 멈추지 않고 목청을 높였다.

"그 자리 어디 한번 잘 보전해 보렴! 그런데, 나처럼 남편이 뒈져 버리면 그 방을 지킬 수 없게 되긴 마찬가지 아니겠니?"

저주 같은 말을 내뱉으며 안나가 깔깔거렸다. 그 섬뜩한 웃음소리는 잠시 후에야 완전히 멀어졌다. 에스텔라는 그만 힘이 풀려 제자리에 주저앉을 뻔했다. 그러나 그녀에겐 그보다 우선해서 돌봐야 할 사람이 있었다.

"흐으……"

세드릭이 참았던 눈물을 터트렸다. 에스텔라가 달려가듯 세드릭에게 다가가 그를 끌어안았다. 그러고는 세드릭의 양 뺨을 감싼 채 얼굴을 살폈다. 에스텔라가 어쩔 줄 모르는 목소리로 말했다.

"도련님, 괜찮으세요? 어머님 말씀은…… 잊으세요. 말도 안 되는 소리니 믿지 말고 그냥……."

"괜찮아."

세드릭이 볼품없는 목소리로 말하며 에스텔라의 팔을 뿌리치려 했다. 에스텔라는 세드릭의 얼굴이 아이답지 않게 기묘하게 일그러져 있다고 생각했다. 에스텔라가 채근하듯 세드릭을 불렀다.

"도련님."

"괜찮다고 했잖아. 그리고…… 나도 알아."

가슴이 철렁 내려앉았다. 무엇을 안다는 건지 정확히 설명하진 않았으나, 세드릭의 눈을 마주한 순간 에스텔라는 직감처럼 깨달았다.

세드릭을 붙들었던 에스텔라의 손이 빳빳해졌다. 좀처럼 입이 벌어지지 않았다. 본능적으로 느낄 수 있었으니까.

"이미 알고 있었어. 형이 아버지를 죽인 거."

제 변명은 아무런 의미가 없다는 것을.

⟋✿⟍

지금 와 생각해 보건대 그것은 정말이지 아무런 의미라곤 없는 일이었다.

세드릭이 아직 세실리아와 같은 나이였을 때였다. 세드릭 대신 매질하기에 세실리아는 대단히 작았고, 때문에 안나가 어린 딸보다는 사용인들에게 화풀이를 하던 시절이기도 했다. 그때나 지금이나 세드릭이 직접 매를 맞는 날은 잦지 않았다. 하지만 공작 부인이 반드시 세드릭에게 손을 들고 싶어 할 정도로 화가 났을 때엔, 그 반대급부로 가장 매서운 폭력이 쏟아졌다.

그날 세드릭이 안나에게 끌려간 이유는 간단했다. 세드릭이 감히 베르타 공작의 앞에서 형이 저와 놀아 주지 않는다며 투정을 부렸기 때문이다. 집안의 이해관계를 모두 이해하기에 세드릭은 아직 어렸고, 베르타 공작 부부 역시 썩 배려 있는 양육자는 아니었다.

안나는 제 어린 아들이 한참 높은 연배의 이복형에게 관심을 보내는 것을 극도로 혐오했다. 그녀는 세드릭이 디에고에게 조금이라도 친밀한 반응을 보이면 하늘이 무너질 듯 굴었다. 그 사유가 객관적으로 합리적인지, 그렇지 않은지는 딱히 중요하지 않았다.

세드릭은 이 저택의 차남이었고, 말하자면 안나가 후일을 도모할

출세 줄이기도 했다. 세드릭을 공개적으로 체벌할 순 없으므로 안나는 남들이 볼 수 없는 곳에 숨어드는 것을 택했다. 매질을 하는 곳도 종아리나 발처럼 타인의 눈에 띄지 않는 부위였다. 세드릭은 안나의 화가 풀릴 때까지 열 대고 스무 대고 제가 맞은 횟수를 세곤 했다.

그날도 세드릭은 어머니에게 붙잡혀 알 수 없는 곳으로 끌려가고 있었다. 어린아이가 따라잡기에 안나의 보폭은 몹시 빨랐다. 세드릭이 잡힌 손목이 아파 신음하는데도 안나는 관심 하나 주지 않았다. 애초에 자리를 옮기는 이유 자체도 그를 아프게 하기 위함이었으니 썩 목적에 부합하는 이동 방식이라고 볼 수도 있었다.

목적지에 가까워졌을 즈음, 모자는 모퉁이를 돌자마자 누군가와 마주쳤다. 상대를 발견한 안나의 입매가 일그러졌다. 썩 유쾌하지 못한 표정을 짓고 있는 건 디에고도 마찬가지였다.

그대로 지나쳐 가려는 디에고를 안나가 붙잡았다. 오로지 조롱하기 위해서였다.

"못 배워 먹은 행동은 여전하구나. 어머니를 보았는데 인사도 하지 않는 거니?"

디에고가 무심한 눈으로 안나를 돌아보았다. 그러고는 불량한 태도로 고개만 까딱여 인사했다.

"안녕하십니까, 부인."

디에고가 그리 말하며 흘긋 세드릭에게 시선을 주었다. 아무 의도도 없는 행동이었으나 세드릭은 일종의 중압감을 느꼈다. 세드릭이 눈치를 보며 입을 열었다.

"아, 아……."

'안녕하세요.' 하고 인사하고자 했으나 곧장 안나가 매서운 눈길을 쏟아 냈다. 세드릭은 그대로 풀이 죽어 시선을 아래로 늘어트렸다. 세드릭도 디에고가 자신을 별로 좋아하지 않는다는 사실 정도는 인지하고 있었다. 역시나 디에고는 관심도 없다는 듯 곧장 작별 인사를 전했다.

"그럼 아드님과의 산책, 마저 잘 마무리하시길 바랍니다, 부인."

안나라고 디에고에게 딱히 용건이 있었던 건 아니었다. 굳이 재수 없는 전처의 아들을 붙든 건 저를 무시하듯 지나치는 모습이 꼴 보기 싫어서였다.

디에고가 그녀를 비웃듯 입꼬리를 당기며 지나쳤다. 자연히 세드릭의 등허리에 땀이 찼다. 이대로 디에고가 사라진다면 자신은 더 호되게 맞을 것이었다. 디에고를 만난 후의 안나는 특히 더 폭력적이었으므로.

그때 안나의 입술 사이로 한숨을 닮은 중얼거림이 새어나왔다.

"어미나 아들이나, 하나 같이 음험하고 칙칙해서는……."

디에고가 우뚝 멈춰 섰다. 안나는 오른손에 뺨을 기댄 채 그런 디에고를 흘겨보았다. 안나가 피아노 치듯 손가락으로 제 뺨을 가볍게 두드리며 말했다.

"왜, 이만 가 보지 않고서?"

안나의 축객령에 디에고가 느릿하게 숨을 들이마셨다가 내쉬었다. 그의 눈엔 짙은 피로함이 깔려 있었다. 디에고가 오른편으로 고개를 가볍게 까닥이며 말했다.

"그러고 보니 전해 드릴 말씀이 있었는데 잊었군요. 부인께서 모르고 계시면 곤란하실 이야기일 텐데."

디에고의 여유로운 태도에 안나의 미간이 좁혀 들었다. 디에고가 무심한 눈으로 그녀를 보며 물었다.

"저희 어머니의 패물을 도둑질하셨다죠?"

안나가 순간적으로 볼을 붉혔다. 아니라고 반박하고 싶었으나, 머 릿속의 기억을 되짚느라 적절한 시기를 놓치고 말았다.

디에고의 표현이 모욕적이기는 해도 틀리지 않았다. 돌로레스는 후 작가의 영양이었던 만큼 귀한 물품을 많이 지니고 있었다. 그녀가 사 망하며 주인을 잃은 물건은 그대로 방치되었고, 눈먼 귀중품은 가장 자격이 없는 이들의 주머니로 들어갔다.

안나가 디에고의 시선을 피하며 뒤늦게 대답했다.

"무슨 말을 하는지 모르겠군."

"저택에 남아 있던 저희 어머니의 패물함 말입니다. 그중에 큰외삼 촌께서 선물하신 목걸이가 있었던 모양이더군요. 에메랄드 메달이 달 린 목걸이였다고 들었던 것 같은데……."

"……."

"지난번 부인께서 무도회에 참가하실 때 목에 걸쳤던 물건과 상당 히 흡사하지요?"

디에고가 그리 물으며 서늘히 미소 지었다. 그의 시선이 언뜻 안나 의 목 부근을 스쳤다. 안나는 저도 모르게 손을 들어 제 쇄골 위를 가리고 말았다. 지금 차고 있는 것은 그 물건이 아니었음에도 불구 하고.

"설마하니 그것까지 건드리셨을 줄은 몰랐는데……. 없이 자라서 그런지 손버릇도 좋지 못하신가 봅니다."

"……안주인의 방에 남아 있던 물건이라 내 것인 줄 알았구나. 실수 였지만 오해를 샀다면 사과하마."

안나가 턱을 들며 사과했다. 디에고에게 지고 들어가야 하는 상황이 유쾌하진 않았으나 그녀도 상황과 때를 가릴 줄은 알았다.

물론 디에고는 그녀에게 괜찮다거나 신경 쓰지 말라는 등의 말을 전하는 친절을 베풀진 않았다. 그가 경고하듯 말했다.

"큰외삼촌께서 꽤 불쾌해하시더군요. 보트리 후작가에 반환하지 않으면 법적으로 고발을 당하실지도 모릅니다."

"나중에 내 직접 인편을 보내 사과하지."

"지금도 딱히 바빠 보이진 않으십니다만."

디에고가 세드릭과 함께 있던 걸 지적하듯 말했다. 안나는 잠시간 그런 디에고를 노려보았다. 그러나 이전처럼 당당하게 그를 비웃지는 못했다. 보트리 후작가에 흠 잡힐 빌미를 내주어서는 곤란했으므로.

머릿속으로 짧은 계산을 마친 그녀가 세드릭을 남겨 두고는 휙 걸음을 돌렸다. 디에고는 주머니에 손을 찔러 넣은 채 그런 그녀를 한참 응시하다가, 이내 짜증스럽게 눈을 굴리며 지체되었던 걸음을 재촉했다. 그러나 디에고는 그리 먼 거리를 이동하지 못하고 다시 멈춰 섰다. 세드릭이 계속해서 저를 쳐다보고 있었기 때문이다. 그의 눈길이 세드릭에게로 향했다.

"넌 안 가고 뭐 하는 게냐."

세드릭은 대답하지 않고 디에고를 올려다보기만 했다. 얼떨떨함과 고마운 마음이 섞여 좀처럼 입을 열 수 없었다. 어머니를 보내 주어 고맙다는 소리를 했다간 이상한 아이 취급을 받을 것이었다. 더욱이 디에고가 안나와 말다툼을 한 건 자신 때문이 아니지 않았나. 세드릭은 우물쭈물하며 제 손끝만 잡아 뜯었다.

"네 어미를 건드린 내가 밉기라도 한가 보지."

세드릭의 의도를 다른 식으로 해석했을까. 디에고가 자조 섞인 목소리로 중얼거렸다. 세드릭의 속내는 그 반대에 가까웠으나 곧이 제 의견을 내놓진 못했다. 눈앞의 상대가 다른 상대였다면 조금 당당하게 굴 수도 있었겠지만, 세드릭은 '베르타'라는 성을 가진 상대에게 약한 편이었다.

애초에 세드릭이 장난기 많은 성격이 된 것도 어미의 학대에 대한 반동 때문이었다. 어머니에게 맞고 돌아온 날이면 세드릭은 하녀들에게 괜한 짜증을 부렸다. 제가 무슨 말을 해도 듣지 않는 어머니와 달리, 하녀들은 세드릭이 얼마나 건방을 떨든 그를 어르고 달래 주었으니까. 세드릭은 습관적으로 제가 함부로 대해선 안 될 사람임을 증명하듯이 굴었다. 그래서 반대로 자신을 어려워하지 않는 사람 앞에선 변변한 대응을 하지 못했다.

디에고는 문득 세드릭에게로 손을 뻗었다. 그로서도 다분히 충동적인 행동이었다. 디에고가 굳어 버린 세드릭의 머리 위를 가볍게 두드리며 말했다.

"마음에 증오를 품고 살지 마라."

제가 말해 놓고도 우습다는 듯 디에고가 쓰게 미소 지었다. 디에고는 그대로 뒤돌아 반대편으로 걸어갔다. 세드릭은 제 형이 두드렸던 머리 위를 잠시간 제 손으로 짚어 보았다. 아프지 않았다.

그 후로 줄곧, 세드릭은 그 잠깐의 친절을 간직한 채 살았다. 그 보잘것없는 조언이야말로 유일하게 가족다운 기억이었기에.

"형은 아무것도 몰랐을 텐데. 그게 고마워서 계속 이상한 기대를 했어."

세드릭이 그리 말하며 오른팔을 들어 뚝뚝 떨어지는 눈물을 닦아 냈다. 작은 몸이 간헐적으로 얕게 떨리고 있었다.

에스텔라는 세드릭의 앞에 무릎을 굽히고 앉아 그의 일그러진 얼굴을 바라보기만 했다. 에스텔라는 아이들이 일찍 철들길 바라지 않았지만, 세드릭은 이미 이복형의 이면을 알아챌 정도로 성숙해 있었다. 그래야만 생존할 수 있는 환경 속에서 자랐으니까.

"선생님이 들어온 후엔 가끔 형이 어울려 줬으니까, 난 우리가 이제 화해할 수 있다고 생각했어. 말도 안 되는 일인데……."

"아니에요, 도련님. 그럴 리가 없잖아요. 왜 그런 생각을 하세요. 어머니께서 지금 화가 나서서 이상한 말을 하신 건데, 왜……."

한사코 세드릭의 말을 부정하는 일 외엔 아무것도 할 수가 없었다. 그것이 의미 없는 짓거리라는 사실쯤은 이미 알고 있었음에도 불구하고.

세드릭이 디에고가 저지른 짓을 모두 알고 있었다고 생각하자 도무지 평정을 찾을 수 없었다. 세드릭에게 깊은 충격이 되었을 사건에 그녀가 전혀 무관하지는 않아서였다. 에스텔라는 디에고의 범행을 눈감아 주기로 약속하고 그와 손을 잡았다.

"선생님이 알면 충격받을 테니까 말하기 싫었어. 나는 못 그래도, 선생님은 형이랑 잘 지낼 수도 있는 거잖아."

그러나 세드릭은 되레 아무것도 모르는 에스텔라가 안쓰럽다는 듯굴었다. 목소리는 갈수록 작아지는 반면 발음은 정확해졌다.

그러고 보면 베르타 공작이 죽은 후, 세드릭은 묘하게 디에고를 경계하듯 굴었다. 형을 아끼는 마음에 저와의 결혼을 반대하는 줄 알았는데 사실은 전혀 다른 의도가 숨어 있었던 거다. 그 와중에도 세드릭은 에스텔라의 걱정을 했다. 정작 그녀는 세드릭을 속이고 있었는데도.

충분히 전조가 있었는데도 왜 미리 의심치 못했을까. 아이는 바보가 아니다. 에스텔라는 그 진리를 항상 나쁜 방식으로 깨우치곤 했다.

"알고 계셨다고요? 처음부터……?"

에스텔라가 참담하기까지 한 심정으로 확언을 구했다. 에스텔라의 눈가는 완전히 젖어 있었다. 희뿌연 시야 속에서 세드릭이 미소 지었다.

"형이 아버지의 죽음을 슬퍼할 리가 없잖아."

말도 안 되는 일이란 듯한 반응이었다. 에스텔라는 결국 말문을 잃고 말았다. 베르타 공작이 죽은 후로 디에고는 줄곧 아버지를 잃은 아들의 슬픔을 썩 그럴듯하게 연기해 왔다. 그의 애도는 너무나 자연스러웠다. 그 자연스러움에서 외려 인공적인 느낌을 읽어 낼 정도로.

세드릭이 집안 분위기를 알고 있었다면 그것이야말로 기이한 반응이라는 사실을 알아챘을 것이다. 디에고는 아버지의 죽음 앞에서 통쾌한 표정을 내보일 법한 사람이었다.

"선생님, 형이 왜 날 안 죽일까?"

세드릭이 초점 없는 눈으로 에스텔라를 보며 물었다. 에스텔라가 황급히 그런 세드릭의 어깨를 붙잡았다. 그러고는 다그치듯 소리쳤다.

"왜 그런 무서운 소리를 해요, 도련님!"

"난 형을 동정해. 나라도 나 같은 동생은 죽여 버리고 싶을걸."

스스로를 억지로 상처 주기라도 하는 것처럼 세드릭이 매서운 투로 말했다. 기대를 애초부터 버리려는 행위였다. 세드릭은 아주 어렸을 때부터 희망은 더 큰 불행의 전조라고 생각해 왔다. 그의 태생부터가 그것을 증명했다. 공작가에서 태어나는, 누구든 부러워할 법한 행운이 세드릭에게 있어서는 비운의 시작이었으니까.

에스텔라는 안나가 세드릭에게 얼마나 나쁜 영향을 미쳤는지 새삼 깨달았다. 세드릭이 말하는 모든 것은 어린아이 혼자 해낼 수 있을 법한 생각이 아니었다. 안나는 디에고와 세드릭의 사이를 벌리기 위해 반복적으로 그들의 가족 관계를 부정해 왔을 것이다. 에스텔라의 앞에서 디에고와 어울린 세드릭을 질책했듯이, 그들이 결코 섞여 들 수 없는 물과 기름이라도 되는 것처럼.

에스텔라는 아이의 양 뺨을 감싸 자신을 보게 했다. 세드릭을 똑바로 응시하고는 최대한 믿음직한 표정과 목소리를 내었다. 권위로라도 세드릭을 납득시킬 수 있도록.

"그럴 일 없어, 세드릭. 너희 형은 널 동생으로 아끼고 사랑해. 그가 널 죽일 일은 절대 없어. 얼마 전에도 내게 널 잘 보살펴 달라고 하셨는걸."

"……거짓말."

세드릭이 못 미덥다는 투로 대답했다. 시야가 흐려진 탓에 에스텔라는 어깨에 제 눈물을 닦아냈다. 에스텔라가 애써 미소 지으며 말을 이었다.

"정말이야. 요즘 잘해 주시지 않았어? 세실리아에게 선물도 주고, 대화도 많이 했잖아. 진짜 형제처럼."

"아니, 어머니 말이 맞아. 우리는 형제지만 형은 그렇게 생각하지 않아. 형한테 가족은 없는 거나 마찬가지니까."

세드릭이 그렇게 말하며 입술을 깨물었다. 세드릭에겐 어렸을 때부터 소망해 온 몇 가지 소원들이 있었다. 디에고가 없는 곳에서도 친절한 아버지와 매를 들지 않는 어머니, 그리고 저를 친동생처럼 아끼는 형. 세드릭은 그중 단 하나도 가져본 적이 없었다.

세드릭이 콧물을 삼키며 중얼거렸다.

"그냥 안 아프게 죽었으면 좋겠다고 생각했는데, 형이 자꾸 잘해 주니까 기분이 이상했어. 죽일 거면 빨리해 줬으면 좋겠어."

아이가 해야 할, 할 수 있는 말이 아니다. 에스텔라는 이를 악물며 세드릭을 끌어안았다. 눈을 질끈 감고 목에서 새어 나오던 침음을 삼켰다. 에스텔라가 한 자 한 자 끊어 강조하듯 말했다.

"아니야, 세드릭. 넌 아무것도 잘못하지 않았고, 아무도 널 죽일 수 없어."

둘 다 몸을 떨고 있어 그다지 그럴듯한 위로는 되지 못했지만, 에스텔라는 최선을 다해 세드릭에게 온기를 전했다. 에스텔라가 주문을 외듯 이어 속삭였다.

"이상한 걱정은 하지 마. 어머니의 말씀은 나쁜 꿈이라고 생각하고 잊어버려. 악몽은 끔찍하지만, 그게 현실에서까지 너를 괴롭힐 수 없다는 걸 알아야 해. 알겠니, 세드릭?"

"……."

"혹시라도 나쁜 꿈이 찾아오면 내가 널 지킬게. 그래서……."

이번에야말로 과거의 죄가 반복되지 않도록 할게.

에스텔라는 세드릭을 안은 채 몸을 웅크렸다. 마침내 세드릭이 울음을 멈추고 답답하다며 몸을 들썩일 때까지, 결코 그 작은 몸을 놓지 않았다.

ᢞᡒᠰᡎᡐ

"왜 불을 끄고 있습니까?"

멀리서 들려온 물음에 에스텔라가 어둠 속에서 고개를 들었다. 문틈 사이로 빛이 어렴풋이 새어 들어오고 있었다. 디에고는 안과 밖의 경계에 서 에스텔라의 대답을 기다렸다. 에스텔라가 잠긴 목소리로 대답했다.

"빛 속에 있고 싶은 기분이 아니라서요."

디에고가 잠시 침묵하다가는 이어 물었다.

"안으로 들어가도 되겠습니까?"

에스텔라는 고개만 끄덕였다. 가까스로 그 허락을 알아본 디에고가 안으로 발을 디뎠다. 문이 닫히는 소리가 조용히 울렸다. 보름달이 뜨는 날이었기에 방 안은 생각만큼 어둡진 않았다. 눈이 적응하자 어질러진 사물을 피해 갈 수 있을 정도는 되었다. 아침나절까지만 해도 쏟아지는 햇볕을 썩 효과적으로 막아 냈던 커튼이 제구실을 못 하게 된 덕분이었다.

디에고는 발치에 밟히는 사물을 피하거나, 혹은 걷어차 가며 에스텔라가 앉아 있는 침대까지 걸어왔다. 그나마 제 형태를 온전히 지킨 영역이었으나 바닥에 깨진 유리 조각이 굴러다니고 있는 건 똑같았다. 디에고가 짧게 혀를 찼다.

"옆방 정리가 끝났으니 오늘은 거기로 가서 자요. 여긴 내일 중으로 정리하게 할 테니까."

　사실 이대로 잠든대도 에스텔라는 별반 상관이 없었다. 어쩔 줄 몰라 하며 방을 정리하려던 하녀들을 굳이 내쫓은 건 그녀였다. 세드릭을 겨우 진정시켜 돌려보낸 후, 그녀도 스스로를 다독일 시간이 필요해졌기 때문이다. 그러나 에스텔라는 디에고의 권유를 거절하는 대신 잠자코 고개만 끄덕였다. 그녀에겐 더 중요한 용건이 남아 있었다.

　"왜 미리 말씀 안 하셨어요? 여기 원래 누가 지냈었는지."

　에스텔라의 물음에 디에고가 그녀의 옆에 앉다 말고 멈칫했다. 그의 무게를 받은 매트리스 끝이 얕게 내려앉았다. 디에고가 허벅지 사이에 두었던 손을 들어 눈머리를 긁었다. 이윽고 그가 답했다.

　"그 여자가 지내던 방이라고 하면 달갑지 않아 할 것 같아서."

　디에고가 긴 공백을 두지 않고 덧붙였다.

　"안 믿겠지만, 가장 좋은 걸 주고 싶어서 그랬습니다."

　에스텔라에게서 아무 대답이 돌아오지 않았기에 디에고는 재차 주변을 둘러볼 시간을 가질 수 있었다. '가장 좋은 것'이라는 표현이 무색하게도 방은 완전히 난장판이 되어 있었다. 특히 밤이 되니 구멍이 뚫리고 찢어진 커튼에선 음산한 분위기마저 풍겼다.

　디에고가 짧게 평했다.

　"완전히 엉망이 됐군요."

　"안타깝네요, 아침에 방문했을 땐 무척 잘 꾸며져 있었거든요. 완성된 모습을 몇 사람 보지 못한 게 아쉬울 정도로요."

　"더 마음에 들도록 수리해 보겠습니다. 아무래도 이번엔 벽지까지 바꾸는 편이 좋겠어요."

　어쩐지 도배한 냄새가 나지 않더라니 벽지는 전과 달라지지 않은 모양이었다. 만일 전대 공작 부인이 쓰는 걸 봤더라면 또 기분이 달랐겠지만, 에스텔라가 이곳에 들어온 건 오늘이 처음이었다. 에스텔라가 아무래도 상관없다는 듯 대꾸했다.

"그것까진 됐어요. 지금도 충분히 새것 같은데요, 뭘."

에스텔라는 그리 말하며 안나가 제 취향이 유지되었음에 만족했을지, 아니면 사납게 욕설을 내뱉었을지 상상해 보았다. 아무래도 후자일 듯했다. 벽지가 바뀌든 바뀌지 않든 같은 반응이 돌아올 공산이 크긴 했지만 말이다.

에스텔라는 그간 스스로가 배려를 아는 사람이라고 생각해 왔다. 한데 이번 일로 그 인정이 일정 기준 이상의 상대에게만 발휘되는 것임을 새삼 깨닫게 되었다. 디에고와 약혼을 결정했을 때는 아드리아나에게 그리도 미안했는데 안나의 방을 뺏는 건 아무렇지도 않았다. 지금 이 시점에서 소유주가 명확한 것은 외려 후자인데도 말이다.

에스텔라의 맨숭맨숭한 반응에 디에고가 한숨을 내쉬었다. 그녀의 덤덤한 반응이 그에게 기대를 잃어서라고 판단한 듯했다. 그가 진솔함이 느껴지는 목소리로 말했다.

"설마하니 또 찾아와 난동을 부릴 줄은 몰랐습니다."

"……"

"내가 그 여자를 아직까지도 다 파악하지 못했던 거죠. 눌러 밟는다고 그대로 처박혀 있을 사람은 아니었는데."

에스텔라는 그가 금족령을 거두었다는 사실에 화가 난 게 아니었다. 바깥 여론도 좋지 않은 마당에 언제까지고 남편을 잃은 여자를 가둬 둘 수는 없는 노릇이다. 에스텔라가 잠자코 대답했다.

"모든 걸 빼앗겼으니 그 사람으로선 난동을 부릴 만도 하죠."

"내 안일함에 화났습니까?"

디에고가 에스텔라를 돌아보며 물었다. 에스텔라는 무릎을 끌어안은 손에 힘을 주었다. 그러고는 마른 입술을 열어 그를 불렀다.

"소공작님."

"말해요, 내가 어떻게 해야 당신이 기분을 풀지."

"세드릭이 알았어요."

에스텔라의 대답이 예상과 너무도 동떨어져 있었던 탓에, 디에고는 그 말을 곧바로 이해하진 못했다. 그가 미간을 좁히며 물었다.

"……뭘 말입니까?"

"소공작님과 아버님에 대해서요."

에스텔라가 쏟아 내듯 내뱉었다. 디에고는 굳은 채 잠시간 아무 대답도 하지 않았다. 에스텔라는 그를 빤히 쳐다보기만 했다. 당황이 엿보이긴 했으나 정작 그는 에스텔라만큼 크게 놀라진 않은 눈치였다. 잠시 후 디에고가 차분한 목소리로 물었다.

"공작 부인이 말한 겁니까?"

디에고는 공작 부인에게 제 살인 행각을 과시한 전적이 있었다. 그녀가 그것을 세드릭에게 말했다고 해도 이상하지 않다. 디에고의 물음에 에스텔라가 고개를 끄덕였다.

"그랬죠."

"그래서 선생님께선 어떻게 하셨습니까. 아니라 변명할 수도 있었을 텐데요."

"아니요, 그러지 못했어요. 세드릭이 이미 알고 있었거든요."

"그 애가?"

디에고가 그리 되물으며 헛숨을 삼켰다. 타인을 향한 비웃음보다는 자조에 가까웠다. 디에고는 베르타 공작이 죽은 후로 세드릭과 어울렸던 모든 순간들을 떠올렸다. 그의 머리를 지배한 생각은 하나였다.

아무도 속지 않는 가족 놀음에 모두가 잘도 어울려 주었구나. 곧 신기루처럼 사라질 찰나인데도.

"왜 공작 부인에게 진범이 자신이라고 밝히셨어요? 세드릭이 몰랐다고 해도, 그 여자에게 말하면 결국 세드릭도 알게 되었을 텐데……."

에스텔라가 그를 탓하듯이 말하다가는 입을 다물었다. 안나의 말에 의하면 그녀가 디에고의 범행을 알게 된 건 장례식 때의 일이었다. 디에고와 에스텔라가 거래란 명목으로 세드릭과 세실리아의 생존을 논하기도 전이었다. 그때의 디에고는 아이들과 안나를 모두 죽여 버릴 심산이었다. 그러니 제가 벌인 행각을 밝히는 데도 거부감이 없었겠지. 아니나 다를까 디에고가 선선히 인정했다.

"알아도 상관없다고 생각했으니까."

"……."

"과시하고 싶었습니다. 내가 당신들을 이만큼 망가트렸다고."

실로 디에고는 세드릭과 세실리아를 배려치 않았다. 애초에 잘못을 따지자면 그 애들에게서 아버지란 존재를 지운 것부터가 문제다. 그 사실을 세드릭이 알았다고 해서 갑자기 죄의식을 느끼는 건 어불성설이었다.

에스텔라라고 해서 그런 디에고를 비난할 수는 없었다. 에스텔라는 어찌 보면 디에고의 공범이었고, 그 사실을 세드릭에게 솔직히 밝히지도 않았다. 그 애의 실망을 사는 게 두려웠으니까.

디에고가 덤덤한 투로 물었다.

"세드릭이 뭐라던가요."

"······죽일 거면 빨리 죽여 줬으면 좋겠다고 했어요, 그 어린 애가."

에스텔라의 대답에 디에고가 헛웃음을 터트렸다. 그가 두 손을 모아 마른세수를 했다. 디에고도 고작 여덟 해를 산 아이가 죽음을 말하는 게 말도 안 되는 일이라는 사실 정도는 알았다. 디에고의 입가에 어렸던 웃음이 천천히 사그라들었다. 디에고가 제 얼굴을 가렸던 손을 치워 내며 입을 열었다.

"그거 압니까?"

"······."

"내 아우가 죽음을 기대한 날, 나는 드디어 작위를 받았습니다. 다음 대 가주로서 왕께 새로운 신종선서까지 마쳤죠. 나를 부르는 공식적인 명칭은 이제 베르타 공작이 되었어요."

디에고가 이른 아침부터 자리를 비웠던 건 왕실의 부름이 있었기 때문이었다. 디에고는 왕실에 충성을 맹세하며 마침내 가문을 이어받는 데 성공했다. 그의 아버지가 결코 내주려고 하지 않았던 유산을 그 스스로 쟁취해 낸 것이다. 디에고가 희열마저 느껴지는 음성으로 말을 맺었다.

"베르타 공작이라니, 웃기지 않습니까? 증오해 마지않던 아버지의 대를 이어, 그리도 경멸했던 이름이 내게 주어진 겁니다."

디에고의 시선이 에스텔라를 향해 느리게 굴렀다. 근래에 느꼈던 따뜻한 눈빛은 온데간데없이, 디에고의 얼굴은 낯설게 느껴지리만치 차게 식어 있었다.

"난 아버지를 죽이고 그 작위를 물려받은 자입니다. 내게 이 모든 죄를 덮어 두고 그 애들을 기만할 자격이 있습니까?"

"……."

"연극은 끝났어요. 그저 그걸 인정할 때가 됐을 뿐입니다."

그가 매섭도록 차가운 음성으로 단언했다. 에스텔라는 꼭 울 것 같은 기분이 들었다. 공작 부인이 사실을 까발리지 않았다면 그들은 쭉 서로를 속이며 살 수 있었을까. 아니면 곪기 전에 상처를 들춰 낸 것을 다행으로 여겨야 할까.

에스텔라가 못내 인정하기 싫다는 듯이 물었다.

"다시 시작할 수 있다고 믿는다 하면, 미련하다고 생각하실 건가요?"

"불가능한 일을 기대하시는군요."

"세드릭은 형님을 진심으로 좋아했어요."

"그럴 리가 없습니다."

"공작님께서…… 구해 주신 적이 있다고 했어요. 어머님께 붙잡혀 끌려갈 때, 맞지 않게 도와주셨다고."

디에고의 기억에는 없는 일이었다. 애초에 디에고는 안나의 학대 사실을 최근에야 알았다. 의도치 않은 일로 세드릭이 감사의 마음을 품었다고 해도, 디에고에겐 이를 받아들일 자격이 없었다. 그런데도 에스텔라는 그것이 마치 일을 해결할 대단한 단서라도 된다는 듯이 굴었다.

"그래서 세드릭도 기대했던 거예요. 공작님이 세드릭에게 마냥 나쁜 형은 아니었으니까. 어쩌면 후에 화해할 수도 있겠지, 평범한 형제처럼 지낼 수도 있겠지, 하고……."

"그 기대가 적당히 무르익었을 즈음, 내가 아버지를 죽였겠죠."

"……."

"난 모르겠습니다. 그 애들이 제 아비를 나만큼 증오했을지도 의문이거니와, 만일 그렇다고 해도 인류을 저버린 패륜아들끼리 어울린다면 그것 나름대로 우습지 않겠습니까?"

디에고가 그리 되물으며 피식거렸다. 세실리아와 세드릭의 웃음을 떠올리자 그의 기분도 바닥을 쳤다. 애초에 그 아이들에게 정을 준 적이 없었는데도 가슴 한구석이 싸늘하게 내려앉았다. 디에고가 형형한 눈으로 에스텔라를 응시했다.

"난 선생님의 말대로 세드릭과 세실리아를 죽이지 않았어요. 하지만 그 애들이 나 때문에 아버지를 잃었다는 사실은 바뀌지 않죠."

말을 맺은 후에도 디에고는 에스텔라에게 고정한 시선을 옮기지 않았다. 이룰 수 없는 바람을 품었다며 그녀를 책하기 위해서는 아니었다. 디에고가 진심으로 궁금하다는 듯이 물었다.

"선생님, 가르쳐 주세요. 우리가 되돌아갈 수 있는 방법을 압니까?"

에스텔라는 아무런 대답도 하지 못했다. 그녀라고 대단한 해결책이 있는 건 아니었다. 애초에 에스텔라는 그들 가족에게 있어서 외부인에 불과했다. 베르타가의 문제를 다른 성을 가진 이가 해결해 줄 수는 없을 것이다. 그러나 에스텔라는 곧장 고개를 내젓진 못했다. 디에고의 체념 어린 태도에서, 그럼에도 미약한 기대를 읽어 냈기 때문이다.

에스텔라는 디에고와 처음 만났을 때를 떠올렸다. 단순히 책 속 남주인공이자, 패륜 살인마에 불과했던 디에고에게 에스텔라는 어느샌가 연민을 품었다. '좀 더 괜찮았을 그'를 상상한 것은 디에고뿐만이 아니었다. 그가 내보이는 인간적인 모습을 볼 때마다 에스텔라 역시 다른 환경에서 자라났을 그의 모습을 그렸다. 그에게 새로운 기대를 품은 것도 그즈음이었다.

처음 디에고에게 동생들을 돌보길 권했던 건 아이들에게 그가 필요하다고 여겨서였다. 하지만 달라지는 그를 보며 에스텔라는 차츰 반대의 경우를 생각하게 되었다. 어쩌면 디에고에게야말로 그 애들이 필요했는지도 몰랐다. 그들은 실패 속에 있기에 너무도 반짝이는 사람들이었으므로.

"되돌아갈 수는 없겠죠. 이미 벌어진 일이니까."

에스텔라가 입을 열어 대답했다. 그에 디에고가 감내하듯 눈을 감았다. 지나간 과거를 바꿀 수 없다는 사실은 에스텔라도 익히 잘 알고 있었다. 그러나 상처받은 사람이라 해서 꼭 내내 고통 속에 살아가는 것은 아니다. 아무리 아픈 일도 언젠가는 아물며, 결국은 무뎌지고야 만다. 변한다는 사실은 대체로 서글프게 받아들여지나 그것이 매번 나쁜 결과만 낳는 것은 아니다.

살아 있는 사람들은 제 감정에 마침표를 찍을 수 없다. 에스텔라는 이번만은 그 불완전성을 믿어 보기로 했다.

에스텔라가 디에고의 손 위로 조용히 제 손을 겹쳐 올렸다. 디에고가 반사적으로 에스텔라를 돌아보았다. 에스텔라가 그에게 확신을 주듯 말했다.

"하지만 변할 수는 있을 거예요."

망가져 버린 그들 사이가 결국은 달라질 수 있으리라고.

❧

"어머. 어서 오세요, 에스텔라 양. 초대에 응해 주셔서 기뻐요."

"저야말로 자리에 불러 주셔서 영광이에요."

에스텔라가 흠잡을 곳 없는 바른 자세로 예를 갖춰 인사했다. 건너편에 선 이 티 파티의 주최자, 마리아 영애의 눈이 가늘어졌다. 에스텔라의 옷과 장신구를 아주 면밀히 살핀 것은 덤이다. 물론 이는 찰나의 일로, 에스텔라가 살짝 굽혔던 무릎을 세우자마자 마리아는 다시 상냥한 웃음을 띠었다.

"부디 편히 즐기다 가시길 바랄게요. 메리? 영애를 자리로 안내해 드리렴."

명을 받은 하녀가 공손히 허리를 숙이고는 안내를 위해 나섰다. 에스텔라는 뒤돌아서자마자 입가에 띠었던 미소를 거두었다. 입장부터 품평을 당할 것이라 예상하긴 했지만 역시나 만만치 않았다. 비슷한 신경전이 이 자리에 있는 내내 이어질 거라 생각하니 살짝 질리기까지 했다.

"이 자리에 앉으시면 됩니다."

메리라 불렸던 하녀가 상냥히 안내해 주고는 물러섰다. 에스텔라는 자리에 앉으며 주변을 살펴보았다. 총 다섯 개의 의자가 놓인 원형 테이블엔 저를 포함한 세 여인이 자리잡고 있었다. 위치는 누가 봐도 상석이 아니었지만 그렇다고 마냥 후미로 밀려나 있지도 않았다. 첫 손님의 처우에 대한 주인의 고심이 돋보였다.

에스텔라가 갑작스럽게 드레스를 차려입고 차를 마시러 온 것에 사실 자의란 없었다. 약혼식 전 사교 모임에 참석해 보라는 디에고의 권유에 내키지 않는 와중에도 몇 가지 초대장을 추려 내야만 했던 것이다.

초대자 중 하나인 마리아 영애는 카사스 백작가의 장녀로 사교계에선 마당발로 명성이 드높았다. 하지만 결정적으로 참석을 결심한 건 자유롭게 오가는 분위기라 처음 얼굴을 내비치기에 부담이 없을 거란 마담 로라의 귀띔 때문이었다.

방을 옮기고 옷을 맞추며 정신없이 지내는 사이 초대장에 적힌 기일은 코앞으로 바짝 다가와 있었다. 이미 참석하겠다 확언을 남긴 후였기에 에스텔라는 집안이 뒤숭숭한 와중에도 외출을 감행했다. 저택에 남아 있다고 해서 별다른 해결책이 나오지도 않았을 테니까.

어젯밤 디에고는 에스텔라의 말에 아무런 답도 하지 않았다. 노력해 보겠다거나, 혹은 그러고 싶지 않다는 등의 간단한 의사 표시조차 없었다. 그는 일이 바쁘다며 아침나절부터 일찍이 밖으로 나섰고, 에스텔라는 자연히 그의 의중을 떠볼 기회를 잃었다.

그가 어떤 방향으로도 제 의사를 밝히지 않았기에 그녀로서도 섣불리 움직일 수는 없었다. 디에고가 이대로 없었던 일처럼 지나가려 하지만 않기를 바랄 뿐이었다. 그건 문제를 맞닥트렸을 때 취하게 되는 가장 나쁜 행동 중 하나니까.

그리고 어린 세드릭은 정확히 바로 그 방식을 택했다. 외출하는 에스텔라를 배웅하던 세드릭의 모습은 꼭 평소 같았다. 심지어는 호박에 줄을 그었다며 기세 좋게 그녀를 놀리기까지 했다. 에스텔라는 세드릭을 야단치는 대신 그의 앞머리를 한번 헝클고는 마차에 올랐다. 세드릭이 아무렇지 않은 척해 준 탓에 그녀도 대응이 어렵진 않았지만, 벌써부터 연기에 익숙해진 아이를 보는 기분이 좋을 리는 없었다.

"몬티엘가의 에스텔라 영애, 맞으신가요?"

옆자리에서 들려온 물음에 에스텔라가 고개를 돌렸다. 수수한 생김새의 영애가 호기심 어린 눈으로 그녀를 보고 있었다. 에스텔라가 선선히 대답했다.

"네, 저를 아시나요?"

"어머, 모를 리가요. 지난번 왕궁 무도회에서 영애만큼 눈에 띄는 분이 없으셨는데요. 디에고 님과 약혼식을 치를 예정이시라죠?"

대수롭지 않다는 듯 물어왔으나 에스텔라는 상대가 제게 확언을 구하고 있음을 알아차렸다. 에스텔라가 자연스럽게 긍정했다.

"네, 맞습니다. 약혼식까지는 아직 기일이 좀 남아서 정식 약혼자라고 볼 수는 없지만 말이에요."

"약혼식은 혹 언제로 예정되어 계신지 여쭐 수 있을까요?"

"그 전에 먼저 영애의 소개를 부탁드려도 될까요?"

에스텔라가 부드럽고도 단호한 투로 말을 끊었다. 원만한 저지였으나 예의를 지적당했다는 본질은 가려지지 않았다. 에스텔라에게 말을 걸던 영애의 얼굴이 발갛게 달아올랐다.

"어머, 내 정신 좀 봐. 제 소개를 드리는 걸 깜빡 잊었네요. 저는 브란텔 자작가의 비앙카예요."

"만나서 반가워요, 비앙카 양."

에스텔라가 그리 말하며 엷게 미소 지었다. 교양 있는 응대에 비앙카는 내심 당황했다. 베르타 가문의 이름을 이유로 수준 안 맞는 여자와 어울려야 하냐며 불평까지 했었는데, 막상 대면한 에스텔라는 생각보다 괜찮은 인물이었다. 적어도 제 친구들과 뒷이야기를 나누며 그렸던 어수룩한 시골 영애는 이 자리에 없었다. 하기야 베르타가의 귀공자가 선택한 여자가 수준 미달은 아니리라.

비앙카가 에스텔라에게로 상체를 기울이며 더 말을 붙이려 할 때였다. 비어 있던 자리가 남김없이 찼다. 손님이 모두 착석했음을 확인한 마리아 영애가 앞으로 나섰다. 마리아는 주의를 집중시키듯 가볍게 손뼉을 두 번 쳤다.

"이 자리를 찾아 주고 빛내 주신 여러분께 감사 인사를 먼저 전합니다. 오늘 준비한 차는 마르코 지방에서 올라온 가향 홍차예요. 어울리는 티 푸드를 함께 준비했으니 부디 입과 코 모두 즐거운 시간 가지시길 바라겠어요."

마리아가 그리 말하며 흐뭇하게 미소 지었다. 하녀들이 기다렸다는 듯 티 푸드가 담긴 은색 플레이트를 서빙해 왔다. 마리아는 예정대로 접대가 잘 진행되고 있는지 살피다가, 곧 에스텔라 쪽으로 시선을 고정했다.

마리아는 발이 넓었으므로 에스텔라가 응한 초대가 몇 되지 않는다는 사실을 이미 알고 있었다. 화제성에 이어 희소성까지 더해졌으니 소문이 나지 않을 수가 없었다. 마리아는 에스텔라에게 참석을 확답받자마자 친구들에게 이야기를 전했고, 덕분에 오늘의 모임은 문전성시를 이루고 있었다. 초대를 거절했던 영애들까지 뒤늦게 참가 의사를 전해 왔지만 자리가 모자라 더 받을 수도 없었다.

화제의 인물은 방문 여부만으로 주최자의 기를 세워 주는 법이다. 마리아는 그 보답으로 에스텔라에게 호스트로서의 책임을 다하기로 했다. 마리아가 에스텔라에게로 다가와 목소리를 낮춰 물었다.

"에스텔라 양? 영애를 모두에게 소개하는 자리를 가질까 하는데, 괜찮으실까요?"

사교 모임에 모르는 얼굴이 등장했을 때 주최자는 직접 나서 소개시켜 주는 식으로 배려를 베풀곤 했다. 이미 무리가 형성된 상태에서 낯선 방문객은 소외되기 쉽기 때문이다. 기대치 않았던 친절에 에스텔라가 고개를 끄덕였다. 에스텔라의 확인을 받은 마리아가 곧장 목소리를 높였다.

"여기 계신 영애는 몬티엘 남작가의 장녀이신 에스텔라 마거릿 몬티엘 양이십니다. 어렵게 모셨으니 즐거운 시간 보내실 수 있도록 여러분들께서 조금씩 도와주시면 감사하겠어요."

마리아가 나긋하게 말을 맺고는 에스텔라의 어깨를 쓸었다. 자연히 모두의 시선이 에스텔라에게로 집중되었다.

에스텔라의 존재는 이미 사교계에서 유명했다. 디에고가 스물여섯이란 적지 않은 나이에도 아직 정인을 맞이하지 않은 건 귀족 사회의 오랜 의문이었다. 혹자는 베르타가의 귀공자가 눈이 높아 만족스러운 짝을 찾지 못했다고 말했고, 또 다른 누군가는 디에고의 남다른 성적 취향을 의심했다. 그런데 디에고가 어느 날 돌연 처음 보는 얼굴의 여자와 결혼을 하겠다 선언한 것이다. 관심을 가지지 않으려야 않을 수가 없었다.

마리아가 떠나자마자 같은 테이블의 영애들은 하나같이 에스텔라에게 관심을 내보였다. 에스텔라는 그 와중에도 마리아 영애의 친절을 확인할 수 있었는데, 모두가 호기심을 가지긴 했으되 면전에서 부담스럽게 정보를 캐묻진 않았기 때문이다. 그들은 어떻게 하면 교양 있게 에스텔라의 사연을 끌어낼 수 있을까 고심하는 눈치였다.

"에스텔라 양은 북부에서 오셨다고 들었는데 고향에 대한 소개를 들을 수 있을까요? 저흰 모두 중부 지방 출신이어서요."

"어떻게 설명드려야 할까……. 일단 수도만큼 재미있는 지역은 아니에요. 고지식하고도 고요한 동네죠. 추운 날이 길어서 지금 같은 시기엔 야외 티 파티는 꿈꿀 수도 없어요."

"어머, 하지만 추운 날씨에 온실에서 하는 티 파티도 매력적이잖아요?"

왼편에 앉은 영애 하나가 웃으며 말을 보탰다. 긍정적인 기질은 칭찬할 만했지만 모든 걸 수도 기준에 맞춰 생각하는 좁은 시각이 여실히 드러났다. 에스텔라의 고향에서 그런 사치는 지역 유지 외엔 언감생심 욕심도 내지 못했다. 그러나 에스텔라는 그 사실을 일깨워 주는 대신 동조하듯 고개만 끄덕였다.

"맞아요. 자연 속에서 만개한 꽃들이 더 취향에 가깝긴 하지만, 가끔 고향이 그리울 때가 있어요."

"저런, 너무 외로워 마셔요. 저희 모두가 에스텔라 양의 새로운 친우인데요."

반대편에 앉은 영애가 안타깝다는 듯 말했다. 에스텔라의 그립다는 표현이 벗의 부재 때문이라고 짐작한 모양이었다.

자연스럽게 에스텔라는 몬티엘가가 몰락한 뒤로 안면 몰수당했던 고향의 소모임을 떠올렸다. 애초에 그리워할 친구도 없었으나, 방금 예식장에서 알은체해 줄 새 지인을 얻었다는 생각은 들었다. 굳이 제게 득이 되는 오해를 바로잡을 필요는 없으리라. 과정이야 어찌 됐든 디에고의 지령을 효과적으로 완료한 것이다. 이곳에 들어온 지 30분 만에 이룬 쾌거였다. 에스텔라가 제 가슴을 내리누르며 감격한 투로 말했다.

"어쩜, 모두 상냥하셔라……."

"그래서 말인데, 친구 사이라면 서로의 결혼 상대에 관해 이야기를 나눌 수도 있지 않겠어요?"

"……."

아니, 수도에서 '친구가 되자.'는 말은 '부담 없이 정보를 캐 보자.'는 말의 은어였던 모양이다. 질문을 던진 영애가 에스텔라를 보며 부담 스럽게 눈을 깜빡였다.

그 모습이 꽤 귀여워 에스텔라는 그만 피식 웃음을 흘리고 말았다. 노골적인 물음이었음에도 장난스러운 말투 덕에 딱히 무례하게 느껴지지 않았다. 다른 영애들이 "어머, 릴리아나 양. 너무 급하시잖아요." 하고 핀잔했으나 딱히 적극적으로 말리려 드는 눈치는 아니었다. 어쨌든 그들도 총대를 메 줄 누군가가 필요했던 것이다.

"물론, 친구 사이라면 그럴 수 있겠죠. 저는 여러분들과 새롭게 쌓아 갈 우정을 몹시 기대 중이고요."

에스텔라가 싱긋 웃으며 답했다. 마침 하녀가 다 우려진 차를 각자의 잔에 따라 주었다. 당분이 필요할 듯해 에스텔라는 한입 크기의 쿠키를 하나 집어 먹었다. 버터를 듬뿍 넣어서인지 맛은 있었다.

에스텔라에게 가장 먼저 말을 걸었던 비앙카라는 영애가 이번에도 선수를 쳤다.

"디에고 님은 어떤 분이세요? 영애께서도 아시다시피, 저희는 그분께서 연인을 어떻게 대하시는지에 대해 전혀 아는 바가 없답니다."

"아아, 그분은 정말이지 완벽한 신사시죠."

에스텔라가 탄식하듯 말했다. 디에고가 사랑에 빠진 얼간이를 연기한다면, 에스텔라도 그에 못지않은 신데렐라 행세를 해 줄 수 있었다. 에스텔라는 분위기를 고조시키려 느리게 차를 삼켰다.

"예를 들어 어떤……?"

영애들이 숨을 죽이며 물어왔다. 에스텔라는 내심 웃음을 참았다. 수도의 사교계에 지레 겁을 먹은 건 기우였다는 생각이 들었다.

어쨌든 에스텔라는 전생을 기억해 냄으로써 남다른 경험치를 얻은 상태였다. 에스텔라 자체도 미혼 중에서는 고령인 축에 속하는 데다, 지금 눈앞에 있는 건 거의 열여섯에서 열여덟 사이의 소녀들이었다. 제게 주의 집중된 눈을 앞에 두고 있으니 꼭 고등학교로 교생 실습을 나가기라도 한 기분이 들었다. 연애사에 관심을 가지는 것까지 그맘때 아이들과 똑같다.

"우선 무척 다정하세요. 갑작스러운 선물을 건네시는 건 예삿일이고, 늘 예상치 못한 이벤트로 저를 놀라게 하시죠."

에스텔라가 어느 정도는 사실을 섞어 설명했다. 비록 그 '예상치 못한 이벤트'가 대개 로맨스와는 거리가 멀었지만 말이다.

아무것도 모르는 영애들이 흥미진진한 눈으로 질문했다.

"기억에 남는 일이라도 있으세요?"

"물론이에요. 전 그분께 프러포즈를 받던 그 순간을 아마 평생 잊을 수 없을 거예요."

에스텔라는 디에고가 반지를 내밀던 순간을 새삼 떠올려 보았다. 이번만은 그녀의 목소리에도 꽤 진심이 담겼다.

"노을이 온 세상을 물들인 저녁이었어요. 요란한 음악도 갖은 미사여구도 없었죠. 하지만 그분이 제게 무릎을 꿇고 진심을 내보인 순간, 아아, 저는 정말이지 울 것만 같았답니다."

에스텔라가 꿈결 같은 어조를 자아내며 말했다. 자연히 모두의 관심이 고조되었다.

"그분께선 진중하게 결혼하자고 말했고, 저는 그러겠다고 답했어요. 그러자 디에고 님은 다정한 미소를 보이며 제게 반지를 끼워 주셨죠."

그리 말하며 에스텔라가 제 뺨을 감쌌다. 은근히 왼손에 낀 약혼반지를 자랑하는 동작이었다. 아니나 다를까 곧장 에스텔라의 약지로 모두의 시선이 몰렸다.

"설마 그때 받으신 반지가…… 지금 착용하고 계신 그것인가요?"

"예, 맞아요. 디에고 님께서 말씀하시길 베르타가에 대대로 전해 내려오는 물건이라고 하시더군요."

에스텔라가 그리 말하며 수줍게 웃었다. 이런 간드러지는 대화엔 취미가 없었지만 까짓 소녀 취향에 못 맞춰 줄 것도 없었다.

그때였다, 또 하나의 간드러진 목소리가 대화에 끼어든 것은.

"무슨 얘기들을 그렇게 재밌게 하시나요?"

에스텔라는 시선을 들어 소리가 들려온 쪽을 응시했다. 그곳엔 매혹적인 붉은 머리칼을 치렁치렁하게 늘어트린 여인이 서 있었다. 화려한 이목구비가 시선을 잡아끄는 미인이었다. 다만 위쪽으로 살짝 올라붙은 눈꼬리 탓에 성격이 썩 좋아 보이진 않았다.

본디 에스텔라는 생김새에서 사람의 성향을 읽어 낼 수 있다고 생각하는 이가 아니었지만, 전생의 기억을 찾은 이후로는 시각이 조금 바뀌었다.

이 세상의 본질이 소설이라는 건 곧 누군가의 의지로 조형되었다는 뜻이기도 했다. 이야기 속 등장인물들은 때때로 외형을 통해 성격을 드러내기도 하는 법이다. 그리고 에스텔라의 예상은 다른 영애들이 불청객의 이름을 부르며 사실로 증명되었다.

"엘렌 양……?"

이곳으로 나오기 전, 에스텔라는 일종의 스토리 라인에 대해 생각했다. 아드리아나는 디에고의 약혼자로서 처음 참석한 사교 모임에서 톡톡히 망신을 당했다. 아드리아나가 사교계에 익숙지 않은 걸 인지한 몇몇이 작당하여 창피를 준 것이다. 아드리아나가 그런 수모를 겪은 건 오로지 그녀가 디에고의 약혼자였기 때문이었다. 그렇다면 그 역할을 뒤집어쓴 자신에게도 같은 위험이 닥치지 않을까.

"혹, 괜찮으시다면 자리를 바꿔 앉을 수 있을까요? 저도 에스텔라 양에게 방금 이야기를 더 자세히 듣고 싶어서요."

결과는 '그렇다'였다. 에스텔라는 엘렌의 짙은 미소에 잠시간 시선을 주었다. 목소리는 상냥했지만 좋은 말로 할 때 비키지 않으면 재미없을 거란 압박이 느껴졌다. 엘렌의 뒤로는 어느새 그녀와 어울리는 영애들이 따라붙어 있었다.

결국 원래 테이블에 있었던 영애들이 슬금슬금 자리에서 일어났다. 그들은 에스텔라에게 눈인사를 해 보이곤 황급히 사라졌다.

낯선 얼굴의 등장이었지만 에스텔라는 크게 당황하지 않았다. 에스텔라는 엘렌이라 불린 여자에 대해 몹시 잘 알고 있었으니까.

엘렌 루에다, 그녀는 「위험한 공작과의 계약 결혼」에 등장하는 아주 전형적인 악녀였다. 디에고를 짝사랑했던 엘렌은 디에고의 철벽으로 마음고생을 하던 중, 아드리아나가 등장하자 그동안 쌓아 왔던 분노를 발산하기 시작한다.

디에고는 아드리아나에게 마음이 없었던 초반에 그런 엘렌의 행각을 알면서 외면하기도 했었다. 저를 협박해 그 자리를 얻어냈으면, 지켜 내는 것쯤은 스스로 하라며 말이다. 저를 시험하는 듯한 디에고의 말에 아드리아나는 내심 실망한다. 그리고 이는 디에고에게 더욱 벽을 치는 계기가 되었다.

물론 에스텔라는 알면서 당할 생각도, 제 곤경을 외면하는 디에고를 가만히 둘 생각도 없었다. 에스텔라가 아무것도 모른다는 듯 무구한 표정으로 물었다.

"안녕하세요, 여러분. 모두 처음 뵙는 얼굴이네요. 실례가 아니라면 소개를 부탁드려도 될까요?"

"난 루에다 백작가의 엘렌이라고 해요. 만나서 반가워요."

엘렌이 첫 시작을 끊자 본품에 따라오는 증정품처럼 다른 영애들도 제 소개를 시작했다. 따분한 표정을 짓던 엘렌은 통성명이 끝나자마자 에스텔라를 돌아보았다. 엘렌이 장난스러운 미소를 띠며 말했다.

"방금까지 하시던 얘기, 아주 흥미 있게 들었어요. 어찌나 입담이 좋으신지 조금 떨어진 곳에 앉아 있었는데도 귀를 잡아끌지 뭐예요?"

엘렌이 에스텔라가 앉은 테이블로 옮겨간 걸 눈치챈 듯, 주변의 조잘거림이 잦아들었다. 딱히 눈으로 확인하지 않아도 모두의 이목이 이곳에 집중된 걸 알 수 있었다.

"제 별 볼 일 없는 연애담을 들으셨다니 부끄럽네요. 테이블을 넘을 정도로 목소리가 크진 않았던 것으로 기억하는데, 엘렌 양은 꽤 집중력이 좋은 편이시군요."

에스텔라가 상냥한 음성으로 답했다. 왜 남이 하던 이야기를 멋대로 훔쳐 들었냐는 뜻이었다. 예상치 못한 선공에 엘렌의 입꼬리가 살짝 굳었다. 엘렌이 내색하지 않고 대꾸했다.

"흥미, 느낄 법하지 않나요? 신분 상승이란 언제나 재미있는 이야깃감이니까요."

"그런가요? 아무래도 대리 만족 때문인가 보네요."

에스텔라가 여유로운 태도로 곧장 받아쳤다. 엘렌이 디에고를 이성적으로 좋아하는 건 사실이었지만, 그의 가문이 그 선택에 전혀 영향을 미치지 않은 건 아니었다. 결혼으로 출셋길을 찾으려 했던 건 에스텔라보단 엘렌 쪽에 더 가까웠다. 심지어 엘렌은 에스텔라처럼 디에고의 약혼자 자리를 차지하지조차 못했다.

에스텔라의 지적에 엘렌의 표정이 딱딱해졌다. 엘렌이 한쪽 눈썹을 들어 올리며 대답했다.

"하기야, 사람이라면 무릇 가질 수 없는 걸 욕망하기 마련 아니겠어요? 사회 지도층의 관점에서 보기엔 꽤 불쾌한 현상이지만요."

엘렌이 회심의 미소를 지으며 곧바로 덧붙였다.

"그렇게 보면, 베르타 공작가는 소외된 계층을 위해 직접 움직이는 매우 보기 드문 가문 같네요."

전대 공작 부인인 안나에 이어 베르타가에 또 이상한 여자가 기어들어 왔단 소리다. 에스텔라가 맞서려는 기색을 보이자 엘렌의 수작도 아예 노골적으로 변했다.

에스텔라는 여기서 자신이 어떤 반응을 보여야 할지 잠시간 고민했다. 얌전히 수모를 견디는 것이 가장 간단한 방법이겠지만 원치도 않았던 자리를 얻었단 이유로 욕까지 얻어먹고 싶진 않았다.

에스텔라가 왼편으로 살짝 고개를 기울이며 물었다.

"엘렌 양, 영애의 심술은 고위 귀족으로서의 자존심 때문인가요, 아니면 실연의 상처 때문일까요?"

"뭐, 뭐요?"

"의도를 알아야 적당한 대응을 돌려 드릴 수 있을 것 같아서요. 초면에 제가 다른 실례를 저질렀을 리는 없고."

엘렌이 황당하다는 듯 미간을 구겼다. 엘렌을 따라온 영애들은 차례대로 "저런 뻔뻔한!", "뭘 잘했다고 대체!" 따위의 추임새를 넣어 주었다. 그것이 너무도 전형적인 발언이었던지라 에스텔라는 분위기에 맞지 않게 그만 작게 웃음을 터트리고 말았다. 책으로 볼 땐 짜증이 났는데 직접 당하니 오히려 웃겼다. 작가의 의지가 없었다면 하지 않았을 행동들이라 그런지 진지하게 기분이 상하지도 않았다.

반면 상대는 에스텔라가 자신들을 비웃었다고 여겼는지 더욱 분개하기 시작했다. 엘렌이 대놓고 코웃음을 치며 말했다.

"내가 왜 불쾌한지를 알려주면, 송구하다며 밖으로 나가 주기라도 하시겠어요?"

왜 주최자도 아닌 일개 손님이 다른 손님을 내쫓으려 드는지 모를 일이었다. 소설 속 악녀답게 엘렌은 꽤 지고한 신분을 가지고 있었고, 이곳에 있는 자들 중 그녀의 행패를 막을 간 큰 인물은 없었다. 주최자인 마리아조차 좀처럼 끼어들지 못하고 이 자리를 주시하고만 있었다. 엘렌은 그 경직된 분위기를 즐기듯 눈을 느리게 감다가는, 이내 매섭게 치떴다.

"아, 아니면 디에고 님께 가서 오늘 있었던 일을 전부 일러바칠 심산이신가?"

엘렌이 디에고의 이름을 대놓고 입에 담으며 상황은 더욱 흥미진진해졌다. 주변이 웅성거리는 게 느껴졌다. 엘렌이 손가락을 쭉 편 채 손등에 턱을 기댔다. 그녀가 싱긋 웃으며 우아한 투로 말했다.

"궁금해서요. 이런 일이 있을 때마다 그분께 가서 조잘조잘 속삭일 생각이신지."

에스텔라는 조용히 그런 엘렌을 관망했다. 엘렌이 더 무슨 말을 할까 궁금해서였다. 엘렌은 본인 이야기에 심취했는지, 혹은 에스텔라의 기가 죽었다고 생각했는지 혼자서도 잘 떠들어 댔다.

"사교계는 또 다른 전장이라고들 하죠. 본인의 신분, 혹은 옆에 꿰찬 남자의 작위가 무기가 될 수는 있지만 그게 전부는 아니에요. 여기가 배경만 믿고 망아지처럼 날뛸 수 있는 세계는 아니거든. 인간관계엔 응당 노력이 필요한 법 아니겠어요? 당신은 아직 자격이 없지."

"……"

"왜, 따돌림당한다고 공작님께 고해바치기라도 하시겠어요? 이곳의 영애들이 수준 낮다며 도통 어울려 주지 않는다고, 어울릴 수 있도록 힘 좀 써 달라고 말이에요."

엘렌이 이죽이듯 말을 맺었다. 알아서 친구를 잘 사귀고 있던 와중 파탄을 놓은 장본인치고는 다소 염치없는 발언이 아닌가 싶었다.

에스텔라는 덤덤한 얼굴로 차를 한 모금 들이켰다. 엘렌은 흠이라도 잡을 요량으로 에스텔라의 자세를 꼼꼼히 살폈다. 그러나 교양이 모자랄 것이라 지레짐작했던 것과 달리, 에스텔라의 예법은 수도의 귀부인들과 비교해도 뒤떨어지는 점이 없었다. 엘렌은 뒤늦게 에스텔라가 본래 베르타가의 가정 교사였다는 사실을 자각했다. 뒤이어 흘러나온 에스텔라의 목소리도 귀부인처럼 고아하긴 마찬가지였다.

"정말 그래도 괜찮으시겠어요?"

"뭐라고요?"

"이렇게 면전에서 비웃음당하는 것보다는 말씀하신 대로 고자질쟁이가 되는 게 나을 것 같아서요."

엘렌의 되물음에 에스텔라가 상냥한 투로 설명했다. 에스텔라는 그에 그치지 않고 테이블에 앉은 영애들을 한 명씩 느긋이 둘러보았다. 이곳에 제 편은 달랑 저 하나라고 생각하니 제법 긴장이 되긴 했다.

에스텔라라고 이런 상황을 전혀 대비하지 않은 건 아니었지만.

"다이아나 양?"

에스텔라의 부름에 가장 왼편에 앉은 영애가 고개를 들었다. 갑작스레 이름이 불린 데 당황한 듯, 다이아나는 표정만 구긴 채 아무 대답도 하지 않았다. 에스텔라가 나긋한 음성으로 말을 이었다.

"아버님께서 직조 사업에 크게 투자를 하고 계신 것으로 알아요. 혹시 베르타가 남부에 위치한 목장 조합의 실권을 쥐고 있다는 사실을 아시나요?"

"그게 당최 무슨……."

"최근 왕실과 대규모 납품 계약을 맺었다고 들었는데, 원재료가 제때 수급되지 않으면 꽤 곤란하겠죠?"

에스텔라의 말을 이해한 다이아나가 그만 입을 다물었다. 아버지가 투자 중인 사업체를 왕실에 연결시키려 적지 않은 금액을 들였음을 알고 있었기 때문이다.

사람이 여럿 모이면 개인의 책임감이 지워지는 법이다. 이 무리의 대장 격은 엘렌이었고, 그녀의 주도하에 다이아나는 큰 고민 없이 이 테이블에 착석했다. 북부에서 내려왔다던 촌구석 출신의 여자가 저를 되레 협박하는 상황은 당연히 예상에 없었다. 다이아나의 낯이 희게 질려 들었다.

에스텔라는 이번엔 바로 그 오른편에 앉은 영애에게 시선을 돌렸다. 에스텔라와 눈이 마주치자마자 상대가 몸을 움찔했다.

"에밀리아 양."

"네……?"

"외가이신 파고트가에서 특산 작물을 내다 팔기 위해 옆 영지에 해

마다 통행료를 지불하고 계시다는 사실을 아시나요?"

에밀리아가 멍하니 고개를 끄덕였다. 에스텔라의 입가에 어린 미소가 짙어졌다.

"귀댁께서 통행료를 지불하시는 리네트 변경백께서는 바로 베르타가의 오랜 친구이자 조력자시랍니다. 다음부터는 요금 책정 기준에 약간의 변동이 있을지도 모르겠어요."

에스텔라는 잠깐의 짬도 두지 않고 바로 다음 영애를 돌아보았다. 클로에라 자신을 소개했던 여인은 이미 잔뜩 경직되어 있었다.

"클로에 양?"

"뭐, 뭐요!"

클로에가 치맛단을 틀어쥔 채 반사적으로 소리쳤다. 에스텔라는 검지를 들어 제 오른 턱밑을 문질렀다.

"클로에 양은 특히 실망스럽군요. 셀레스티노가 부채 때문에 파산 위기를 맞았을 때 베르타가에서 자금 회수 시기를 미뤄 주어 겨우 회생했다고 들었는데요."

자신도 모르는 사업 관계의 등장에 클로에가 눈을 동그랗게 떴다. 아무래도 그녀의 부모는 하나뿐인 외동딸에게 집안의 어려움을 알리고 싶지 않았던 모양이다. 클로에가 볼을 붉히며 소리쳤다.

"파산이라니, 그럴 리가 있어요? 거짓말!"

"어머, 본인도 몰라요? 안됐네. 집에 가서 부모님께 물어보고 내게 다시 연락하세요. 사과의 편지를 적을지, 속았다며 결투장을 보낼지는 그때 가서 결정하시고."

말을 마치고 나자 사방이 눈에 띄게 조용해졌다. 엘렌만이 에스텔라를 거의 찢어 죽일 듯한 기세로 노려보고 있었다.

고작 스무 살이나 됐을까. 어린 마음에 품은 연심치고는 제법 질투가 매서웠다. 전생과 합해 도합 50년을 넘게 살아온 에스텔라에게 상대될 바는 아니었지만.

에스텔라의 직업은 교사였다. 다수를 앞에 두고 떠드는 일이 바로 그녀의 생업이었다는 뜻이다. 에스텔라는 50대 배불뚝이 남자를 앞에 두고 초등학생 아이를 대하는 것처럼 수업 시연을 해 보였던 때를 떠올렸다. 그 괴로운 기억을 후생에까지 안고 오게 된 게 조금 가슴 아프긴 했지만, 그때의 경험치를 더한 그녀에겐 더 이상 무서울 것이 없었다.

에스텔라가 한결 여유로운 태도로 주변을 둘러보며 말했다.

"물론, 제가 방금 말씀드린 건 어디까지나 최악의 경우예요."

"……."

"공작님의 약혼자라고 해서 가문 간의 일에 끼어들어 왈가왈부할 생각은 없어요. 공은 공이고 사는 사인데 사감이 끼어들면 재미없지. 한데 영애들께서 날 붙잡고 있는 이유가 바로 그 남자 때문인 것 같아서요."

엘렌이 주먹으로 테이블을 내리쳤다. 다기가 흔들리며 넘친 홍차가 테이블보 위로 왈칵 쏟아졌다. 엘렌이 씹어 먹을 듯한 목소리로 또박또박 내뱉었다.

"당신이 정말 그분과 결혼까지 갈 수 있을 것 같아?"

"확신이 있거든 그때 가서 비웃어요, 지금 말고."

그리 말하는 에스텔라야말로 비웃음 섞인 태도를 보이고 있었다. 엘렌의 입장에선 이 상황이 하극상이나 다름없었다. 디에고가 없었으면 제 얼굴을 쳐다도 못 봤을 여자가 감히 저와 대등한 것처럼 굴고 있는 것이다. 엘렌은 참을 수 없는 분노로 몸을 떨었다. 그녀는 결국 마지막 교양마저 내려놓고 말았다.

"이게 가정 교사 출신 주제에 어디서 건방지게!"

엘렌의 외침에 에스텔라의 눈이 가늘어졌다. 지금까지는 디에고를 사랑하는 소녀팬의 재롱 정도로 인식하고 귀엽게 봐줬는데, 직업을 모욕당하자 제법 본격적으로 기분이 상했다. 에스텔라가 싸늘해진 목소리로 되물었다.

"제 옛 직업에 불만이라도 있으신가요?"

"있지. 노동하며 봉급이나 받던 당신이 주제도 모르고 곧 진짜 공작 부인이라도 될 것처럼 날뛰고 있잖아! 가정 교사라니, 나 참 기가 막혀서! 디에고 님은 왜 수준 떨어지게 이런 여자랑……!"

"수준 떨어진다니. 당신은 그런 사람들에게 가르침을 받고 자라 온 셈이 되는군요?"

에스텔라가 엘렌의 말을 자르며 쏘아붙였다. 에스텔라의 굳은 표정을 본 엘렌이 흠칫 입을 다물었다. 에스텔라가 그런 엘렌에게 비아냥거리듯 말했다.

"정말 안타깝네요. 엘렌 양, 애석하게도 당신을 흔들 수 있는 패는 아직 못 찾았어요. 당신에겐 큰 행운이겠군요."

"당연하지! 내가 당신처럼 처음 사교계에 들어온 애송이가 건드릴 수 있는 만만한 사람인 줄 알아?"

에스텔라의 기세에 눌린 걸 인정하기 싫었던 엘렌이 한층 고압적으로 소리쳤다. 에스텔라는 흘긋 엘렌의 양옆으로 앉은 그녀의 친구들을 응시했다. 에스텔라와 눈이 마주친 영애들은 하나 같이 재빠르게 시선을 피했다. 에스텔라가 검지로 그녀들을 한 명씩 가리키며 말했다.

"하지만 친구들이 하나 같이 당신을 멀리하기 시작하면, 앞으로 오늘처럼 애먼 사람을 붙들고 힘자랑을 하기는 좀 어려워지겠죠?"

엘렌이 눈을 부릅떴다. 엘렌은 황급히 제 친구들을 돌아보았으나, 그들은 여전히 눈이 마주치지 않도록 고개를 아래로 숙이고 있었다. 믿었던 친구들의 회피에 엘렌은 당황하여 입만 벙긋거렸다.

에스텔라는 양손을 깍지 끼고는 테이블 위에 팔꿈치를 기댔다. 에스텔라가 상체를 숙여 손가락 위에 턱을 대며 말했다.

"개인적으로 난 전대 베르타 공작 부인을 그리 유쾌하게 생각하진 않아요. 제 뒷조사를 해 보신 분들은 아시겠지만, 그녀와 나 사이엔 그다지 유쾌하지 못한 역사가 있거든요."

전대 공작 부인과 새 안주인의 불화 같은 자극적인 이야기가 밖으로 새어 나가지 않았을 리 없었다. 심지어 안나는 어제만 해도 에스텔라의 방에 침입을 감행했었다. 에스텔라가 안나의 표독한 눈을 떠올리며 말을 이었다.

"아마 전대 베르타 공작 부인을 꺼림칙하게 여기는 건 이곳에 있는 여러분들도 마찬가지겠죠. 그녀는 혈통을 중시하는 무리에서 그다지 긍정적으로 받아들여질 만한 인사는 아니니까요. 하지만 그녀가 어떻게 사교계를 휘어잡았는지, 그리고 그 힘을 어떻게 유지해 왔는지는 내가 본받아야 할 바라고 생각되는군요."

티 파티가 시작할 때 띠었던 눈웃음과 상냥한 목소리는 이미 자취를 감춘 채였다. 주변이 쥐 죽은 듯 조용해졌다. 딱히 첫 사교 모임에서부터 기세를 잡으려던 건 아니었지만, 걷어차기 좋은 공 취급을 받는 것보다는 요주의 인물이 되는 편이 나을 터였다.

에스텔라는 그대로 자리에서 일어섰다. 의자가 뒤로 끌리는 소리가 조용히 울렸다.

"그럼 저는 먼저 일어서겠어요. 귀하들께서 대화가 통할 만큼 충분히 예의를 아는 상태가 되시면 다시 뵙죠."

말을 마친 에스텔라가 등을 돌렸다. 그때까지도 주변의 모든 이들은 에스텔라를 숨죽여 쳐다보기만 할 뿐, 쉽사리 다가오지 못했다.

그때였다. 불현듯 떠오른 생각에 에스텔라가 제자리에 멈춰 섰다. 그러고는 노골적으로 어린 학생을 대하는 목소리를 가장하여 말했다.

"아, 엘렌 양. 혹시 예의범절에 대한 가르침이 필요하면 연락하세요. 아시다시피 며칠 전까지 제 업무는 바로 영애 같은 인물들을 교정하는 일이었거든요."

용건을 마친 에스텔라가 "그럼 이만." 하고 산뜻하게 돌아섰다. 들어왔던 길을 되짚는 걸음이 유독 가벼웠다.

뒤늦게 정신을 차린 마리아 영애가 황급히 에스텔라에게 다가와 사과를 전했다. 이런 불쾌한 일이 벌어져 본인도 대단한 유감스럽다는 투였다. 마리아는 앞으로는 손님을 들일 때 주의하겠다 확언하기까지 했다.

이제부터 에스텔라가 마리아의 티 파티에 참석했을 때 엘렌의 얼굴을 다시 보게 될 일은 없을 것이다. 마리아가 사이가 나쁜 두 인물에게 동시에 초대장을 보낼 정도로 생각 없는 인물이었다면 사교계의 마당발 소리를 듣지도 못했을 테니까.

엘렌이 다가오기 전 같은 자리에 앉아 있었던 영애들도 에스텔라에게 위로를 전했다. 그들은 짧은 대화가 아쉬웠다며 다음에 꼭 다시 이야기를 나누고 싶다고 입을 모아 말했다. 에스텔라는 몰려든 영애들을 대강 다독이고는 티 파티 장소로 돌려보냈다. 주최자의 사과를 받았다 해도 이 상황에 다시 테이블로 돌아갈 생각은 없었다. 자리에 남아 눈총을 견디는 건 엘렌의 몫이 될 것이었다.

에스텔라는 테이블이 펼쳐져 있던 공터를 벗어나 정문으로 통하는 길목으로 들어섰다. 어깨를 간지럽히는 머리칼을 뒤로 쓸어 넘기며 마저 걸음을 옮기는데, 멀리서 익숙한 인영이 눈에 들어왔다. 에스텔라의 눈이 커졌다. 그 상대가 이곳에 있어선 안 되는 인물이었기 때문이다.

"소공작님?"

'아, 작위를 이었다고 했으니 이제 공작인가?'

뒤늦게 아차 했으나 정작 디에고는 크게 신경 쓰지 않는 눈치였다. 에스텔라는 보폭을 빨리해 디에고에게로 다가갔다. 디에고는 느긋이 주머니에 손을 찔러 넣고 에스텔라가 제게 다다르기를 기다렸다. 그의 앞에 멈춰 선 에스텔라가 얼떨떨한 음성으로 물었다.

"여긴 왜 오셨어요?"

"내 조력자가 혹시나 불미스러운 대접을 받을까 걱정이 되어서 말입니다."

장난스러운 어조이긴 했으나 그의 목소리엔 염려가 스며 있었다. 아드리아나를 방임했던 것과 확연히 대비되는 태도였다. 물론 에스텔라는 그가 찾아오기 전에 모든 적을 처치한 후였지만 말이다.

에스텔라가 그를 잰 눈으로 쳐다보며 말했다.

"그러게요. 공작님 말씀, 틀렸어요."

"뭐가 말입니까?"

"모두가 저와 어울리고 싶어 안달일 거라면서요. 루에다가의 영애는 전혀 그렇게 생각하지 않던걸요."

"아, 빨간 웨이브 머리?"

디에고가 알은체를 하자 에스텔라의 눈이 더욱 가늘어졌다. 디에고가 멋쩍은 기색으로 대답했다.

"안 그래도 소식 듣고 온 참입니다."

"싸움이 벌어진 게 벌써 소문이 났단 말인가요?"

"아뇨, 궁에 방문했다가 루에다 백작이 딸의 위치를 말하는 걸 엿들어서. 그런데 정말 싸웠습니까?"

디에고가 인상을 쓰며 되물었다. 어느덧 그의 목소리는 진지해져 있었다. 그가 한 걸음 앞으로 다가오려던 것을, 에스텔라가 손을 뻗어 막았다. 그러고는 상체를 뒤로 빼며 디에고를 찬찬히 살폈다. 에스텔라가 다분히 의심스럽다는 어조로 물었다.

"혹시 정말 남몰래 잠깐 만나셨어요? 그분이 왜 이렇게 열을 내는 거예요? 사귀던 남자라도 뺏긴 것처럼."

"이제 내가 얼마나 얻기 어려운 남자인지 좀 실감이 납니까?"

디에고가 능청스러운 태도로 에스텔라의 손목을 잡으며 받아쳤다. 말이나 못 하면 싶었다. 에스텔라는 불만을 표현하듯 눈도 깜빡이지 않고 그를 올려다보았다. 그러나 디에고는 에스텔라를 놔주기는커녕, 외려 다른 쪽 손으로 그녀의 허리를 감싸 제게로 당겼다.

에스텔라가 그를 밀쳐 내려고 할 때였다. 멀리 떨어지지 않은 곳에서 수풀이 흔들리는 소리가 들려왔다. 탄식하는 듯한 작은 신음도 함께였다. 디에고가 입술을 거의 움직이지 않고 속삭였다.

"저 뒤에 누가 왔습니다."

"······들었어요."

아무래도 엘렌이 끝내 분을 못 참고 달려온 듯했다. 대체 남들 눈이 닿지 않는 곳까지 찾아와서 뭘 하려고 했는지 모를 일이었다.

아니다. 생각해 보니 뻔했다. 엘렌은 에스텔라를 따라잡아 뺨을 치려고 했을 공산이 컸다. 진부한 액션이긴 하지만 「위험한 공작과의 계약 결혼」은 원체가 진부한 소설이다.

"애정 행각을 보여 줘야 확실하니까."

디에고가 노래하듯 중얼거리며 에스텔라의 팔을 들어 제 어깨에 얹었다. 사랑에 빠져 있는 연인이라면 수시로 스킨십을 하기 마련이다. 에스텔라도 잠자코 디에고의 목을 감쌌다. 그러나 좀처럼 불청객이 멀어지는 소리는 들리지 않았다. 에스텔라가 설핏 미간을 찌푸리며 물었다.

"안 가는 것 같은데요?"

"요즘 사람들이 의심이 많아서 뭐가 됐든 잘 안 믿긴 하죠."

"그럼 입이라도 맞춰 볼까요?"

에스텔라의 물음에 디에고가 벙찐 표정을 지었다. 태연한 건 외려 생뚱맞은 제안을 한 에스텔라 쪽이었다. 에스텔라는 뒤편에 숨은 여인을 보낼 가장 빠른 방법을 알고 있었다. 정말 엘렌을 보내고 싶었다기보단 분풀이를 할 요량으로 건넨 제안이었지만.

엘렌이 제 직업을 욕하기 전까지만 해도 에스텔라는 그럭저럭 평온한 기분이었다. 어찌 보면 엘렌은 제게 지정된 입력값대로 행동하고 있을 뿐이었고, 에스텔라도 그에 별다른 유감은 없었다. 연극 속 배역은 여러 사람에 의해 연기되지만 등장인물의 행동은 언제나 동일하기마련 아닌가. 당연히도 등장인물의 악행을 배우와 연결지어 생각할 수는 없는 노릇이다.

그러나 제 커리어를 무시당하는 건 생각 이상으로 모욕적이었다. 그것이 기존의 대본에 없는 일이었기에 더더욱 그러했다. 아무리 연기라도 상대 배우가 애드리브로 뺨을 치면 기분깨나 나쁠 것이다.

예상치 못한 에스텔라의 애드리브에 당황한 건 디에고도 마찬가지였다. 그가 헛웃음을 지으며 되물었다.

"좋아하는 사람이 아니면 결혼은 안 한다면서, 키스는 합니까?"

"결혼이랑 키스랑 대체 무슨 연관이라고 그때 일을 꺼내세요?"

"참, 순진한 건지 발랑 까진 건지……."

디에고가 고개를 오른편으로 돌리며 피식 웃었다. 그가 어이없다는 표정으로 다시 에스텔라를 돌아보았다. 에스텔라를 빤히 응시하던 그가 이윽고 천천히 고개를 숙였다. 에스텔라는 그가 제게로 가까이 다가오는 것을 그대로 눈에 담았다. 눈을 뜨고 있는 건 디에고도 같았다. 디에고가 햇빛을 가리고 선 덕에 그녀의 얼굴에 차차 그림자가 졌다. 마침내 코끝이 엇갈렸다.

입술이 닿기 직전, 디에고가 문득 움직임을 멈췄다. 그가 물었다.

"……키스해도 됩니까?"

그의 속눈썹까지도 들여다볼 수 있는 거리였다. 선명한 숨결에 에스텔라의 얼굴이 빨갛게 달아올랐다. 부끄러움을 참지 못한 에스텔라가 말까지 더듬거리며 되물었다.

"그, 그, 그런 걸 왜 지금 물어봐요?"

"거봐요, 분위기 깬다니까."

나직이 웃으며 디에고가 에스텔라에게 마저 고개를 기울였다. 두 입술이 부드럽게 맞닿았다.

한참 뒤, 뒤편에서 울음소리와 함께 잔디가 짓밟히는 소리가 들려왔다. 그럼에도 에스텔라와 디에고는 오래도록 얽힌 입술을 떼어 내지 않았다. 아무것도 듣지 못한 것처럼.

❦

카사스가는 베르타 저택과 매우 인근에 위치해 있었다. 걸어서 20분 정도면 도달할 수 있는, 굳이 마차를 이용하기에도 민망한 거리였다. 그래서인지 디에고는 마부에게 곧장 집으로 향하지 말고 주변을 돌아 달라 말했다. 에스텔라와 따로 나눌 이야기라도 있는 듯했다. 아니나 다를까 마차가 출발하고 머지않아 디에고가 운을 뗐다.

"생각을 좀 해 봤습니다."

디에고는 창틀에 팔꿈치를 올린 채 손바닥에 턱을 괴고 있었다. 자세 때문인지 그의 목소리는 반쯤 잠긴 상태였다. 그의 시선이 느리게 에스텔라에게로 돌아왔다. 에스텔라는 반사적으로 몸을 움츠릴 뻔했다. 그와 눈을 마주하자 조금 전 그들이 거쳤던 어떤 행동이 떠올랐기 때문이다. 에스텔라가 공연히 제 입술을 물어뜯으며 물었다.

"뭐가 말씀이세요?"

"어젯밤에 미스 마거릿이 내게 했던 이야기 말입니다."

에스텔라가 무심코 "아." 하는 소리를 냈다. 그녀는 입가에 두었던 손을 다시 무릎 위로 내려놓았다. 광장이 가까운 듯 창 너머로 아이들이 소리치는 소리가 들려왔다. 디에고가 덤덤히 물었다.

"당신은 내게 달라질 수 있다고 말했었죠. 왜 그렇게 생각하는지, 좀 더 자세한 설명을 듣고 싶어졌어요."

"제 말에 따르시려는 건가요?"

"어떤 노력도 들이지 않고 기대부터 품을 수는 없지 않겠습니까."

디에고가 그리 말하며 한쪽 얼굴을 가볍게 찡그렸다. 그렇게 말하는 스스로가 매우 어색하다는 듯한 반응이었다. 에스텔라는 멍하니 그런 그를 쳐다보기만 했다. 길어지는 침묵에 디에고가 의아함을 느낀 듯 에스텔라를 돌아보았다. 그제야 에스텔라가 정신을 차리고는 대답했다.

"죄송해요. 그렇게 말씀해 주실 줄은 예상치 못했어서요. 정말 기쁘네요."

이어 에스텔라가 안도한 기색으로 눈을 감았다. 건너편에서 디에고가 피식 웃는 소리가 들렸다. 에스텔라가 곧바로 눈을 뜨며 물었다.

"왜 웃으세요?"

"내가 도덕군자처럼 굴 때마다 기뻐하는 당신이 재밌어서요."

디에고가 솔직한 답을 내놓았다. 이 맹랑한 가정 교사는 그를 바른 방향으로 교정하는 것이 인생의 목표란 듯이 굴곤 했다. 그녀의 바람대로 끌려가는 자신을 보고 있노라면 이 상황 자체가 누군가의 거대한 음모처럼 느껴지기도 했다. 정신을 차려 보니 어느덧 그는 본래 걸으려던 길에서 멀리 비켜나 있었다. 그런데 그것이 싫지가 않았다.

"난 타인을 향한 인정이 곧 약점이 되는 세상 속에서 살아왔습니다. 그런데 당신은 그런 내게 사랑이란 걸 가르치려고 하는군요."

사랑이라는 표현에 에스텔라는 내심 당황했다. 그가 말하는 게 이성 간의 관계가 아닌, 보다 광범위한 영역을 가리키고 있다는 걸 알고 있는데도 말이다.

에스텔라가 입을 다문 사이 디에고가 생각에 잠겼다. 이윽고 다시 그의 입이 열렸다.

"당신은 내가 혼자였다면 감히 품지 않았을 생각들을 하게 해요."

".......어떤 것들이요?"

"가족 간의 정, 인간미, 혹은 사람이 사람에게 주는 힘 같은 것들 말입니다."

"......."

"난 그게 아주 낯설고도 좋습니다."

그리 말하며 디에고가 몹시 서투르게 미소 지었다. 그와 어울리지 않게 따뜻한 느낌이 묻어 나오는 표정이었다.

스스로의 업 속에서 안주하는 사람들은 충분히 많다. 심지어는 제가 저지른 잘못을 정당화해 가면서 말이다. 그에 비하면 디에고는 새로운 시작을 맞아들일 자격이 있는 인물이었다. 그에겐 미처 기회가 주어지지 않았을 뿐이다.

"공작님의 안에 원래 그런 마음이 있었던 거예요. 원래 다정하신 분이시니까."

에스텔라가 진심을 담아 말했다. 정작 디에고는 코웃음을 칠 뿐이었지만.

"나보고 다정하다고 말하는 사람은 당신이 유일할 겁니다."

"전 사실을 말씀드렸을 뿐인데요."

"아, 이래서인가?"

"뭐가요?"

"당신이 내가 모르는 나를 보았다고 하니, 나도 자꾸 새로운 내 모습을 찾고 싶어지는 거죠."

"......."

"당신과 있으면 무언가를 새로 시작하는 게 두렵지 않게 느껴져요. 욕심이라고 생각해 손도 뻗지 못했던 영역이 마치 별것도 아니었던 것처럼."

에스텔라의 뺨이 홧홧해졌다. 어쩐지 낯이 간지러웠다. 그는 지금 에스텔라로 인해 용기를 내고 있다는 말을 하고 있었다. 입술에 닿았던 말랑한 살덩이의 감각이 새삼 떠올랐다. 이상한 망상이 머리를 어지럽히기 전, 에스텔라는 황급히 헛기침을 했다. 디에고가 그런 에스텔라를 빤히 응시하며 말했다.

"하나 궁금한 건 있습니다."

"그게 뭔가요?"

"이건 말하자면 우리 가문 내의 일입니다. 미스 마거릿이 책임감을 가질 이유라곤 하나 없다는 뜻이에요. 당신은 왜 그렇게 우리들을 위하는 겁니까?"

예기치 못한 질문에 에스텔라의 눈이 살짝 커졌다. 책임감 때문이라며 천생 교사처럼 굴긴 했지만, 에스텔라는 자신이 그런 완벽한 사람이 아니라는 걸 잘 알고 있었다. 선생으로서의 책임감은커녕 직업의식조차 없었던 원래의 자신이었다면, 아마 두말할 것 없이 다시 고향으로 돌아가는 길을 밟았을 것이다.

그러나 지금의 에스텔라에겐 전생을 떠올림으로써 필연적으로 받아들이게 된 것들이 있었다. 조금 낯선 사상과 관념 등은 차치하고서라도, 다른 개체였던 그녀를 이루었던 수많은 기억들이 그러하다. 에스텔라는 다른 세상에서 겪었던 긴 생애를 늘어놓는 대신 짧게 축약했다.

"후회하기 싫어서요."

의심을 살 만한 대답은 아니었지만 그래서 과하게 단서가 부족했다. 디에고가 설명을 기대하는 투로 물었다.

"무슨 후회요?"

"공작님께서 말씀하신 것처럼 지나간 일들은 돌이킬 수 없잖아요."

"……그렇죠."

"하지만 그렇다고 주저앉아 있긴 싫어요. 그럼 후회할 일들이 갈수록 더 늘어 갈 뿐일 테니까."

디에고가 에스텔라를 빤히 응시했다. 이윽고 그가 헛웃음을 흘렸다.

"어쨌든 특별 취급은 아니었군요."

"네?"

"공평하고 박애주의적이고, 당신에게 딱 어울리고 좋습니다."

어쩐지 비꼬는 투라 마냥 칭찬으로 받아들여지진 않았다. 에스텔라가 얼굴을 찡그리자 디에고는 턱을 들어 그녀의 주름진 미간 언저리에 시선을 두었다.

이윽고 그가 작은 한숨을 내뱉으며 자세를 낮추었다. 허벅지 위에 두 팔을 기대고는 상황을 정리하듯 짧게 박수를 쳤다.

"좋아요. 우리가 밝은 미래를 위해 지금부터 무엇을 해야 하죠?"

에스텔라는 그를 흘기던 눈을 거두었다. 상대가 원하는 답을 줬으니 에스텔라도 최선을 다해 그를 도울 작정이었다. 에스텔라가 조금 들뜬 목소리로 말했다.

"일단은 뇌물부터 사러 가요."

"많이 바쁘신가 봐요?"

건너편에서 들려온 물음에 리오넬이 서류 위로 슬쩍 시선을 들어 올렸다. 아드리아나가 찻잔을 든 채 그를 쳐다보고 있었다. 보통 이성을 앞에 불러다 놓고 일만 처리한다면 뺨을 얻어맞기 십상이겠으나 정작 상대는 화가 난 기색이 없었다. 방금 한 질문도 정말 궁금해서 건넨 것이 분명하다. 그렇지 않은 인물이었다면 마주 앉아 겸상할 일도 없었을 테니까.

리오넬이 무념무상으로 서류를 한 장 뒤로 넘기며 답했다.

"디에고 놈이 자기 계모를 고발했거든요."

"네?"

놀라운 발언에 아드리아나가 눈을 크게 떴다. 그러나 이는 찰나의 일로, 아드리아나는 곧 이해했다는 듯 고개를 끄덕였다. 하기야 디에고는 아버지를 죽이기까지 한 인물이니 계모와 사이가 좋을 리 만무했다. 그나마 아버지처럼 무력으로 문제를 해결하려 드는 것은 아니니 한결 온건하다고 평해야 할까.

"판결이야 법관이 할 일이지만, 있는 작자들은 돈으로 그 선택을 좌지우지할 수 있다고 믿으니 말입니다. 수준에 맞춰 주지 않으면 내 혈통이 서운해하겠죠."

그러니까 쉽게 말하면 법관을 로비하려고 준비하고 있단 소리였다. 확실히 그는 그 부도덕한 일을 처리하느라 여념이 없어 보였다. 아드리아나가 이곳에 도착한 이래, 리오넬은 인사만 겨우 받아 준 채 쭉 서류에 집중하고 있었으니까.

아드리아나가 가만히 고개를 주억이며 물었다.

"그분께서 원하는 결과가 나올까요?"

"베르타 공작의 일을 이 나라의 왕세자가 돕고 있습니다. 당연하지 않습니까?"

"하지만 전대 공작 부인이 이뤄 놓았던 것들이 말씀하시는 것만큼 약소하진 않으니까요."

"생사람을 잡는 거라면 확실히 좀 어려웠을지도 모르죠. 그녀가 친우들 앞에서 눈물을 쏟고, 그동안 돈주머니를 찔러 줬던 인사들에게 편지를 부치고, 결백을 주장하며 법정에서 실신한다면 말입니다."

"지금이라고 그걸 안 하실 것 같진 않은데요."

"대중에게 받아들여지는 느낌이 다르겠죠. 증거가 확실하니까."

그리 말하며 리오넬이 테이블 앞에 있던 편지 뭉텅이를 들어 흔들었다.

"전부 그 집에서 일했던 가정 교사들에게게 받은 편지입니다. 이 안에 뭐가 적혀 있을까요?"

리오넬이 그것들을 아드리아나의 앞으로 가볍게 던져 주었다. 아드리아나는 굳이 봉투를 열어 내용물을 확인하진 않았다. 보나 마나 디에고와 리오넬 모두에게 만족스러운 발언이 들어 있을 게 분명했으니까.

공작 부인을 고발한 자에게 힘이 없었다면 나오지 않았을 증언들이나, 지금 그녀에게 맞서고 있는 건 대단한 권력자들이었다. 아마 증인으로서도 한결 마음 편히 진실을 입에 담았을 것이다. 정의감보다는 후에 넉넉히 챙겨 받을 사례금 쪽이 결심에 한몫했겠지만 말이다.

리오넬이 다 이긴 싸움이라는 듯 배부른 태도로 말했다.

"가정 교사들 증언도 확보했고, 사용인들의 목격담도 많으니 아마 실형이 내려질 확률이 높죠."

"그럼 전대 공작 부인은 감옥에 가는 건가요?"

"귀족들은 보통 자택에 연금시키죠. 하지만 디에고 놈이 그걸 허락하지 않을 테니 아마 먼 곳으로 추방령이 내려질 겁니다. 나라면 고향으로 내려가는 길에 아예 끝을 볼 거고."

리오넬이 그리 말하며 오른손을 들어 제 목을 치는 시늉을 했다. 아드리아나는 순간 어깨를 굳혔다. 죽음을 쉽게 입에 담는 리오넬과 달리 그녀는 싸움이란 것에 면역이 없었다. 디에고를 협박하며 결혼을 제의했던 게 그녀 인생의 유일한 도박이었다. 결국 저와 마주 앉아 있는 건 다른 남자가 되었지만 말이다.

아드리아나는 차를 들이켜며 최근 변화한 상황들을 천천히 되짚어 보았다. 무도회에서 리오넬이 아드리아나에게 관심을 드러낸 이후 아스테즈 후작은 손바닥 뒤집듯 태도를 바꿨다. 아드리아나를 먼 나라에 치워 버리는 게 그의 본목적이긴 했으나, 국혼이라는 대어 앞에선 그도 사감을 지워 냈다.

근래 아스테즈 후작은 넌지시 리오넬과의 사이를 묻는 식으로 아드리아나에게 관심을 표하곤 했다. 그동안 제시했던 혼담이 쏙 들어갔음은 덤이다. 어찌 됐든 리오넬과 풋풋한 연인 사이를 연기하는 대가로 그녀는 자유를 얻은 것이다.

이렇게 1년을 버티다가 리오넬에게 버림받고, 외가가 있는 남부로 내려가는 것이 아드리아나의 계획이었다. 그런 아드리아나가 리오넬과 따로 할 일이 있을 리 없다.

아드리아나가 리오넬을 만나러 온 목적은 오직 '만났다'는 사실 자체로 이미 이루어졌다. 아드리아나는 아버지에게 오늘 리오넬을 보러

입궁할 예정이라고 전했고, 따라붙은 감시의 눈을 위해 그 계획을 실행에 옮겼다. 제 앞에 앉은 사내가 정원에서 만나자는 약속을 지킨 이상, 그 자리에서 무엇을 하든 그녀로서는 상관이 없는 일이었다.

아드리아나가 다시 편지들을 리오넬에게로 밀어 주며 말했다.

"바쁘시면 굳이 시간을 내지 않으셔도 됐을 텐데요."

"내가 또 맡은 일엔 확실한 성격이라."

"자리가 불편하시면 오늘의 만남은 이만 파할까요?"

아드리아나가 배려하듯 물었다. 예상치 못한 반응에 리오넬이 아드리아나를 넘겨봤다. 그가 물었다.

"내가 불편해 보입니까?"

"티 테이블이 서류를 보기에 적합한 장소는 아니니까요. 집무실이 낫지 않으시겠어요?"

"아, 그쪽의 불편."

리오넬이 이해했단 듯 입을 벌리며 고개를 끄덕였다. 그는 곧바로 종이 위에 알아볼 수 없는 글씨를 휘갈겼다. 잉크 위로 숨을 불어 말리고는, 이어 대수롭지 않은 투로 말했다.

"난 딱히 일하는 장소를 신경 쓰는 편이 아니어서요. 그다지 불편하지 않습니다. 영애께서 심심하시다면 돌려보내 드릴 수는 있겠지만."

"그렇진 않아요. 제겐 집에 있는 게 가장 큰 고역이거든요."

아드리아나가 고개를 내저으며 말을 이었다.

"멀쩡히 존재하는 사람을 두고 아무도 말을 걸어 주지 않는 세월을 자그마치 18년 동안 견뎠어요. 침묵에 초조함을 느끼기도 했지만 가장 신경 썼던 건 상대가 속으로 품고 있을 생각 쪽이었죠. 전하께서

절 불편하게 여기지 않으신다면 저도 크게 상관은 없어요."

아드리아나가 담백한 어조로 말을 맺었다. 정말 아무래도 상관없다는 듯한 태도였다. 리오넬이 그런 아드리아나를 빤히 넘겨보았다.

잠시 후 그가 손에 쥐고 있던 종잇장을 내려놓았다. 그에 그치지 않고 리오넬은 시종을 불러 일감을 모두 치우게 했다. 곧 그들이 앉은 곳도 보통의 티 테이블처럼 변했다. 다기와 맑은 꽃차, 색색의 디저트를 아름답게 늘어놓은 달콤함의 영역으로. 아드리아나가 그 위를 물끄러미 내려다보다가는 말했다.

"계속 마음 편히 보시라고 드린 말씀이었습니다만……."

"그런 경험을 한 사람을 데려다 놓고 병풍 취급할 만큼 막돼먹은 성격은 아닙니다, 내가."

"급하신 일 아니었나요?"

"디에고 놈도 연애질에 정신이 팔려 있는데 왜 나만 일을 해야 합니까? 정 급하면. 자기가 알아서 하겠지."

리오넬이 그리 말하며 콧방귀까지 뀌었다. 그에 아드리아나는 처음으로 웃음을 터트렸다. 아드리아나가 어색한 표정으로 어깨를 으쓱이며 말했다.

"하지만 제게 딱히 전하를 즐겁게 해 드릴 화제는 없는데요."

"그건 나도 마찬가지입니다. 서로 재미없는 농담을 해도 한 번씩은 봐주기로 하죠."

리오넬이 아드리아나의 긴장을 풀어 주듯 말했다. 사람을 안심시키는 목소리였다. 무릎 위로 두 손을 모은 아드리아나가 시선을 왼편으로 돌렸다. 망설이듯 눈알을 굴리다가는, 잠시 후에야 입을 열었다.

"사실 그동안 쭉 궁금했던 게 있었어요. 여쭤봐도 될까요?"

"아, 질문 시간입니까?"

그리 물은 리오넬이 이어 알아서 납득했다는 듯 고개를 끄덕였다.

"하긴 연인 행세를 하기로 한 것치고 우린 서로를 너무 모르네요. 공평하게 하나씩 주고받아 봅시다."

의도치 않게 꽤 본격적인 분위기가 되어 버렸다. 리오넬은 대화에 집중하고 있음을 알리듯이 아드리아나에게 시선을 고정했다. 아드리아나가 염려 섞인 목소리로 질문했다.

"왜 디에고 님의 부탁을 들어주신 건가요?"

아드리아나는 말을 꺼내면서도 리오넬의 눈치를 살폈다. 제가 해서는 안 되는 질문을 한 걸까 불안해하는 기색이었다.

리오넬은 무의식적으로 제 턱을 긁었다. 사실을 밝혀도 상관없겠다는 생각은 들었으나 곧이 대답을 내놓기도 민망했다. 리오넬이 어깨를 으쓱이며 말했다.

"괜찮아 보이고 싶어서요."

이상한 대답이었다. 아드리아나는 눈을 깜빡이며 다음 설명을 기다렸다. 그러나 리오넬은 그 이상으로 친절한 답변을 돌려줄 생각이 없는 모양이었다. 그가 제 차례라는 듯 물었다.

"당신은 무슨 깡으로 그놈을 협박한 겁니까?"

리오넬로선 아드리아나의 호기가 대단하게만 느껴졌다. 늙은 권력자와의 결혼이 대단히 비위 상하는 일이라곤 해도 친부를 죽인 남자보다는 양호한 선택지가 아닐까. 게다가 후자는 이루어질 가능성이 터무니없이 적기까지 했다. 타이밍이 잘 맞물렸을 뿐, 협박이란 수단을 꺼낸 시점에서 도리어 그녀의 목숨이 위험해졌을 공산이 크다. 디에고가 에스텔라는 가정 교사에게 관심을 둔 탓에 상황이 이상하게 흘러가고는 있지만 말이다.

아드리아나는 잠시간 제 무릎 위를 내려다보기만 했다. 이내 그녀가 맥없는 목소리로 대답했다.

"선택의 여지가 없었으니까요."

"목숨이 위험할 수도 있었을 텐데요."

"그런 걸 고려할 수 있는 상태가 아니었죠. 그때의 전 뭐라도 해야 했어요."

아드리아나는 불안정해지는 목소리를 감추기 위해 따뜻한 차를 한 모금 들이켰다. 향긋한 꽃냄새가 떨림을 가라앉혔다. 아드리아나가 한결 차분해진 음성으로 이야기했다.

"전 제가 누군가에게 협박이란 걸 하리라곤 추호도 상상해 본 적이 없었어요. 하지만 신전에서 그 일을 목격했을 때…… 무섭기도 했지만 갈수록 기회라는 생각이 들더군요."

리오넬도 그랜튼 3세의 평판은 익히 잘 알고 있는 바였다. 그랜튼 3세의 첫째 아들인 왕세자의 나이가 무려 41세였다. 그 탐욕적인 왕은 무려 제 손자뻘인 여자를 아내로 물색했던 것이다. 후보 선상에 오른 여자가 벼랑 끝에 몰린 심정을 느꼈다고 해도 이상하지 않다. 리오넬이 납득했다는 듯 고개를 끄덕였다.

이제 순서는 아드리아나에게로 돌아왔다. 그녀가 곧장 다음 질문을 꺼내 들었다.

"그럼 이제 두 번째 질문을 할게요."

"말해 봐요."

"괜찮아 보이고 싶으셨던 상대는 누구인가요?"

아드리아나와 리오넬의 눈이 마주쳤다. 그때, 마른하늘에 날벼락처럼 위에서 빗줄기가 한 방울 떨어졌다. 그들은 동시에 고개를 젖혀 하늘을 올려다보았다. 소나기가 찾아온 모양이었다.

갑작스럽게 쏟아지기 시작한 비에 둘은 황급히 자리에서 일어섰다. 예기치 못한 우천이었음에도 불구하고 시녀는 당황하지 않고 미리 준비한 우산을 꺼내 왔다. 리오넬은 그것을 받아 아드리아나에게 씌워 주었다. 정작 시종들은 비를 피하기는커녕 벌려 놓은 테이블을 치우느라 여념이 없었다. 아드리아나는 반사적으로 젖어 가는 이들을 돌아보았다. 리오넬이 그런 아드리아나의 어깨를 감싸며 건물 쪽으로 이동시켰다.

"이쪽으로 와요. 일단 안으로 들어갑시다."

아드리아나와 리오넬은 보폭을 맞춰 실내를 향해 걸음을 옮겼다. 보는 눈을 피하기 위해 깊숙이 들어왔던 탓에 나가는 데도 꽤 시간이 걸렸다. 발등은 튀어 오른 물방울로 벌써 완전히 젖어 있었다. 리오넬이 "젠장." 하고 낮게 뇌까리고는 불만스러운 목소리를 냈다.

"봄 날씨가 아무리 대중없기로서니, 뭐 이런……."

그리 말하며 주변을 살피던 리오넬이 문득 발을 멈춰 세웠다. 갑작스러운 정지에 아드리아나의 걸음도 같이 꼬였다. 아드리아나는 반사적으로 리오넬의 얼굴을 올려다보았다. 그는 무언가에 홀린 듯한 표정을 짓고 있었다. 그가 먼 곳에 시선을 고정한 채 아드리아나에게 손잡이를 내밀었다. 아드리아나는 엉겁결에 그것을 받아 들었다.

아드리아나에게 우산을 넘겨준 리오넬이 거의 뛰듯이 달려 나갔다. 뒤늦게 정신을 차린 아드리아나가 그런 그를 뒤따라갔다. 보폭 차이가 워낙 컸던 탓에 따라잡기는 쉽지 않았다. 덕분에 아드리아나가 그와 거리를 좁힌 건 그가 걸음을 멈춰 세우고도 한참이 지난 후였다.

"전하, 대체……."

아드리아나가 헉헉대며 리오넬을 부르다 말고 멈칫했다. 리오넬이 넋 나간 사람처럼 누군가를 쳐다보고 있었기 때문이다.

그의 눈길이 향한 방향에는 휴식을 용도로 설치해 둔 정자가 하나 있었다. 아드리아나는 그곳에 앉은 한 여인을 발견하고는 인상을 찌푸렸다. 누군지 알아볼 수가 없어 한 걸음 더 걸어 나가자 방해물에 가로막혀 보이지 않았던 다른 일행도 눈에 들어왔다. 여자와 비교되는 넉넉한 풍채를 가진 중년 남성이었다.

따로 비를 피할 필요를 느끼지 못한 듯, 이들은 정자 안에서 운치 있는 경관을 즐기고 있었다. 이쪽을 등지고 있어 누군지는 알 수 없었다. 다만 걸치고 있는 옷으로 미루어 짐작했을 때 보통 신분은 아닌 듯했다. 하기야 왕실 정원에서 나들이를 즐기는 이들이 별 볼 일 없는 인물일 리는 없었다.

때마침 금색 드레스를 입은 여자가 일행을 돌아보며 무어라 속삭였다. 그녀의 옆모습을 훔쳐본 아드리아나가 멍하니 입을 벌렸다.

'아브릴 백작 부인?'

메스키다인 중에서 아브릴 백작 부인의 존재를 모르는 이는 없었다. 지도층의 치정은 대중에게 흥미로운 가십이었고, 아브릴 백작 부인은 그 정점에 선 왕의 정부였다. 그러니 항간에 떠도는 그녀의 소문이 부풀리고 꾸며지는 것도 당연하다.

새빨간 머리칼 탓에 세간에서는 왕을 현혹시킨 마녀 취급을 받기도 하나, 막상 아브릴 백작 부인 본인은 그리 요란하게 위세를 부린 적이 없었다. 그녀가 왕비와 그 세력의 입장에서 대단히 증오스러운 적은 아닐 거라는 소리였다.

그렇다면 아버지의 여자를 향해 일국의 왕자가 미친 듯이 달려갈 이유가 당최 무어란 말인가?

아드리아나는 고개를 돌려 리오넬을 응시했다. 그는 이미 온몸을 적신 후였다. 그제야 아드리아나가 아차 하며 리오넬에게 우산을 씌워 주었다. 리오넬이 그런 아드리아나를 물끄러미 돌아보았다.

"그녀가 당신과 같은 부분에서 역겨움을 느끼는 여자였다면 좋을 뻔했죠."

아드리아나가 리오넬을 알아 온 내내 보아 왔던 장난스러운 낯은 온데간데없었다. 아드리아나는 지금 무언가를 알아차렸고, 리오넬 역시 그 사실을 알았다.

볼일이 끝났다는 듯 그가 우산 손잡이를 아드리아나에게서 앗아 들었다. 리오넬이 왕과 정부에게서 등을 돌리며 말했다.

"내 질문은 다음을 위해 남겨 두겠습니다."

아드리아나는 알 수 있었다. 지금 자신이 그에게 던졌던 두 번째 질문에 대한 답을 얻었음을.

ᚹᚢᚱᛏ

에스텔라는 지금까지 소비에 있어 나름의 원칙을 가지고 살아왔다. 그것이 딱히 유난이라고 생각해 본 적은 없었다. 자본 수익을 기대할 수 없는 소시민이 한정된 금액으로 생활을 꾸려 가려면 당연한 일이 아니겠는가.

예의 규칙들을 대략적으로 정리하자면 같은 용도의 물건을 두 개

이상 사지 않기, 고가의 물품을 보고 구매 충동이 밀려들면 최소 한 달은 고민해 보기, 꾸준히 사용할 것이 아니라면 욕심내지 않기 등이 되겠다. 그리고 디에고와 함께한 상점 나들이는 그 모든 개념을 완전히 깨부쉈다.

에스텔라는 세드릭의 방에 쌓여 가는 선물 더미를 보고 살짝 질린 표정을 지었다. 꼭 필요한 한 가지를 고를 필요가 없는 재력이란 대단했다. 짐이 가득 실린 트롤리가 밖에서부터 그야말로 끝도 없이 운반되고 있었다. 디에고와 드레스 숍에 갔을 때도 느꼈지만 사람이 돈이 너무 많으면 금전에 대한 감각을 아예 잃어버리는 것 같았다.

"이걸 다 풀어 볼 수나 있을까요?"

에스텔라가 장난감이 담긴 상자 하나를 집어 들며 물었다. 디에고가 대수롭지 않은 투로 대답했다.

"하루에 하나씩 뜯어보라고 해요. 매일이 성탄절 같고 좋겠군요."

이곳에서도 전생에서의 크리스마스와 비슷한 날은 존재했다. 성인(聖人)의 종류와 태어난 날짜는 다르지만 그 외의 관습은 유사했다. 이를테면 사람들과 선물을 주고받는 문화가 그러하다. 아이들을 위한 날에 한정된다기보다 한 해 동안 고마웠던 이들에게 마음을 전하는 느낌이 더 강했지만 말이다. 물론 세상이 바뀌었다 한들 선물 개수에 대한 세간의 기준은 별반 다르지 않으리라. 이쪽에서도 선물로 탑을 쌓는 경우는 흔치 않다는 뜻이었다.

"그랬다간 올해가 가기 전에 다 확인할 수도 없을 것 같은데요. 지금이라도 적당히 추려서 돌려보낼까……."

먼저 뇌물을 사러 가자고 제안하긴 했으나 결과물이 이토록 대단할 줄은 에스텔라도 몰랐다. 그녀가 무언가를 심취해 구경하고 있으면 디에고가 해당 열의 모든 제품을 사 버리는 일이 수차례 반복되었던 것이다. 에스텔라는 그 사실을 저택에 도착하고 나서야 알아챘다. 정확히 말하면 상점가에서 VIP를 위한 특별 배송을 완료한 이후에야.

"그런 낯부끄러운 짓은 미스 마거릿의 옛 기억에나 남겨 둬요. 알겠습니까?"

디에고가 자본가답게 코웃음 쳤다. 에스텔라가 가는 눈으로 그를 흘겨보며 대꾸했다.

"이게 왜 낯부끄러운 짓이에요? 합리적인 결정이지."

"시장 원리 모릅니까? 나 같은 사람이 소비를 늘려야 소상공인이 행복해지는 겁니다."

"기부라는 좋은 대체 방법도 있지 않을까요?"

"그들과 같이 나도 행복해지면 안 되는 겁니까?"

"……거 참 행복의 기준이 세속적이시네요!"

에스텔라의 외침에 디에고가 어깨를 으쓱였다. 그러고는 짐을 정리하던 하녀에게 세드릭의 행방을 물었다. 하녀에게선 세드릭이 아까부터 보이지 않아 찾고 있는 중이라는 답이 돌아왔다. 아무래도 뒤뜰로 탐사라도 나선 모양이었다.

정작 방에 얼굴을 비춘 건 선물을 받을 당사자가 아닌 다른 인물이었다. 분주히 사람들이 오가는 소리를 들은 듯, 호기심 어린 표정의 세실리아가 안으로 걸어 들어왔다. 아장거리던 걸음이 선물 더미를 발견하고는 금방 뜀박질로 변했다. 에스텔라 앞에 다다른 세실리아가 눈을 반짝였다.

"이게 모야?"

"세드릭 도련님 드릴 선물이에요."

에스텔라가 세실리아에게 맞춰 시선을 낮추며 물었다. 기대에 부풀었던 세실리아가 금방 울상이 되었다. 세실리아가 억울하다는 듯이 되물었다.

"내 껀?"

"어머, 글쎄요. 아가씨 선물은 어디 있을까……."

장난스럽게 말꼬리를 늘이던 에스텔라가 덥석 세실리아의 허리를 잡았다. 세실리아를 번쩍 안아 들고는 그대로 한 바퀴를 뱅 돌았다.

"우리 아가씨 선물은 아가씨 방에 있지요!"

그리 말하며 에스텔라가 세실리아를 다시 바닥에 내려 주었다. 세실리아는 발이 바닥에 닿자마자 흥분한 얼굴로 밖을 향해 달려 나갔다. 에스텔라가 멀어지는 세실리아의 등에 대고 소리쳤다.

"뛰지 말고 걸어가세요! 넘어져요!"

잠자코 그 모습을 지켜보던 디에고가 말을 보탰다.

"아이들한테 말은 언제 놓을 겁니까?"

"아, 노력하고 있는데 아무래도 입에 익어서요. 잘 안 고쳐지네요."

에스텔라가 멋쩍은 태도로 두 팔을 뒷짐 졌다. 그녀가 어깨를 으쓱이며 말했다.

"뭐, 사람들은 제가 대단히 예의 있나 보다 생각하겠죠. 어쨌든 공작님의 형제분들이시잖아요?"

디에고가 무어라 대꾸하려고 할 때였다. 복도 너머에서 하인의 말소리가 들려왔다.

"공작님, 세드릭 도련님을 모셔 왔습니다."

에스텔라와 디에고는 동시에 목소리가 들려온 쪽으로 시선을 돌렸다. 말을 전한 하인의 옆엔 흙투성이가 된 세드릭이 몹시 당황한 얼굴로 서 있었다. 세드릭은 제 옆의 하인을 흘끔 올려다보더니 이내 뻣뻣한 걸음으로 걸어 들어왔다. 세드릭이 의심 가득한 표정으로 물었다.

"두 사람이 여기 왜 있어?"

"너무 안 반겨 주시는 거 아니에요?"

에스텔라가 속상하다는 듯 받아쳤다. 그러고는 푸념하듯 "제자 키워 봐야 소용이 없다더니……." 하고 덧붙이기까지 했다. 에스텔라의 반응이 연기일 뿐이라는 걸 아는 세드릭이 눈을 세모꼴로 떴다. 결국 에스텔라가 작전을 바꿔 솔직히 말했다.

"선물 드리러 왔어요."

"선물? 그걸 왜 주는데?"

"지난번에 세실리아 아가씨도 공작님께 머리핀 선물 받으셨잖아요. 도련님께도 드려야 공평하죠."

그럼에도 세드릭은 상황을 견지하는 태도를 벗어던지지 못했다. 선물을 준 상대가 상대다 보니 곧이 받아들일 수가 없었던 탓이다. 세드릭이 불안한 눈으로 디에고를 흘긋거렸다. 디에고는 그런 세드릭에게 무어라 말하려다가, 그냥 입을 다물었다. 너를 위해 준비했다는 말 한마디면 되는데 그게 뭐라고 이렇게까지 낯간지럽게 느껴지는지 모를 일이었다.

결국 디에고를 대신해 생색을 낸 건 에스텔라 쪽이었다.

"가서 풀어 보세요. 종류별로 다 있어요."

그리 말하며 에스텔라가 디에고를 슬쩍 째려보았다. 에스텔라는 저 방대한 수량과 광범위한 종류에 여전히 불만이 있었다. 성의를 보이라는 말이 물량 공세를 하라는 뜻은 아니었기 때문이다.

갑작스럽게 들이닥친 재물에 놀란 건 세드릭도 마찬가지였다. 세드릭이 얼빠진 표정으로 선물의 탑을 올려다보았다.

"이게 다 내 거라고?"

아이답게 세드릭은 아직 눈앞의 상대에게 감정을 숨기는 데 서툴렀다. 에스텔라는 세드릭의 눈빛에서 놀라움과 함께 약간의 설렘을 읽어 낼 수 있었다.

머뭇거리던 세드릭이 앞으로 나아가 가장 하단에 있는 상자를 끌어냈다. 그 안에는 작은 승마 채찍과 함께 아이용 부츠가 들어 있었다. 세드릭이 뚜껑을 열다 말고 에스텔라를 돌아보며 말했다.

"난 승마 아직 안 배웠는데."

전대 공작 부인 안나는 제 아들에게 승마를 가르치지 않았다. 혹시 모를 낙마 사고를 피하기 위해서였다. 유년은 권력 다툼의 중심에 선 아이가 불미스러운 사고를 겪기 쉬운 시기였다. 안나는 제 지위를 보전해 줄 아들이 사라질 가능성을 아예 차단하고 싶어 했다.

어쩐지 보지도 않고 쓸어 담더라니 영 필요 없는 물건까지 섞여 들고 말았다. 에스텔라는 눈알만 굴려 디에고를 돌아보았다. 일을 벌인 디에고는 정작 금시초문이라는 표정이었다. 하기야 그가 세드릭의 교육 상황에 대해 통달해 있을 리 없었다. 에스텔라는 황급히 기지를 발휘했다.

"그러니까 이제부터 배워 보시란 거죠."

다행히도 세드릭은 곧이 수긍한 눈치였다. 세드릭은 잠자코 바닥에 주저앉아 승마 부츠를 신기 시작했다. 작은 몸을 뒤뚱거리며 발을 끼워 넣는 모습이 퍽 귀여웠다. 에스텔라가 구매를 독려하는 상점가의 점원처럼 엄지를 추켜세웠다.

"우리 도련님 너무 잘 어울리신다."

세드릭의 입꼬리가 움찔거렸다. 본인도 그걸 느꼈는지 세드릭이 정신을 다잡으려 고개를 내저었다. 그러고는 문득 생각났다는 듯이 물었다.

"근데 난 말이 없는데?"

에스텔라가 다시 디에고를 쳐다봤다. 디에고는 그저 멀뚱히 에스텔라의 시선을 받아쳤다. 에스텔라는 부자연스럽게 하하하 웃으며 디에고의 옆으로 가 섰다. 그러고는 그의 귀에 대고 속삭였다.

"목말이라도 태워 주세요."

"……내가요?"

에스텔라가 답답하다는 듯 빠르게 디에고와 세드릭 쪽을 번갈아 눈짓했다.

"그러게 아이들한테 뭐가 필요한지 생각도 안 하고 아무거나 담으시면 어떡해요?"

"당황스러운 건 나도 마찬가지입니다. 저 나이가 되도록 승마도 안 배웠으리라고는 전혀……."

"도련님! 대신 형님께서 무등 태워 주신대요!"

에스텔라가 디에고의 항변을 무시하며 세드릭을 향해 소리쳤다. 디에고의 얼굴에 얼핏 당황이 스쳤다. 이번에 에스텔라를 붙든 건 디에고 쪽이었다. 디에고가 다급히 에스텔라의 팔 안쪽을 잡아 제게로 끌어당겼다. 그는 에스텔라에게만 들릴 크기로 속사포처럼 말을 쏟아냈다.

"지금 저 애 몸이 온통 흙으로 더럽혀진 거 압니까? 내가 지금 입고 있는 게 얼마를 주고 맞춘 옷인지는?"

"방금까지 저한테 돈 자랑하신 거 아니에요? 새로 맞추세요. 세탁 맡기시든지."

에스텔라가 심드렁한 투로 대답했다. 디에고는 황당함에 말문을 잃고 말았다. 디에고가 흘긋 시선을 돌려 세드릭 쪽을 쳐다봤다. 눈이 마주치자마자 세드릭이 왠지 모르게 겁에 질린 듯한 표정을 지었다.

세드릭이 뒷걸음질을 치는 모습을 본 디에고가 멈칫했다. 깊이 파고들지 않아도 충분히 알 수 있었다. 세드릭이 지금 자신을 무서워하고 있다는 사실을. 그리고 지금 물러선다면 그들 사이에 벽이 하나 더 생겨나리라는 것도.

디에고의 눈이 느리게 감겼다. 한숨을 내쉬고는 결국 세드릭을 향해 한쪽 무릎을 굽히고 앉았다. 그가 굳은 입가를 달싹여 말했다.

"……세드릭, 이리 올라타라."

결연하게까지 느껴지는 목소리였다. 디에고의 노력에도 세드릭은 고개만 내저을 뿐 좀처럼 움직이지 않았다. 세드릭이 에스텔라를 구원 투수처럼 바라보았다. 세드릭이 작게 입술을 달싹여 물었다.

"이게 무슨 짓이야."

"얼른 타래도."

디에고가 한결 누그러진 목소리로 재촉했다. 바닥에 무릎을 둔 불쾌한 상황을 오래 유지하고 싶진 않았다.

그러나 세드릭의 거부감은 비단 형에 대한 두려움 때문만은 아닌 듯했다. 차마 디에고에게는 성을 낼 수 없었던 세드릭이 에스텔라를 향해 소리쳤다.

"난 여덟 살이야! 이런 건 세실리아 같은 어린애한테나 해 줘야 되는 거 아니야?"

"도련님이 애지 누가 애예요?"

에스텔라는 코웃음을 치며 그런 세드릭을 번쩍 들어 올렸다. 세드릭은 반강제로 디에고의 어깨 위에 올라타게 되었다. 세드릭은 디에고에게 손도 대지 못하고 몸을 뒤틀어 겨우 중심을 잡았다. 세드릭의 양다리를 잡은 디에고가 그대로 몸을 일으켰다. 순식간에 세드릭의 시야가 한참 높아졌다. 세드릭이 희게 질린 얼굴로 중얼거렸다.

"나 더러운데……."

"안다."

"……안 무거워요?"

"전혀. 살은 좀 찌워야겠구나, 종아리가 너무 가늘어서."

디에고가 그리 말하며 짧게 혀를 찼다. 활동량이 많아서인지 세드릭은 또래보다 잘 먹는데도 불구하고 깡마른 편이었다. 뼈대만 만져서는 걱정을 느낄 법도 하다. 평소 식사량을 알 정도로 두 사람이 친밀한 형제는 아니었으므로. 세드릭과 디에고는 두런두런 작은 목소리로 몇 마디 더 이야기를 나누었다.

세드릭이 어지럼증을 호소했기에 두 사람이 붙어 있었던 시간은 실제로 그리 길지 않았다. 세드릭의 낯빛이 안 좋아지는 걸 발견한 에스텔라가 그만 내려서기를 권했고, 세드릭은 그제야 제 발로 땅을 밟을 수 있었다.

잠깐의 접촉이었지만 변화가 없진 않았다. 세드릭의 발치에 묻었던 흙이 디에고의 상의를 온통 더럽힌 것이다. 디에고는 그대로 옷을 갈아입겠다고 나가 버렸다. 그러나 밖으로 나서는 그의 얼굴은 생각만 큰 불쾌해 보이지 않았다.

디에고가 사라지자마자 세드릭은 눈을 부릅뜨고 에스텔라를 노려보았다.

"선생님이 이상한 소리 한 거지?"

"어떻게 아셨어요? 도련님이 지금까지 무슨 걱정을 하고 있었는지 제가 다 일렀는데."

에스텔라가 천연덕스럽게 대꾸했다. 세드릭이 얼빠진 표정으로 그런 에스텔라를 올려다보았다.

에스텔라가 불쑥 팔을 뻗어 세드릭의 머리를 쓰다듬었다. 흐트러진 머리칼이 이마 아래로 쏟아지며 세드릭의 사나운 눈매를 가렸다. 세드릭은 어지러움에 정신을 못 차리고 수차례 눈을 깜빡였다. 잠시 후에야 세드릭이 고개를 흔들며 겨우 중심을 잡았다. 세드릭이 분개한 목소리로 소리쳤다.

"배신자! 밀고자!"

"맞아요. 제가 다 말했어요. 공작님도 저 못지않게 충격이셨을걸요? 분명 엄청나게 상처받으셨을 거예요."

그리 말하며 에스텔라가 두 팔을 교차해 제 가슴을 끌어안았다. 제가 다 상처받았다는 투였다. 진실보다는 거짓에 가까운 말이긴 하나 에스텔라는 크게 개의치 않았다. 그녀는 선의의 거짓말이란 개념을 맹신하는 사람이었으므로.

에스텔라의 연기에 세드릭은 몹시 당황한 기색이었다. 세드릭이 항변하듯 말했다.

"형한테 곧이 일러바치라고 한 말이 아니잖아!"

"안 하면요, 도련님이 계속 이상한 생각 하시게 내버려 둬요?"

에스텔라가 엄한 목소리로 되물었다. 말문이 막힌 세드릭이 입을 다물었다. 에스텔라는 세드릭의 앳된 눈매나 작은 콧방울 같은 것을 한참 눈에 담았다. 에스텔라가 근엄한 표정을 풀고는 이내 다정한 어투로 말했다.

"지금 형님께서 도련님 안심시키려고 하는 거잖아요."

"……."

"도련님이 하시던 걱정, 그거 이제 안 하셔도 된다구요."

세드릭이 말없이 에스텔라를 응시했다. 한참 뒤에야 세드릭이 에스텔라에게서 고개를 돌렸다. 표정이 이상하게 변해 있긴 했지만, 오늘 일어난 사건에 대해 더 따져 물을 생각은 없어 보였다. 에스텔라가 즐거운 기색으로 물었다.

"흠, 선생님 말 못 믿으세요?"

"이젠 선생님도 아니면서."

그 와중에도 세드릭은 끝까지 입술을 비죽였다. 심지 굳은 성격을 다행으로 여겨야 할지 말아야 할지 모를 일이었다.

☙❧

디에고는 거울 속 제 모습을 마주 보았다. 검붉은 머리칼이 완전히 젖어 두피 위로 볼썽사납게 달라붙어 있었다. 디에고는 문득 입꼬리를 당겨 미소를 지어 보았다. 갑작스럽게 저답지 않은 짓을 벌인 이유는, 그야말로 제게서 저답지 않은 구석을 찾고 싶어서였다.

고개를 번갈아 틀며 제 낯을 꼼꼼히 살피던 디에고가 다시 원래대로 표정을 되돌렸다. 평생을 보아 온 얼굴이라 그런지 객관적인 평가를 내릴 수는 없었다. 다만 확실히 알 수 있는 건 제가 딱히 모두의 호감을 끌어내는 인상은 아니란 점이다.

그녀는 대체 자신의 어느 부분에서 달라질 가능성을 읽어 냈을까.

디에고는 그대로 거울에서 시선을 치워 냈다. 근육의 움직임에 따라 목덜미에 고였던 물방울이 아래로 흘러내렸다. 디에고는 수건으로 머리카락을 털며 욕실을 나섰다. 침실로 들어서자마자 문가에서 대기하고 있던 집사가 그에게 고개 숙여 인사했다. 디에고가 건성으로 물었다.

"할 말이라도 있나?"

"도련님과 아가씨께 선물을 전하셨다고 들었습니다."

하비에르는 오늘따라 유난히 인심 좋은 얼굴을 하고 있었다. 호선을 그린 입가만 보아도 그가 지금 어떤 생각을 하고 있는지 대강 알 것 같았다. 뿌듯함과 감격, 남다른 감회 등이 뒤섞여 참으로 볼 만한 표정이었다. 디에고가 어기대듯 답했다.

"덕분에 10여 년 만에 모래투성이가 되었지. 깔끔을 떤답시고 대련도 실내에서만 해 왔었는데 말이야."

그리 말하며 디에고는 완전히 엉망이 된 제 맞춤 정장을 떠올렸다. 세탁하면 깨끗해지기야 하겠으나 묘하게 속이 쓰린 건 어쩔 수 없었다.

굴욕적인 무등 시간이 그의 옷만 더럽힌 건 아니었다. 머리 위로 잔뜩 쏟아진 모래 알갱이 탓에 샤워까지 해치워야 했던 것이다. 머리를 두 번이나 감았는데도 아직 두피에 꺼끌꺼끌한 이물질이 남아 있는 느낌이었다. 나가서 신나게 뛰어논 건 다른 쪽인데 왜 제가 모래와의 사투를 벌여야 하는지 모를 일이었다.

그러나 하비에르는 디에고의 고생에 그다지 관심이 없어 보였다. 하비에르가 뿌듯한 기색으로 말했다.

"호감을 사기 위한 수단에 선물만 한 게 또 없지요. 두 분 모두 좋아하시더군요."

"난 자네가 무척이나 바쁜 줄 알았더니 생각보다 일손이 남아도는 모양이야. 이상한 소식이나 듣고 다니는 걸 보면."

"미스 마거릿이 이곳에 온 이후 많은 것들이 좋아지고 있는 것 같습니다. 공작님께서도 요즘 편안해 보이시고요."

디에고의 툴툴거림에도 불구하고 집사는 부지런히 오지랖을 이어 갔다. 끝내 디에고의 눈썹이 사선으로 틀렸다. 디에고가 경고하듯 말했다.

"용건은 그게 끝인가? 자네가 여생을 편하게 보내고 싶어졌다면 말릴 생각은 없어."

오래도록 모셔 온 상사의 가정사에 조금 참견했기로서니 해고 협박이 돌아오고 말았다. 하비에르는 짐짓 놀란 표정을 지으며 뒷짐을 졌다. 그는 치고 빠질 때를 아는 유능한 집사였다. 처세술도 갖추지 못한 자가 이런 대저택의 총관리인으로 오래 버틸 수 있을 리 없다. 이쯤에서 물러설 때가 됐음을 알아차린 하비에르가 시치미를 떼듯 턱을 들었다. 그가 흐뭇한 표정을 지워 내며 단호히 답했다.

"물론 본용건은 따로 있지요. 약혼식 하객과 관련하여 공작님께 의견을 여쭈려고 합니다."

"전해 준 명단에 문제가 생긴 건가?"

"아니요, 초대장은 말씀하신 명단대로 추려 발송을 끝냈습니다. 한데 갑작스럽게 잡힌 날이다 보니 아무래도 불참객이 발생할 듯해서요. 이를 대비해 후보 명단을 좀 추려 봤습니다."

그리 말하며 집사가 공손하게 서류철을 내밀었다. 디에고는 그것을 받아 들어 가볍게 훑고는 곧바로 돌려주었다.

"인맥 관리는 본식에서 해도 늦지 않으니 알아서 처리해. 먼젓번 명단은 초대장을 보내지 않으면 기분 상해할 만한 옹졸한 인사들을 우선해 모은 거야. 빠져 주면 나야 감사하지."

가식이라곤 없는 디에고의 언사에 집사가 헛기침을 터트렸다. 이를 가볍게 무시한 디에고가 다 쓴 수건을 아무렇게나 던지며 말했다.

"정 사람이 비면 가신들이라도 불러 채우면 되겠지. 웰스 남작을 부르면 꽤 재밌을 것 같지 않나?"

전대 베르타 공작의 사망으로 가장 절망했을 인물을 꼽자면 아마 공작 부인 안나 다음으로 웰스 남작을 들 수 있을 것이다. 웰스 남작은 전대 공작 부인 안나에게 붙어 자리를 보전해 온 간신이었다. 안나가 가주의 총애를 이용해 세를 잡은 이후부터 그는 그녀의 발이라도 핥을 것처럼 굴어 왔다. 그런 남자가 디에고를 어떻게 대해 왔을지에 대해서는 굳이 설명할 필요도 없었다.

웰스 남작은 디에고가 자라 제 세력을 키워 가기 전까지 그를 아무때나 치기 좋은 샌드백처럼 취급해 왔다. 그런 남자를 경삿날에 초대한다면 꽤 재밌는 반응이 돌아오지 않을까. 보기 좋게 구겨진 얼굴을 구경하는 것도 꽤 괜찮은 여흥이 될 것이다.

"예, 그럼 제 선에서 임의로 정리하겠습니다."

"아, 미스 마거릿의 가족들은 특히 신경 써서 모셔 오도록 해. 배우자의 가족을 무시한단 소리를 듣긴 싫으니까 말이야."

디에고가 마침 생각났다는 듯이 덧붙였다. 안 그래도 기우는 혼사였다. 가족들이 아쉬운 대접을 받았다고 소문이라도 나면 에스텔라의 면이 살지 않을 것이다.

미련 없이 뒤돌아서던 디에고가 묘한 침묵을 느끼고는 집사를 돌아보았다. 상식적인 주의를 남긴 것 같은데 정작 명을 받들 당사자는 대답이 없었다. 디에고는 할 말이 있으면 하라며 고개를 까딱였다. 그제야 하비에르가 조심스럽게 입을 열었다.

"저, 공작님……. 외람되지만 한 가지 여쭈어도 되겠습니까?"

"말해."

"미스 마거릿과의 혼사는 어디까지 진행될 예정입니까?"

"그게 무슨 소리지?"

영문을 알 수 없는 질문에 디에고가 미간을 찌푸렸다. 디에고의 재촉에도 불구하고 하비에르는 쉽사리 제 의견을 내놓지 못했다. 집사의 저의를 정확히 읽어 낼 수는 없었으나 미적거리는 태도를 보아 그다지 유쾌한 답이 나올 것 같진 않았다.

"그러니까, 제가 드리고 싶은 말은……."

주인의 흠을 언급하는 일이 쉬울 리는 없다. 끝내 하비에르가 쥐어짜듯 말했다.

"송구하지만, 공작님. 고위 귀족과 파혼한 낮은 계급의 여성을 데려갈 건실한 남성은 존재하지 않습니다."

"……뭐?"

"에스텔라 양의 입을 막는 방식이 꼭 혼사가 될 필요는 없습니다. 가문 간의 결합은 신중히 고려해야 할 문제고요. 혹시나 그 결정에 조금이라도 충동이 섞이셨다면, 미스 마거릿의 입장을 고려해 좀 더 조심스럽게 접근하셔야 한다는 말씀을 드리고자 했습니다."

하비에르는 세드릭과 세실리아를 살리고, 나아가 디에고와의 사이를 중재하는 에스텔라에게 나름대로 각별한 의미를 두고 있었다. 이건 그녀를 향한 순수한 걱정에서 나온 말이었다. 제 주인 되는 자의 심기를 거슬러서라도 반드시 꺼내야만 했던.

일개 집사가 내놓기엔 참으로 건방진 참견이었으나 디에고는 그에 딱히 불쾌감을 느끼진 않았다. 하비에르가 어떤 생각으로 저 말을 꺼냈는지 대강 짐작이 가서였다. 만일 자신과 파혼한다면 에스텔라가 정상적인 혼처를 얻기는 어렵게 되리라는 사실을, 당사자인 디에고도 모르지 않았다.

디에고가 굳은 표정을 풀며 작게 피식거렸다. 긴장하고 있던 하비에르가 갑작스럽게 터진 주인의 웃음에 당황하여 디에고를 쳐다봤다. 디에고가 곧이어 태연히 대답했다.

"자네가 도무지 무슨 말을 하는지 모르겠군."

"예?"

"파혼은 없어. 그러니 일어나지도 않을 일을 걱정할 필요도 없겠지."

디에고가 딱 잘라 말했다. 예상치 못한 단호한 대답에 하비에르가 눈을 크게 떴다.

"예? 그게……."

"자네도 나이가 들어서 그런지 영 쓸데없는 소릴 하는군. 이만 가 봐."

디에고가 더 할 말이 없다는 듯 축객령을 내렸다. 하비에르는 말문을 잃고 입을 다물었다. 얼떨떨한 기색이던 그의 낯에 곧이어 약간의 놀라움이 스쳤다. 불현듯 끼어든 어떠한 생각이 디에고의 이상한 행동을 납득시켰기 때문이다.

잠시간 디에고를 아연한 눈으로 쳐다보던 하비에르가 무례임을 인지하고는 고개를 숙였다. 놀란 기색을 잘 갈무리한 하비에르가 깔끔한 투로 답했다.

"예, 제 걱정이 기우였나 봅니다."

그리 말하는 하비에르는 진심 어린 미소를 띠고 있었다. 하비에르가 한결 걱정을 던 목소리로 다음 소식을 알렸다.

"나가기 전에, 또 하나 드릴 말씀이 있습니다. 드디어 재판일이 잡혔다고 합니다."

"언제지?"

"약혼식 전날입니다."

잠시 침묵하던 디에고가 곧 잠자코 고개를 끄덕였다. 약혼식 날 기분이 조금 뒤숭숭할 것 같긴 했으나 영 불만스러운 날짜 선정은 아니었다. 어찌됐든 시기적으로 보면 그의 오랜 근심을 마무리 짓고 좋은 날을 맞이할 수 있게 된 셈이었다.

하비에르도 같은 마음이었는지 "잘 되실 겁니다." 하는 짧은 격려를 덧붙였다. 하비에르는 그대로 공손한 인사를 남기고는 디에고에게서 돌아섰다. 밖으로 나서는 발걸음이 유독 가벼웠다.

⚜

"개 같은 놈들, 남편이 있을 땐 잿밥이라도 얻어 내려 기를 쓰고 안부를 묻더니 이젠 나를 퇴물 취급해!"

안나가 분노 어린 음성으로 소리쳤다. 그러고도 분이 풀리지 않아 그녀는 방 안을 몇 번이고 왕복해 가로질렀다. 몸이 떨리고 열이 뻗쳐

도저히 가만있을 수가 없었던 탓이다. 응접용 테이블에 앉아 있던 웰스 남작이 점잖게 그런 그녀를 만류했다.

"진정하십시오, 부인."

"상황이 이 지경인데 진정하게 생겼나? 지금 내가 뭘 더 어떻게 해야 할까, 응? 어떻게!"

안나가 불 같이 소리치며 홱 웰스 남작을 돌아보았다. 웰스 남작은 한숨을 내쉴 뿐 더 입을 열지 않았다. 그로서도 답이 없긴 마찬가지였기 때문이다. 도움이 되지 않는 아군의 존재란 없느니만 못한 것이었다. 안나는 신경질적으로 제 엄지 끝을 깨물었다.

남편이 죽었을 때, 안나는 제 인생에 이만한 불행은 또 없으리라고 생각했다. 그러나 상황은 그녀의 예상을 배신하고 계속해서 바닥을 치고 있었다. 안나가 남편을 잃고 얻은 건 미망인이라는, 타인의 동정을 불러일으킬 비련의 역할뿐이었다. 그런데 디에고는 그녀에게 그 내실 없는 평판조차 남겨 주지 않을 작정인 듯했다. 얼마 전 아동 학대 명목으로 그녀를 고발하여 법정 앞에 세운 것이다.

안나는 그 소식을 듣고 아무도 믿지 않으리라 우습게 생각했었다. 그러나 상황은 결코 안나의 바람대로 흘러가지 않았다. 세간엔 벌써 그녀가 아이들을 학대했다는 소문이 파다히 번져 있었다.

사용인들에게 둘러싸인 상황이 익숙하다 보니 그녀는 손을 휘두를 때 쉽게 그들의 눈을 의식에서 배제하곤 했다. 실로 그들은 오래도록 침묵했었다, 안나에게 힘이 있었을 때엔. 그리고 그녀를 지켰던 힘은 지금 다른 자에게로 옮겨 가 있었다.

소문을 퍼트린 게 누구인지는 뻔했다. 디에고는 충분한 증거를 가지고 있었고 그 사실을 대중에게 숨기지도 않았다. 원체 철두철미한 성격이니 진즉 법관도 매수했을 것이다. 여론마저 돌아선 마당에 안 나는 더 이상 기댈 곳이 없었다. 편을 들어 주리라 예상했던 몇몇 인사들은 그녀가 도움을 요청하자 난색을 표했다. 어차피 질 싸움이라는 거였다.

그도 그럴 것이 지금의 안나는 빈털터리에 가까웠다. 안나가 위세를 부릴 수 있었던 이유는 그녀가 낳은 자식이 베르타가의 상속권을 가지고 있어서였다. 안나는 세드릭이 작위를 물려받으면 어머니의 권위를 핑계 삼아 그를 허수아비 삼을 요량이었다. 그래서 잊고 있었다. 그 명제에서 중요한 건 제가 아닌 허수아비 쪽이라는 사실을.

그녀의 뜻대로 휘둘려 줘야 했던 안나의 자식들은 이제 디에고의 수중에 있었다. 마지막 기대인 남편의 핏줄마저도 저를 배신했으니 그녀는 그야말로 끈 떨어진 신세였다.

"보트리 자작에겐 연락해 보셨습니까."

"얼마 전에 만났어. 디에고 놈이 진작 매수해 두어 뭘 어쩔 수도 없었지만 말이야."

"그놈이 프란첼 그 작자를 품었단 말입니까?"

웰스 남작이 믿기 어렵다는 듯 되물었다. 그도 그럴 것이 프란첼도 디에고를 제거할 계획에 힘을 보탰던 자였다. 그런 자를 회유해 제 곁에 두다니. 디에고도 보통 배짱이 아니다 싶었다.

하기야 전세가 뒤바뀌었다고 제가 죽이려 했던 자에게 숙이고 들어간 프란첼 역시 제대로 된 인물은 아니었다. 반복된 배신에 안나가 분통을 터트렸다.

"내 손발을 끊어 놓겠다는 거지. 그 약쟁이 놈이 이제 와서 손바닥 뒤집듯 입장을 바꿀 줄이야, 하!"

안나는 제 앞에서 곤란하다는 듯 난색을 표하던 프란첼 자작의 얼굴을 떠올렸다. 심지어 그는 안나가 몇 번이고 만나자며 연락을 취했는데도 좀처럼 회신을 돌려주지 않았었다. 안나는 그와의 공조를 디에고에게 밝히겠다며 반 협박을 하고 난 후에야 약속을 잡을 수 있었다.

기실 안나는 프란첼을 만나기만 하면 그를 제 뜻대로 흔들어 움직일 자신이 있었다. 그도 그럴 것이 상대는 약물 중독자가 아닌가. 남편과 제가 지원해 주던 금전이 사라졌으니 상태도 더욱 나빠져 있을 게 분명했다.

프란첼의 형편은 안나도 익히 알고 있는 바였다. 그는 제 능력만으로는 허기를 채울 만큼의 약물을 얻지 못했을 것이다. 어차피 갈 데까지 가 버린 밑바닥 인생이다. 안나는 약을 내주겠다는 핑계로 프란첼을 구슬려 디에고를 죽일 패로 이용할 생각이었다.

그런데 막상 눈앞에 나타난 사내는 금단 현상에 손을 떨고 있지 않았다. 깊어진 중독으로 안색은 더 어두워졌으되 간절함은 없었다. 약에 절어 버린 뇌는 오직 그것이 주는 쾌락만을 원했다. 그리고 그가 가장 필요로 하는 단 하나는 이미 안나의 적이 충분히 베풀어 주고 있었다. 프란첼에겐 더 이상 위험을 무릅쓸 절박함이 없었다.

심지어 그는 여유로운 태도로 안나에게 이렇게 경고하기까지 했다.

"부인께서 이곳에 계신 사이 제가 마냥 놀고 있었던 건 아닙니다. 디에고에게 저와 함께했던 계획을 고스란히 고해바쳐 보시지요. 증거라곤 남아 있지 않으니 아마 죄를 뒤집어쓰는 건 부인뿐일 겁니다."

프란첼은 모욕감을 몸을 떠는 안나에게 이어 이렇게 물었다.

*"그래도 아이들을 훈육차 매질한 것이, 양아들을 죽이려 했다는 혐의보다
는 온건하지 않겠습니까?"*

프란첼의 여유로운 미소를 떠올린 안나는 그만 맥없이 의자에 주저
앉았다. 그녀의 낯은 파리하게 질려 있었다. 안나가 충혈된 눈으로 멍
하니 허공을 응시했다. 마른 입술 사이로 쇳소리가 흘러나왔다.

"모든 걸 잃었구나. 모든 걸……."

안나는 제게 닥친 이 기막힌 불행을 믿을 수 없었다. 신년제에 참
가했을 때만 해도 멀쩡하게 제 옆에서 숨 쉬던 남편이 한순간에 고
인이 됐다. 그것도 모자라 이 세상은 그녀에게도 죽으라고 말하고
있었다.

허황된 망상은 아니었다. 디에고가 최종적으로 절 어떻게 처리하고
싶어 할지는 뻔했다. 그리고 그녀에겐 제 몸을 지킬 힘조차 없었다.

"그놈은 날 죽일 거야."

예언처럼 내뱉은 안나가 피로한 기색으로 제 얼굴을 감쌌다. 웰스
남작은 침통한 표정을 지을 뿐 아니라고 부정하지 않았다. 당장 목숨
이 위험한 건 그도 마찬가지였다. 자진해 일선에서 물러난다면 기회
를 얻을 수도 있으나, 그리할지라도 디에고의 기분에 따라 처분이 결
정될 신세인 건 똑같았다.

안나는 잠시간 제가 잃어버린 모든 것들에 대해 생각했다. 아무리
머리를 쥐어짜도 더는 도움을 청할 곳이 생각나지 않았다. 자신은 여
느 귀부인들처럼 지원을 구할 친정을 가진 것도 아니었다. 안나의 부

모는 힘없는 평민이었으며, 그마저도 과거를 지우고 싶었던 그녀의 명에 의해 쥐도 새도 모르게 처리됐다.

그나마 기댈 만한 사람이었던 카밀라까지 약점을 잡혀 움직이기가 여의치 않은 입장이다. 카밀라는 안나에게 마지막 정으로 생활을 도울 금전적인 지원만을 약속했다. 안나는 판결 후, 과연 제가 카밀라가 내줄 돈을 써 볼 짬이나 얻을는지 의문이었다.

일순 안나의 눈에 형형한 빛이 감돌았다. 그녀가 허공을 노려보며 결연히 말했다.

"유언장을 써야겠어."

웰스 남작이 놀란 표정으로 그녀를 돌아보았다. 그들에게 빠져나갈 구석이 없는 건 맞았으나 안나의 결정은 과감하리만치 극단적이었다. 웰스 남작이 아연한 표정으로 물었다.

"부인, 그게 무슨 말씀이십니까?"

"자네는 내가 살아남을 가능성이 있다고 생각하나 보지? 자네가 그렇게까지 긍정적인 사람인 줄은 내 미처 몰랐군."

"……."

"난 곧 죽어. 내가 디에고 놈이라도 그렇게 할 거야. 뒤탈을 남겨 두기 싫을 테니까."

그리 중얼거리며 안나가 이를 악물었다. 그녀가 잇새로 말했다.

"난 그놈이 날 이따위 꼴로 만들고 잘 사는 꼴은 못 봐. 그게 내가 저승을 건넌 후라도 말이야."

"부인, 다시 생각하세요. 아무리 그래도……."

"다시 생각해야 하는 건 당신이야. 디에고 놈이 흔들려야 당신도 살아날 기회를 잡을 수 있을 텐데? 날 제물 삼아 그놈을 쓰러트리는 게 당신이 할 일이야."

안나의 눈엔 오직 증오만이 들어차 있었다. 웰스 남작은 그만 입을 다물었다. 새삼 그녀가 베르타가의 안주인 자리를 그저 미모만으로 얻은 게 아니라는 사실이 실감 났다. 저만치 독한 자가 아니고서는 그녀가 쟁취한 신분을 감히 꿈꿔 보지도 못할 것이다. 웰스 남작이 수그러든 기색으로 물었다.

"무슨 계획이라도 있으십니까?"

"우선 내가 스스로 죽어 나갈 인물이 아님을 알릴 거야. 디에고 놈의 위협을 예고하는 말과 함께 남편의 죽음에 대해서도 고발하겠어. 최대한 빨리 유언장을 작성해 변호사에게 공증을 받아야겠군."

베르타 공작에 이어 그 부인까지 사고로 죽어 나갔다간 누군가의 의지로 살해됐다는 의심을 살 확률이 크다. 아마 디에고는 안나가 충격을 못 이기고 남편의 뒤를 따라간 것처럼 일을 꾸미고 싶을 것이다. 디에고가 의도한 대로 정황이 자진한 것처럼 보인대도, 안나는 살아생전의 제가 그런 짓을 벌일 만한 인물이 아니었음을 알리고자 했다.

"남편이 죽었을 때도 범인의 진술과 맞지 않는 정황이 몇 가지 있었어. 조사관의 가계 상황과 지출 내역을 뽑아 볼 수 있으면 좋겠는데."

"알아보겠습니다."

"내가 만일 수도를 떠나게 된다면 그 과정에 관여하는 모든 인물의 명세를 뽑아 둬. 누가 매수당할지 후보군을 꼽아야 할 테니까."

그녀는 제게 닥친 끝을 이성적으로 맞아들이려 애썼다. 심호흡 끝에 안나가 가까스로 입꼬리를 끌어올렸다. 이어 그녀가 음울히 저주를 읊조렸다.

"내 시체를 밟고 넘어간 그놈이 어떤 결과를 맞을지 퍽 기대가 되는군."

～✦～

"혹시 우리 약혼식이 며칠 안 남은 거 알고 있습니까?"

"제가 지금 적고 있는 게 어느 답례품에 끼워 넣을 카드라고 생각하세요?"

에스텔라가 글자에서 시선을 떼지도 않고 대답했다. 디에고는 턱을 괸 채 슬쩍 테이블 위를 넘겨보았다. 친애하는 누구누구 영애로 시작해 끝으로 가서는 감사를 전하는 줄글이 몇 장이고 쌓여 있었다. 에스텔라가 준비한 답례품에 끼워 넣을 자필 카드들이었다.

에스텔라는 마리아 영애가 주최한 티 파티 이후로도 사교 모임에 두어 차례 더 참가했다. 그 만남에선 엘렌 영애처럼 트집을 잡는 인물이 없었고, 에스텔라는 다행히도 약혼식에 부를 만한 몇몇 지인들을 추려 낼 수 있었다. 초대 의사를 전하자 모두가 기뻐했지만 정작 제안을 건넨 에스텔라는 떨떠름한 기분이었다. 목적이 확실한 친교였기에 이들의 시간을 뺏은 데 약간의 부채감을 느꼈기 때문이다. 답례품만 내주면 될 것을, 굳이 자필 카드를 쓰는 성의를 들인 건 그런 이유에서였다.

그리고 디에고는 그 노력이 그다지 마음에 들지 않는 눈치였다. 그가 불만스럽게 테이블 위를 두드렸다.

"그러니까 내 말의 요지는 우리가 이렇게 한가로이 있을 때가 아니라는 겁니다."

"식장은 공사가 다 끝났고 어제 입어 본 드레스도 아주 잘 맞아요. 제가 더 해야 할 게 있나요?"

에스텔라가 디에고를 펜대로 가리키며 지적했다.

"그리고 지금 할 일이 없는 건 제가 아니라 공작님 같으신데요."

그때 멀리서 세실리아가 "선생님!" 하고 부르는 소리가 들려왔다. 무엇을 주웠는지 세실리아가 정체를 알 수 없는 덩어리를 머리 위로 들어 올리고 있었다. 에스텔라는 미소 지으며 아이들을 향해 손을 흔들어 주었다.

옆자리를 흘긋 살피자 잠자코 앉아만 있는 디에고가 눈에 들어왔다. 에스텔라가 눈치를 주듯 그런 디에고의 손등을 툭 쳤다. 디에고는 그제야 손을 들어 건성으로 까딱였다. 디에고가 아이들에게 시선을 고정한 그대로 에스텔라에게로 상체를 기울이며 물었다.

"식장 얘기가 나와서 말인데, 혹시 지금 우리가 사랑을 맹세할 단상이 파헤쳐지고 있는 것 보입니까?"

"사람들 불러서 다시 덮죠, 뭐."

에스텔라가 여상한 투로 답했다. 디에고는 입을 닫으며 다시 상체를 원래대로 되돌렸다. 에스텔라는 아이들이 무슨 짓을 해도 편을 들어 줄 태세였다.

그들이 밖으로 나온 건 마무리된 야외 식장 공사의 점검을 권유받아서였다. 마지막으로 상태를 확인할 요량이었는데, 아무래도 일꾼들을 불러 다시 정돈시켜야 할 듯싶었다. 밖으로 나오는 길에 아이들과 마주쳐 얼결에 동행을 결정한 게 실수였다. 아이들이 구조물 사이를 뛰어다니며 놀기 시작하자 에스텔라는 아예 테이블에 자리를 잡았고, 그 이후 식장은 빠른 속도로 초토화되어 가기 시작했다.

디에고는 점점 엉망이 되어 가고 있는 화단에서 눈을 떼어 냈다. 이젠 포기였다. 그가 자리에서 몸을 일으키며 말했다.

"난 이만 들어가야겠습니다. 아무래도 정신 건강상 안 좋은 광경이라."

"정 그러시면 다른 데로 데리고 가서 놀아 주세요."

"……내가요?"

"아이들이랑 친해지셔야죠."

에스텔라가 그리 말하며 태평하게 눈을 깜빡였다. 어찌나 자연스럽게 제안하는지 사실 이걸 노리고 있었던 게 아닌가 싶기까지 했다. 물론 디에고는 점잖게 거절했다.

"흙바닥에서 뛰어노는 취미 없습니다."

"아이들은 원래 흙바닥에서 놀아요. 그래야 면역력이 좋아져서 건강에도 도움이 되는걸요."

"난 이미 다 자랐으니 면역 걱정은 안 해도 될 것 같군요."

"놀아 주지도 않고 애들과 어떻게 친해지시려고요?"

에스텔라가 최후의 수단을 꺼내 들었다. 그러나 에스텔라의 지적에도 디에고는 눈 하나 깜짝하지 않았다. 그가 테이블에 엉덩이를 걸치고 서서는 반박했다.

"집사가 말하길, 사람의 호감을 얻는 가장 손쉬운 수단은 선물이라던데요."

"그래서 또 선물 탑이나 쌓아 주시려고요?"

에스텔라가 그리 묻고는 짐짓 엄한 투로 그를 꾸짖었다.

"공작님, 사람 사이는 농사와 같아서 오랜 시간과 공을 들여야 결실을 맺을 수가 있다고 했어요."

디에고는 그만 피식 웃음을 터트렸다. 그가 어이없다는 듯 말했다.

"또 어디서 들은 교훈적인 말입니까, 그건."

"저희 고향에서요. 북부는 가을만 돼도 작물이 밤 서리에 얼기 일쑤라 농사가 어렵거든요."

에스텔라가 어깨를 으쓱이며 대답했다. 지금 이 상황에서 제가 한 말의 어원 따위가 중요한 게 아니다. 에스텔라는 재빠르게 화제를 원래대로 되돌렸다.

"어쨌든 전 선물 공세는 반대예요. 사람 사이는 계속 만나면서 의식적으로 대화를 하고 얼굴을 봐야 돈독해지는 거예요. 어떻게 관계가 소통 없이 유지되겠어요?"

때마침 세실리아가 테이블 쪽으로 뛰어오기 시작했다. 디에고는 에스텔라에게 맡기고 물러서려 했으나, 에스텔라는 의도적으로 다시 감사 인사를 적는 데 집중하기 시작했다. 무엇보다 세실리아는 곧장 디에고를 향해 다가오고 있었다. 그런데 어쩐지 썩 표정이 좋지가 않다. 디에고의 앞에 다다른 세실리아가 볼을 부풀리며 소리쳤다.

"나도 목마 태어 조!"

"뭐?"

"오빠가 자꾸 말햇오, 띠에고가 노라 줘따구!"

세실리아의 고자질에 뒤편에서 세드릭이 빽 하고 소리쳤다.

"내가 언제!"

"왜 나만 빼고 노라. 내가 우스어? 만만해!"

그리 말하며 세실리아가 발을 쾅쾅 굴렀다. 진심으로 분노한 얼굴이었다. 분명 어린아이의 투정일 뿐인데도 이상한 위압감이 느껴졌다.

갈수록 성격이 제 엄마를 닮아 가는 것 같다고 하면 그건 세실리아에게 있어 모욕일까. 디에고가 무심코 한 걸음 뒤로 물러설 때였다.

뒤편에 있던 에스텔라가 지나가듯 말을 보탰다.

"아가씨, 그건 아가씨가 태워 달라고 말씀을 안 하셔서 그래요. 한 번 공작님께 부탁드려 봐요. 똑같이 놀아 주실걸요?"

디에고는 반사적으로 에스텔라를 돌아보았다. 분명 움직임이 느껴졌을 텐데도 에스텔라는 완벽하게 디에고의 눈길을 피했다. 반대로 세실리아의 집요한 시선은 디에고에게로 향했다.

"……그럼 태어 조. 띠에고, 나도 태어 주 꺼야?"

세실리아가 한결 분이 가라앉은 목소리로 물었다. 디에고는 결국 한숨을 내쉬었다. 세드릭도 해 준 것을 세실리아라고 안 해 줄 수는 없었다.

디에고는 세실리아를 안아 조금 전까지 제가 앉아 있었던 의자에 앉혔다. 디에고는 먼저 세실리아의 신발을 벗겨 흙먼지를 빼냈다. 세실리아에게 이곳저곳을 정돈하라고 경고하는 것도 잊지 않았다.

"손 털고 옷도 털고. 그래, 거기 말이다."

세실리아는 착실히 손을 비벼 흙을 털어 냈다. 갈색 분진이 남아 있긴 했지만 어쨌든 그럭저럭 어깨 위에 얹을 만한 상태는 되었다.

디에고는 세실리아를 어깨 위에 태워 식장을 한 바퀴 돌기 시작했다. 사용인들을 달고 나오지 않아 천만다행이라고 생각하면서.

"띠에고, 나 안 무거어?"

"너희 남매는 똑같이 참 어이없는 걱정들을 하는구나. 너보다 한참 큰 네 선생님을 앉혀 둔대도 상관없을 거다."

"띠에고 힘 쎄?"

"그래."

"그럼 곰도 자블 수 이써?"

"자블?"

"곰 이길 수 있냐구!"

"……."

아이들 상대하는 건 이런 걸까. 슬슬 제정신을 유지하는 게 힘들었던 디에고는 그냥 막 나가 보기로 했다.

"그래, 사자도 잡을 수 있지."

"흐에에. 대다내."

세실리아가 디에고의 머리 위로 박수를 쳤다. 어쩐지 소맷단에서 모래가 떨어진 것 같았지만 디에고는 아무 소리도 들리지 않았다며 스스로를 세뇌시켰다. 그러고는 세실리아에게 왕실 기사단과의 대련에서 압승했던 일을 약간의 과장을 곁들여 설명해 주었다.

세실리아가 청량한 목소리로 감탄하면 듣는 이로서도 꽤 기분이 좋았다. 디에고는 생각나는 대로 발과 함께 입을 움직였다.

그리고 한참 후 디에고는 문득 정신을 차렸다. 그들은 식장을 빙 돌아 세드릭이 있는 장소로 와 있었다. 이야기는 어느새 디에고가 마왕을 처단하고 돌아오는 데까지 진도가 나갔으며 세실리아는 실감나는 묘사에 흥분해 있었고, 세드릭은 그런 그들을 빤히 쳐다보고 있었다.

디에고가 세실리아를 바닥으로 내려 주며 당부했다.

"……이 이야기는 비밀이니 아무한테도 말하면 안 된다, 세실."

"웅!"

목적을 달성한 세실리아가 만족한 얼굴로 달려 나갔다. 세드릭은 여전히 제자리에 서서 디에고를 빤히 쳐다보고 있었다. 답지 않게 낯부끄러운 기분이 된 디에고가 말했다.

"할 말이 있으면 해라."

"저도 한 번 더 타도 돼요?"

세드릭이 용기를 내 물었다. 다행히도 방금의 이야기들은 세실리아와 놀아 주기 위해 나온 것이라고 생각한 모양이었다. 약점이 사라진 디에고가 단호히 거절했다.

"안 된다."

세드릭의 얼굴에 충격받은 표정이 떠올랐다. 또다시 거리감을 느낀 듯 세드릭이 주춤 걸음을 뒤로 물렸다. 용기를 낸 부탁에 거절이 돌아오면 사람은 자연히 위축되는 법이다. 그런 세드릭을 물끄러미 응시하며 디에고가 설명을 덧붙였다.

"널 태워 주면 또 세실이 자기 차례라며 찾아오겠지. 공평하게 이쯤에서 그만하자꾸나."

그러고는 세드릭의 머리를 흩트렸다. 흙먼지를 털어 주기 위해서였는데 세드릭은 아무래도 그 행동을 애정 표현으로 이해한 듯했다. 세드릭이 입술을 모으며 어색한 표정을 지었다.

그때 먼 곳에서부터 누군가의 인기척이 가까워졌다. 디에고의 앞으로 다가온 하녀가 공손히 허리를 숙여 인사했다.

"공작님, 보트리 후작님께서 방문하셨습니다."

"이렇게 갑작스럽게?"

큰외삼촌의 갑작스러운 방문에 디에고가 미간을 좁혔다. 보트리 후작과 디에고는 정치적인 뜻을 함께하되 사실 대단히 친밀한 사이는 아니었다.

돌로레스는 동생이었던 프란첼보다는 오라비 쪽인 보트리 후작과 사이가 좋았다. 여동생을 살뜰히 돌봤던 보트리 후작이 그녀의 죽음을 어떻게 받아들였을지는 뻔했다.

보트리 후작은 돌로레스의 하나뿐인 아들을 아끼면서도, 디에고를 이룬 반쪽이 제 동생을 죽인 원수에게서 나왔다는 사실을 받아들이기 힘들어했다. 디에고는 객관적으로 어머니보다는 아버지를 닮은 생김이었으므로.

어쨌든 그러한 이유로 디에고는 제 큰외삼촌과 그다지 자주 대면하지는 못했다. 그런 그가 갑작스럽게 베르타가를 방문한 이유는 무얼까.

디에고는 잠시간 근래 벌인 일들에 대해 골똘히 고민했다. 보트리 후작이 찾아온 이유를 미리 파악해 두고 싶어서였다. 그간 많은 일들이 있었지만 보트리 후작을 움직이게 한 건 안나에게 걸었던 소송 문제일 가능성이 컸다. 생각을 정리한 디에고가 하녀에게 말했다.

"지금 가 봐야겠다. 어디로 모셨지?"

"아니, 그럴 필요 없다. 내가 찾아왔으니."

뒤편에서 굵직한 중년의 음성이 들려왔다. 디에고는 천천히 고개를 돌려 소리가 들려온 쪽을 응시했다. 보트리 후작이 희미하게 미소 지으며 말했다.

"오랜만이구나, 디에고."

꿈

"네 아비의 장례식 이후 처음이구나."

집무실로 자리를 옮긴 후, 먼저 대화의 물꼬를 튼 건 보트리 후작 쪽이었다. 디에고가 가만히 말을 받았다.

"잘 지내셨습니까."

"잘 지냈지. 요즘처럼 좋은 날들이 또 없다."

보트리 후작이 후련하기까지 한 음성으로 대답했다. 늘 가슴 아래 응어리져 있던 무언가가 달아나기라도 한 듯, 그의 얼굴도 한결 평온해 보였다. 보트리 후작이 피식 웃으며 회한을 털어 냈다.

"내 살아 그놈의 묘지 앞에 서게 될 줄은 몰랐지."

'그놈'이 누굴 말하는지는 굳이 추측해 보지 않고도 알 수 있었다. 상대가 제 아비를 낮춰 불렀음에도 디에고는 당연히, 분노하지 않았다. 대신 잠자코 고개만 끄덕였을 뿐이다.

보트리 후작이 찻잔 손잡이를 툭툭 건드리다 말고 덧붙였다.

"저택에 늙은이가 사라지니 술도 떨어졌는가 보구나. 나한테 차를 대접하는 걸 보니."

"건강 챙기시라는 조카의 배려입니다."

"한 잔만 하겠다고 해도 말릴 테지?"

"죄송합니다."

"아니다. 그래, 가주에겐 심지가 있어야지."

보트리 후작이 옅은 한숨과 함께 대답했다. 아쉽긴 했으나 남의 집에 와서 주정뱅이처럼 술을 내놓으라 억지를 쓸 생각은 없었다. 보트리 후작이 입가에 희미한 미소를 띤 채 말했다.

"네가 알아서 잘하고 있어서 안심이구나."

"……."

"돌로레스도 널 장하게 여길 거다."

"글쎄요, 어머니께서 정말 그렇게 생각하실까요."

디에고는 보트리 후작의 말에 곧이 동의하진 못했다. 의외의 반응에 보트리 후작의 눈이 살짝 커졌다. 디에고가 두 손을 모아 깍지를 끼우며 말을 이었다.

"어머니는 저희처럼 사고하지 않으셨을 것 같아서요. 지나간 추억을 되새기다 보면 그런 생각을 하게 됩니다. 어머니는 강하고 선량하셨으니, 이런 끝을 보려 하진 않으셨으리라고."

"……네 어미는 그렇게 물렀기 때문에 죽은 거다. 사람이 좋을수록 생존에는 불리해지는 법이지."

보트리 후작의 음성이 가라앉았다. 추억을 되새기는 것처럼 그의 눈빛이 뿌옇게 변했다. 작게 코를 들이켠 보트리 후작이 디에고를 물끄러미 응시했다. 이윽고 그의 입이 열렸다.

"오늘 보니 그 코르티잔의 아이들과 어울리고 있더구나."

디에고가 잠시 망설이다가는 대답했다.

"예, 형제니까요."

마음에 들지 않는 대답이었는지 보트리 후작이 미간을 좁혔다. 그의 화법도 조금 더 직설적으로 변했다.

"그 애들은 언제 처리할 계획이냐?"

"……무슨 말씀을 하시는 건지 모르겠습니다."

"요즘 가족놀이를 하고 있다는 소문은 익히 전해 들었다. 세간의 눈을 의식한 거라면 그쯤 해도 될 것 같구나."

"제가 연기를 한다고 생각하십니까?"

"그럼 아니냐?"

보트리 후작이 당연하지 않느냐는 듯 되물었다. 디에고는 베르타가의 가정사를 아는 이들이 대부분 보트리 후작과 같은 반응을 보이리라 예상했다. 디에고가 세드릭과 세실리아를 진정 형제로 여기고 있다고는 아무도 생각하지 않을 것이다. 디에고 본인조차 아직 확신하지 못하는 일에 타인의 인정을 바라는 것부터가 모순이었다.

서로를 지탱할 이유가 없는 사이가 얼마나 버텨 줄 수 있을까. 저를 형제라 부르며 손을 잡아 오는 아이들은, 대체 무엇을 근거로 자신 같은 사람에게 정 따위를 품었나.

"전 그 애들을 죽이지 않을 겁니다."

디에고가 보트리 후작을 똑바로 바라보며 말했다. 디에고의 단호한 태도에 보트리 후작이 곤혹스러운 표정을 떠올렸다. 디에고의 갑작스러운 변심을 이해할 수 없다는 듯한 기색이었다.

"어째서……. 따로 그 애들을 이용할 사용처라도 찾아낸 게냐?"

'사용처'라는 보트리 후작의 표현이 디에고의 귀를 잡아끌었다. 보트리 후작은 사람을 물건처럼 취급하는 화법에 익숙한 남자였다. 다수의 삶을 주무르는 입장에 서면 어쩔 수 없이 타인을 수단으로 대하는 데 익숙해지는 법이다. 에스텔라를 만나기 전의 디에고도 꼭 그러했다. 사람을 용도에 따라 구분했고 감정보다는 제게 올 이득과 손해를 먼저 생각했다.

디에고가 쓰게 웃으며 시선을 아래로 내렸다. 그가 열없이 제 손끝을 매만지다가 대답했다.

"아닙니다. 그저 죄 없는 아이를 벨 만큼 제가 아버지를 닮지는 않아서 그렇습니다."

보트리 후작은 잠시간 아무 대답도 하지 않았다. 그가 한참 후에야 수긍했다는 듯 고개를 끄덕였다.

"……그래. 아이들까지 손대기는 찜찜하겠지. 이미 마음을 굳힌 듯 보이니 나도 긴말 않으마. 하지만 상황이 여의치 않게 되면 네가 알아서 잘 처신하리라 믿는다."

그의 목소리엔 염려가 다분히 섞여 있었다. 어디까지나 걱정에서 나온 조언임을 디에고도 모르지는 않았다. 디에고는 어머니의 죽음 앞에서 가장 비통하게 울던 누군가를 기억하고 있었으므로.

돌로레스는 사람을 깊고 좁게 사귀는 성격이었기에 장례식장을 채운 인파는 많지 않았다. 전대 베르타 공작이 형식적으로 얼굴만 비춘 후 사라진 자리에 그녀의 지인들만이 남아 추모의 시간을 가졌다. 프란첼은 이따금 손수건으로 얇은 눈물을 닦아 냈고 보트리 후작은 넋을 놓은 채 그녀의 묘비를 바라보고만 있었다.

보트리 후작은 모든 조문객이 사라질 때까지 동생의 묘지 앞을 지켰다. 모두가 떠나고 나서야 무덤가를 굳건히 디디고 있던 두 다리가 무너졌다. 눈물이 단단한 방둑을 넘어 쏟아진 것도 그때였다. 돌아오지 않을 누이의 얼굴을 그리며 바위 같던 사내가 오열했다.

같은 기억을 떠올린 듯 보트리 후작의 눈이 형형히 빛났다. 세월과 함께 붙은 살집은 단단함을 드러낼 뿐 그를 둔해 보이게 만들지는 못했다. 그가 물러설 수 없다는 듯이 말했다.

"하지만 그 어미는 싹을 눌러 밟는 것이 좋지 않겠니."

"……."

"아이들은 네가 어떻게 하느냐에 따라 달라질 수도 있고, 아닐 수도 있을 것이다. 네가 새로운 가능성을 믿고 싶다면 그리해도 좋지. 하지만 그 코르티잔이 변화할 만한 종류의 사람이라고 생각되진 않는구나."

디에고는 보트리 후작에게 아무런 대답도 돌려주지 못했다. 안나의 처분은 아직까지 결정짓지 못한 사항이었으니까. 안나는 높은 확률로 추방령을 받을 것이고, 그건 분명 확실한 끝은 아니었다.

디에고도 보트리 후작의 말이 틀리지 않다는 건 알았다. 안나가 살아 있는 한 디에고는 반드시 위험을 감수해야 할 것이다. 그러나 디에고는 이미 이성만으로 움직이지 않는 사람이 되었다. 디에고는 그것이 좋은 일인지 나쁜 일인지 도통 분간할 수 없었다.

디에고의 망설임을 알아챈 듯 보트리 후작이 누그러진 음성을 냈다.

"디에고, 네 마음 이해한다. 너라고 내 참견이 썩 편하지는 않겠지. 난 네가 힘들 때 내 마음을 추슬러야 한다는 이유로 별반 힘이 되어 주지 못했으니 말이다."

"……후작님께서는 조카에게 충분히 충실하셨습니다."

"그리 생각해 주니 고맙다. 난 너를 진심으로 아낀단다. 단지……너를 만났을 때 아이처럼 울음을 그치지 못할까 봐 겁이 났지. 이 나이에 그보다 무서운 일이 또 없더구나."

보트리 후작이 진심을 담아 말했다. 디에고는 그가 제게서 누군가의 흔적을 필사적으로 찾고 있는 것을 느꼈다. 자신이 정말 어머니와 닮기 위해서는 그의 조언을 무시해야만 하는데도 말이다.

보트리 후작이 디에고에게 진득이 시선을 주며 말했다.

"내가 항상 네게 도움이 되고 싶어 한다는 걸 믿어 주렴. 오늘은 그 말을 하러 온 게다."

디에고와 보트리 후작 사이에 짧은 침묵이 오갔다. 보트리 후작은 몇 입 마시지도 않은 찻잔을 그대로 건너편을 향해 밀었다.

"차 잘 마셨다. 나는 이만 일어서야겠구나."

보트리 후작이 자리에서 몸을 일으켰다. 문을 열고 나가기 전, 보트리 후작이 디에고를 돌아보며 조용히 덧붙였다.

"미망인이 충격을 이기지 못하고 남편을 따라 떠나는 건 있을 법한 일이란다. 넌 똑똑하니 내 말을 잘 이해하리라 믿으마."

이것이 복수가 아니라고 말할 수는 없다. 원한으로 인한 보복이 분명하나 승자만은 이를 죗값이라 평할 것이다.

디에고는 보트리 후작과의 대화 속에서 문득 다른 생각을 떠올렸다. 자신이 약물을 내주어 더한 나락으로 이끈 프란첼도 보트리 후작의 동생이었다. 조카가 동생의 병색을 심화시킨 자금줄이 되었다고 하면 그는 과연 어떻게 반응할까. 프란첼이 유흥을 이유로 형과 반목했다고는 하나 함께 지내 온 세월 자체는 분명 조카보다 깊을 것이었다.

디에고가 조용히 말했다.

"큰외삼촌, 사실 먼젓번에 작은외삼촌께서 찾아오셨기에 따로 몇 차례 뵈었습니다. 상태가 과히 좋지 못하시더군요."

생각지 못한 화제에 보트리 후작이 발걸음을 멈춰 세웠다. 디에고는 얼마 전 프란첼이 안나의 부름을 받아 이 저택에 다녀갔던 것을 알고 있었다. 프란첼은 조카를 보러 온 것처럼 위장했으나 별관에 붙여 둔 인력이 있는 이상 쓸모없는 짓이었다. 디에고는 프란첼이 안나를 배신하고 되레 협박했다는 이야기까지도 전해 들었다.

이제 안나를 향해 구원의 손을 뻗을 자는 아무도 없었다. 충분히 만족스러운 결과였고, 디에고는 보트리 후작과 척을 질 위험까진 원치 않았다.

"그놈이 약에 절어 사는 건 나도 안다. 못난 놈 같으니라고……."

보트리 후작은 디에고의 주변에서 유일하게 존경할 만한 어른이었다. 역시나 보트리 후작은 이번에도 제 동생의 흠이 부끄럽다는 듯 혀를 찼다. 디에고가 진중한 투로 조언했다.

"내버려 두면 상태가 더 나빠질 뿐이라는 걸, 큰외삼촌께서도 아실 텐데요."

"……."

"중독을 치료하기 위한 입원 시설이 있다고 들었습니다. 작은외삼촌을 믿으시는 것도 좋지만, 이미 외삼촌께서는 정상적인 판단이 되지 않는 상태시니까요. 자율과 방임은 아무래도 다른 말이 아니겠습니까."

보트리 후작의 표정이 침통히 일그러졌다. 디에고 역시 제 작은외삼촌의 상태가 몹시 걱정스러운 양 어두운 표정을 지었다. 그러면서도 디에고는 쐐기를 박는 것을 잊지 않았다.

"저 역시 현명한 결정 내리시리라 믿고 있겠습니다."

♡♡♡

문이 느릿하게 여닫혔다. 디에고는 뒤편에서 들려온 인기척에도 의자의 방향을 돌리지 않았다. 벽면을 가득 채운 책장 어딘가에 시선을 둔 채였지만 딱히 눈에 담기는 제목은 없었다. 타인의 이야기를 담기엔 제 사연부터가 곤궁했던 탓이다.

하명을 기다리던 집사가 긴 침묵을 참지 못하고 먼저 입을 열었다.

"보트리 후작님과 무슨 이야길 나누신 겁니까?"

"……."

"혹 중한 사안이라도 있으셨습니까?"

식사 때가 훌쩍 지나 어느덧 밤이 가까워진 시점이었다. 보트리 후작이 다녀간 이후 디에고는 쭉 집무실 밖으로 나오지 않았다. 집사로선 걱정이 되지 않을 수 없었다. 대체 무슨 이야기를 나누었기에 저리 골똘히 고민에 잠겨 계신단 말인가.

디에고가 침묵을 끊고 짧게 대답했다.

"아무것도 아니야."

그리 말하며 그가 고개를 돌려 하비에르를 돌아보았다. 디에고가 여상한 투로 물었다.

"무슨 일이지?"

묵직한 분위기가 한순간에 환기되었다. 하비에르는 "아." 하고 저도 모르는 사이 당황한 목소리를 흘리고 말았다. 잠시 뜸을 들인 후에야 스스로를 추스른 하비에르가 용건을 내놓았다.

"주문하신 검이 왔다는 소식입니다."

그리 말하며 그가 오른손에 늘어트리고 있던 검신을 들어 올렸다. 두 손으로 소중히 받쳐 내밀자 디에고가 잠시간 그 모양을 진지하게 살폈다. 이윽고 디에고가 고개를 까딱이며 말했다.

"이리 줘 보겠나."

하비에르는 잠자코 디에고에게 그것을 내밀었다. 디에고는 검집에서 검을 꺼냈다. 자세는 왠지 모르게 서툴렀다. 성인 남성이 정석대로 발검하기엔 길이가 어중간하게 짧았던 탓이다. 날마저 정도 이상으로 무뎌 그다지 본사용 목적에 충실해 보이지는 않았다. 그것이 잘못 만들어진 물건이라서는 아니었다. 이건 에스텔라와 상점가로 나갔을 때, 인편을 통해 남모르게 주문을 넣었던 세드릭의 선물이었다.

세드릭의 신장과 치수에 맞춰 제작했기에 완성되는 데도 약간의 시일이 걸렸다. 기성품을 구매할 수도 있었지만 이것에만은 특별히 성의를 들이고 싶었다. 진검은 그들에게 있어 조금 남다른 의미를 가지고 있었으니까.

"직접 건네주시기 그러면 제가 대신 전달드리고 올까요?"

보통의 디에고였다면 집사의 제안을 선뜻 받아들였을 것이다. 디에고는 제 동생과 단둘이 마주 보는 데 좀처럼 면역이 없었다. 그는 에스텔라나 사용인을 사이에 두고서야 아이들과 그나마 덜 어색하게 대화를 주고받곤 했다. 온전히 아이들만을 마주 볼 때, 필연적으로 뒤따라 나올 어떠한 감정이 몹시 두려웠기 때문이다.

상념에서 벗어난 디에고가 이번만은 고개를 내저었다.

"아니, 누가 이런 건 직접 전하지 않으면 의미가 없다고 해서 말이야."

디에고가 검을 든 채로 자리에서 일어났다. 의아한 눈의 집사를 지나쳐 방을 나섰다. 세드릭의 방은 아래층에 있었으므로 중앙 계단을 밟아야 했다. 사람이 많이 오가던 곳인데도 늦은 밤이라서인지 다른 인기척이 들리진 않았다.

디에고는 뒤늦게 세드릭이 벌써 잠들었을지도 모른다는 데 생각이 미쳤다. 잠시 고민하던 그는 곧 어느 쪽이어도 상관없겠다는 결론을 내렸다. 그 애와 나눌 이야기가 있었으나 동시에 입 밖으로 꺼내고 싶지 않기도 했다. 둘 중 하나를 택할 수 없다면 반대로 어느 결과가 나와도 상관이 없을 것이다.

디에고가 세드릭의 방 앞에 다다랐을 때, 마침 잠자리를 정돈한 하녀가 조심스럽게 문을 닫고 있었다. 디에고가 돌아서려는 그녀의 앞을 가로막고는 물었다.

"아이는 자나?"

여자는 갑작스러운 가주의 등장에 놀란 듯했으나 곧 의연히 답을 내놓았다.

"아니요, 아직 깨어 계실 겁니다. 책을 보시려는 것 같았어요."

"잘됐군."

디에고가 그리 말하며 세드릭의 방문을 열었다. 디에고가 아버지를 살해한 후, 이 저택에는 그가 이복동생들의 침소로 들어가는 걸 막을 사람이 없어졌다.

디에고는 안으로 발을 들이자마자 침대 헤드보드에 몸을 기댄 세드릭을 볼 수 있었다. 세드릭이 건성으로 책장을 넘기다가는 그것을 던지듯 협탁에 내려놓았다. 디에고를 하녀로 착각한 세드릭이 툴툴거렸다.

"마침 잘 왔어. 이 책 너무 지루해서 보기 싫어. 여기 불 좀 꺼 줘."

"일단 나와 얘기를 좀 하자꾸나."

디에고의 목소리에 세드릭이 퍼뜩 고개를 들었다. 세드릭이 놀란 목소리로 디에고를 불렀다.

"형님?"

세드릭의 눈길이 문득 디에고가 들고 있는 검으로 향했다. 디에고는 세드릭의 어깨가 긴장으로 굳어지는 모습을 잠시간 눈에 담았다. 보통의 형제 사이라면 단순히 상대가 날붙이를 들었다고 해서 겁에 질리지는 않을 것이다. 저를 향하는 칼날이 아님을 알 테니까.

디에고는 저도 모르게 피식 웃음을 터트리고 말았다. 그가 이전보다 다정해진 표정으로 세드릭에게 다가갔다. 세드릭의 침대맡에 선 디에고가 불쑥 검을 내밀었다. 손잡이가 세드릭을 향하도록 한 채였다.

"네 것이다."

세드릭이 얼떨떨한 얼굴로 디에고를 올려다보았다. 세드릭이 더듬 더듬 물었다.

"제 거…… 요?"

세드릭의 목소리는 조금 전 하녀에게 명령하던 때보다 확연히 서먹 해져 있었다. 디에고는 혈육이란 것의 의미에 대해 잠시간 고민해 보 았다.

일개 사용인보다도 낯설고 불편한 핏줄이다. 그들이 공유한 세월은 보잘것없었으며 그중에서 반목하지 않았던 기간은 더더욱 빈약했다. 공유하고 있는 핏줄이 아니라면 그들은 그야말로 아무것도 아닌 사 이였다. 그러나 디에고는 평생토록 친부의 존재를 부정해 온 남자다.

그렇다면 그들은 대체 어디에서 의미를 찾아야 하는가?

"선물은 많이 주셨는데."

세드릭이 흘끔 눈치를 보며 디에고에게서 선물을 받아 들었다. 검 집을 매만지는 손끝은 벌써부터 설렘에 젖어 있었다. 예상치 못한 반응은 아니었다. 좋아할 걸 알고 준 것이다. 디에고가 한숨처럼 대 답했다.

"네가 원한 건 이것이었으니까."

"……."

"아버지와 함께한 마지막 만찬에서 이걸 달라 청하지 않았니."

전대 베르타 공작은 세드릭이 부탁한 검을 내주기 전 유명을 달리 했다. 아직 진검은 이르다는 아내의 만류로 금년 생일에 선물하기로 타협을 본 것이다. 디에고가 아버지의 유지를 받든 것은 이번이 유일 했다.

기만 같아서 내주기가 망설여졌던 겁이다. 아버지를 죽인 자가 감히 아버지가 약속한 선물을 내주겠다 한다. 대신 너를 보듬고 길러 주겠다 한다. 이보다 우스운 촌극이 또 없었다.

디에고는 굳어 버린 세드릭을 내려다보다가는, 근처의 의자를 끌어와 그의 옆에 앉았다.

"이제 우리도 터놓고 이야기할 때가 되었지."

"……뭘요?"

"내가 아버지를 죽인 걸 알고 있다고 들었다."

세드릭의 몸이 눈에 띄게 움찔했다. 세드릭이 입술을 옹송그리며 이불을 그러쥐었다.

"너와 화해하고 싶었으면서도 그간은 우리가 앞으로 어떻게 해 나가야 할지에 대해 확언을 할 수가 없었다. 가장 중요한 게 정리되지 않은 상태였으니까."

그들은 이대로 모른 척 보통의 형제 흉내를 낼 수도 있었다. 디에고는 아이들에게 목말을 태워 주며 함께 뛰어노는 일을 어려워했지만, 그것이야말로 그들이 사이를 회복할 가장 쉬운 방법이었다. 디에고는 그렇게 보이지 않는 곳에 진실을 묻어 두고 살 수도 있었을 것이다. 상대 역시 그 거짓에 어울려 줄 의사가 넘쳤으니까.

그러나 가슴에 무언가가 얹힌 채로 평생을 살아갈 수는 없었다.

"네게서…… 아버지란 존재를 앗아서 미안하단 말이 하고 싶었다. 난 아버지를 죽인 걸 후회하지 않지만 감히 네 이해를 바라지도 않아. 넌 내게 분노하는 것이 당연하니까."

"……."

"내가 이걸 주는 게 기만처럼 느껴질 수도 있겠지만……."

디에고가 그리 말하며 제가 건네준 선물을 내려다보았다. 세드릭은 그것을 틀어쥔 채 놓지 못하고 있었다. 발갛게 변한 세드릭의 코끝을 본 디에고가 한숨을 내쉬었다. 그러고는 제 말이 강요처럼 들리지 않길 바라며 말했다.

"세드릭, 너는 어찌하고 싶은지 말해 보렴. 네가 원하는 대로 해 주마. 내 곁에 있기가 힘들다고 하면 먼 곳으로 보내 줄 수도 있다."

세드릭이 고개를 숙이고 있어 표정으로 반응을 유추할 수는 없었다. 이불이 온통 하얬던 탓에 디에고는 그 위가 젖어 들고 있는 걸 잠시 후에야 알아차렸다. 세드릭에게서 떨어진 눈물이 면 위로 점점이 번지고 있었다.

세드릭이 한참 후에야 입을 열었다.

"이 집은…… 이상해요."

"……."

"어머니도 아버지도 다 이상해. 가끔 한 번씩 들춰보고, 원하는 만큼 진도가 안 나가 있으면 때리기만 했으니까."

세드릭이 그리 말하며 고개를 들었다. 세드릭의 얼굴은 완전히 엉망이 되어 있었다. 콧물과 눈물이 비집고 나온 얼굴은 빈말로도 어여쁘다고 말할 상태가 아니었다.

"아버지 얼굴을 본 게 한 달에 한 번도 안 되는 날이 많았는데, 그런데 어떻게 슬퍼요? 어떻게 가족이라고 생각해요?"

세드릭이 반항적으로 되물으며 손을 들어 제 얼굴을 훔쳤다. 감정이 북받친 듯 간헐적으로 숨을 헐떡거리는 모습이 무척 괴로워 보였다. 디에고는 잠자코 손수건을 꺼내 그런 세드릭에게 내주었다. 슬픔을 배설할 곳을 찾은 세드릭이 안심하고 울음을 터트렸다.

"슬프지 않으냐고, 화나지 않으냐고……. 그렇게 물어보면 아무렇지 않은 내가 나쁜 애가 된 것 같잖아……."

"세드릭."

"난 그냥, 그냥…… 가족이 갖고 싶었어요. 형은 그래 줄 것 같았단 말이에요. 그러면 안 돼요?"

디에고는 다시 한번 세드릭의 이름을 부르려다가, 그대로 입을 다물었다. 디에고의 침묵에 세드릭이 다급히 말을 이었다.

"내가 어머니한테 맞고 아파하면 게일 아줌마가 그랬어요. 형도 그랬다고, 자라고 나면 형처럼 괜찮아질 거라고. 그러니까 조금만 버티라고."

디에고는 자문했다. 자신은 괜찮아졌을까. 스스로도 그 답을 모른다.

"우리는 같잖아요. 같으면 이해할 수도 있는 거잖아요."

세드릭이 이불 위를 노려보던 눈을 들어 디에고를 응시했다. 그 눈빛엔 간절함이 담겨 있었다. 어떠한 확언도 돌려주지 않는 상대를 보며 조급증을 품었다. 세드릭의 다급한 모습에서 디에고는 어떠한 동질감을 읽어 낼 수 있었다.

"난 계속…… 여기 있고 싶어요. 에, 에스텔라랑, 형이랑, 계속 가, 같이……. 즈, 즐거울 수, 있었느, 는데……."

이 아이도 자신만치, 혹은 그 이상으로 외로웠다는 것을.

세드릭은 터져 나온 울음을 채 삼켜 내지도 못했다. 디에고는 꺽꺽대며 우는 제 동생을 가엾다는 듯 내려다보았다. 적어도 디에고는 어머니가 죽기 전까지 친모의 정이란 것을 알고 지냈다. 잠시 맛보고 사라진 행복에 갈증을 느낀 적도 있었지만, 분명 아예 경험해 보지 못한 것보다는 나았다. 그 다정한 품이야말로 디에고를 버티게 한 원동력이 되어 주었으니까.

디에고는 확신했다. 이 아이는 처음 맛본 다정함을, 제 형이라는 존재를 내려놓을 수 없겠구나. 적어도 홀로 설 정도로 충분히 자라기 전까지는.

"네 어머니가 재판을 앞두고 있는 걸 알고 있니."

디에고가 비겁하게 물었다. 대답을 할 수 있는 상태가 아니었기에 세드릭은 잠자코 고개만 끄덕였다. 이불 위에 얼굴을 파묻은 채였다. 디에고가 조용히 이어 물었다.

"그걸 고발한 게 누구인지도?"

세드릭이 흐느끼는 소리가 짙어졌다. 디에고의 목소리가 끝내 미세하게 떨렸다.

"넌…… 너는 어머니가 어떻게 되길 바라는지…… 말해 보렴."

"잘못했으면 벌을 받아야 한다고 했어요."

세드릭이 들릴 듯 말 듯 한 음성으로 대답했다. 디에고는 본능적으로 그것이 세드릭이 익히 제 친모에게 들었던 말임을 알 수 있었다.

아무리 증오하는 부모래도 그들의 가르침은 아이의 머릿속 깊이 스민다. 어미에게 배운 교훈을 고스란히 돌려주는 세드릭을 보며 디에고는 그만 침묵했다.

"엄마는 다시 보고 싶지 않아요. 이제 겨우 편해졌는데……."

마지막으로 만났던 어머니의 모습을 떠올린 세드릭이 어깨를 움츠렸다. 저를 손가락질하며 비웃던 목소리가 아직도 기억에 선연했다.

디에고는 충동적으로 세드릭에게로 손을 뻗었다. 세드릭을 끌어안고는 그 애의 머리에 턱을 괴었다. 아이의 동그란 정수리에서는 고소한 캐러멜 냄새가 났다. 오늘 아침 주방으로 들어가 난동을 피웠다고 하니 그때 밴 냄새일지도 모르는 일이다.

디에고의 포옹에 안심한 듯, 세드릭이 더욱 크게 울음을 터트리기 시작했다. 디에고는 잠자코 세드릭의 등을 쓸어 주었다. 세드릭은 방금 제게 잘못했으면 벌을 받아야 한다고 말했다. 하지만 그 벌이라는 말이 어디까지 가늠한 것일지는 알 수 없다. 이 작은 아이가 정녕 어미의 죽음을 바랄까. 디에고는 허공을 응시하며 세드릭이 듣지 못할 질문을 던졌다.

넌 내가 아버지를 죽인 걸 용서했지, 내가 네 어미를 죽인다고 해도 용서할까?

아니, 이런 질문조차 염치없다. 넌 내게 충분히 복수할 권리가 있구나. 내가 어머니를 잃고 그들을 증오하기 시작했듯이. 너를 생각하면 가여운 마음이나 그럼에도 네 어미는 내 친모의 원수란다.

디에고는 자조적인 미소를 머금었다. 지금 당장 외롭다며 매달려 오는 아이가 성인이 돼서는 복수를 다짐할지도 모르는 일이다. 곧잘 어른스러운 척하지만 이 아이는 옳은 판단을 내리기에 너무도 작고 어렸다. 방금 저를 안심시킨 세드릭의 대답을 믿는 게 욕심에 불과하다는 사실도, 모르지 않았다.

그럼에도 서로를 부둥켜안으며 나눈 온기는 따뜻했다. 디에고는 이것이 어쩌면, 한겨울 길가에 내던져진 고양이들이 서로 몸을 겹쳐 잠드는 것과 비슷한 꼴일지도 모른다고 생각했다.

리오넬은 유쾌한 낯으로 걸음을 내뻗었다. 원래 목 끝까지 단추를 매는 걸 꺼렸던 그지만 오늘의 착장만은 완벽히 정석대로였다. 지금 향하는 장소가 장소니만큼 옷차림에도 공을 들일 필요가 있었다. 격식을 갖춰 입은 옷은 타인으로 하여금 신뢰를 불러일으키는 경향이 있으니까. 무엇보다 진절머리 나는 타이를 얼마든지 조여 매 줄 수 있을 정도로, 그는 몹시 기분이 좋았다. 그도 그럴 것이 오늘은 리오넬이 그리도 고대했던 재판 당일이었다.

리오넬은 대체로 가볍다는 평가를 듣곤 했으나, 몇 안 되는 제 테두리 안의 사람들에겐 정을 깊이 두는 남자였다. 평생 제 친구를 괴롭혔던 계모가 법의 심판을 받는다는데 그 누가 기쁘지 않겠는가. 리오넬로선 그야말로 앓던 이가 다 빠진 기분이었다. 제가 그치를 몰아내는 데 톡톡히 도움을 주었다면 더더욱 말이다.

오늘 재판에서 변수가 일어날 확률은 그야말로 제로에 가까웠다. 상대가 실제로 지은 죄에 걸맞은 대가를 받게 할 뿐이다. 대단한 공작이 필요할 것도 없었다. 오늘 전대 공작 부인이 도성을 떠나고 나면, 제 친우도 한결 산뜻한 기분으로 새 식구를 맞이할 수 있게 되리라.

'새 식구라.'

리오넬은 피식 웃음을 터트렸다. 지난번 무도회에서 만났던 에스텔라라는 여자가 생각나서였다. 분명 그녀는 시골 출신으로는 보기 드문 미모에 제법 교양도 있어 보였다. 다만 디에고 놈을 '좋은 분' 취급했던 걸 보면 사람 보는 눈은 꽝인 듯했다. 아니면 그 기준이 아주 글러 먹었거나.

리오넬로선 디에고가 무엇에 끌려 그녀를 아내로 맞으려 하는지 알 수 없었다. 디에고는 '똑똑하지만 생각이 뻔히 보이는 여자'라며 청혼 사유를 일축했지만, 리오넬이 보기에 제 친구는 이미 그녀에게 단단히 빠져 있었다. 사랑에 빠진 사람의 눈빛이란 어쩔 수 없이 티가 나는 법이다. 태어나서 처음 연애의 초입에 들어선 디에고가 본심을 숨기는 고난도의 기술을 구사할 리 없었다. 이성 관계의 희로애락을 모두 맛본 자신이면 몰라도.

"아브릴 백작 부인, 어딜 가십니까?"

리오넬은 눈이 마주치자마자 돌아선 상대를 곧바로 붙잡았다. 그러나 상대는 리오넬에게 반응하는 대신 꿋꿋이 발을 움직였다. 리오넬의 목소리를 듣지 못했다는 듯한 태도였다. 리오넬은 주머니에 손을 찔러 넣고는 뜀뛰듯 걸어 카밀라를 따라잡았다. 마침 그녀나 자신이나 뒤따라 붙은 수하들이 없었다. 리오넬이 카밀라와 보폭을 맞추며 물었다.

"어젯밤은 외박을 하셨나 봅니다? 아침부터 아버님의 처소에서 나오시는 걸 보니."

"……."

"분명 저와 행선지가 같으실 텐데 왜 걸음을 돌리시는지요?"

어차피 재판정에서 만나게 되지 않겠습니까.

리오넬이 입꼬리를 휘며 덧붙였다. 그제야 카밀라가 휙 리오넬을 돌아보았다. 리오넬의 입가에 띤 미소가 짙어졌다.

"전대 베르타 공작 부인을 보러 가고 계신 것, 압니다."

카밀라는 결국 걸음을 멈춰 세웠다. 피해도 소용이 없다는 걸 알아챈 눈치였다.

카밀라는 다시 반대편으로 몸을 돌렸다. 어차피 리오넬이 자신을 따라올 거라면 목적지까지 가는 길을 단축시키는 편이 나았다. 카밀라가 꼿꼿이 허리를 펴며 말했다.

"내 뒤를 봐줬던 고마운 사람입니다. 마지막 가는 길 정도는 지켜봐 줘야 도리지요."

"저런, 완전한 끝도 아닌데 공작 부인이 들으면 섭섭해하실 말씀을 하십니까."

리오넬이 짐짓 안타깝다는 듯 대답했다. 그에 카밀라의 눈이 세모꼴이 되었다.

카밀라는 알았다. 이 판결이 어떻게 마무리되든 안나에게 주어질 결과는 같으리란 것을. 귀족이란 인종만큼 제 이득에 민감하게 반응하는 족속이 또 없었다. 은인은 곧잘 잊되 원한만은 뼛속 깊이 새겨 두는 작자들이다. 디에고가 모든 걸 잃고 버려진 안나의 목을 물어뜯지 않을 리 없었다.

카밀라가 리오넬을 노려보며 말했다.

"당신은 나한테서 소중한 걸 하나씩 앗아가. 처음엔 내 순결을 갈취했지, 두 번째로는 내 자존심을 짓밟더군. 이젠 내게서 친구마저 뺏는 건가?"

리오넬이 잠시 아연한 표정을 지었다. 그녀가 이리 직접적으로 과거를 입에 담을 줄은 몰랐던 탓이다. 그녀가 '아브릴 백작 부인'이라는 칭호를 얻은 후로는 처음 있는 일이었다.

리오넬은 당황했으나 곧 자신이 내놓을 적절한 답을 찾았다. 때마침 보는 눈도 없는 상황이다. 옛 기억을 끌어내자면 그러지 못할 것도 없었다. 리오넬이 어깨를 으쓱이며 말했다.

"맨 마지막은 그렇다 쳐도 앞의 두 개는 좀 억울한데. 갈취라니. 나랑은 좋아서 잤잖아? 카미."

"날 한 번만 더 그 이름으로 불러 봐."

카밀라가 표독한 음성으로 대꾸했다. 애칭은 소중한 사람에게나 허락하는 것이었다. 그리고 그녀에겐 더 이상 그러한 이름으로 불릴 상대가 없었다.

카밀라는 정면에 시선을 둔 채 우아하게 턱을 들었다. 그녀가 의도적으로 고아한 음성을 자아내어 말했다.

"왕자님, 난 당신이 마음 놓고 희롱했던 그때 그 시절의 왕비궁 시녀가 아닙니다."

"날 지난 이름으로 붙들고 있는 건 당신이야. 이 궁에서 당신만이 나를 왕세자가 아닌 왕자라고 부르지."

"일국의 후계자가 이 지경인 것이 통탄스러워서 그렇습니다. 제가 아들을 낳아도 사생아에 불과하다는 것이 아쉬울 따름⋯⋯."

카밀라가 말을 맺기도 전에 리오넬이 성큼 그녀를 앞섰다. 카밀라의 앞을 가로막은 리오넬이 가늘게 뜬 눈으로 물었다.

"거짓말."

"⋯⋯."

"그때가 그립기라도 해?"

리오넬과 카밀라의 시선이 마주쳤다. 그녀는 입술을 사리문 채 리오넬을 노려보기만 했다. 매서운 눈매에선 오직 분노만이 읽혔다. 분명 그들은 디에고와 같은 풋내기가 아니었다. 그와 그녀는 상대방의 표정만 봐서는 도무지 속에 숨긴 감정을 짐작해 낼 수가 없었다.

그러나 리오넬은 그것이 그들에게 좋은 방향으로 기능하는지 도무지 알 수 없다고 생각했다. 이성 관계에 익숙하다는 건 곧 그만큼 많은 실패를 겪었다는 뜻이다. 그런 자들이 습득한 기술이란 애초에 패배를 예고하고 있는지도 모른다.

"비키세요, 전하. 다른 사람들이 왔으니."

카밀라가 낯빛 하나 바뀌지 않은 얼굴로 말했다. 그녀의 시선은 리오넬 너머의 누군가를 향해 있었다. 리오넬은 뒤를 돌아 자신들의 대화를 방해한 상대를 눈에 담았다.

막상 상대를 인지하고 나자 이들을 방해꾼이라고 표현할 수는 없겠다는 데 생각이 미쳤다. 리오넬과 카밀라는 거의 재판정 앞에 다다라 있었고, 지금 눈앞에 있는 그들이야말로 오늘의 주인공들이었으니까.

입구 앞엔 때마침 같은 시각에 도착한 디에고와 안나가 서 있었다. 무시하고 들어갈 수도 있었겠으나 둘 모두 상대에게 시선을 고정한 채 아무 말이 없었다. 결국 먼저 입을 연 건 디에고 쪽이었다.

"지난밤 안녕히 주무셨는지요."

"신경 써 준 덕분에 충분히 설쳤단다."

안나가 입꼬리를 비틀며 대답했다. 반면 디에고는 더없이 상냥한 미소를 머금은 채였다.

"반론할 준비는 충분히 되셨습니까?"

"반론이라. 그런 걸 준비할 틈이라도 줬나? 아이들을 데려와 증언하게 시킨다면 확실할 텐데."

"아이들은 데려오지 않았습니다. 아이의 증언으로 어머니가 구금되는 상황은 아무래도 교육 관계상 좋지 않을 것 같다는 조언을 들어서."

"대단히 배려 있군."

안나가 비꼬듯이 말했다. 혹여나 그녀가 헛된 희망을 품을까 두려웠는지 디에고가 곧바로 못 박듯이 덧붙였다.

"물론, 아이들이 이곳에 없다 해서 당신이 기사회생할 일은 없을 겁니다."

안나는 그 의견에 동의했다. 디에고는 사냥감을 솜씨 좋게 덫으로 몰았고 그녀는 사지에 있었다. 마지막까지 발악하려 애썼음에도 모두가 제 손을 저버렸다. 생각해 보면, 디에고가 남편을 죽였을 때부터 제 죽음은 예정되어 있었던 듯했다. 자신은 그간 그 사실을 부정하려고 애써 왔을 뿐이다.

안나는 생각했다. 무엇이 디에고를 행동하게 한 기점이었을까. 역시 그의 명줄을 끊으려 살수를 보냈던 것이 문제였나. 그러나 안나는 디에고의 살해를 교사했던 일을 후회하지 않았다. 아쉬운 점이 있다면 하나였다.

'더 비싼 놈을 보내 확실히 죽여 버릴걸.'

"디에고."

안나의 부름에 디에고가 멈춰 섰다. 안나가 싱긋 웃으며 의미심장한 투로 물었다.

"결과는 모든 게 끝나야 알 수 있지 않겠니?"

디에고는 잠시간 안나의 당당한 낯을 빤히 들여다보았다. 이윽고 디에고는 픽 웃으며 그녀를 지나쳐 안으로 걸음을 내디뎠다. 안나 역시 얼굴에서 웃음기를 지우며 싸늘한 낯으로 그를 뒤따라 들어갔다.

같은 시각, 에스텔라는 베르타가의 응접실에 앉아서 손님을 기다리고 있었다. 약혼식도 치르지 않은 에스텔라가 공적인 자리에 디에고와 동석할 수는 없었다. 그러나 에스텔라는 안나의 끝을 보지 못한 것이 그리 아쉽지 않았다. 에스텔라가 그녀와 마주한 경험 중 8할은 폭력이 들어차 있었다. 안나는 에스텔라로서도 얼굴을 마주하기가 겁나는 사람이었다.

'잘되겠지?'

디에고가 벌인 일인데 어련히 잘했겠느냐만, 손님의 도착이 늦어져서인지 별생각이 다 끼어들었다.

사실 에스텔라의 불안도 영 근거가 없지만은 않았다. 원작에서 이런 법정 절차는 거치지 않았다. 전대 베르타 공작이 죽고 며칠 후, 공작 부인은 침실에서 목을 매달아 자진한 것처럼 처리되었다. 그녀의 본심이 어찌 됐든 베르타 공작 부부는 겉으로 보기에 몹시 잉꼬부부 같았으므로 사람들도 별다른 의심을 품지 않았다. 때문에 에스텔라로서는 재판이란 새로운 국면 자체가 낯설었다. 겪어 보지 못한 상황엔 혹시 모를 불안이 존재할 수밖에 없었다.

에스텔라는 그가 원작보다 온건한 방식을 선택하게 되었다는 사실에 집중하려 애썼다. 적어도 그가 손에 묻힌 피가 더 늘어나진 않게 되었으므로.

"에스텔라 님, 아드리아나 양께서 도착하셨습니다."

때마침 들어온 하녀가 손님의 등장을 알렸다. 에스텔라가 상냥한 음성으로 대답했다.

"안으로 들어오시라고 전해 드리렴."

에스텔라가 허락을 전하고 머지않아 곤란한 얼굴의 아드리아나가 빠르게 걸어 들어왔다. 황급히 에스텔라의 앞으로 온 아드리아나가 건너편에 자리를 잡고 앉았다. 하녀는 아드리아나의 찻잔에 차를 채워 주고는 공손한 인사와 함께 밖으로 빠져나갔다. 문이 닫히자마자 아드리아나가 식은땀이 배어 나온 얼굴로 양해를 구했다.

"늦어서 죄송해요. 리오넬 전하와 만나는 게 아니면 집을 빠져나오기가 쉽지 않아서요."

"전 괜찮으니 괘념치 마세요. 한데…… 아스테즈 후작님께선 아직도 그러시나요?"

사과를 받아들인 에스텔라가 이어 조심스럽게 질문했다. 리오넬과 아드리아나가 엮인 후 상황이 좀 나아진 줄 알았는데, 아스테즈 후작은 아직까지 딸의 바깥출입을 제한하는 걸까. 자연히 에스텔라의 눈에 걱정이 어렸다. 그것을 알아챈 아드리아나가 황급히 설명했다.

"심하진 않아요. 아버지는 그냥 제가…… 다른 데를 쏘다니다 헛바람이라도 들까 걱정하는 눈치세요. 그래도 미스 마거릿을 만난다는 소리에 겨우 허락받았네요."

"아버님께서 저를 아시나요?"

"미스 마거릿에 대해서는 몰라도 베르타가 얼마나 대단한지는 아시죠. 아버지는 여자의 급이 결혼반지를 끼워 준 남자의 신분에 따라 갈린다고 생각하시는 분이거든요."

아드리아나가 뼈 있는 농담을 건네며 샐쭉 웃었다. 그에 에스텔라가 머뭇거리다가는 제 양손을 그러쥐었다. 에스텔라가 오늘 아드리아나를 초대한 이유도 결혼이라는 제도와 연관이 있었다.

오늘은 약혼식 전날이었다. 아드리아나와 디에고가 아닌, 저와 디에고라는 조합으로 말이다.

에스텔라가 툭 내뱉듯이 말했다.

"죄송해요."

에스텔라의 뜬금없는 사과에 아드리아나는 당황한 눈치였다. 지각을 한 것도 본인이거니와 제가 한 이야기 어느 구석에도 에스텔라가 미안해할 부분은 없다. 설명이 필요하다고 느꼈는지 에스텔라가 짧게 덧붙였다.

"일이 이렇게 돼서요."

그제야 아드리아나는 에스텔라가 무엇을 말하는지 알아차렸다. 아드리아나는 그만 헛웃음을 터트리고 말았다.

"이 얘긴 이전에 끝낸 것 같은데······. 왜 제게 미안해하세요?"

당신이 원래 결혼하려던 남자를 뺏어서 그렇다고는, 당연히 말하지 못했다. 에스텔라는 미간을 좁히며 최대한 완곡한 설명을 돌려주었다.

"제가 두 분 사이를 방해한 듯해서요."

"에스텔라 양은 생각보다 순진하시네요. 하기야, 초면에 제게 도움을 주셨을 때부터 알아본 바지요."

아드리아나가 피식 웃으며 찻잔에 각설탕을 빠트렸다. 약혼식 전날에 만나자는 연락이 와 안 그래도 무슨 사연인지 궁금했던 차다. 무언가 곤란한 부탁을 들을지도 모르겠다고 생각했는데 상대가 내놓은 건 영문도 알 수 없는 사과였다.

아드리아나는 새삼 에스텔라를 박애주의자라고 평하던 디에고의 짜증스러운 표정을 떠올렸다. 그 깐깐한 공작님이 꽤 속이 타겠다 싶었다.

아드리아나가 차를 홀짝이며 여상한 투로 물었다.

"방해를 했다고 한다면 그건 이미 감정이 있던 둘 사이에 끼어든 제 쪽 아닌가요?"

그리 말한 아드리아나가 에스텔라를 흘긋 넘겨보았다. 에스텔라는 무언가 할 말이 있는 눈치였지만 막상 입 밖으로 내놓진 않았다.

아드리아나는 에스텔라의 입에서 '공작님을 사랑하게 되었어요. 죄송해요.' 따위의 진부한 말이 나오지 않기만을 바랐다. 솔직히 이 깜찍한 커플이 어떤 삽질을 하든 딱히 제 관심사는 아니었다. 아드리아나에겐 더 중요한 문제들이 충분히 산재해 있었으니까.

"지나간 이야기는 됐어요. 어쨌든, 전 목적을 이뤘고 당신은 그걸 도왔어요. 거기서 제가 공작 부인이 되고 말고는 별로 중요하지 않은 문제죠."

제 이야기를 마친 아드리아나가 곧장 눈썹을 까딱였다.

"이제 됐나요?"

"……네."

깔끔한 정리에 에스텔라는 결국 고개를 끄덕이고 말았다. 아드리아나가 이해하지 못할 사과를 반복하는 것도 우스웠다. 에스텔라의 수긍에 아드리아나가 말끔한 미소를 떠올렸다. 그러고는 우아하게 찻잔을 들며 물었다.

"그리고 절 약혼식에도 초대해 주실 테죠?"

에스텔라가 아드리아나에게 초대장을 보내지 않은 건 사실이었다. 그러나 그게 아드리아나에게 품은 죄책감 때문이라거나, 혹은 에스텔라가 대단히 사교성 없는 성격이라서는 아니었다.

에스텔라가 얼떨떨한 낯으로 눈을 깜빡이며 물었다.

"리오넬 전하를 통해 초대장을 받지 않으셨나요?"

"맞아요. 하지만 그건 공작님께서 보내신 거잖아요? 전 미스 마거릿에게 정식으로 초대받고 싶어요."

아드리아나가 그리 말하며 눈을 찡긋했다. 에스텔라는 잠시 말문이 막혔다. 이게 뭐라고 감동스럽게 느껴지는지 모를 일이었다. 원체 적은 숫자의 하객이었지만, 특히나 에스텔라 측은 월등히 한산했다. 기껏해야 새로 알고 지내게 된 수도의 몇 영애들과 가족 정도를 불러들였을 뿐이다. 와중 아드리아나가 제 쪽의 하객으로 와 면을 세워 주겠다고 공언한 셈이니 고맙지 않을 수 없었다.

에스텔라는 여주인공의 매력에 대해 다시 한번 깨닫는 시간을 가졌다. 집에서 홀로 갇혀 지냈던 게 믿기지 않을 정도로 아드리아나는 당당한 성격이었고 자기 자신에 대한 주관도 뚜렷했다. 주변에 있는 사람이라면 누구든 그녀를 좋아하게 되리라는 생각이 들었다.

에스텔라가 실없는 웃음을 흘리며 대답했다.

"알겠어요. 오늘 떠나시기 전에 제 이름이 적힌 초대장을 내 드릴게요."

아드리아나의 입에 담긴 미소도 따라 짙어졌다. 에스텔라는 기분이 좋아져서는 아드리아나에게 다과를 권했다. 주방장의 제안으로 피로연에 나올 후식을 간단하게 늘어놓은 참이었다. 맛을 보고 마음에 들지 않는 걸 알려 달라는 말을 들었지만, 사실 어느 것 하나 빼놓지 않고 맛있었다. 아드리아나 역시 전부 다 훌륭하다며 주방장의 솜씨에 대한 찬사를 남겼다.

쿠키를 집어 먹던 아드리아나가 지나가는 투로 중얼거렸다.

"오늘 판결 결과가 잘 나와야 후련한 마음으로 새 시작을 하실 텐데요."

에스텔라는 푸딩이 담긴 통의 바닥을 긁다 말고 스푼을 내려놓았다. 에스텔라가 목을 가다듬으며 말했다.

"사실 그게 그렇지만도 못해요."

"왜요?"

"전대 공작 부인은 어쨌든 세드릭과 세실리아의 친모니까요. 디에고가 그녀를 고발한 입장이니 마음이 편하진 않죠. 그 애들이 자라 저흴 원망할 수도 있고."

"오랜 기간 친모에게 학대당했다고 하지 않았나요?"

아드리아나가 잘 이해가 가지 않는다는 듯이 미간을 찌푸렸다. 무언가를 번뜩 떠올린 아드리아나가 이어 제가 납득할 수 있는 경우를 제시했다.

"혹시 아이들이 어머니가 그렇게 된 것을 안타까워했나요?"

디에고에게 전해 듣기로는 무려 '잘못했으면 벌을 받아야 한다.'고 했단다. 에스텔라가 머쓱하게 말끝을 늘였다.

"그건 아니지만……."

"그럼 뭐가 문제죠?"

이런 모 아니면 도식의 말을 들으니 제가 괜한 고민을 하고 있는 것처럼도 느껴졌다. 확실히 아이를 학대한 부모가 단순히 부모라는 직함을 이유로 면죄부를 받아서는 안 될 것이다. 에스텔라 역시 아이들과 안나의 격리가 시급한 상황이라는 건 이미 알고 있었다. 괜히 마음이 쓰이는 건 그 이전의 맥락 때문이다. 부모 중 한쪽을 치워 내는 것과 둘을 모두 들어내는 것은 아무래도 느낌이 좀 달랐다. 베르타 공작까지도 디에고에 의해 죽어 나간 마당이니 아이들을 위해서란 변명

조차 불가능했다.

"그래도 아이들에게 있어서는 어머니니까요. 나쁜 짓을 하는 느낌을 지울 수가 없었어요."

에스텔라에게서 깊은 한숨이 흘러나왔다. 아드리아나가 그런 에스텔라를 빤히 응시했다. 무언가를 골똘히 고민하는 눈치였다. 이윽고 아드리아나가 불쑥 운을 뗐다.

"딱히 마음 편하자고 하는 말은 아니지만요."

"네?"

"부모라는 단어는 어디까지의 범위를 말하는 걸까요?"

아드리아나의 물음이 이해가 갈 듯도, 가지 않을 듯도 했다. 에스텔라는 잠자코 아드리아나의 말을 기다렸다. 아드리아나가 허리를 꼿꼿이 세운 채 흔들리지 않는 목소리로 이야기했다.

"굶기지 않거나 추위에 떨지 않게 하면 되나요? 제공해야 하는 적정한 교육의 수준은요? 훈육이 허용된다면 그건 몸의 어느 부위까지일까요? 부위가 상관없다고 하면, 몇 대까지가 그들이 용서받을 수 있는 한도인가요?"

에스텔라는 별안간 말문이 막혔다. 한 번도 생각해 본 적이 없는 물음이었다. 에스텔라는 어느 순간을 기점으로 자식이 부모를 증오하게 될 수 있는지 알지 못했다.

전생에서의 그녀는 그야말로 행복한 가정 속에서 자랐다. 양친은 일찍 사망한 것을 제외하고서는 그녀에게 상처를 준 적이 없었다. 그건 '에스텔라'의 부모도 마찬가지였다. 아버지는 재산을 날려 먹는 데는 천부적이었지만 아이들에게 고성을 지르거나 폭력을 휘두른 적은 없었다. 어머니 역시 종종 자식들을 붙잡고 울긴 했으되 제 불행에 대한 원망까지 되돌리진 않았다. 에스텔라는 직접 겪지 못한 사연들을 그저 보고 들었을 뿐이다.

아드리아나가 투명한 눈을 깜빡이며 말했다.

"전 아버지에게 손찌검을 당한 적은 없어요. 제게 주어진 건 그저 지독한 경멸과 무시뿐이었죠. 하지만 아버지가 내게 그랜튼 3세와의 혼담을 주선했을 때 문득 느꼈어요. 아, 이 사람은 나보고 죽으라는 거구나."

"……."

"이 사람은 내가 죽어도 눈 하나 깜짝하지 않겠구나."

아드리아나가 눈을 내리깔며 제가 쥔 찻잔 위에 시선을 주었다. 반쯤 비워진 찻물이 아드리아나의 얼굴을 비췄다. 벌써 차게 식어 버린 잔은 그녀의 손을 덥히지 못했다. 아드리아나가 흔들림 없는 목소리로 물었다.

"전 이제 아버지가 노상에서 칼에 찔린대도 애도하지 않을 준비가 됐어요. 이런 저를 무정하다 말씀하실 건가요?"

에스텔라는 아드리아나에게 시선을 둔 채 긴 시간을 침묵했다. 이윽고 에스텔라가 고개를 내저었다.

"아니요."

"……."

"당신을 이해하고 존중해요, 아드리아나."

아드리아나의 손끝이 움찔했다. 아드리아나는 그제야 손을 들어 차를 한 모금 넘겼다. 미지근한 온도였지만 그럼에도 훌륭한 향이었다. 피로연에 차가 아닌 술을 내는 것이 안타까울 정도로, 풋풋한 연인과 잘 어울리는 달콤한 맛이 났다.

아드리아나와 에스텔라 사이에 긴 정적이 감돌았다. 분명 불편한 침묵은 아니었다. 그리고 한참 후 돌아온 하녀가 전한 것 역시, 새로운 시작에 걸맞은 소식이었다.

"에스텔라 님! 판결이 나왔습니다. 공작 부인께서 추방령을 받으셨다고 합니다."

◈

안나는 느리게 눈을 감았다. 관중들이 온통 웅성거리고 있는 것과 달리 재판정에 앉은 당사자들은 오히려 고요했다. 원했던 결과를 얻은 데에고 역시 입가에 옅은 미소를 띠고 있었을 뿐이다.

안나는 고개를 꼿꼿이 들어 승리자의 얼굴을 눈에 담지 않으려 무던히도 애썼다. 뒤편에서 나타난 훤칠한 키의 사내 둘이 그녀의 팔을 잡았다. 안나는 그들의 손길을 뿌리치며 스스로 몸을 돌렸다.

"내 발로 걸어갈 거야."

사람들이 흩어지고 있는 듯, 의자 끄는 소리가 뒤쪽에서 겹쳐 들려왔다. 재판정 밖으로 걸어 나가던 안나는 흘긋 배심원석을 살폈다. 시야에 담긴 인사들은 하나 같이 그녀가 아닌 다른 쪽을 보고 있었다. 일부러 눈을 피하는 기색이 역력했다. 지체가 길어지자 그녀를 인도하던 이들이 재촉의 말을 꺼냈다.

"밖으로 나가시면 수송용 마차가 기다리고 있습니다."

안나는 짧게 실소하고는 다시 사납게 걸음을 내디뎠다. 예정된 결과였기에 화가 나지도 않았다. 그저 인생사가 무상하게 느껴졌을 뿐이다. 안나는 부디 저들이 저와 같은 경험을 하게 되길 기도했다.

그토록 욕심내 쌓아 왔던 모든 것들이 모래성처럼 무너졌다. 지금 끌려 나가는 그녀조차 한때는 정말 그것들을 진실로 움켜쥐었다고 생각한 적도 있었다. 그러나 수도엔 별처럼 많은 유명 인사가 있었고 그들은 주기적으로 대체되었다. 제가 잊힌 사람이 된대도 이곳에는 아무런 변화도 없을 것이다.

안나는 무의식적으로 제 자리를 대신 차지한 여인을 떠올렸다.

'그 가정 교사 계집이 나만큼 사교계를 잘 휘어잡을까?'

안나는 피식 웃음을 터트렸다. 안나가 본 에스텔라는 제법 맹랑한 구석이 있는 여자였으나 귀족 사회에서 잔뼈가 굵은 귀부인들을 상대하는 건 또 다른 문제였다. 아마 안나가 처음 사교계에 진입했을 때 겪었던 곤란을 그 가정 교사도 답습하게 될 것이다. 그리 생각하면 조금 고소하기도 했다.

밖으로 나서는 건 금방이었다. 날이 더워지고 있어서인지 유독 짙은 뙤약볕이 쏟아졌다. 눈을 감았는데도 시야가 빨갛게 물들 정도였다.

안나는 한때 낮과 밤이 바뀐 생활을 한 적이 있었다. 오후 느지막이 일어나는 여느 귀부인들의 잠투정처럼 몸에 단 습관은 아니었다. 베르타 공작과 정식으로 혼인을 치르게 된 후, 안나는 아침에 일어나 해를 맞는 일을 몹시도 즐겼다. 덕분에 왕왕 부지런하다는 칭찬을 듣기도 하였으나 돌이켜 평하기로 그것은 일종의 선언 같은 의미였다. 밤은 종종 그녀를 불쾌한 기억으로 끌어다 놓는 경향이 있었기 때문이다. 다만 오늘만은 눈이 시리도록 밝은 저 하늘에 약간의 어지럼증이 일었다.

안나는 꼿꼿이 걸음을 디뎌 마차 위에 올라탔다. 자신을 따라오던 경비 중 하나가 그녀의 건너편으로 와 앉았다. 문을 닫자 바깥에서 자물쇠를 거는 소리가 들려왔다. 출입을 통제당하고 나니 제가 죄인이 되었다는 게 실감이 나는 듯도 했다.

죄인이라니! 베르타 공작이 있었을 땐 누구도 그녀를 그런 모욕적인 명칭으로 부르지 않았다.

안나는 주먹을 틀어쥐고는 마차가 출발하기를 기다렸다. 가능한 한 빨리 이곳을 떠나고 싶었다. 제가 쫓겨나는 모습을 누군가 지켜보고 있다고 생각하면 끔찍하였으므로. 그러나 바깥에선 그녀의 기대를 배반하는 소리가 들려왔다.

"잠깐 부인과 대화를 나눠도 되겠나?"

디에고의 음성이었다.

"공작님, 규정상 이송 중 죄인과의 면담은……."

그리고 무언가가 짤랑이며 떨어지는 소리. 금전이 오간 것이 분명하다. 이를 기점으로 디에고를 상대하던 사내의 목소리가 한결 정중해졌다.

"가족분이시니 마지막으로 이야기를 나눌 짬도 필요하겠지요. 대신 아주 잠깐만입니다."

"30분은 넘지 않도록 하지."

대화가 끝나자마자 안나는 문을 걸어 잠갔다. 수송차의 용도 특성상 바깥쪽의 방비가 좀 더 단단하긴 했지만 안쪽에도 잠금장치가 없진 않았다. 안나의 돌발 행동에 건너편의 관리가 당황한 표정을 지었다. 안나가 오연히 턱을 들며 말했다.

"출발해."

남자는 안나의 명을 따르지 않았다. 그는 손을 뻗어 너무도 간단히 문을 열고는 밖으로 걸어 나갔다. 심지어 디에고에게 친절히 손을 뻗어 자리를 안내해 주기까지 했다.

안나는 지그시 입술을 깨물었다. 예상한 일이었지만 표정이 일그러지는 건 어쩔 수 없었다.

"공직자라는 것들이 도리어 비리의 온상이군."

안나는 대놓고 비웃음을 내뱉었다. 죄인을 이송하는 과정에서도 사람을 매수하는 게 이리 쉬운데 보는 이 없는 곳에 도착한 이후엔 어떻겠는가. 죽음을 생각하면 섬뜩하였으나 익숙한 공포를 씹어 넘기자 이후로는 희열이 밀려들었다. 안나는 제 앞으로 와 앉은 디에고를 배부른 눈으로 응시했다.

너는 모든 게 네가 원하는 대로 흘러가고 있다고 생각하겠지.

"마지막으로 하고 싶은 말이 있습니다."

마지막이라는 말에 안나는 고혹적으로 미소 지었다.

⚜

에스텔라의 어머니와 동생들이 베르타 저택에 도착한 건 약혼식 당일 아침이었다. 아버지에게 수도행을 숨기느라 되도록 체류 기간을 짧게 해야 했던 것이다.

식이 시작할 때가 가까웠던 탓에 가족들은 베르타 저택에 발을 들이자마자 끌려가 온갖 의상을 걸쳐 보게 되었다. 그들이 에스텔라를 만난 건 여느 수도의 인사들처럼 곱게 단장을 마치고 난 이후였다.

"세상에, 에스텔라. 이게 다 무슨 일인지 모르겠구나."

마침내 에스텔라를 마주한 그녀의 어머니는 딸과 기쁨의 포옹을 나누는 대신 관자놀이를 문질렀다. 편두통이 도진 기색이었다. 긴 마차 여행 끝에 쉬지도 못하고 단장부터 했으니 진이 빠질 법도 했다. 에스텔라도 의복점의 점원들을 상대하는 게 여간 힘든 일이 아니라는 걸 알고 있었다. 에스텔라가 어머니의 안색을 살피며 물었다.

"수도까지 오는 길은 어떠셨어요? 불편하진 않으셨죠?"

"그럼, 난 그런 편한 마차는 처음 타 봤다. 푹신하기가 꼭 침대 같 더구나."

"그거 다행이네요. 알란, 넌 그동안 잘 지냈니? 에밀리아는 못 본 사이 키가 좀 자랐나?"

에스텔라가 이번엔 동생들을 돌아보았다. 실제로는 고향을 떠난 지 얼마 지나지 않은 시점인데도 워낙 많은 사건을 거쳐서인지 체감 시 간이 길게 느껴졌다.

"수도는 어지러워……."

곧 성인이 되는 알란은 아직 멀미가 낫지 않은 듯 메스껍다는 표정 을 짓고 있었다. 목에 맨 타이마저도 풀어헤친 채였다. 반면 에스텔라 보다 열 살이 어린 에밀리아는 저택의 위용에 완전히 넋이 나간 듯했 다. 에밀리아가 에스텔라의 치맛자락을 당기며 말했다.

"언니, 여기 너무 반짝거려. 꼭 무슨 인형의 집 같아."

제가 이곳에 처음 도착했을 때가 떠올라 에스텔라는 웃지 않을 수 없었다. 아버지를 핑계로 동생들을 돌보는 걸 너무 손 놓고 있었 나 싶기도 했다. 에스텔라는 동생의 머리 위를 다정히 쓸어 넘겨 주 었다.

'진짜 공작 부인이 되면 동생들도 잘 돌볼 수 있을 것 같은데.'

무의식적으로 끼어든 세속적인 생각에 에스텔라가 멈칫했다. 에스텔라는 머릿속을 환기하듯 고개를 흔들었다. 동생들과 짧은 근황을 주고받은 후, 연신 주변을 두리번거리던 어머니에게로 돌아갔다.

"뭘 그렇게 보세요?"

"뭐? 아……."

당황한 얼굴로 되묻던 어머니가 결국 한숨을 내쉬었다.

"미안하다. 도무지 정신이 없어서 말이다. 우릴 데리고 온 마차나 이 저택이나, 현실감이 너무 없어서……."

돈을 벌겠다며 수도로 떠난 딸이 갑자기 약혼을 선언했는데 그 상대가 무려 공작님이다. 반신반의하며 수도로 왔더니 정말 딸이 고운 드레스를 차려입고 가족들을 기다리고 있었다. 에스텔라의 어머니는 도통 이 놀라운 상황에 적응이 되질 않았다. 에스텔라도 어머니의 심정을 이해 못 하는 건 아니었다.

"갑작스럽긴 했죠."

"남녀 사이라는 게 대개 그렇긴 하다만, 넌 특히 파격적인 편이로구나."

어머니의 지적에 에스텔라가 멋쩍게 웃었다. 잠시 눈치를 보던 에스텔라가 은근슬쩍 질문을 꺼냈다.

"아버지는 요즘 어떠세요?"

"난 모르겠다, 그 인간이 요즘 무슨 생각을 하고 사는지."

말만 들어서는 사고라도 친 모양인데 목소리는 이상하게 누그러져 있었다. 에스텔라가 설마 하는 기색으로 물었다.

"왜요, 또 이상한 데 다니세요?"

"그게 아니라…… 너희 아버지 요즘 일하신다."

"네?"

귀족이라면 누구나 노동을 불명예스럽게 여긴다. 귀족들의 주 수입원은 투자로 얻는 이득과 영지민들에게서 얻는 세수였다. 직업을 갖는 것 자체가 상류사회에서는 모욕처럼 받아들여지는 경향이 있었다. 에스텔라도 전생의 기억을 되찾지 않았더라면 가정 교사라는 직업을 부끄럽게만 여겼을지도 모른다. 에스텔라보다 형편 좋은 시절을 겪었던 아버지는 거부감이 더했을 것이다.

그런 아버지가 일을 시작했다니. 그야말로 생각지도 못했던 놀라운 소식이었다. 에스텔라의 어머니도 마찬가지 심정인 듯 싱숭생숭한 표정을 짓고 있었다.

"몰락했어도 귀족은 귀족이라고 돈 안 되는 곳만 기웃거리던 사람이, 네가 가정 교사로 취직을 해 버리니 충격이 크긴 컸나 보더라. 하기야, 날려 먹을 재산이 있어야 또 노름판도 기웃거릴 것 아니겠니. 차라리 자잘한 사고를 여러 번 치는 게 낫지. 어쩜 한 번에 집을 풍비박산으로 만들었는지."

그리 말하며 어머니가 고개를 절레절레 흔들었다. 갈수록 기우는 가세에 조급증을 느낀 아버지는 급기야 도박판에 발을 들였다. 유망한 사업에 투자를 하기엔 자본금이 지나치게 약소하다는 이유였다.

결과야 뻔했다. 꾼들이 읊어 주는 환상에 넋을 놓은 사람이 정상적인 판단을 내렸을 리 없다. 에스텔라의 아버지는 시원하게 전 재산을 날려 먹고 엉엉 울며 집으로 돌아왔다. 어머니는 그런 아버지의 귀에 도박꾼보다는 마구간지기가 나을 거라며 악을 썼다. 그런다고 달라지는 건 없었지만.

"어쨌든 네가 따로 해 둔 말도 있고, 괜히 긁어 부스럼을 내기가 싫어서 쭉 입 다물고 있는 중이다."

"소문이 많이 퍼질 것 같은데 계속 속으실까요?"

"어디서 소식 듣고 오면 아버지 수발 때문에 네가 신분이라도 팔았다고 하마."

어머니가 코웃음 치며 대꾸했다. 그러고는 돌연 진지한 표정으로 에스텔라의 어깨를 붙잡았다.

"약혼이야 얼마든지 엎어질 수 있는 것 아니니. 혼인 서약서에 도장 찍기 전까진 뭐든 간에 그저 조심해야 한다. 공작님은 네 아버지 얘기 모르시지? 응?"

에스텔라는 어색하게 웃기만 했다. 자신의 가정환경에 대해서는 진작 조사가 끝났다고 말하고 싶었으나, 그러기엔 어머니의 표정이 너무 간절해 보였다. 하기야 배우자가 도박에서 전 재산을 날렸다는 부끄러운 얘기를 떠벌리고 싶은 사람은 없을 것이다.

에스텔라는 결국 어색한 얼굴로 고개를 끄덕여 보였다. 어머니는 그제야 안도로 가슴을 쓸어내렸다. 그러고는 전보다 누그러진 투로 말을 이었다.

"그래도 네 아버지는 있는 재산 날려 먹는 데 그쳤기에 망정이다. 잘못되면 자식들까지 팔아넘기는 인간들도 있다더라."

에스텔라는 어머니가 은근히 제 남편을 편들고 있음을 알아챘다. 에스텔라의 아버지는 우습게도 나쁘지 않은 성품의 소유자였다. 도박판에 발을 들이기 전까지는 가족들과 불화 한 번 없었다. 그땐 아무도 아버지가 그들 가족을 불행하게 만들리라고 생각지 않았다. 사람 일이라는 건 그렇게 전혀 예기치 못한 방향으로 흘러가기도 한다. 에스텔라가 한사코 아버지에게 약혼을 숨긴 이유도 바로 그 때문이었다.

누군가 아버지를 미워하느냐 물으면 에스텔라는 단번에 아니라고 대답할 수 있다. 이 세상이 누군가의 창작물이라는 걸 알고 나니 그 순진하던 양반이 갑자기 헛바람이 든 게 작가의 의도 때문은 아닌가 하는 음모론마저도 떠올랐다.

그래서 오히려 더욱 겁이 나는 것이다. 제가 혹시나 또 아버지에게 실망하게 될까 봐.

"에스텔라, 난 너만 행복하면 된다."

어머니가 에스텔라를 지긋이 응시하며 말했다. 그녀는 손을 뻗어 딸의 뺨을 아주 조심스럽게 쓸었다.

"내 딸…… 곱구나. 아주 고와……."

그녀가 눈가에 스친 물기를 슬쩍 닦아 냈다. 울지 않은 척하려는 기색이 역력했으므로 에스텔라도 잠자코 입을 다물었다.

어머니가 잠긴 음성으로 말했다.

"네가 파혼할 때만 해도 가슴이 찢어지는 줄 알았는데, 그게 이리 잘 되려고 그랬나 보다."

"……맞아요, 정말 그래요."

어머니의 감동을 깨고 싶지 않았던 에스텔라가 가만히 맞장구를 쳤다. 에스텔라는 제가 디에고와 파혼했을 때 어머니가 어떤 반응을 보일까 상상해 보았다. 썩 유쾌한 결과가 예상되진 않았다.

다행히 이 불편한 대화는 누군가의 등장으로 끊어졌다. 구세주처럼 나타난 디에고가 에스텔라의 가족들을 향해 인사를 건넸다.

"안녕하십니까, 몬티엘 부인, 그리고 동생분들. 만나 뵙게 되어 영광입니다. 에스텔라 양에게 이야기 많이 들었습니다."

"어머, 훤칠하셔라……."

베르타 공작가의 잘생긴 공자님에 관한 소문은 전국적으로 유명했다. 디에고는 타인의 눈에 띄기 쉬운 위치였고 그의 외모 역시 이목을 끄는 건 마찬가지였다.

그러나 디에고를 본 적이 없었던 에스텔라의 어머니는 풍문으로 들은 외관을 그리 신뢰하지 않았다. 수도까지의 거리가 머니 소문이 옮겨지는 동안 과장되게 와전됐을지도 모른다며 말이다. 그녀는 신분과 재력만 해도 대단한 딸의 약혼자가 이기적인 유전자까지 소유하고 있으리라곤 감히 바라지도 않았다. 잘 차려입은 옷과 정돈된 머리는 종종 후광을 입혀 주기도 한다며, 그녀는 제 의심에 나름의 근거까지 덧붙였다.

그런데 실제로 마주한 디에고는 소문 이상의 미남이었다. 오히려 표현의 한계로 실물을 다 담지 못했다고 생각될 정도였다.

에스텔라의 어머니는 반쯤 홀린 표정으로 디에고에게 오른손을 내밀었다. 손등 위에 짧게 입을 맞춘 디에고가 친절히 말했다.

"직접 저택을 안내해 드리고 싶지만 곧 식을 앞두고 있어 아쉽게 되었습니다. 후에 수도 나들이는 제가 책임지고 제대로 모실 테니 우선은 식장으로 가 계시지요."

가족들은 디에고의 말에 뒤도 돌아보지 않고 우수수 빠져나갔다. 에스텔라는 어이가 없어졌다.

"저 사람들이 정말 몇 달 만에 겨우 얼굴 본 가족이 맞는지……."

"잘된 것 아닙니까. 결혼을 반대하실 일은 없을 것 같으니."

"그런 불필요한 걱정은 하지도 않았어요."

"왜요? 딸을 훔쳐 가려는 도둑놈인데 반대할 법도 하지."

느물느물하게 대답한 디에고가 기대하는 눈으로 에스텔라를 돌아보았다. 에스텔라는 의도적으로 그런 디에고를 무시했다. 이유를 말하지 못할 것도 없지만 굳이 제 입으로 읊어 주긴 싫었다. 그에게서 일등 신랑감이란 칭찬을 바라는 기색이 여실히 묻어 나왔기 때문이다.

반면 디에고는 그녀에게 찬사를 남기는 데 그다지 거부감이 없어 보였다. 에스텔라가 입은 약혼식 드레스를 살피더니 곧장 이렇게 평한 것이다.

"마담 로라가 기대하란 듯 말하더니. 괜한 자부심은 아니었군요."

식이 가까웠기에 에스텔라와 디에고는 모두 예식복을 차려입고 있었다. 마담 로라가 만든 회심의 역작답게 완성된 드레스는 탄성을 자아낼 만치 아름다웠다. 예식용 의복이라기엔 다소 점잖게도 보였는데, 소매 부분을 과장스럽게 부풀린 것만 빼면 몸에 달라붙는 디자인이었던 탓이다. 야외에서 치르는 식이라 이번에도 치마를 크게 부풀릴 수는 없었다.

어찌 됐든 에스텔라는 단정한 의상과 꽤 상성이 좋은 사람이었다. 맑은 흰색의 옷감은 에스텔라의 피부톤과 몹시 잘 어우러졌다. 디에고가 진심 어린 칭찬을 덧붙였다.

"아주 잘 어울립니다. 오늘 무척 아름다워요."

에스텔라는 어색하게 치맛단을 들었다 내렸다. 그가 칭찬을 할 때마다 에스텔라는 어쩔 줄 모르는 기분이 되곤 했다. 에스텔라가 손끝을 말아 쥐며 대답했다.

"공작님은 칭찬을 참 자연스럽게 하시네요."

"그냥 생각나는 대로 말하는 겁니다만."

"보통은 호박에 줄 그어 봤자 수박 되냐, 이런 말이 나올 타이밍 아닌가요? 자존심 세우듯이."

"내가 왜 내 눈이 삐었다는 소리를 자랑스럽게 뱉어야 합니까?"

디에고가 어이없다는 얼굴로 되물었다. 진심으로 이해가 안 간다는 듯한 표정이었다. 그 자부심 어린 표현이 결과만 놓고 보면 에스텔라를 향한 극찬이 되는데도 말이다.

어딘지 부담스러운 기분에 에스텔라는 그의 시선을 피했다. 그녀는 칭찬에 익숙하지 않은 성격이었다. 에스텔라가 최대한 자연스럽게 말을 돌렸다.

"그러고 보니 어젯밤 늦게 들어오신 것 같던데요."

"처리할 일이 있어서요."

디에고가 대수롭지 않게 대답했다. 재판이 끝났는데도 아직 해야 할 일이 남았던 걸까. 하기야 준비 단계가 정성스러웠던 만큼 적절한 후처리 역시 필요했는지도 모르겠다. 에스텔라는 잠자코 고개를 끄덕였다.

"판결이 잘 나와 다행이에요."

"그 결과를 내려고 내가 얼마를 들였는지 압니까?"

"뭐, 적잖이 쓰셨겠죠."

디에고의 유세에 에스텔라가 심드렁하게 대답했다. 돈 자랑을 그렇게 들었는데 익숙해지지 않는 게 더 이상하다. 뒤편에서 디에고가 어이없다는 듯 바람 빠지는 소리를 내는 게 들려왔다. 에스텔라는 모른 척 창을 향해 걸어가며 손을 내뻗었다. 손 틈 사이로 햇빛이 새어 들어왔다.

"날이 맑아서 다행이에요."

"야외 식장이니 비가 왔으면 큰일 날 뻔했죠."

"어쩐지 오늘 아침에 일어났을 때부터 기분이 좋더라고요."

디에고는 에스텔라가 말을 돌린 게 마음에 들지 않는 눈치였다. 주머니에 손을 찔러 넣은 그가 보복처럼 남다른 자기애를 드러냈다.

"나 같은 남자한테 침 바르게 돼서 기쁜 마음은 알겠는데, 슬슬 내려가지 않으면 그 행운을 놓치게 될 겁니다."

언제나처럼 자신감 넘치는 목소리였다. 겉으로만 봐서는 어제 큰일이 있었단 걸 알아차릴 수 없을 정도였다.

디에고의 재촉을 이기지 못한 에스텔라가 창가에서 돌아서며 스치듯 생각했다. 당신이 오늘을 가벼운 마음으로 맞게 되어 참으로 다행이라고.

｡ᵒᵉᵛᵗᵉᵒᵕ｡

약혼은 적은 하객 수만큼이나 약식으로 치러졌다. 디에고의 부모가 모두 작고한 상태였기에 양친을 소개하는 절차는 과감히 생략되었다. 디에고와 에스텔라가 나란히 약혼 증서를 읊고 그 위에 서명을 남기는 것으로, 둘은 공식적으로 결혼을 약속한 사이가 되었다.

형식적이고 지루한 시간이 길게 이어지지 않았음에 하객들은 만족한 기색이었다. 무엇보다 공작가에서 표방한 합리성이 검소함을 뜻하는 건 아니었다. 식장부터가 잘 관리한 화단 가운데 둘러싸여 있었으며, 테이블엔 만개한 꽃들이 장식되어 있었다.

가져다 놓은 집기 역시 어느 것 하나 고급이 아닌 물건이 없었다. 단상 근처에 놓인 케이크는 5단짜리로 파스텔 톤의 생화가 올라가 있었다. 주방장이 특별히 공을 들인 섬세한 아이싱 장식 또한 빛을 발했다.

에스텔라와 디에고는 나란히 나이프 손잡이를 잡고 그 앞으로 가섰다. 머리 위로 그림자를 늘어트리는 거대한 케이크에 에스텔라는 살짝 기가 죽었다. 에스텔라가 디에고에게만 들릴 크기로 중얼거렸다.

"이걸 다 어떻게 자르죠."

"적당히 찔러 넣기만 하고 힘 빼요."

디에고가 그리 말하며 에스텔라를 리드하듯 팔을 들었다. 겉면만 봐서는 딱딱한 공예품 느낌이었는데, 막상 나이프를 대니 잘만 잘렸다. 칼자국을 내 그 거대한 예술 작품을 부수는 것으로 짧은 커팅식은 끝이 났다. 이런 순간을 위해 주방장이 그렇게 열심히 공을 들였나 싶을 정도였다. 에스텔라가 칼에서 손을 떼며 물었다.

"그런데 이거, 잘라서 다 같이 나눠 먹는 건가요?"

"글쎄요, 나도 약혼은 처음이라."

그리 말한 디에고가 골똘히 생각에 잠기더니, 이내 손잡이를 고쳐 쥐었다. 그가 금방이라도 케이크를 잘게 조각낼 듯한 기세로 말했다.

"먹고 싶으면 말해요, 미스 마거릿이 원하는 만큼 덜어 줄 테니."

옆에 서 있던 하인들이 불안한 기색으로 시선을 맞댔다. 에스텔라는 곧장 디에고에게서 나이프를 뺏어 들었다. 딱히 경험이 없어도 제가 여기서 접시를 꺼내 와선 안 된다는 사실쯤은 알 수 있었다. 하인들은 안도한 기색으로 에스텔라가 건넨 칼을 밑 쪽의 거치대에 세워 두었다.

하객들의 잔에 술이 채워지는 것과 동시에 에스텔라와 디에고도 긴 샴페인 잔을 받아 들었다. 디에고가 배부른 눈으로 황금빛 액체를 올려다보며 말했다.

"이제 무르지도 못하게 됐군요."

"꼭 악당처럼 말씀하시네요."

"상대가 좀 애를 태웠어야죠."

가볍게 잔이 부딪쳤다. 디에고가 작은 웃음과 함께 술을 한 모금 들이켰다. 혀 밑에서 탄산이 튀어 에스텔라는 이렇다 할 대답을 내놓지 못했다. 에스텔라가 술을 목 뒤로 넘겼을 때쯤엔 말소리가 묻힐 정도로 하객들의 환호가 짙어져 있었다. 무려 키스까지 부추기면서 말이다.

가문 간의 사업적인 혼약이라면 분위기가 엄숙했겠으나, 대외적으로 그들은 연애를 거쳐 미래를 약속한 '진짜 연인'이었다. 술이 들어가서인지 다들 들뜬 눈으로 오늘의 주인공들을 응시하고 있었다. 디에고마저도 자연스럽게 에스텔라에게로 걸음을 좁혔다. 에스텔라가 주춤 뒤로 물러서며 속삭이듯 물었다.

"잠깐만요. 진짜 하시게요?"

"다른 좋은 타개책이 있으면 말해 봐요. 이 기세를 피할 방법은 없을 것 같은데."

디에고가 태연한 투로 대답했다. 에스텔라는 그의 어깨너머로 흘긋 하객들을 넘겨보았다. 디에고의 말대로였다. 여기서 곤란하다며 몸을 뺐다간 분위기가 한순간에 어색해질 것이다.

에스텔라는 입술을 깨물며 뒤로 향하려던 발을 멈췄다. 디에고가 타이밍 좋게 에스텔라의 잔을 앗아 들었다. 뒤쪽에 선 하인에게 잔을 넘긴 그가 나직이 말했다.

"자꾸 다른 데 보지 말고."

"제가 빤히 쳐다보면 공작님도 불편하실 거 아니에요."

"그래요? 난 아닌데."

말문이 막힌 에스텔라가 또 흘끔 하객 쪽을 살폈다. 에스텔라는 겨우 다른 핑계를 찾아냈다. 세드릭과 세실리아가 이쪽에 시선을 고정하고 있었던 것이다. 심지어 세드릭은 거의 제 딸이라도 시집보내는 듯한 표정을 짓고 있었다.

"애들이 다 보고 있어요."

"성교육의 일환으로 칩시다. 성을 터부시하는 건 현명한 어른의 자세가 아니죠."

디에고의 궤변에 에스텔라의 한쪽 눈썹이 불량스럽게 들렸다. 에스텔라의 불만 어린 표정을 본 디에고가 그녀를 놀리듯 덧붙였다.

"당신한테도 성교육이 좀 필요할 것 같긴 합니다."

"불량한 성 관념을 가지고 계신 건 공작님 쪽이거든요."

"설마요, 난 키스할 땐 입을 다물어야 한다는 사실 정돈 아는데."

"……."

"아, 벌려야 하나?"

디에고는 아무래도 상관없다는 듯 에스텔라의 목덜미를 오른손으로 감쌌다. 에스텔라는 무의식적으로 어깨를 움츠렸으나, 그의 손은 생각만큼 차갑지 않았다. 자연히 긴장이 조금 풀어졌다.

그제야 에스텔라는 마음을 조금 느긋이 먹을 수 있었다. 그와 입을 맞추는 게 딱히 처음 있는 일도 아니었다. 카사스가에서 열린 티 파티에 참석했을 당시, 엘렌을 골탕 먹이겠다며 에스텔라가 직접 디에고에게 입맞춤을 제안하기도 했었으니까.

곧 말캉한 입술이 와 닿았다. 에스텔라는 무심코 미간을 좁히며 턱을 뒤로 물렸으나, 디에고가 더욱 깊숙이 혀를 묻어왔다. 치열을 가볍게 훑고는 입천장을 건드리는 일련의 동작이 몹시 자연스러웠다.

에스텔라는 어색하게 방치되어 있던 손을 들어 디에고의 어깨에 올렸다. 아찔한 기분에 땅을 디딘 다리에 힘이 들어갔다. 처음엔 분명 바른 자세로 서 있었는데, 입맞춤이 끝났을 즈음엔 상체가 뒤편으로 완전히 기울어 있었다. 입술이 떨어지자마자 사방에서 환호성이 쏟아졌다.

"……곡예라도 한 기분이네요."

에스텔라가 몸을 바로 세우며 말했다. 디에고가 그런 에스텔라의 입술을 엄지 끝으로 훔쳤다.

"익숙해져요. 생각보다 자주 하게 될 것 같으니까."

그리 말하며 디에고가 에스텔라를 놔주었다. 에스텔라는 무의식적으로 손등을 제 뺨에 댔다. 입맞춤 전에 마신 샴페인 탓인지 얼굴에 잔뜩 열이 올라 있었다. 사람들의 박수 소리가 잦아들며 의자 끄는 소리가 커졌다. 식이 마무리되었으니 이젠 피로연 장소로 이동할 차례였다.

에스텔라와 디에고가 하객들을 뒤따르려 할 때였다. 누군가 디에고를 붙잡았다.

"공작님, 잠시 드릴 말씀이……."

본래 식장에 배치되었던 이는 아닌지 다른 하인들과 같은 옷을 입고 있진 않았다. 그가 건넨 귀엣말에 디에고의 미간이 좁혀 들었다가 다시 원래대로 돌아왔다.

디에고가 에스텔라의 어깨를 감싸 제 쪽으로 당겼다. 에스텔라는 엉겁결에 디에고를 향해 고개를 기울였다. 디에고가 그녀의 귀에 대고 말했다.

"확인해야 할 일이 있어서 잠깐 자리 좀 비우겠습니다. 힘들면 쉰다는 핑계로 그냥 들어가 있어요."

"언제 돌아오시는데요?"

"되도록 빨리 오겠습니다."

디에고가 그리 말하고는 곧장 반대쪽으로 나가 버렸다. 홀로 남은 에스텔라는 괜스레 입술을 손등으로 문댔다. 흰 장갑에 색조가 묻어 나오고 나서야 실수를 했다는 걸 알아챘다. 피로연장으로 향하기 전 망가진 화장을 다시 손봐야 할 듯했다. 진짜 문제가 되는 건 온통 입술과 같은 색이 된 제 피부 쪽일 테지만.

"참 나."

에스텔라는 공연히 콧방귀를 뀌었다. 사람 홀리는 데 천부적인 재능이 있는 남자다. 어머니까지 단번에 구워삶았을 정도니 연륜이 모자란 제가 동요하는 건 이상한 일도 아니었다. 에스텔라는 슬금슬금 올라서려는 입꼬리를 내려 앉히려 애썼다. 이런 멍청한 얼굴로 하객들과 인사를 나눌 수는 없었다.

마침 혼자가 된 에스텔라에게 몇 영애들이 다가왔다. 아슬아슬한 시간에 도착해 미처 에스텔라와 인사를 나누지 못한 이들이었다. 그녀들은 에스텔라의 앞에 서자마자 온갖 칭찬을 늘어놓았다.

"에스텔라 양, 오늘 정말 아름다우세요."

"그야말로 봄의 신부네요."

"디에고 님도 오늘 얼마나 멋있으시던지, 그야말로 완벽한 한 쌍이었다니까요."

"본식이 너무 기대되는 거 있죠. 그때도 꼭 초대해 주셔야 해요?"

본심이 나오기까지 채 5분도 걸리지 않았다. 인스턴트식 사교는 결과물도 얄팍했다. 에스텔라는 내색하지 않고 흔쾌히 그러겠노라 답했다. 제가 아무리 용을 써도 신부 측 하객을 신랑 측 하객보다 늘리는 건 불가능했다. 적어도 초대와 관련해서는 디에고의 허락을 구할 필요가 없으리라. 문제가 되는 건 다른 부분이었다. 에스텔라는 과연 디에고의 결혼식장에 입장하게 될 신부가 제가 맞을지 의문이었다.

에스텔라의 속내를 알 리 없는 영애들은 꺅꺅거리며 피로연장으로 사라졌다. 에스텔라에게 할 말이 남은 건 사교계의 어린 새들뿐만이 아니었다. 그들이 떠난 후, 연이어 묵직한 걸음 소리가 가까워졌다.

이번에 다가온 건 듬직한 체구를 가진 중년의 사내였다. 그를 보며 에스텔라는 우습게도 아까 제 위로 그림자를 늘어트렸던 5단 케이크를 떠올렸다. 그 거대하고 부드러웠던 설탕 덩어리를.

"약혼 축하합니다, 에스텔라 양."

에스텔라는 그의 정체를 어렵지 않게 알아챘다. 지난번 그가 디에고를 찾아왔을 때 먼발치에서 얼굴을 본 기억이 있었다. 남자는 디에고의 큰외삼촌인 보트리 후작이었다. 에스텔라는 지체 없이 그에게 예를 표했다.

"안녕하십니까, 보트리 후작님. 공작님께 이야기 많이 들었습니다. 공작님께서 어렸을 때부터 아들처럼 돌봐 주셨다지요."

"그런 인사치레를 들을 만큼 좋은 삼촌이었던 기억은 없는데 말입니다."

그가 인상 좋은 얼굴로 허허 웃었다. 그럼에도 그의 눈엔 새로 시작하는 연인에 대한 약간의 염려가 스며 있었다.

에스텔라를 빤히 응시하던 보트리 후작이 고개를 숙이며 짧게 입맛을 다셨다. 어떻게 서두를 꺼내야 할지 모르겠다는 듯한 태도였다. 이윽고 그가 계면쩍은 얼굴로 입을 열었다.

"사실, 오늘 오기 전까진 아무래도 걱정이 많았습니다."

"약혼 선언이 너무 갑작스러웠죠. 걱정하시는 마음 이해합니다."

에스텔라가 옅은 미소와 함께 대답했다. 보트리 후작이 그런 에스텔라에게 잠시간 시선을 주었다. 침묵이 이상하게 길어졌다. 에스텔라가 의아함에 고개를 들었을 때였다. 그의 입이 열렸다.

"그렇다기보다는…… 난, 그 애가 평생 결혼을 못 할 거라고 생각했었습니다."

보트리 후작의 음성은 미세하게 떨리고 있었다. 에스텔라는 조용히 그가 말을 잇기를 기다렸다.

"친부의 방해가 있긴 했지만 디에고가 원했다면 약혼쯤이야 얼마든지 주선할 수 있었죠. 어찌 됐든 그 애의 뒤엔 나와 보트리 후작가가 있었으니까요. 문제는 당사자의 미적지근한 태도였습니다."

그러고 보니 에스텔라와 만나고 얼마 되지 않았을 적, 디에고는 가정을 이룰 생각이 없다고 말했었다. 디에고가 아드리아나와 결혼할 것을 알고 있었던 에스텔라는 그 말을 그다지 유념해 듣지 않았지만.

어느 순간이었을까, 그의 마음이 변한 건.

"외롭게 자란 아이입니다. 부디 두 사람이 서로에게 의지가 되길 바랍니다."

보트리 후작은 말을 길게 하지 않았으나, 에스텔라는 그의 눈에 많은 감정이 함축되어 있다고 생각했다.

에스텔라는 어떤 대답을 돌려주어야 보트리 후작이 안심할 수 있을지 고민했다. 지키지도 못할 호언을 내뱉었다가 파혼을 하게 되면 제 꼴이 우스워질 것이다. 에스텔라는 잠시 후에야 가까스로 입을 열었다.

"저도…… 공작님이 행복해질 자격이 있는 사람이라고 생각합니다, 후작님."

보트리 후작의 눈에 언뜻 이채가 감돌았다. 그러나 그가 무어라 대답을 내놓기도 전, 뒤편에서 급히 달려온 누군가가 그들의 주의를 잡아끌었다. 보트리 후작에게 다다른 남자가 숨을 헐떡이며 말했다.

"후작님, 급한 소식이 있습니다."

"음?"

"수송되는 길에 그 여자가 음독으로 드러누웠다고 합니다. 자세한 상태까진 알 수 없으나……."

급히 말을 쏟아 내던 남자가 에스텔라의 존재를 인지한 듯 그녀를 흘긋 돌아보았다. 머뭇거리는 남자를 대신해 보트리 후작이 상황을 정리했다.

"예비 신부 앞에서 할 이야기는 아니군."

보트리 후작이 에스텔라를 돌아보며 상냥한 음성을 냈다.

"약혼을 다시 한번 축하합니다, 에스텔라 양. 디에고의 가족이면 나의 가족이기도 하니 어려운 일이 있으면 보트리 후작가를 찾아오세요."

깔끔하게 대화를 끝낸 보트리 후작이 남자와 함께 멀어졌다. 에스텔라와 약간의 거리를 두고 나서야 그들은 멈췄던 대화를 주고받기 시작했다. 보트리 후작이 의도했던 대로 에스텔라는 그들의 이야기를 훔쳐 듣지 못했다.

그러나 에스텔라는 좀처럼 그 자리를 떠나지 못했다. 해소되지 않은 의문이 그녀의 발목을 붙들었던 탓이다. 문득 갑작스러운 부름을 받고 사라졌던 디에고가 떠올랐다. 에스텔라는 제자리에 멍하니 서 멀어지는 보트리 후작을 응시하기만 했다.

⚜

　　결국 보트리 후작은 급한 볼일이 생겼다며 귀가 의사를 전해 왔다. 가문의 책임자란 다망한 법이었으므로 다른 객들은 보트리 후작의 부재를 크게 신경 쓰지 않았다. 그의 빈자리에 내내 신경을 곤두세운 건 에스텔라뿐이었다.

　　에스텔라는 디에고 역시 피로연장으로 돌아오지 않으리라고 생각했다. 본능적으로 보트리 후작과 디에고가 자리를 비운 이유가 같으리라 예상한 탓이다. 그러나 디에고는 머지않아 다시 연회장으로 들어서더니, 오늘 아침과 크게 달라지지 않은 태도로 접객을 이어 나갔다.

　　그가 자리를 비웠던 건 다른 이유 때문이었을까. 아니면 주최자로서의 책임감이 그의 발목을 붙든 걸까. 어느 쪽이든 에스텔라는 확신할 수 없었다. 디에고를 잘 알게 되었다고 생각할 때마다 그는 그녀의 예상을 빗겨 가곤 했다.

　　피로연은 늦은 밤이 되어서야 마무리되었다. 에스텔라와 디에고는 지친 몸을 이끌고 침실로 돌아갔다. 에스텔라는 아침과 비교해 눈에 띄게 말수가 적어져 있었지만, 이를 피로 때문이라 생각한 디에고는 그녀에게 푹 쉬란 말만을 전했다.

에스텔라는 그와 헤어져 제 방으로 들어갔다. 불편했던 드레스를 벗고 잠옷으로 갈아입었는데도 기분은 나아지지 않았다. 외려 불편한 상상은 밤이 깊어질수록 무게를 더해 갔다.

속이 더부룩했던 탓에 에스텔라는 침대에 눕는 대신 소파에 앉았다. 굳이 두 다리를 의자 위에 올리고는 몸을 작게 말았다. 팔등에 얼굴을 묻은 에스텔라가 스스로에게 주지하듯 말했다.

"그는 확신할 수 없었을 뿐이야."

안나는 무서운 사람이었다. 그녀가 살아 있다는 사실 자체가 디에고에게 불안이 된다는 것을 에스텔라도 모르지 않았다.

만일 디에고가 안나를 깔끔히 처리하고자 했다면 에스텔라는 말릴 자격이 없었다. 에스텔라도 안나가 달라질 수 있는 사람이라고 생각하지는 않았으니까. 마찬가지의 이유로 전대 베르타 공작의 죽음 역시도 묻어 두지 않았던가. 권력이 전복된 상태에서 저를 위협했던 상대에게 보복할 마음을 품는 건 어쩔 수 없는 일이 아닐까.

그러나 에스텔라는 좀처럼 어지러운 생각을 정리할 수 없었다. 이건 실망과는 다른 종류의 감정이었다. 그라는 사람이 싫어졌다기보다는, 도리어 그가…….

뒤에서 들려온 문소리에 에스텔라의 몸이 움찔했다. 에스텔라는 반사적으로 고개를 돌려 뒤편을 응시했다. 이곳은 공작 부인의 침실이었으므로 당연히 공작의 방과 연결된 통로가 있었다. 다만 디에고와 제가 허락도 구하지 않고 왕래할 만큼 막역한 사이는 아니었던지라 거의 존재를 잊고 지냈었다. 한데 디에고가 바로 그 문을 통해 난입한 것이다.

딱히 남에게 내보이지 못할 상태였던 것도 아닌데 에스텔라는 몹시 당황했다. 에스텔라가 주춤 몸을 일으키며 소리쳤다.

"노크도 안 하시고……!"

"했는데요, 세 번이나."

디에고가 어딘지 뚱한 음성으로 대답했다. 그의 왼손엔 와인 병이, 오른손엔 잔 두 개가 들려 있었다. 디에고가 발을 뻗어 건성으로 문을 닫았다. 그러고는 얼어 있는 에스텔라를 향해 천천히 걸어왔다. 그가 테이블에 술을 내려놓으며 말했다.

"자축의 의미로 술이나 한잔할까 했습니다."

그가 테이블 너머로 흘긋 에스텔라의 얼굴을 넘겨보았다. 그가 멋대로 건너편에 앉으며 말했다.

"문이 잠겨 있으면 그냥 뒤돌아섰을 겁니다."

"……잠가 두는 걸 잊었어요. 정신이 없어서요."

"그런 것 같아 보이긴 하네요. 꼭 유령이라도 본 사람처럼 놀라던데."

에스텔라는 말없이 얼굴 앞으로 넘어왔던 머리카락을 쓸어 넘겼다. 그러고는 도로 제자리에 주저앉았다.

디에고는 술병을 들어 코르크 마개에 오프너를 끼워 넣었다. 곧 작은 소음과 함께 옅은 알코올 냄새가 번져 나갔다. 디에고가 지나가듯 말했다.

"아까부터 표정이 이상하던데요."

에스텔라는 입을 다문 채 침묵했다. 그와 대화하고 싶지 않았다기보단 아예 목소리를 낼 의지가 들지 않았다. 대답을 기대하고 한 말은 아닌 듯 그는 알아서 잔에 술을 채웠다. 짙은 자줏빛 와인이 유리벽에 부딪쳤다. 디에고가 에스텔라 쪽을 흘긋 넘겨보며 물었다.

"한 잔 정도는 할 수 있죠?"

"……네."

맨정신으론 대화가 쉽지 않을 것 같았다. 술병을 내려놓은 디에고가 잔을 에스텔라 쪽으로 밀어주었다. 에스텔라는 그것을 들어 그대로 한 모금 삼켰다. 달달한 맛이길 기대했는데 텁텁한 쓴맛과 함께 입술이 말라 왔다. 에스텔라는 무의식적으로 아랫입술을 물어뜯었다. 어쩌면 술은 질 나쁜 회피에 불과했는지도 모르겠다.

에스텔라가 한숨과 함께 입을 열었다.

"죄송해요, 조금 심란한 소식을 들어서요."

"가족들이 급히 내려간다고 하기라도 했습니까? 하룻밤 더 묵고 가는 줄 알았는데요."

"그런 게 아니라……."

에스텔라는 좀처럼 말을 잇지 못하고 머뭇거렸다. 디에고는 에스텔라가 왜 이러는지 도무지 알 수 없다는 표정이었다.

에스텔라는 그만 마른세수를 했다. 정신은 어느 정도 깨었으나 눈을 가린 손을 치워 내고 싶진 않았다. 에스텔라가 얼굴을 감싼 자세 그대로 들릴 듯 말 듯 한 목소리를 냈다.

"공작님."

"말해요."

"전대 공작 부인은…… 어떻게 되었나요?"

잠깐의 침묵이 스쳤다. 에스텔라는 어쩌면 그가 정말 제 말뜻을 이해하지 못한 게 아니라, 단순히 모른 척한 것인지도 모르겠다는 데 생각이 미쳤다.

이윽고 디에고가 덤덤한 목소리로 대답했다.

"지금쯤 마차로 이동하고 있겠죠. 국경 지대까지 가야 하니 말입니다."

에스텔라는 제 얼굴을 가린 손을 미끄러트렸다. 혀끝이 바싹 말랐다. 에스텔라가 한결 또렷해진 목소리로 물었다.

"전대 공작 부인이 쓰러졌다는 게 정말인가요?"

그러면서도 에스텔라는 차마 그의 얼굴을 마주 보지 못했다. 그의 가슴께 부근에 겨우 시선을 주었을 뿐이다. 디에고는 아무런 미동이 없었다. 잠시 후에야 머리 위에서 그의 목소리가 들려왔다.

"누구에게 들은 이야기입니까?"

"보트리 후작님과 이야기를 나누다가요. 어떤 남자가 와서 수송 중에 쓰러진 여자에 대해 말하는 걸 들었어요."

에스텔라가 솔직히 대답했다. 디에고가 납득했다는 듯 작게 고개를 끄덕였다. 그 외의 다른 설명은 없었다. 방금보다도 긴 침묵이 그들 사이에 놓였다.

에스텔라는 마침내 용기를 내어 고개를 들었다. 그러고는 그에게서 어떠한 답을 찾아내려 필사적으로 그의 얼굴을 살폈다. 그러나 에스텔라는 그와 눈이 마주친 순간 불현듯 깨달았다.

지금 본심을 들킨 건 그가 아니다.

"내가 그 여자를 죽였다고 생각했군요."

디에고의 목소리엔 별다른 감정이 실려 있지 않았다. 그런데도 에스텔라는 그의 표정이 어딘가 이상하다고 생각했다. 그것이 놀라움 때문인지, 아니면 그녀를 향한 실망으로 인한 것인지는 알 수 없었다.

이윽고 그가 자리에서 몸을 일으켰다. 에스텔라는 홀린 듯이 고개를 들어 그의 움직임을 눈으로 좇았다. 디에고는 그녀에게 아니라고 해명하거나, 혹은 긍정의 말을 들려주지 않았다. 그저 말없이 제 방으로 돌아가 버렸을 뿐이다. 그의 잔엔 입 자국조차 남아 있지 않았다.

에스텔라는 망연히 닫힌 문에 시선을 주었다. 지금 무슨 일이 일어난 건지 알 수 없었다. 방금의 대화를 되짚어 봐도 어디서부터 잘못되었는지 짐작되지 않는다.

에스텔라는 멍하니 그가 늘어놓고 간 것들을 한쪽으로 치우다가, 문득 제 몫의 잔을 집어 들었다. 그러고는 재차 술로 혀를 축였다. 분명 독하다 느꼈었던 듯한데 어째서인지 목 뒤로 맹숭맹숭하게 넘어갔다. 술을 전부 비우고 나서야 손을 잘게 떨고 있었다는 사실을 알았다. 에스텔라는 잠시간 잔 안에 남은 붉은 빛 얼룩을 들여다보았다.

순간 에스텔라는 그것을 테이블 위에 내던지듯 내려놓았다. 힘을 이기지 못한 유리잔이 나동그라지는 소리가 들렸지만 아랑곳하지 않고 자리를 박찼다. 에스텔라는 뛰듯이 걸어가 디에고의 방으로 통하는 문을 열어젖혔다.

워낙 넓은 공간인 탓에 안을 단숨에 살필 수는 없었다. 에스텔라는 잠시 후에야 침대 위에서 제가 찾던 사람을 발견했다. 디에고는 미동 없이 침상에 누워 있었다. 오른 팔목으로 제 눈가를 덮은 채였다. 잠들었다기보다는 에스텔라가 찾아올 것을 미리 짐작하고 있었던 기색이었다.

에스텔라는 천천히 걸어 그의 앞으로 가 섰다. 디에고가 잠긴 목소리로 말했다.

"안 따라왔으면 진짜 삐졌을 겁니다."

"공작님, 전……."

에스텔라가 무어라 말하려다가, 그대로 입을 다물었다. 그가 떠나고 머지않아 에스텔라는 본능적으로 깨달았다.

그가 아니었다. 그는 전대 공작 부인에게 아무 짓도 하지 않았다.

디에고는 얼토당토않은 오해를 한 그녀에게 원망을 내뱉지 않았다. 그가 알 수 없는 목소리로 말했다.

"협탁 위에 종이가 하나 있습니다. 한번 읽어 봐요."

에스텔라는 고개를 돌려 협탁 위를 살폈다. 그 위엔 디에고가 말한 대로 종이 한 장이 놓여 있었다. 에스텔라는 떨리는 손으로 그것을 펴 들었다. 첫 글자를 눈에 담자마자 그가 왜 이것을 그녀에게 보여 주려 했는지 알 수 있었다. 이건 의사가 쓴 소견서였다.

에스텔라는 그만 헛웃음을 터트렸다. 크게 웃어 버리고 싶었는데 목에서 나온 건 어딘지 젖은 음성이었다.

"진통제와 술을 함께 복용해서……."

에스텔라가 말문을 잇지 못하고 고개를 떨구었다. 에스텔라는 지금까지의 제 망상이 참으로 터무니없게 느껴졌다. 공작 부인은 죽은 게 아니었다. 그저 술과 약을 함께 삼켜 호되게 배앓이를 했을 뿐이다.

깊이 안도함과 동시에 에스텔라는 그만 제 입가를 감쌌다. 디에고에게 달라질 수 있다며 믿음을 지껄여 놓고 사건이 일어나자마자 그부터 의심했다. 애초에 멋대로 답을 정한 상태에서 그를 몰아붙였던 거다. 제가 그에게 무슨 짓을 한 건지 믿어지지 않았다.

조용해진 에스텔라를 대신해 디에고가 입을 열었다.

"나한테 졌으니 배가 좀 아팠을 거고, 맨정신으로 있기도 힘들었을 거고. 그렇게 된 일입니다."

"공작님, 제가…….."

"그걸 들고 당신 방으로 돌아가려다, 그런 내가 머저리처럼 느껴져서 관뒀어요."

디에고가 덤덤한 음성으로 말을 맺었다. 여전히 얼굴이 가려져 있었던 탓에 그의 표정을 짐작할 수는 없었다. 에스텔라가 어쩔 줄 몰라 하며 사과했다.

"죄송해요, 이런 오해를…….."

"화 안 났습니다. 나라도 당신처럼 생각했을 거예요. 아마 그 여자도 쓰러진 순간 내가 뒤통수를 쳤구나 싶었겠죠. 약은 자기 손으로 먹었으면서."

그리 말하며 디에고가 어이없다는 양 피식거렸다. 그가 이어 회한이 담긴 투로 읊조렸다.

"내 인생에서 이런 멍청한 결단을 내리게 될 줄은 나도 몰랐습니다."

마침내 그가 눈을 가렸던 팔을 치워 냈다. 그의 눈동자에 천천히 초점이 돌아왔다. 디에고가 고개를 돌려 에스텔라를 물끄러미 올려다보았다.

"심통이 난 이유는…….."

그는 이상하게 미간을 찌푸리고 있었다. 이런 이야기를 하는 스스로를 어색해하는 기색이었다. 그가 한숨처럼 다음 말을 내뱉었다.

"당신이 날 믿어 줬기 때문에 한 선택이었으니까."

"…….."

"당신은 내가…… 달라질 수 있다고 말해 줬었잖아요."

에스텔라는 그만 왈칵 눈물을 쏟아 낼 뻔했다. 그녀는 그대로 바닥에 무릎을 굽힌 채 주저앉았다. 울고 싶지 않았으나 몸은 제 의지와 다르게 움직였다. 에스텔라는 양다리를 끌어안은 채 잠옷 밑단에 눈물을 훔쳤다. 그러나 아무리 닦고 또 닦아 내도 시야는 도통 맑아지지 않았다. 분명한 발음으로 말하고 싶은데 자꾸만 혀가 허물어졌다.

에스텔라가 다급히 갈라진 음성을 냈다.

"죄송해요. 죄송해요, 공작님."

"미스 마거릿이 미안해할 일은 아닐 텐데요."

"아니요, 제가…… 멋대로 공작님이 달라지지 않았다고 생각했어요. 그동안 공작님께 드렸던 말들이 아무 의미도 없었다고 생각하니 갑자기 허무해져서……. 저, 전…… 어차피 변할 수 없다면, 제가 공작님의 손을 잡은 의미는 뭘까 하고……."

"내가 어지간히 못 미더웠나 보군요."

에스텔라는 황급히 고개를 내저었다.

"그런 게 아니에요. 전 그, 그냥, 공작님이 죄를 짓는 게 싫었어요."

"왜요, 내가 아이들마저도 죽여 버릴까 봐?"

디에고가 조용한 목소리로 물었다. 따지려 드는 기색은 아니었다. 오히려 짓궂은 농담에 가까웠다. 그러나 에스텔라는 엉엉 울음을 터트리고 말았다. 분명 모든 것이 잘 해결되었는데 북받치는 눈물을 참을 수 없었다. 억지로 숨겼던 동요가 봇물 터지듯 눈을 비집고 나왔다. 그녀가 온통 빨갛게 달아오른 코끝을 연신 훔치며 말했다.

"다, 당신이…… 마음에 짐을 안고 살까 봐."

공작 부인의 생존을 신경 썼던 이유는 그 여자를 걱정했기 때문이 아니었다. 차라리 그녀가 노상에서 강도라도 만났더라면 하늘이 벌을 내렸다며 통쾌히 생각했을지도 모른다. 전대 공작 부인의 죽음이 에스텔라에게 큰 의미가 될 수 있었던 것은, 그것이 곧 디에고에게도 큰 의미가 되기 때문이었다.

당신이 그 사람으로 인해 또 죄를 지을까 봐. 당신의 손에 피를 묻히기가 싫었던 이기적인 마음에.

"공작, 님이라고 아, 아버지를 죽인 게, 흐……. 저, 정말 아무렇지 않지는 않았잖아요. 패, 패륜아라고…… 모욕적인 이름으로 당신을 낮춰 불렀잖아. 그런 일을 겪지 않을 수 있는 환경이었으면, 당연히 그러지 않았을 거잖아요……."

"……."

"당신이…… 늘 죄지은 사람처럼 동생들을 보는 걸 알아요. 늘 과거를 되짚으면서 살 걸 아는데, 내가 어떻게…… 어떻게 당신의 복수에 아무렇지 않을 수 있겠어……."

애석하게도 에스텔라는 삶에서 가족을 모두 지워 낸 디에고가 어떻게 살아가는지 알았다. 디에고에게 미래란 자신이 쟁취해 낸 보상이 아닌 속죄의 수단이었다. 그는 사랑을 믿지 않았고 아이를 낳아 제 핏줄을 잇기를 거부했다. 그가 죽인 사람들의 기억이 늘 그의 발걸음에 매달려 있었다. 이야기 속의 디에고는 꼭 모두에게 상처 주고 싶어 하는 것처럼 굴었지만, 사실 그가 가장 크게 할퀴었던 상대는 다름 아닌 그 본인이었다.

"진짜 악당처럼 속 시원하게 잊어버릴 것도 아니면서, 계속 자길 죄인이라고 생각할 거면서……."

에스텔라가 헐떡이며 속에 고인 말을 쏟아 냈다. 이윽고 흐느낌과 함께 에스텔라의 말소리가 잦아들었다. 디에고는 볼썽사납게 떨리는 에스텔라의 어깨를 형용할 수 없는 심정으로 내려다보았다.

그는 저도 모르게 에스텔라에게로 팔을 뻗었다. 그녀의 머리를 쓸어 넘기려다가, 그대로 더 손을 아래쪽으로 내렸다. 잠시 주춤하다가는 에스텔라의 눈가에 고인 눈물을 쓸었다. 디에고가 제 손끝에 묻어 나온 물기를 보며 허탈한 목소리로 중얼거렸다.

"왜 당신이 웁니까."

에스텔라는 얼룩진 제 치맛단을 들어 다시 얼굴을 닦아 냈다. 에스텔라가 잔뜩 부은 눈으로 디에고를 보았다. 에스텔라가 입술을 떨며 물었다.

"공작님은 왜 안 우세요?"

"……"

"너무 눈물을 잘 참으니까……. 저도 공작님이 괜찮은 줄 알 뻔했어요. 정말 피도 눈물도 없는 사람이라고……."

그리 말하며 에스텔라가 떨리는 손을 뻗어 침대 밖으로 빠져나온 그의 손을 감쌌다. 그에 디에고는 무심코 몸을 뒤로 빼려다 말고 멈칫했다. 그녀에게 단단히 붙들리고 만 탓이었다.

에스텔라가 억지로 미소를 떠올렸다. 입꼬리를 아주 미세하게 끌어 올린 데 불과했으나, 어차피 엉망이 된 얼굴로 환히 웃어 봤자 어울리지 않을 것이었다. 에스텔라가 그대로 몸을 일으키며 다짐하듯 말했다.

"이제 안 그럴게요."

눈앞이 흐려 에스텔라는 디에고의 표정을 잘 볼 수 없었다. 반면 디에고의 얼굴엔 물기 하나 없었고, 동시에 그가 보이는 태도 역시 건조하기 그지없었다. 디에고가 가만히 말했다.

"난 당신이 그렇게까지 신뢰할 필요가 없는 사람이에요. 만일 그 여자가 다시 날 위협하려 한다면, 난 결국 그녀를 죽이고 말 겁니다."

"그렇게 하세요."

"당신이 나에 대한 믿음을 버린다고 해도 상관없어요."

"그럴 일은 없을걸요."

디에고의 목젖이 꿈틀했다. 디에고가 에스텔라의 팔을 잡아당겼다. 생각지 못한 강한 힘에 에스텔라가 얼떨결에 그에게로 끌려갔다. 에스텔라는 삽시간에 디에고의 옆에 몸을 누이게 되었다.

에스텔라가 상황을 파악하기도 전, 그는 옆에 던져두었던 이불을 끌어왔다. 얇은 흰 천이 풀썩 그녀의 몸 위로 떨어졌다. 갑작스레 뒤바뀐 시야에 영 정신이 없었다. 에스텔라는 얼굴을 가린 천을 띄워 겨우 호흡할 공간을 확보했다. 에스텔라는 그대로 그것을 걷어 내려 했으나 이내 손을 멈추고 말았다.

그들은 같은 침대 위에 있었고, 에스텔라가 이불 속을 헤쳐 발견한 것도 다름 아닌 디에고의 얼굴이었다. 좁다란 곳에 숨고서야 그의 얼굴에서 가면이 사라졌다. 디에고는 몹시 음울한 표정을 짓고 있었다.

그가 말했다.

"난 지금 위로가 필요해요."

디에고가 에스텔라의 손을 당겨 제 얼굴을 감싸게 했다. 에스텔라는 손끝을 움츠렸지만 그에게서 도망치진 않았다. 그의 시선이 곧장 에스텔라를 향했다.

디에고는 어울리지 않게 조심스러운 태도로 에스텔라에게 손을 뻗었다. 디에고의 엄지 끝이 에스텔라의 아랫입술을 문댔다. 그는 그 분홍빛 살이 일그러지는 모습을 오래도록 눈에 담았다.

"……키스해도 됩니까?"

디에고가 잠긴 목소리로 물었다. 그의 눈동자에 여러 감정이 일렁였다.

에스텔라는 잠시 머뭇거리다가, 이내 미세하게 고개를 끄덕였다. 디에고가 그대로 고개를 기울여 에스텔라의 입술을 물었다. 에스텔라의 얼굴이 아직 눈물로 젖어 있었던 탓에 그녀와의 키스에서는 짠맛이 났다. 익숙한 향취였다.

디에고는 마음 놓고 그 슬픔 속을 유영했다.

～✿～

"부인께서는 내가 당신을 죽일 거라고 생각하셨을 겁니다."

디에고의 말에 안나가 몸을 움찔했다. 그녀는 디에고가 자신을 비웃으러 왔다고만 생각했지, 이토록 단도직입적으로 저를 떠보려 할 줄은 몰랐다. 어차피 자신은 그의 목적대로 추방령을 선고받았는데 또 무슨 일을 벌이려는 걸까.

의도를 알 수 없었으므로 안나는 긴장을 늦추지 않았다. 마차 바로 밖에서 누군가가 이야기를 훔쳐 듣고 있을지도 모르는 일이다. 안나는 자진해서 제 죄목을 늘리는 멍청한 짓을 벌일 생각이 없었다. 그녀가 짐짓 무슨 소리냐는 투로 되물었다.

"무슨 소리니?"

"당연히 저 역시 그런 고민을 하기도 했고요."

안나의 반응은 아무래도 상관없다는 것처럼 디에고가 태연히 말을 이었다. 그녀의 속내를 뻔히 알고 있다는 투였다. 확실히 그에겐 그런 오만한 말을 뱉을 자격이 있었다.

디에고는 여유로운 태도로 품속에서 종이를 하나 꺼내 들었다. 겉면에 박힌 인장을 확인한 안나의 얼굴이 일그러졌다. 그녀의 유언장이었다.

안나는 주먹을 느리게 말아 쥐었다. 여기서 모른 척해 봐야 아무런 소용이 없을 것이다. 한결 수그러든 안나의 태도에 디에고가 만족했다는 듯 유언장을 오른편에 내려놓았다. 어차피 마주 앉은 두 사람 모두 그 안에 무엇이 적혀 있는지 알고 있었다. 굳이 익숙한 줄글을 읊어 시간을 낭비할 필요는 없었다.

디에고가 양손을 깍지 끼며 말했다.

"공들인 계획에 초를 쳐 미안하지만, 난 당신을 죽이지 않을 겁니다."

"뭐?"

안나가 놀란 목소리로 되물었다. 죽음을 예감하고 대비를 해 오긴 했지만, 그녀라고 제 목숨을 버리는 일이 달가울 리는 없었다. 그런데 디에고가 대뜸 그녀를 살려 주겠다고 선언한 것이다. 도무지 의도를 알 수 없었다.

혹여 그녀가 쓴 유언장을 보고 섣불리 건드릴 수 없다고 판단한 걸까.

그러나 유언장이 디에고의 손에 들어갔다는 것은 곧 안나의 사람이 그녀를 배신했다는 사실을 의미했다. 감추고 숨기면 그뿐, 디에고가 생각을 바꿀 이유가 당최 무엇이란 말인가. 디에고가 안나의 의문에 답하듯 말했다.

"우선 확실히 하자면, 내가 당신에게 손대지 않는 건 당신이 이런 같잖은 일을 벌였기 때문이 아닙니다."

"……나에게 원하는 게 있나?"

안나가 기민하게 되물었다. 디에고는 이제야 대화가 좀 통한다는 듯한 표정을 지었다. 디에고가 담백한 투로 설명했다.

"간단합니다. 이대로 아래 지방으로 내려가 쥐 죽은 듯이 살아요. 그렇게만 하면 부인을 건드리지 않겠습니다. 부인께서 낳은 아이들까지도 안전할 겁니다."

"그게…… 전부라고?"

"물론 대단히 부유한 생활은 아닐 겁니다. 공작 부인이었던 때처럼 살수를 고용하는 데 큰돈을 쓸 수는 없겠죠. 주어지는 예산을 모은다 한들 저택의 방범을 뚫을 수 없는 수준인 데다, 그 전에 본인이 굶어 죽을 테니까."

디에고가 비꼬듯이 말을 맺었다. 안나는 도무지 정신을 차릴 수 없었다. 저를 대하는 태도를 봐서는 그들 사이의 악감정이 사라진 것도 아니었다. 안나도 제가 디에고에게 저질러 왔던 짓들의 경중을 모르지 않았다. 디에고는 평생 그녀를 용서할 수 없을 것이다. 그녀조차 그에게 용서받길 바라지 않았으므로.

안나가 충동적으로 내뱉었다.

"후회할 거다."

"그런가요."

"날 죽이지 않은 걸 반드시 후회할 거야."

디에고의 태연한 태도에 안나가 다급히 말했다. 죽음이 달가워 그를 도발하는 게 아니었다. 디에고의 선택은 도무지 이해되지 않는, 그야말로 불합리의 영역에 있었다.

그동안 안나와 디에고는 서로가 납득할 수 있는 수를 써 왔다. 오로지 각자의 위치를 보전하기 위해서 말이다. 그렇기에 그들은 더없이 증오스럽되, 동시에 서로를 온전히 이해할 수 있는 사이였다.

디에고의 변심 앞에서 안나는 처음으로 혼란에 젖었다. 그녀가 떨리는 목소리로 물었다.

"내게 이러는 이유가 뭐야?"

디에고는 잠시 침묵했다. 그는 안나를 보는 대신 고개를 돌려 창가에 시선을 주었다. 밖이 모두 커튼으로 가려져 있어 딱히 머릿속을 환기할 수는 없었다. 그러나 디에고는 이미 결정을 내렸고, 그것을 입 밖으로 내는 일은 그다지 어렵지 않았다.

디에고는 다시 정면으로 고개를 되돌렸다. 그가 안나를 똑바로 응시하며 말했다.

"당신이 지난번 내게 말했지. 난 정상인처럼 살 수 없다고. 이 저주받은 집안에서 가장 추악한 인간이 나라고 말이야."

그날의 디에고는 안나의 말에 기꺼이 동의했었다. 그는 아버지를 죽이기로 선택했고 이를 실행에 옮김으로써 정상적인 사람의 축에서 완전히 멀어졌다.

디에고는 아버지의 심장을 찌르던 감각을 추억할 수 있는 사람이었다. 더욱이 그 순간 그가 느꼈던 것은 죄의식이 아닌 희열과 해방감이다. 그런 그에게 추악하다는 수식이 가 붙어도 크게 이상하진 않았다.

죗값이라는 게 존재한다면 그는 얼마만큼의 무게를 짊어져야 할까.

세간에는 돌이킬 수 없는 강을 건넜다는 말이 존재한다. 그것은 정확히 디에고를 가리키는 설명이기도 했다. 그래서 디에고는 이따금 생각했다. 어차피 되돌아갈 수 없는 지점에 선 거라면 차라리 모른 척

앞으로 나아가는 편이 낫지 않은가.

　그러나 틀렸다. 인생에는 하나가 아닌 여러 개의 강이 존재했다. 그리고 이쯤에서 발을 멈출지, 눈을 감고 더욱 깊은 수심을 건널지는 그가 선택할 문제였다.

　그는 달라지고 싶었다. 아니, 적어도 더 나빠지고 싶지는 않았다. 그 차이를 누군가 그에게 일러 주었다.

　"당신 말이 틀렸어. 난 아버지와 다르게 살 거야."

　디에고는 그대로 안나의 유언장을 바닥에 내던졌다. 그가 구둣발로 그것을 짓밟으며 후련한 음성으로 말했다.

　"그러니 당신은 평생 지난 선택을 후회하면서 살아."

4. 종이 인간들의 사정

새 안주인이 찾아든 후 베르타가에는 가문 안팎으로 많은 바람이 불었다. 엄밀히 말해 에스텔라는 약혼자 신분에 불과했지만, 안주인의 부재는 여러 일을 성가시게 만들었으므로 사용인들은 속 편히 그녀를 마님으로 취급했다. 그들은 승인이 필요한 일이 있을 때마다 에스텔라를 찾아와 허락을 구하곤 했다. 덕분에 처음엔 디에고에게 일일이 의견을 묻던 에스텔라도 결국 알아서 인가를 내주는 지경에 이르렀다.

정식 혼인 이전부터 가문을 휘어잡았다는 이유로 에스텔라의 입지는 나날이 단단해져만 갔다. 디에고가 머지않아 에스텔라에게 질릴 것이라며 파혼을 점치던 이들의 입이 쏙 들어갔음은 당연한 바다. 그리고 집사와 기타 사용인들, 가신 무리와 심지어는 에스텔라까지 공통으로 느낀 또 다른 변화가 있었다.

공작님의 웃음이 헤퍼졌다.

"요즘 좋은 일 있으세요? 왜 자꾸 웃으세요?"

에스텔라가 디에고를 보며 미심쩍은 투로 물었다. 디에고가 서류에서 시선을 떼어 내며 고개를 들었다. 의심스러운 표정의 에스텔라가 문가에 발을 걸치고 서 있었다. 그가 반사적으로 제 입 주변을 문지르며 되물었다.

"내가 웃고 있었습니까?"

심지어 본인은 자기가 무슨 표정을 짓고 있는 줄도 모른다. 에스텔라는 다소 황당한 기분이 되었다. 안 그러던 사람이 시시때때로 웃음을 흘리고 다니니 주변 사람들은 괜히 불안해졌다.

에스텔라가 안으로 걸어 들어가며 지적했다.

"사람이 안 하던 짓을 하면 엉덩이에 뿔이 난대요."

"난 기분도 좋으면 안 됩니까?"

디에고가 어이없다는 듯 대꾸했다. 에스텔라는 의심을 견지한 태도로 잠시 그를 응시했다. 딱히 다른 수를 꾸미는 기색은 없어 보였다. 하기야 바람 잘 날 없던 저택에 처음으로 평화가 찾아왔으니 디에고가 후련해할 만도 했다. 알아서 납득을 마친 에스텔라가 들고 온 서류를 내밀었다.

"공사 견적이에요. 정원사가 후문 쪽을 개보수하겠다고 보고해서 그러라고 했어요."

종이 위를 건성으로 살핀 디에고가 그것을 도로 에스텔라에게 내밀었다.

"이런 건 일일이 말 안 해도 됩니다."

"공작님 집인데 뒤뜰에 공사가 있을 거란 사실 정도는 아셔야죠."

"방문할 때마다 인테리어가 뒤바뀌는 별장이 열 개도 넘습니다. 난 공사 후의 완성도만 신경 써요."

베르타가의 안주인 행세를 하며 에스텔라는 때때로 불공평한 세상에 대한 환멸을 느끼곤 했다. 누렇게 변한 벽지를 보면서도 좀처럼 시공일을 잡지 못하는 서민의 마음을 이 남자가 알까. 에스텔라가 어깨의 힘을 빼며 작은 한숨을 내쉬었다.

"분수대를 새로 놓을 예정이라 소음이 좀 심할 거라고 했어요. 업무에 참고하시라고요."

"세드릭의 늦잠에 비상이 걸렸군요."

디에고가 웃음기 어린 목소리로 대답했다. 어딘지 고소해하는 듯한 얼굴이었다.

에스텔라는 세드릭과 디에고가 화해한 이후로도 때때로 이 성질 나쁜 형제의 우애를 의심하곤 했다. 디에고의 말대로 세드릭은 아마 공사 기간 내내 퀭한 눈으로 돌아다니게 될 것이다. 세실리아도 늦게 일어나는 편이긴 했지만 체질에 맞게 잠귀가 어두웠다.

평소라면 이쯤에서 돌아섰을 터이나 에스텔라에겐 더 보고할 거리가 남아 있었다. 에스텔라의 체류가 길어질 태세이자 디에고는 책상 위에 다리를 올렸다. 자연스럽게 등받이에 등을 파묻은 그가 오른 다리를 왼 다리 위로 꼬았다.

에스텔라는 그의 매끈한 발목을 한번 걷어차 보고 싶은 소소한 충동을 느꼈다. 엉겁결에 실무에 뛰어들기 시작하고 일주일 만에 일어난 변화였다. 에스텔라가 내색하지 않고 다음 서류를 내밀었다.

"이건 이번 달 예산 정리한 겁니다."

그것을 받아 든 디에고가 만족스럽다는 듯 느른한 미소를 지었다. 그가 종잇장 너머로 에스텔라를 올려다보며 말했다.

"이런 인재를 왜 가정 교사로 낭비했나 모르겠군요."

"그보다 유능할 수가 없었죠. 오늘 오후에 가정 교사 면접이 있을 예정이니 와서 보시려면 보세요."

"또 그만둔 겁니까?"

"그냥 눈 딱 감고 애들을 아카데미에 보내는 게 어떨까요?"

에스텔라가 기대하는 눈으로 디에고를 보며 물었다. 제가 직접 가르칠 수도 없는 상황인데 찾아오는 가정 교사마다 일주일을 채 버티지 못했다. 에스텔라는 슬슬 이 지긋지긋한 인사 면접을 그만두고 싶었다. 이력서를 살피는 일이 지겨워져서는 아니었다. 애초에 그만큼의 지원자가 없었으니까.

안 그래도 몇 안 되는 지원자의 대다수가 교육계에서 베르타 가문이 어떤 위명을 갖는지 모르는 뜨내기들이었다. 그들이 에스텔라를 거치며 눈이 높아진 아이들의 변죽을 감당해 냈을 리 없다.

특히 세실리아는 새로 온 선생님들과는 말도 섞지 않았다. 에스텔라 개인으로서는 감동적인 일이었으나 보호자 입장에선 큰 고민거리였다. 어쨌든 지식과 사회성은 골고루 키워져야 하는 법이다. 그런 면에서 다 같이 생활하는 단체 생활은 좋은 기회가 될지도 몰랐다.

"······그건 최후통첩으로 하죠."

그러나 정작 결정권자인 디에고는 크게 내켜 하지 않는 기색이었다. 그가 무슨 마음인지 대강 알 것 같았기에 에스텔라도 두 번 권하진 않았다. 디에고와 아이들이 서로를 보통의 남매처럼 인식하게 된 지 얼마 되지도 않았다. 그로서는 아이들을 멀리 보내 또 거리를 벌리고 싶지 않을 터였다.

에스텔라가 잠자코 고개를 끄덕일 때였다. 그가 대수롭지 않은 목소리로 폭탄을 던졌다.

"이쯤 했으면 대강 적응도 끝난 것 같은데, 진짜 결혼식은 언제 올리는 게 낫겠습니까?"

"······네?"

에스텔라가 황당한 표정을 지으며 곧바로 되물었다.

"저희 일주일 전에 약혼하지 않았나요?"

"결혼을 전제로 말이죠."

디에고가 기다렸다는 듯 대답했다. 에스텔라는 벌써부터 지끈거리기 시작한 관자놀이를 꾹꾹 눌렀다.

"약혼의 정의는 저도 알아요. 하지만 본식 날짜를 잡기엔 너무 이르니까요."

"보통은 결혼식 날짜부터 잡아 놓고 몇 개월 전에 하는 게 약혼식입니다. 순서가 한참 잘못돼도 잘못됐지."

"귀족들은 미리 짝을 정해 놓고 한참 뒤에 결혼하잖아요!"

"우린 미성년자가 아니잖습니까?"

어쩜 논리에 허점이 하나도 없었다. 유난한 반응을 보이는 에스텔라가 이상하게 느껴질 정도로 말이다.

에스텔라는 말문이 막혀 그만 입만 뻐끔대었다. 저만 결혼을 종용하는 상황이 지속되자 디에고도 슬슬 짜증이 인 듯했다. 그가 인상을 찌푸리며 물었다.

"대체 뭐가 문제인데요?"

"그, 그······ 공작님과 했던 내기는 아직 유효해요!"

에스텔라는 제 임기응변이 생각보다 쓸 만한 수준이라는 걸 알게 되었다. 에스텔라가 회심의 미소를 지으며 덧붙였다.

"'석 달 안에 다른 여자에게 빠지지 않아야 한다'는 조항, 기억하시죠?"

"그게 대체······."

디에고가 험악한 목소리로 따지고 들려다 말고 멈칫했다. 무슨 말도 안 되는 소리를 하나 했는데 그녀가 뱉은 문장이 어딘지 익숙하게 느껴졌다. 디에고는 잠시 후에야 그것이 제가 처음 청혼했을 당시 그녀가 내걸었던 조건이라는 걸 기억해 냈다.

한참 전부터 그의 안중에도 없었던, 저따위 말도 안 되는 내기를 아직까지 속에 담아 두고 있을 줄은 몰랐다. 디에고가 어처구니없다는 듯한 기색으로 물었다.

"그게 대체 무슨 의미가 있습니까?"

그렇게 물으면 에스텔라로서도 딱히 할 말이 없었다. 그녀도 이 내기를 장기적인 대책으로 여기는 건 아니었기 때문이다.

에스텔라는 슬슬 깨달아 가고 있었다. 디에고와 아드리아나가 사랑에 빠질 가능성이 점점 요원해져 가고 있다는 사실을.

여주인공은 외가에서의 비혼 생활이 목표였고 남주인공은 그런 여주인공에게 개미 눈곱만큼도 관심이 없었다. 아드리아나가 성인이 되는 다음 연도까지 다섯 번쯤 만나면 많이 만난 거겠다 싶을 정도였다. 아드리아나가 그대로 고향으로 내려가 버리면 영원히 안 보고 지내는 일도 가능할 것이다.

"난 왜 내가 지금 매달리는 것처럼 굴어야 하는지 모르겠는데요."

디에고가 인상을 찌푸리며 말했다. 확실히 에스텔라에게 반복해 거절당하는 건 디에고로서도 자존심 상하는 일일 것이다. 슬슬 이쯤에서 화제를 바꿔 줬으면 좋겠다 싶어, 에스텔라는 기대 어린 눈으로 디에고를 응시했다.

그러나 디에고의 자의식은 생각보다도 대단했다. 곧장 그가 당당한 태도로 이렇게 물어 온 것이다.

"좋아하는 사람과 결혼하겠다면서요. 그럼 나랑 결혼해야 하는 거 아닙니까?"

"……그건 대체 무슨 말씀이세요?"

에스텔라의 반문에 디에고가 자리에서 몸을 일으켰다. 집무실 책상을 빙 돌아 에스텔라의 앞으로 다가갔다. 그가 팔짱을 끼며 상판에 엉덩이를 기댔다. 그러고는 여유로운 태도로 말했다.

"당신, 나 좋아하죠."

에스텔라는 순간 제 귀를 의심했다. 에스텔라가 천천히 한쪽 눈썹을 세웠다.

"이 무슨 자의식 넘치는 말씀을……?"

"약혼식 날 밤, 나랑 야한 키스 했잖아요."

디에고가 그렇게 말하며 붉은 혀를 날름 내밀었다. 반사적으로 에스텔라의 뺨이 달아올랐다. 에스텔라가 빽 하니 소리쳤다.

"그건 공작님이 시도하신 거고요!"

"그런 것치곤 미스 마거릿도 내 혀를 아주 열심히 빨던데요."

디에고가 빈정거리듯 대꾸했다. 에스텔라는 멍하니 입을 벌린 채 그를 올려다보았다. 위로해 주다가 분위기에 넘어간 것을 가지고 이렇게 덜미를 잡힐 줄은 몰랐다. 상대가 강수를 둔 덕분에 어떻게 해야 이 상황을 빠져나갈지 도무지 갈피가 잡히지 않았다. 에스텔라는 눈앞이 깜깜해지는 걸 느꼈다.

이렇게 인생을 저당 잡힐 수는 없다. 그리 다짐한 에스텔라가 필사적으로 발악했다.

"그, 그깟 입술 좀 비빈 게 무슨 의미라고요!"

에스텔라의 외침에 디에고가 순간 얼빠진 표정이 되었다. 디에고와 에스텔라 사이에 긴 정적이 내려앉았다. 에스텔라는 그만 스스로 생을 마감하고 싶다는 생각이 들었다. 무덤가는 아무도 오가지 못하는 깊은 산속이 좋을 것이다.

"내 약혼자가 정조 없는 여자란 걸 알게 해 줘서 대단히 고맙군요."

디에고가 헛웃음을 지으며 말했다. 어딘지 서늘한 눈초리였다. 불만스러운 눈으로 에스텔라를 노려보던 디에고가 생뚱맞은 질문을 던졌다.

"옛 약혼자랑은 어떤 사이였습니까?"

"가, 갑자기 전 약혼자 얘기는 왜 꺼내세요?"

"이제 당신 애정사에 참견할 자격이 좀 생긴 것 같아서요."

디에고는 에스텔라의 반발에도 아랑곳하지 않고 알아서 다음 질문을 던졌다.

"나보다 잘생겼을 리는 없고. 키는 컸습니까? 아니면 성격이 좋았어요?"

쉴 새 없이 쏟아지는 물음에 에스텔라는 정신을 붙잡을 수 없었다. 착실히 저택 운영을 보고하러 왔던 제가 왜 갑자기 취조를 당하고 있는지 모를 일이었다.

디에고가 에스텔라에게로 얼굴을 기울이며 마침내 본론을 꺼냈다.

"옛 약혼자와도…… 키스해 봤습니까?"

"해 봤어요!"

참지 못한 에스텔라가 벌컥 소리치고는 디에고의 가슴팍을 떠밀었다. 불시의 습격에 디에고가 걸음을 물린 사이 그녀가 문을 박차고 나갔다. 거의 문짝이 떨어져 나갈 듯한 기세였다.

디에고는 얼떨떨한 눈으로 에스텔라가 떠나간 자리를 응시했다. 남겨진 디에고가 설핏 미간을 좁혔다.

"진짜?"

꒰๑◕‿◕๑꒱

"아이고, 머리야!"

"괜찮으세요, 마님?"

고용주에게서 터져 나온 비명에 하녀들이 재빠르게 달라붙었다. 큰 소리를 냈던 에리카 남작 부인이 관자놀이를 문지르며 물러서란 듯 손을 휘휘 내저었다.

눈치를 보던 하녀 중 하나가 바닥에 떨어진 신문을 조심스럽게 집 어 들었다. 방금 에리카 남작 부인이 내동댕이쳤던 바로 그것이었다. 하녀는 조심스럽게 조간신문을 접어 테이블 위에 올려놓았다. 그러나 위를 향한 게 에리카 남작 부인이 분노한 바로 그 지면이었던 탓에 신 음은 더욱 짙어지고 말았다.

"괜찮을 리가 있어! 아이고, 이게 다 무슨 망신이야 대체. 이게……."

죽는 시늉을 하던 에리카 남작 부인이 신문 속 기사를 째려보았다. 거리가 있어 작은 글씨까지 눈에 들어오진 않았지만, 대서특필된 제 목을 읽는 것만으로 그녀는 속이 타들어 가는 기분을 느꼈다.

[젊은 베르타 공작의 피앙세 '에스텔라 마거릿 몬티엘', 그녀는 누구?]

자극적인 대문 아래로는 에스텔라의 나이와 고향, 이력 등이 상세히 적혀 있었다. 꽤 사전 조사를 열심히 한 것인지 사실과 크게 다른 부분은 없었다. 심지어 기자는 에스텔라의 옛 약혼자마저도 정확하게 짚어 냈다.

바로 에리카 남작 부인의 둘째 아들, 로렌소 알테 에리카를 말이다.

"저 계집애가 구직이니 뭐니 하면서 우리한테 물을 먹이더라니만. 마지막까지 내 아들을 우습게 만들어!"

에리카 남작 부인은 씩씩거리다 말고 고개를 숙였다. 얼굴에 열이 가득 올라 도무지 정신을 차릴 수가 없었다. 에리카 남작 부인은 이마에 손을 짚은 채 연신 숨을 몰아쉬었다. 하녀들은 황급히 준비했던 얼음물을 내밀었다. 한 모금을 삼킨 에리카 남작 부인이 그대로 인상을 찌푸렸다.

"너무 차잖아!"

그녀가 신경질적으로 유리잔을 밀어 냈다. 테이블 위로 물이 엎질러진 것과 동시에 방문이 열렸다. 문 사이로 등장한 누군가를 본 하녀들의 얼굴이 급격히 밝아졌다. 마님을 진정시킬 수 있는 몇 안 되는 존재인 로렌소가 등장한 것이다. 몰래 빠져나가 로렌소를 불렀던 하녀가 으스대듯 어깨를 으쓱였다. 온화한 성격의 둘째 도련님은 종종 하녀들을 곤경에서 구해 주곤 했다.

"어머니."

로렌소의 목소리에 에리카 남작 부인이 고개를 들었다. 그녀가 거의 울먹거리며 소리쳤다.

"내 아들!"

로렌소는 안으로 걸어 들어오다 말고 엉망이 된 테이블을 살폈다.

나동그라진 잔이 테이블의 모서리 근처에 아슬아슬하게 걸쳐져 있었다. 그 옆으로는 잔뜩 물을 먹은 신문이 놓인 채였다. 습기 때문에 종이가 주름진 상태였지만 내용을 알아보는 데는 큰 문제가 없었다.

기사의 헤드라인을 읽은 로렌소의 입가가 얼핏 굳었다. 에리카 남작 부인이 타이밍 좋게 소리쳤다.

"에스텔라, 그 계집애 소식 들었니? 세상에, 공작님과 약혼을 하셨단다!"

"……네, 들었습니다."

"쟤 정말 미친 거 아니니? 이렇게 되면 우리 가문 꼴이 얼마나 우스워지는지 몰라서 저러나 싶어!"

어머니의 분노에도 불구하고 로렌소는 이렇다 할 반응이 없었다. 다만 조용히 에리카 남작 부인의 건너편으로 가 앉았을 뿐이다. 칠색 팔색을 하던 에리카 남작 부인이 아들의 점잖은 태도에 그만 헛기침을 했다. 그녀가 목소리를 가라앉히며 말했다.

"아니다. 네가 가장 마음 상했을 텐데 내가 너무 내 생각만 했구나."

찢어질 듯한 고성은 사라졌지만 툴툴거림만은 멈추지 않았다. 크게 콧바람을 내뿜은 에리카 남작 부인이 휙 고개를 돌리며 말했다.

"그러니까, 난 처음부터 그 계집애 마음에 안 들었다. 인물이 좋으면 뭘 하니? 결혼은 가문 사이의 일이야. 그 망해 가는 집구석과 애초부터 연을 맺지 말았어야 했다."

어머니의 말에 로렌소의 고운 미간이 찌푸려졌다. 로렌소가 처음 결혼 상대로 에스텔라를 골랐을 때도 어머니는 마음에 차지 않아했다. 몬티엘가는 귀족 신분이 유명무실할 정도로 가난했기 때문이다. 에스텔라의 아버지인 몬티엘 경이 가문의 재정을 더 나쁘게 하긴 했지만, 그 전이라고 딱히 상황이 나았던 건 아니었다. 가족들을 설득하기 위해 로렌소는 아주 오래도록 끈질기게 공을 들여야만 했었다.

그러나 몬티엘가의 파산으로 로렌소와 에스텔라의 약혼은 결국 파국을 맞고 말았다. 각자의 사정으로 인한 다툼 끝에 에스텔라가 수도로 이력서를 부친 것이다.

사실 에스텔라가 구직을 시도하지만 않았더라도 약혼 관계는 유지되었을 것이었다. 누구보다 로렌소 본인이 간절하게 그러길 원했으니까. 아들의 순정을 이기지 못한 에리카 남작 부인도 한때는 제 욕심을 물렸었다. 남작 부인으로선 약소한 지참금이 아쉬웠으나, 어차피 고만고만한 변두리 가문들 사이에서는 대단히 나은 선택지도 없었다. 그렇다면 머리 굵은 여자가 들어오는 것보다는 힘없는 친정 탓에 기죽어 있는 며느리가 나았다.

그렇게 어머니가 화를 누그러뜨렸을 때까지만 해도 로렌소는 이번 위기를 무탈하게 넘길 수 있으리라고 생각했다. 문제는 정작 에스텔라의 생각이 그와 달랐다는 점이다.

에스텔라의 구직 소식에 에리카가는 완전히 뒤집어졌다. 남작 부인은 길길이 날뛰며 파혼감이라고 주장했고 로렌소도 그 기세를 이기지 못했다. 무엇보다 에스텔라 본인이 수도행을 원하는 상황에서 로렌스 홀로 그녀를 붙들고 있을 수는 없었다.

"우리가 끈 떨어진 저를 돌봐 주겠다고 친절을 베풀었으면, '네, 어머님 감사합니다.' 하고 납작 엎드려서 시집이나 올 것이지. 수도로 이력서를 보내?"

에리카 남작 부인이 기가 찬다는 듯 고개를 내저었다. 로렌소가 어두운 표정으로 양손을 깍지 꼈다. 그가 제 손바닥을 내려다보며 짧게 입맛을 다셨다.

"너무 그러지 마세요. 에스텔라는 저희에게 부담을 주기가 싫었던 거겠죠."

"얘, 그런 지고지순한 애가 냉큼 수도에 가자마자 남자를 만나? 파혼한 지 몇 달이나 지났다고?"

"……에스텔라는 예쁘잖아요. 공작님께서 먼저 관심을 보이셨겠죠. 그녀 입장에서 그걸 거절할 수는 없었을 거예요. 궁핍한 집안 사정도 그렇고요."

로렌소가 쓸쓸한 투로 말했다. 제 손끝을 만지작거리던 그가 어머니를 찾아온 용건을 어렵게 내놓았다.

"어머니, 저 에스텔라를 찾아 직접 수도로 올라가 보려고 합니다."

"뭐? 왜?"

"직접 확인해 보지 않으면 자세한 사정은 모르는 일이니까요."

"얘, 더 볼 게 뭐 있니? 그 앤 딱 봐도 자기 반반한 낯짝 믿고 돈 많은 남자 찾아간 거야. 그리고 너넨 이미 파혼했잖니!"

에리카 남작 부인이 펄쩍 뛰어올랐다. 로렌소는 말없이 웃어 보일 뿐 아무 대답도 하지 않았다. 불안함을 느낀 에리카 남작 부인이 아들을 향해 몸을 기울였다. 그녀가 추궁하듯 물었다.

"너 아직 그 애한테 마음 있는 거 아니지? 그렇지? 수도엔 왜 간다는 건데?"

"전 진심을 전하면 그녀도 마음을 돌릴 거라고 믿어요."

"걔가 네 말을 듣기나 하겠어! 걔는 수도에 돈 많은 남자 잡으려고 간 거라니까!"

에리카 남작 부인이 답답하다는 듯 소리쳤다. 그러나 완강한 태도의 그녀조차도 아들을 말릴 수 없다는 사실을 알았다. 그녀의 아들은 아닌 듯하면서도 고집이 세서 한번 결정한 일은 결국 이뤄 내고야 마는 성미였기 때문이다. 가족들 모두가 반대했던 혼담을 결국 실현해 낸 것만 봐도 알 수 있었다.

"어머니는 감정 삭이고 계세요. 아마 길게 체류하진 않을 거예요."

로렌소가 의미를 알 수 없는 웃음을 지으며 자리에서 일어섰다. 에리카 남작 부인이 그런 아들을 당황한 얼굴로 올려다보았다. 지금 바로 떠나기라도 할 태세가 아닌가. 그러고 보니 기상 시간에서 얼마 지나지 않았는데도 로렌소는 외출복을 완벽히 차려입고 있었다.

에리카 남작 부인이 상황을 파악하지 못하고 굳어 있는 사이 로렌소가 밖으로 빠져나갔다. 에리카 남작 부인은 그제야 정신을 차렸다.

"불여우 같은 것! 감히 내 아들을 두고 바람이 나?"

그리 분통을 터트린 에리카 남작 부인이 황급히 아들을 뒤따라 나갔다. 그녀가 남기고 간 말에 하녀들은 동시에 황당하다는 표정을 지었다. 누군가 조심스럽게 운을 뗐다.

"제일 완강하게 결혼 반대한 게 마님 아니셨어?"

"누가 아니라니."

근처에 있던 하녀가 어깨를 으쓱였다. 그를 기점으로 방 안에 작은 키득거림이 번져 나갔다.

❧

"뜻바께 닥처오눈 부랭이 모야?"

옆에서 들려온 세실리아의 목소리에 에스텔라가 느리게 고개를 돌렸다. 그늘에 앉아 바람을 맞는 기분이 근사하여 깜빡 넋을 놓고 말았다.

에스텔라는 곧바로 대답하는 대신 세실리아가 들고 있는 신문을 살폈다. 불분명한 발음으로는 그 뜻을 제대로 인지할 수 없었던 탓이다. 에스텔라는 세실리아의 오동통한 손가락이 가리킨 지점을 잠자코 읽어 내렸다.

[뜻밖에 닥쳐오는 불행]

잠시 골똘히 고민하던 에스텔라가 눈을 깜빡이며 대답했다.

"……횡액이요?"

"아! 마자!"

겹쳐진 글자가 맞아떨어졌는지 세실리아가 반색하며 손뼉을 쳤다. 이어 세실리아는 지렁이 같은 글씨로 방금 에스텔라가 읊어 준 답을 적어 내리기 시작했다. 한참 끙끙거리고 있더라니 소득이 없진 않았던 모양이다. 아까 전까지만 해도 백지였던 칸들이 꽤 찬 상태였다.

근래 세실리아는 신문 귀퉁이에 실린 십자말풀이에 재미를 붙였다. 집사가 풀고 있던 걸 보더니 대뜸 답을 맞추어 주변에서 갖은 칭찬을 들려준 일이 있었는데, 아무래도 그게 자극이 되었던 듯했다.

아직 말이 서툰 세실리아에게 좋은 교육 수단이 될 수 있겠다는 생각에 에스텔라는 그 취미를 전폭적으로 지지해 주었다. 온갖 종류의 신문을 가져와 세실리아의 앞에 놓아 준 것이다. 노력의 성과로 세실리아의 표현력은 나날이 풍부해져 가고 있었다. 확실히 본인이 의욕을 가지고 임하니 그냥 배우는 것보다 더 기억에 오래 남았다.

이렇듯 에스텔라는 정규 수업의 부재를 편법으로라도 채워 주려 무던히도 애쓰고 있었다. 안 그래도 높은 불참률로 드문드문했던 강의가 사표와 함께 또 다시 비어 버렸다. 새로운 선생을 구하지 못하고 있다고 해서 완전히 교육에 손 놓을 수는 없는 일이었다.

에스텔라가 오늘 이 시각 밖에 나와 있는 것도 정확히 같은 이유에서였다. 최근 들어 에스텔라는 연무장으로 나와 있는 시간이 길어졌다. 디에고에게서 진검을 선물 받은 세드릭이 제 딴엔 진중하게 수련에 매진하고 있었기 때문이다. 아이들에겐 늘 보는 눈이 필요한 법이었으므로 아이들을 인솔하는 건 결국 에스텔라의 몫이 되었다.

지금도 에스텔라는 세드릭의 검술 훈련을 세실리아와 함께 먼 곳에서 지켜보고 있었다. 이래서야 수업만 진행하지 않을 뿐, 가정 교사로 일하던 때와 달라진 점이 없다.

에스텔라가 잠기운이 섞인 목소리로 물었다.

"다 하셨어요?"

"웅!"

그리 말하며 세실리아가 신문을 에스텔라에게 내주었다. 모두 맞췄음을 확인한 에스텔라가 세실리아를 칭찬하며 그것을 반으로 접었다. 다음 십자말풀이를 내주기 위해서였다.

그러나 에스텔라는 곧장 신문을 내려놓지 못했다. 1면에 적힌 헤드

라인이 그녀의 시선을 잡아 끌었던 탓이다.

[젊은 베르타 공작의 피앙세 '에스텔라 마거릿 몬티엘', 그녀는
누구?]

에스텔라의 눈이 흘긋 상단을 훑었다. 발행 날짜는 사흘 전이었다.
유명인이 타인의 흥미를 빌미로 할퀴어지는 건 흔한 일이었다. 가십
따윈 들여다봐야 좋을 게 없다는 디에고의 조언에 소식통을 멀리하
느라 이런 기사가 난 줄도 몰랐다.

에스텔라는 준비해 둔 신문을 하나씩 들춰보았다. 발행일이나 길이
에 약간씩 차이는 있었지만 자신과 관련된 내용이 대동소이하게 적혀
있었다.

'이렇게까지 대대적으로 보도됐을 정도면 고향에도 이미 다 소문
이 났겠네.'

온갖 신문사에서 대서특필됐으니 소문이 안 나는 게 더 이상하다.
그냥 어머니가 떠날 때 아버지에게 소식을 전해도 좋다고 말할 걸 그
랬다. 딸의 약혼 소식을 타인의 입으로 들으면 적잖이 충격받으실 텐
데 제가 안이했다 싶었다. 수도와 고향까지의 거리가 워낙 머니 그럭
저럭 속이고 넘어갈 수 있을 줄 알았는데 그게 아니다. 그녀의 신상은
수도를 넘어 전국으로 팔려 나가고 있었다.

"……이거 고소해야 하는 거 아니야?"

에스텔라가 미미하게 눈살을 찌푸렸다. 며칠 전 디에고에게 이상한
소리를 들었기 때문이지 이상하게 고향에 둔 누군가가 생각났다. 그
도 그럴 것이 고향 사람들이 전부 이 소식을 알게 되었다는 건 곧 다

음 사실을 의미했다. 에스텔라의 전 약혼자도 그녀의 기상천외한 신분 상승을 알게 되었다.

그녀의 전 약혼자이자 에리카 남작의 차남, 로렌소 알테 에리카. 수도의 귀공자들에 비교가 가지 않는 신분이긴 했으나 그는 명실상부한 벨로카 지방의 왕자님이었다. 세기에 둘도 없을 미남은 아니었어도 객관적으로 그는 몹시 잘생긴 편이었다.

색소가 엷은 밀짚색 머리카락은 햇빛을 받으면 마치 찬란한 금발처럼도 보였다. 부드러운 턱선과 상냥한 눈매는 더없이 선한 인상이었다. 실제로 그는 사용인들에게나 지인들에게나 모두 빠짐없이 친절했다. 그리고 약혼자였던 에스텔라에게는…….

에스텔라는 그만 생각을 멈추었다. 다음 십자말풀이를 받지 못한 세실리아가 다른 곳으로 관심을 돌린 듯, 작은 손으로 에스텔라의 소매를 당기며 채근한 탓이다.

"엘라!"

엘라는 에스텔라의 이름을 어려워한 세실리아가 제멋대로 붙인 애칭이었다. 에스텔라가 조금 굼뜨게 되물었다.

"네?"

"나도 저거 할래!"

세실리아의 손끝은 정확히 세드릭 쪽을 가리키고 있었다. 디에고가 준 검을 향한 눈이 탐욕으로 빛났다. 세실리아가 본격적으로 에스텔라를 조르기 시작했다.

"나도 검 조, 저거 조!"

과연 성의를 들여 주문한 만큼 검의 모양은 매끈했고, 그것을 쥔 세드릭은 제법 어른스러워 보였다. 원래 이 나이 때 아이들은 언니 오빠가 하는 일을 다 따라 하려 드는 법이다.

그러나 세드릭에게도 나이를 이유로 이제야 내준 진검을 그보다 어린 세실리아에게 안길 수는 없는 노릇이었다. 에스텔라는 조곤조곤한 음성으로 거절하며 세실리아를 끌어다 제 무릎 위에 앉혔다.

"위험해서 안 돼요."

"오빠는 줘짜나! 왜 오빠만 조?"

검이 탐나는 건지 저에게는 없는 물건이 탐나는 건지 모를 일이었다. 에스텔라가 웃음기 어린 목소리로 물었다.

"우리 세실도 선물 많이 받았잖아요?"

"검은 업서……."

"참 나, 왜 갑자기 검이 다 갖고 싶어지셨을까?"

에스텔라는 건성으로 의미 없는 질문을 반복했다. 아이의 충동에 굳이 과민하게 반응할 필요는 없었다. 한 달쯤 지나면 오늘 뭘 졸랐었는지 기억도 못할 확률이 높다. 에스텔라가 세실리아를 달래듯 말했다.

"그럼 더 자란 후에 달라고 하세요. 오빠 나이랑 똑같아지면 검술 교습 듣게 해 드릴게요."

"징짜?"

"네, 지금은 너무 어려서 안 돼요. 다치면 큰일이잖아요?"

세실리아도 수긍한 듯 더 이상의 반발은 하지 않았다. 다만 홀린 듯 세드릭을 쳐다보는 눈길은 멈추지 않았다. 에스텔라는 가만히 세실리아의 작은 손을 만지작거렸다.

오늘은 어떻게 달랬지만 계속 이렇게 넘어갈 수 있을지는 모르겠다. 아무래도 세실리아를 끼고 연무장으로 나오는 일은 슬슬 그만해야겠다는 생각이 들었다. 혹시 보는 눈 없는 사이 날붙이를 들고 장난이라도 치면 큰일이었다.

"에스텔라 님."

때마침 뒤에서 다가온 누군가가 에스텔라를 불렀다. 소리가 들려온 쪽을 돌아보자 하녀가 공손한 얼굴로 용건을 전했다.

"고향에서 손님이 찾아오셨습니다."

"······손님이라고?"

에스텔라가 얼떨떨한 얼굴로 되물었다. 가족들도 한참 전에 돌아간 마당에 또 누가 찾아왔단 말인가. 아버지인가 싶기도 했으나 어머니 선에서 수도행을 말렸을 공산이 컸다. 누가 찾아온 건지 도무지 짐작이 가질 않았다.

"아직 신분이 확인되지 않아 출입을 허락하지 않았습니다만 마님께 말씀을 전해 달라 부득불 우기고 있어서요. 혹여 아시는 분이 맞는지 확인을 요청드릴 수 있을지요?"

"이름이 뭐라던가?"

"'렌'이라고 하면 알 것이라고 하셨습니다."

자세히 보지 않으면 알 수 없을 만큼, 에스텔라의 낯이 미세하게 굳어졌다. 에스텔라는 잠시 망설이다가 손님을 응접실로 안내해 달라 명했다.

손님맞이를 위해서는 저택으로 돌아가 나름의 준비를 해야 했다. 에스텔라는 세실리아를 바로 세우고는 자신 역시 자리에서 일어섰다. 에스텔라가 걸음을 옮기다가 말고 곧 멈추어 섰다. 의아한 얼굴의 하녀에게 덧붙이듯 말했다.

"아, 차는 따로 준비하지 않아도 될 것 같아."

꧁ꦁ꧂

에스텔라가 로렌소 알테 에리카를 처음 만난 건 열여덟 살 때의 일
이었다.

"안녕하십니까, 크리스티나 양."

에스텔라는 제자리에 멈춰 서 저를 불러 세운 상대를 눈에 담았다.
또 다른 누군가가 이 자리에 있나 살폈으나 복도엔 그와 자신뿐이었
다. 아무래도 상대는 제게 말을 건넨 게 맞은 듯했다.
에스텔라는 남자의 멀끔한 낯을 잠시간 눈에 담았다. 분명 처음 보
는 얼굴이다. 다만 상대가 뱉은 이름은 익숙했다. 에스텔라는 곧 예
를 갖춰 인사했다.

*"안녕하세요, 공자님. 사람을 잘못 보신 듯싶네요. 크리스티나 양은 안쪽
방에 계십니다."*

당시 에스텔라는 알란디오 자작가의 막내 영애와 함께 수업을 듣고
있었다. 숙식까지 제공해 가며 가정 교사를 고용하기는 부담스럽던
차에 자작 부인이 선뜻 선의를 베푼 덕분이었다.
알란디오 자작 부인은 어머니의 처녀 적 친구로 몬티엘 일가와도
종종 왕래하곤 했다. 합동 수업은 그녀가 친구의 딸에게 건넸던 무
수한 친절 중 하나였다. 수업료를 아예 받지 않은 건 아니었지만 통

상적으로 필요한 경비보다는 확연히 저렴했다. 자작 부인이 사망한 이후 알란디오가가 모든 친교를 단절해 버리는 사건도 있었으나, 어찌 됐든 그건 에스텔라가 필요한 교양을 모두 이수한 이후의 일이었다.

그날도 에스텔라는 수업을 이유로 알란디오가의 저택을 방문한 참이었다. 그런데 몇 시간여의 공부를 마치고 밖으로 나서던 중, 저를 크리스티나라고 부르는 남자와 마주친 것이다. 아무래도 복도를 지나는 그녀를 저택의 아가씨로 오해한 듯싶었다. 그도 그럴 것이 크리스티나도 에스텔라와 같은 금발이었으니까.

사람을 착각했다는 에스텔라의 말에 남자의 얼굴에 옅은 당황이 떠올랐다. 그가 미세하게 미간을 좁히며 물었다.

"크리스티나 양이…… 아니시라고요?"
"네."
"그렇다면 영애께선 혹시 성함이 어떻게 되십니까."
"에스텔라 마거릿 몬티엘입니다."

그가 "몬티엘……." 하고 중얼거리며 고민에 잠겼다. 그의 기억에는 없는 성인 듯했다. 에스텔라는 결국 유쾌하지 않은 설명을 덧붙일 수밖에 없었다.

"전 크리스티나 양과 함께 수업을 듣고 있는 방문객일 뿐입니다. 방금 말씀드린 대로 찾으시는 분은 안쪽에 계세요."

때마침 뒤편에서 그를 찾는 목소리가 들려왔다.

"로렌소 경?"

에스텔라는 무의식적으로 뒤편을 돌아보았다. 오가는 말소리를 들은 것인지 크리스티나가 문 사이로 빼꼼 얼굴을 내밀고 있었다. 긴가민가해하던 크리스티나가 남자의 잘생긴 외모를 확인하고는 곧 환한 미소를 지었다. 방문객을 예고해 준 누군가에게서 남자의 외관을 이미 설명 들은 눈치였다. 크리스티나가 밖으로 나오며 말했다.

"마침 수업이 끝날 때 와 주셨군요. 저와 함께 이동해요. 어머니가 기다리고 계세요."

남자의 얼굴에 당황이 드리워졌다. 남자는 에스텔라에게 할 말이 남았다는 듯 잠시 머뭇거렸으나, 곧 그녀를 지나쳐 크리스티나에게로 향했다.

에스텔라는 그들을 뒤로하고 저택을 나왔다. 에스텔라는 당연히 잠깐 마주친 타인의 손님 따위는 홀랑 기억에서 잊어버렸다. 크리스티나가 그날 방문한 남자에 대해 설명해 주는 일도 없었다.

크리스티나와는 사이가 나쁘지 않았지만 그렇다고 대단히 친밀하지도 않았다. 크리스티나에게 어머니의 가난한 친구 집 딸과 함께 수업을 듣는 건 그다지 유쾌한 일이 아니었다. 그녀가 에스텔라와의 연을 제 친구들에게 들키고 싶지 않아 한 건 당연했다. 그리고 호의를 받은 입장에서 침묵으로 크리스티나의 체면을 지켜 주는 건 그리 어렵지 않은 일이었다.

따라서 둘은 대외적인 자리에서 말을 섞는 일이 없었다. 적어도 제수업을 훔쳐 듣는 누군가의 사정을 떠벌리고 다니진 않았으니 그것만으로도 크리스티나는 선을 지킨 것이었다.

때문에 에스텔라는 한참 후에야 그가 에리카 남작의 차남인 로렌소였다는 사실을 알게 되었다. 나중에 듣기로 그는 그날 아버지의 주선으로 크리스티나 영애를 만나러 왔다고 했다. 에스텔라는 묻지도 않았는데 당사자가 굳이 일러 준 것이었다. 그러고는 당신 때문에 아버지에게 크게 혼나야 했다며 핀잔까지 남겼다. 탓하는 말이었지만 속뜻을 어렴풋이 알 것 같았기에 에스텔라는 침묵했다.

로렌소는 에스텔라를 자주 찾아왔다. 만나면 작은 선물을 주거나 꽃을 건넸고 함께 차를 마셨다. 그리고 어느 날 그는 에스텔라에게 첫눈에 반했노라고 수줍게 말했다.

에스텔라는 어머니에 의해 등 떠밀리듯 그의 청혼을 수락했다. 에스텔라가 딱히 로렌소를 좋아했던 건 아니었다. 말하자면 그는 결혼하기에 적당한 남자였다. 그는 벨로카 지방에서 잘생기기로 유명한 미혼 귀족 남성이었고 더욱이 평판 역시 좋았다. 에리카 남작가가 객관적으로 권세가는 아니었으나 벨로카 지방 내에서는 지역 유지에 속했다.

에스텔라의 어머니는 곧잘 '남자 잘 만나 팔자 고쳤다'며 딸에게 찾아온 행운에 안도했다. 때문에 에스텔라 역시 로렌소를 받아들인 걸 차츰 다행으로 생각하게 되었다. 어차피 누군가와는 결혼을 하게 될 것이었고 이왕 하는 거라면 로렌소가 나았다. 그건 객관적인 진실이었다.

에스텔라의 생각이 조금씩 바뀌기 시작한 건 로렌소와 약혼하고 1년여가 지났을 무렵이었다. 수도의 친척 집에서 2주간의 체류를 마치고 돌아온 로렌소가 지나가듯 이렇게 말한 것이다.

"얼마 전 수도에 가서 사교계의 꽃이라는 엘렌 양을 봤어. 정말 아름답기가 시골 미녀와는 비교도 안 되는 수준이더라니까."

기실 그것은 꽤 기분 나쁜 발언이었다. 로렌소가 말한 '시골 미녀'의 대표 격이 바로 에스텔라였으니까.

그러나 로렌소의 어투는 너무도 가벼웠고 그가 한 표현에 그녀를 향한 직접적인 비난이 섞여 있는 것도 아니었다. 에스텔라는 수도의 아가씨들이 대단하긴 했나 보다며 마음을 추슬렀다.

그날은 유독 거울을 보고 싶지 않았다. 에스텔라는 상상 속의 대단한 미녀를 머릿속에 그려 보다가 잠에 들었다. 그것으로 지나갈 일인 줄 알았다. 그러나 애석하게도 로렌소의 그 '시골 미녀' 타령은 시작에 불과했다.

"에스텔라, 넌 군살이 있어서 이렇게 달라붙는 옷은 잘 안 어울려. 좀 더 여유 있게 치수를 맞추는 건 어떨까?"

로렌소의 참견에 공통적인 특징이 있다면 그건 그가 진심으로 걱정하는 목소리를 낸다는 사실이었다. 에스텔라가 맞지 않는 옷을 입고 다니다가 곤란이라도 겪을까 염려하는 듯했다. 그는 직접 나서 에스텔라에게 새 옷을 맞춰 주기까지 했다. 치수를 재는 동안에는 약혼자가 살이 붙어서 큰일이란 소리를 재봉사에게 농담이랍시고 떠들었다.

곤란하게 웃는 재봉사의 얼굴은 에스텔라의 눈에 들어오지도 않았다. 그날 이후로 에스텔라의 저녁 식단은 한결 불량해졌다. 그리고 이후로도 비슷한 일들이 무수히 반복되었다.

"에스텔라, 물론 배움은 좋은 자세지만 넌 이미 충분히 똑똑해. 네가 공부를 더 해서 뭘 하겠어. 혹시 가정 교사가 되고 싶은 건 아니지?"

"내가 아니면 나만큼 널 사랑해 줄 사람은 없어. 알잖아. 몬티엘가가 좋은 혼담이 오갈 만한 집안이 아니라는 걸."

"내가 결혼한다고 하니 친구들이 많이 놀라더라. 네 가문을 잘 모르는 것 같아서 뭐라고 소개해야 할지 난감해."

마지막 말에 충동적으로 이렇게 대답한 건 에스텔라로서도 예기치 못한 일이었다.

"우리의 혼사가 곤란한 일이라면, 당신이 나와의 결혼을 고집할 필요는 없어요."

에스텔라의 말에 로렌소가 언뜻 당황한 표정을 지었다. 그의 얼굴이 곤란으로 물들었다. 하지만 이는 찰나일 뿐으로, 그는 늘 그녀를 안심하게 만들었던 상냥한 목소리를 자아냈다.

"불쾌했다면 사과하겠어, 에스텔라. 하지만 난 객관적인 사실을 말한 것뿐이야. 나와 파혼한 네가 괜찮은 집안에 시집갈 수 없다는 걸 아는데 어떻게 널 버리겠어? 난 널 책임질 거야. 널 위해서."

아버지가 파산했던 날에도 그는 에스텔라에게 와 비슷한 논조의 말을 반복했다.

"어머니와 아버지께서 너희 가문의 파산을 문제 삼지 않기로 약속하셨어. 두 분을 설득하느라 얼마나 힘들었는지 몰라."

에스텔라는 로렌소의 그 말에 순수하게 기뻐하지 못했다. 그것이 아버지의 파산 때문에 정신없는 와중이어서인지, 아니면 이어질 다음 말을 예감해서였는지는 지금도 잘 분별이 가지 않는다.

"만일 결혼한다면 네가 어머니 아버지에게 많이 싹싹하게 굴어야 할 것 같아. 매일 문안 가고 이런저런 수발을 들어 드리면 그분들도 마음을 푸시지 않을까 싶은데. 그 정도는 할 수 있지?"
"로렌소, 하지만……."
"내가 널 위해 얼마나 고생했는데, 고작 이 정도도 못 하겠다는 건 아니겠지?"

에스텔라가 머뭇거리자 그가 또 곤란한 표정을 지었다. 그의 요구를 이행하지 못할 때마다 에스텔라의 가슴속엔 빚이 쌓였다. 그가 자신의 수많은 단점을 참아 주고 있는 것 같았고 반면 그에겐 흠잡을 구석이 없었다.

그러나 에스텔라는 좀처럼 로렌소의 부탁대로 그의 부모에게 순종하겠다 약속할 수 없었다. 돌아오지 않는 수긍에 로렌소의 얼굴이 짐짓 매섭게 변했다.

"내가 말한 사항을 지켜 주지 않는다면 나는 파혼할 수밖에 없어. 부모님이 반대하는 결혼을 끌어가는 게 얼마나 힘든 일인지 아니?"

그것이 마치 대단한 협박이라도 된다는 듯한 투였다. 틀린 말은 아니었다. 에스텔라는 객관적으로 모자란 요건을 가지고 있었고 그는 사실만을 지적한 것이었다. 그러니 이 협박은…….

'왜 나는 이 남자가 나를 협박한다고 생각하고 있을까.'

에스텔라는 무의식적으로 떠오른 생각에 당황했다. 그녀의 약혼자는 자선을 베풀고 있는 것이나 마찬가진데 왜 정작 그녀는 답답함을 떨쳐 버릴 수 없을까. 어째서 그의 도움 속에서 그녀는 행복하지 않은가. 에스텔라는 문득 깨달았다.

이 남자와 결혼하면 나는 스스로를 버러지처럼 여기면서 살겠구나.

"그렇군요. 어쩔 수 없는 일이네요. 그 파혼 받아들이겠어요."

머릿속이 놀랍도록 이성적으로 변했다. 에스텔라는 차분한 목소리로 그렇게 말하고는 돌아섰다. 그와 헤어지면 세상이라도 무너질 것 같았는데 걱정했던 것만큼 대단한 일은 아니었다.

에스텔라의 갑작스러운 선언에 로렌소는 좀처럼 정신을 차리지 못했다. 그는 한참 후에야 에스텔라를 뒤쫓아 달려왔다.

"에스텔라, 에스텔라!"

숨겨 왔던 본심을 드러낸 건지, 아니면 대단히 자존심이 상했던 건지는 알 수 없으나 그의 마지막 말만큼은 제법 표독했다.

"네가 나 없이 잘 살 수 있을 것 같아? 평생 결혼 따위는 못 할걸!"

에스텔라는 로렌소의 일그러진 얼굴을 보며 똑똑히 말했다.

"길거리에서 빌어먹게 되더라도 당신 돈으로는 안 살아."

에스텔라는 집에 돌아온 길로 즉시 수도로 이력서를 부쳤다. 그동안 신물 나게 들어왔던 로렌소의 같잖은 조언에 대한 반동으로, 구직처는 바로 베르타가의 가정 교사 자리였다. 그리고 그 소식이 작은 시골 땅에 퍼져 나간 것과 함께 시원하게 파혼당했다.

❧

"오랜만이다."
마치 처음 만난 것처럼, 에스텔라는 건너편에 앉은 상대를 생소한 눈으로 응시했다. 오랜만에 보는 얼굴이었으나 당연히도 반가운 기분은 전혀 들지 않았다. 갑작스러운 방문이 처음엔 당황스러웠는데 생각해 보면 그렇게 놀랄 만한 일도 아니었다. 에스텔라도 그가 한 번쯤

은 저를 찾아올지도 모른다고 생각한 적이 있었다.

그러나 그 상상은 단순히 예감으로만 그치는 편이 그에게나 자신에게나 좋았을 것이다. 눈치 없고 예의는 더욱더 없는 등장에 약간의 짜증이 일었다. 그들이 애틋하게 재회할 만큼 아름다운 결별을 했던 것도 아니었다. 에스텔라는 그와의 파혼을 결심했을 때만큼 가슴이 후련했던 적이 또 없었다.

"'렌'이라니, 전 한 번도 불러 본 적 없는 애칭으로 방문을 알리실 줄은 몰랐네요."

에스텔라가 딱딱한 목소리로 대답했다. 로렌소는 빙긋이 웃기만 했다. 그가 깍지 낀 제 손을 주무르며 말했다.

"손님 접대가 너무하지 않니? 차 한잔도 안 내줄 줄은 몰랐는데."

하녀에게 차를 준비하지 말란 명을 전한 이유는 간단했다. 그와 오래 이야기를 섞을 생각이 없었기 때문이다.

"지금 제가 약혼자의 집에서 전 약혼자에게 차를 대접해야 한다는 말씀인가요?"

에스텔라의 쌀쌀맞은 응대에 로렌소가 미세하게 미간을 일그러트렸다. 못 본 사이 그의 얼굴은 많이 상해 있었다. 피부는 건조했고 검푸른 눈 밑엔 피곤이 역력했다. 그가 자조하듯이 말했다.

"그래, 난 네 전 약혼자지."

그리 말하며 로렌소는 잠시간 애수에 젖은 표정을 지었다. 그는 진실로 에스텔라와 파혼한 일에 대해 깊이 안타까워하는 듯 보였다. 실제로 진심이 맞을 수도 있겠으나 에스텔라는 그것이 사랑 같은 이유와는 거리가 멀 것이라고 예상했다.

뭣 모르던 시골 처녀 시절에도 이상함을 느끼고 도망쳤던 남자다.

전생을 되찾고 돌이켜보자 그와 약혼 관계에 있었다는 사실부터가 소름 끼치게 느껴졌다. 애초에 이런 남자를 어떻게 믿을 수 있었나 싶을 정도로 로렌소가 부렸던 수작은 노골적이었다.

로렌소는 착한 남자 흉내를 하며 에스텔라를 비난하는 데 선수였다. 그는 그녀에게 신임과 안정을 주는 대신 자격지심을 안겨 주고 싶어 했다. 에스텔라가 그와의 결혼을 행운이라고 여길수록 구원자의 위세가 높아질 테니까.

다시 생각해도 수도로 이력서를 부친 건 더없이 현명한 선택이었다. 에스텔라는 제 인생을 구제한 결단에 대해 깊이 안도하지 않을 수 없었다.

'하마터면 시댁 수발이나 들면서 살 뻔했네.'

에스텔라의 속내를 모르는 로렌소는 또 그녀를 나쁜 여자로 만들기 위해 시동을 걸기 시작했다.

"난 널 곤란하게 만들려고 수도로 온 게 아니야."

"글쎄요, 말씀은 편지를 전하셔도 됐을 걸 왜 직접 찾아오신 건지 모르겠네요."

"내가 공작님과 네 사이를 방해하고 싶었으면 내 실명을 댔겠지. 렌이라고 둘러댄 건 널 곤란하게 하기 싫어서였어. 신문에 이미 이름이 다 실렸으니 사람들이 내 존재를 모를 리는 없고, 자연히 너도 이상한 오해를 샀을 테니까."

에스텔라는 그가 실명을 대길 피한 게 응접실에 그녀가 아닌 디에고가 나올 경우를 대비해서란 사실을 알았다. 코웃음을 치고 싶었으나 그게 대화를 진척시키는 데 도움이 되진 않을 것이다. 에스텔라가 상대를 어떻게 내쫓을까 골똘히 고민하는 사이 로렌소가 낙심한 투로 읊조렸다.

"무섭더라. 신문에서 내 이름이나 우리 가족들이 까발려지는 것……."

"그건 신문사에 가서 하셔야 할 이야기인 듯싶네요. 저도 옛 약혼자와 같은 줄글에 오르내린 게 그다지 유쾌하진 않았어요."

에스텔라는 로렌소가 자신에게 덜어 주려던 죄책감을 과감히 거절했다. 에스텔라가 그와 똑바로 시선을 맞추며 말을 이었다.

"마찬가지로 지금 상황도 그래요. 절 곤란하게 만들기 싫으셨으면 여길 찾아오지 마셨어야죠."

에스텔라는 로렌소와 파혼한 후에 디에고를 만났다. 그녀가 디에고와 약혼한 일에 대해 로렌소에게 부채감을 가질 이유는 없었다.

반대로 로렌소가 베르타 저택에 찾아온 건 그야말로 도발에 가까운 행동이었다. 혹시라도 들통난다면 그를 안으로 들인 에스텔라만 곤란해지는 상황이다. 제멋대로 행동했을 뿐인 남자가 그녀를 위했다는 것처럼 말을 꾸며 내는 걸 보니 어이가 없었다.

그나마 다행인 건 디에고와 에스텔라가 소문처럼 열렬한 연인 사이는 아니라는 점일까. 디에고가 로렌소의 방문을 불쾌해할 수는 있겠지만, 그걸 이유로 에스텔라에게 화를 낼 일은 없었다. 디에고는 에스텔라가 어쩔 수 없는 상황을 설명했을 때 객관적으로 들어줄 이성까지 가지고 있었다. 시종일관 감정에 호소하는 눈앞의 남자와는 다르게 말이다.

"에스텔라, 너 정말 너무하지 않니."

로렌소가 울컥한 얼굴로 말했다. 그가 답답하다는 듯 목을 죄는 타이를 끌렀다. 그러고는 두 손으로 얼굴을 감싸며 하소연했다.

"난 너에게 충분히 최선을 다했어. 그런데도 넌 나에 대한 일말의 존중도 없구나."

"납득할 수 없는 말씀을 하시네요."

"난…… 다 망해 가는 너희 집안을 기꺼이 끌어안으려 했어. 심지어는 너희 아버님까지도 말이야. 오직 너를 사랑했기 때문이었지. 그런데 이런 내 사랑이 네겐 모자랐던 거니?"

로렌소의 화법은 여전했다. 그는 모든 걸 희생하는 착한 남자가 되고 에스텔라는 주제도 모르는 여자가 된다.

하지만 정작 에스텔라는 단 한 번도 그의 희생을 바란 적이 없었다. 에스텔라는 청혼을 받은 입장이었다. 그녀와 결혼하길 소망했던 건 로렌소 쪽이었다는 뜻이다. 그런데 그는 그녀와의 관계에 있어 언제나 우위에 서고 싶어 했다.

"내가 결혼해 주겠다고 해도 수도로 가 버리더니. 정말 더 돈 많은 남자를 원했기 때문이었니?"

감정이 북받친 로렌소가 원망 어린 눈으로 물었다. 예전의 에스텔라라면 제게 무슨 일이 있었는지에 대해 구구절절 설명했을 것이다. 그리고 로렌소는 어떤 대답이 나오든 말꼬리를 잡아 그녀를 구워삶으려고 했겠지.

에스텔라는 그와 더 말을 섞고 싶지 않았다. 그건 정말이지 그녀에게 좋지 않은 일이었다.

"로렌소, 난 당신과 더 나눌 이야기가 없어요. 우리 사이는 우리의 고향에서 끝났어요."

"뭐? 에스텔라……!"

"날 어떻게 생각하든 상관없어요. 내가 어떤 식으로 설명해도 당신은 본질에 관심이 없을 테니까."

에스텔라는 그대로 자리에서 몸을 일으켰다. 차를 준비하지 않은 건 옳은 선택이었다. 그를 대접하는 데 하녀들이 괜한 수고를 하게 하고 싶진 않았다. 그녀도 그의 앞에서는 비위가 상해 무언가를 목 뒤로 넘길 수 없었을 것이다.

"이만 나가 줘요."

"에스텔라, 너 정말 이럴 거니."

에스텔라가 밖으로 나가다 말고 멈칫했다. 그녀가 천천히 뒤를 돌아 당황한 얼굴의 로렌소를 응시했다. 안나와 여러 번 부딪치며 에스텔라는 저를 무시하는 상대에게 어떤 태도를 보여야 하는지 충분히 배울 수 있었다. 에스텔라가 수도의 고고한 귀부인처럼 턱을 들고는 쏘아붙였다.

"반말하지 마, 난 당신이 하대해도 되는 사람이 아니야."

벨로카 지방에 있을 때의 에스텔라는 넉넉지 않은 형편 탓에 늘 검소하게 지내야 했다. 가난의 가장 질 나쁜 점은 상대방에게 무시당할 빌미가 된다는 사실이다.

에스텔라가 제게 그런 당당한 태도를 보일 줄은 몰랐던 듯 로렌소는 그대로 몸을 굳혔다. 그제야 로렌소는 이전과 달라진 에스텔라의 모습을 눈에 담을 수 있었다. 에스텔라는 우아한 빛의 보석들을 자연스럽게 몸에 걸친 채였다. 그녀가 입고 있는 옷의 재질 역시도 이전과는 비교가 되지 않았다. 보통 사람들은 감히 욕심낼 수 없는 물건들이었고, 그 사실은 로렌소를 위축되게 만들었다.

에스텔라는 제 뒷모습이 최대한 당당하게 보이길 바라며 밖으로 걸어 나갔다. 딱히 환기가 되지 않는 공간도 아니었는데 복도로 나오자마자 숨통이 트였다. 에스텔라는 계속해서 성큼성큼 걸음을 내디뎠다.

로렌소의 앞에서 움츠러들었던 기억이 새삼 우습게 느껴졌다. 그가 말한 것이 곧 그녀의 가치가 되는 건 아닌데도 그의 평가 하나에 매여 희비가 갈렸었다. 그 후유증으로 에스텔라는 지금도 남이 칭찬을 들려줄 때 자연스러운 대응을 돌려주기가 힘들었다. 이제라도 그에게 제대로 쏘아붙여 줄 수 있게 되어 다행이었다. 그리 스스로를 다독이던 에스텔라가 슬쩍 미간을 좁혔다. 뒤편에서 언뜻 발소리가 들려온 탓이었다.

'설마 따라오는 건가?'

그대로 알아서 나가 주리라고만 생각했지, 저를 쫓아오는 결과까진 예상하지 못했다. 뒤늦게 상대를 저택에 들인 것부터가 잘못된 선택이었다는 사실을 깨달았다. 로렌소는 그녀의 상상 이상으로 질긴 남자였던 것이다. 대문 앞에서의 실랑이가 디에고의 귀에 들어갈까 염려해 안으로 들인 것인데, 생각해 보면 저택 내에서 벌어진 소란 쪽이 더 알려지기 쉬웠다. 에스텔라는 걸음을 빨리하다 못해 달리기 시작했다.

'대체 수도까지는 왜 찾아와서!'

그러나 에스텔라의 도주는 길게 이어지지 못했다. 모퉁이를 돈 순간 에스텔라는 그대로 발을 멈춰 세웠다. 때마침 복도를 걸어오던 누군가와 정면으로 마주친 탓이었다. 에스텔라는 숨을 몰아쉬며 눈앞에 선 상대를 응시했다.

디에고는 갑작스러운 에스텔라의 등장에 다소 당황한 눈치였다. 에스텔라 역시 이 상황이 당혹스러운 건 마찬가지였다. 디에고를 만난 걸 다행으로 여겨야 할지 불운으로 여겨야 할지 알 수 없었다.

뒤에서는 로렌소가 쫓아오고 있고 눈앞에는 디에고가 있다. 디에고를 지나쳐 뛰어갈 수도 있겠으나 그렇다면 두 사람이 만나게 될 것이다. 저 없는 자리에서 로렌소가 디에고에게 무슨 말을 늘어놓을지 상상도 가지 않았다. 로렌소라면 디에고의 앞에서 자신을 물고 늘어지고도 남았다. 물론 그 이야기 속에서 로렌소 본인은 더없이 착하고 불쌍한 남자가 될 것이다.

에스텔라는 황급히 디에고에게 몸을 밀착했다. 디에고는 갑자기 제 품으로 안겨 들다시피 한 에스텔라를 보고 당황한 표정을 지었다. 사색이 된 에스텔라가 그의 멱살을 잡아 흔들며 소리쳤다.

"어서 은혜를 갚아요!"

"……무슨 일인지는 설명을 해 줘야."

그가 에스텔라의 손을 떼어 내다 말고 고개를 들었다. 뒤쪽에서 에스텔라를 부르는 로렌소의 목소리가 가까워지고 있었다.

"에스텔라? 에스텔라!"

에스텔라가 황급히 디에고의 허리를 끌어안았다. 디에고는 얼결에 에스텔라의 등 위에 손을 얹었다. 다소 어설픈, 충격받은 연인을 달래 주는 자세가 완성된 것과 동시에 로렌소가 모퉁이를 돌았다. 로렌소는 디에고와 함께 있는 에스텔라를 보고는 그만 아연한 표정을 지었다. 그가 극적인 어조로 중얼거렸다.

"에스텔라, 넌 끝까지 잔인하구나."

등허리에 소름이 끼쳐 에스텔라는 그만 몸을 떨고 말았다. 디에고가 소리 죽여 웃기라도 한 듯, 머리 위에서 불안정한 숨소리가 들려왔다.

남은 곤란한 상황인데 뭐가 재밌어서 저렇게 웃는 걸까. 내심 짜증이 일었지만 지금이 디에고와 말다툼을 벌일 때는 아니었다. 에스텔라가 로렌소 쪽에 집중하려 애쓰며 말했다.

"이만 가세요. 이렇게 찾아오신 거 당황스럽고 부담스러워요. 내가더 어떻게 해야 돌아가시겠어요?"

에스텔라의 진지한 목소리에 그제야 디에고의 가슴께에서 울리던진동이 멎었다. 에스텔라는 부디 로렌소가 더 이상한 소리를 지껄이지 않기만을 바랄 뿐이었다. 안 그래도 전생에서의 연애 경험을 읊음으로써 한참을 놀림당했는데 더 건수를 늘리고 싶진 않았다.

다행히 눈앞에 떡하니 버티고 있는 디에고 덕분에 로렌소는 좀처럼입을 열지 못했다. 신분적인 차이에 더해 지금 이곳은 디에고의 영역이었다. 전적으로 로렌소가 불리한 입장이다.

결국 머뭇거리는 로렌소를 대신해 디에고가 먼저 대화에 끼어들었다. 에스텔라를 감싸 안은 팔에 힘을 준 디에고가 고상한 투로 물었다.

"에리카가의 영식이십니까?"

"……에스텔라에게 들으셨나 보군요."

"개인적인 관심이 있어 알아봤었습니다. 내게 이런 행운을 안겨 준얼간이가 또 누군가 하여."

느끼한 발언이었지만 에스텔라는 지금 이 순간 감격의 눈물이라도흘릴 수 있을 것 같았다. 디에고의 말에 적지 않은 자극을 받은 듯 로렌소가 주먹을 틀어쥐었기 때문이다.

로렌소가 등허리에 힘을 주며 말했다.

"에스텔라가 구직을 위해 수도로 가지 않았더라면, 우린 헤어지지않았을 겁니다."

"저런, 차였다는 이야기를 그리 길게 하실 필요는 없는데 말입니다."

애석하다는 듯 로렌소를 놀리던 디에고가 문득 에스텔라에게로 고개를 돌렸다. 디에고가 미간을 찌푸리며 물었다.

"잠깐, 남자 차 본 적 없다면서요?"

"없어요, 파혼장은 에리카 남작저에서 날아왔으니 파혼당한 건 제쪽이죠."

에스텔라가 로렌소를 흘긋 넘겨보며 대답했다. 로렌소가 저와 헤어질 생각이 없었다면 파혼장은 보내지 말았어야 했다. 에스텔라가 수도로 온 이후에도 로렌소는 그녀에게 연락을 시도한 적이 없었다. 그런 그가 에스텔라의 새 약혼 소식을 듣자마자 찾아온 것이다. 이번 방문을 긍정적으로 해석하려야 그럴 수가 없었다.

로렌소는 에스텔라가 파혼을 그의 과실로 말하는 걸 대단히 모욕적으로 받아들인 눈치였다. 그가 참지 못하고 에스텔라를 향해 벌컥 성을 냈다.

"에스텔라! 너 그렇게 눈 가리고 아웅으로 내 탓을……!"

그때 디에고가 로렌소의 말을 끊으며 끼어들었다.

"레오 경."

"……로렌소입니다."

"좋습니다, 루이스 경. 내 약혼자에게 소리 지르는 모습이 그다지 유쾌하진 않군요."

디에고는 로렌소의 정정에도 불구하고 또다시 틀린 이름으로 그를 지칭했다. 완벽한 조롱이자 무시였다. 울컥한 표정을 애써 가다듬은 로렌소가 당당한 목소리로 말했다.

"본래는 제 약혼자였습니다."

디에고가 피식 웃음을 터뜨렸다. 로렌소가 발끈하여 언성을 높이기 전, 디에고가 에스텔라의 얼굴을 부드럽게 손으로 감쌌다. 디에고의 행동이 너무 자연스러웠던 통에 에스텔라는 무의식적으로 턱을 들었다. 디에고는 곧장 그런 그녀에게 입을 맞췄다. 입술을 빨아 당기는 감각이 사뭇 외설적이었다.

로렌소는 넋을 놓고 그 광경을 쳐다보고 있기만 했다. 정신을 차리지 못한 건 에스텔라도 마찬가지였다. 잠시 후에야 디에고가 입술을 떼어 냈다. 그가 키스의 흔적을 지우듯 에스텔라의 입술을 가볍게 핥아 올렸다. 에스텔라는 뒤로 물러서려던 걸음을 겨우 붙들었다. 뒤편에 선 로렌소의 존재를 되새긴 덕분이었다.

디에고가 로렌소를 돌아보며 나른한 음성으로 말했다.

"영식이 이 상황에서 더 뭘 하실 수 있습니까? 아, 제자리에 서서 노려보기?"

로렌소는 이를 앙다물었다. 셋 중에서 이방인이라 불릴 사람이 있다면 그건 다름 아닌 로렌소 쪽이었다. 약혼한 남녀가 입맞춤을 나누었다고 해서 로렌소가 그들을 비난할 수는 없었다.

말하자면 로렌소와 디에고는 한 여자를 두고 신경전을 벌였고, 디에고가 현 약혼자라는 위치를 분명히 함으로써 승패를 확정지은 셈이었다. 완벽히 우위에 선 디에고가 배부른 표정을 지었다.

"누가 출입을 허했는지는 모르겠지만……."

그리 운을 떼던 디에고가 슬쩍 에스텔라에게로 눈을 돌렸다. 그가 알 만하다는 표정으로 짧게 혀를 찼다. 디에고가 다시 로렌소를 향해 시선을 주며 말했다.

"어쨌든 주제 파악이 됐으면 이만 내 저택에서 나가 줬으면 좋겠군요."

"각하!"

"아, 웬만하면 수도를 떠나요. 그게 당신에게도 좋을 겁니다."

로렌소의 반발에도 아랑곳하지 않고 디에고가 경고를 덧붙였다. 그러고는 잠시간 서늘한 눈빛으로 로렌소를 응시했다. 로렌소의 침묵이 길어졌음은 당연한 바였다.

이곳에서는 승산이 없다 판단한 로렌소가 마침내 뒤로 물러섰다. 그가 굴욕적으로 고개를 숙여 인사했다.

"……다시 뵙게 될 겁니다."

"이 이상으로 망신당하는 일은 없길 바라죠, 렌스 경."

로렌소는 더 대답을 덧붙이지 않고 뒤돌아섰다. 디에고는 멀어지는 로렌소의 등에 빤히 시선을 주었다. 꽤 내상이 클 것으로 예상되는 로렌소에 반해 디에고는 몹시 태연해 보였다. 그에게선 승리에 익숙한 자 특유의 여유마저 느껴졌다.

그들의 대화가 새어 나가지 않을 때쯤이 돼서야 디에고가 에스텔라에게로 고개를 돌렸다. 그가 인상을 찌푸리며 물었다.

"갑자기 수도엔 왜 온 겁니까?"

"제 약혼 소식을 들었을 테니까요."

"가장 의문스러운 지점이 그겁니다. 어떻게 상대가 나라는 걸 알고도 포기를 안 한 건지 모르겠군요."

디에고가 진심으로 궁금하다는 듯 중얼거렸다. 덕분에 에스텔라는 그에게 감사를 전하는 것도 잊고 어이없는 표정을 짓고 말았다. 그에 디에고가 피식 웃음을 터트렸다. 그가 한결 누그러진 음성으로 물었다.

"언제 온 겁니까?"

"방금요. 소란을 피울까 봐 대강 거절해서 돌려보내려고 했는데……
잘 되진 않았어요."

에스텔라가 그리 말하며 안도의 한숨을 내쉬었다. 어떻게 저택에서
내보내나 했는데 디에고의 조력으로 일이 쉽게 풀렸다. 에스텔라가 진
심을 담아 말했다.

"도와주셔서 고마워요."

"천만에요."

"그런데 이것 좀…… 놔주시겠어요?"

에스텔라가 눈살을 찌푸리며 아직까지 제게 딱 달라붙어 있는 디에
고의 팔을 툭툭 쳤다. 에스텔라의 허리를 감싸 안은 손이 로렌소가 사
라진 후에도 여전히 제자리에 있었던 것이다.

디에고는 지적을 받고 나서야 그녀를 놓아주었다. 순식간에 디에고
와 거리를 벌린 에스텔라가 주저하다가 입을 열었다.

"도움받은 처지에 불평하기는 좀 그렇지만, 입맞춤은 과하셨어요.
깜짝 놀라서 밀쳐 버릴 뻔했거든요."

에스텔라는 뒤따라온 디에고의 불만스러운 눈길을 외면했다. 솔
직해지자면 방금 한 말은 거짓이었다. 깜짝 놀라긴 했지만 일을 망
칠 뻔했다는 건 엄살에 가까웠다. 그들은 이미 여러 번에 걸쳐 입을
맞춰 본 사이였다. 새삼 입술을 부딪는 행위를 낯설게 느낄 이유는
없었다.

그렇다. 그들은 분명 익숙해졌다. 에스텔라가 생각하는 가장 큰 문
제가 바로 그것이었다. 그들은 너무 자주, 그리고 자연스럽게 성적으

로 접촉하고 있었다. 디에고는 이를 문제로 생각하지도 않는 눈치였지만.

"필요할 때 한 번씩 주고받았으니 된 것 아닙니까."

디에고가 난봉꾼처럼 태연한 얼굴로 대답했다. 덕분에 에스텔라의 얼굴이 화끈 달아올랐다. 에스텔라가 반사적으로 소리쳤다.

"키스가 무, 무슨 물건인가요? 주고받게!"

"나라고 이런 유치한 수가 썩 마음에 드는 건 아닙니다. 한데 지난번 경험으로 이만한 방법이 없다는 경험값이 쌓여서요."

다정한 연인 행세를 해 엘렌 영애를 쫓아 보냈던 일을 말하는 것이다. 그때 키스를 해결책으로 내세웠던 건 에스텔라 쪽이었다. 말문이 막힌 에스텔라가 눈에 띄게 조용해졌다. 디에고가 타이밍 좋게 흑심 따윈 없었다는 듯 덧붙였다.

"도와주려고 한 겁니다."

"……알아요, 고맙게 생각하고 있어요."

에스텔라의 목소리가 점차 작아졌다. 이어 그녀가 힘없이 고개를 떨구었다.

디에고는 그녀의 정수리를 잠시간 빤히 내려다보았다. 깔끔하게 올려 묶은 머리칼을 단단한 매듭이 고정하고 있었다. 불쑥 저것을 풀어 보고 싶은 충동이 든 건 단순한 심술 때문일까. 아이들과 어울리다 보니 정신 연령이 어려진 건지도 모르겠다는 생각이 들었다. 그녀의 흐트러진 모습이 보고 싶어진 걸 보면.

디에고가 생각에 잠긴 사이 에스텔라가 고개 숙인 자세 그대로 한숨처럼 중얼거렸다.

"큰일이네요."

"뭐가 말입니까? 전 약혼자라면 방금 처치했는데."

디에고가 태연자약한 목소리로 대답했다. 에스텔라의 뒷조사를 했을 때 들은 정보에 의하면 로렌소는 보기 드문 건실한 남성이었다. 처음 봤을 때 경쟁자로서 약간의 찜찜함을 느꼈을 정도로 외관 역시 멀끔한 편이었다. 뒷북이나 치고 있는 꼴이 한심해 보이긴 해도, 덕분에 위기감이라곤 느끼지 못했으니 어찌 보면 잘된 일이 아닌가 싶기까지 했다.

에스텔라는 디에고의 태평한 반응에 그만 이마를 감싸 쥐었다. 로렌소를 나쁘게 생각하는 게 자신뿐인 건 수도에 와서도 달라지지 않은 모양이었다. 에스텔라가 근심 어린 표정으로 중얼거렸다.

"이런 일로 떨어져 나갈 놈이 아닌 게 문제죠."

"무슨 일이라도 있었어?"

"무슨 일이 있긴."

로렌소가 건성으로 대답하며 술을 한 모금 넘겼다. 그에 솔선해 질문을 건넸던 로렌소의 사촌, 리암은 다소 황당한 기분이 되었다. 그리고 해서 딱히 로렌소의 사정이 궁금했던 건 아니었기 때문이다.

오히려 먼저 사연 있는 분위기를 풍긴 건 로렌소 쪽이었다. 리암이 친구들과 즐기던 소모임에 불쑥 얼굴을 비치더니 제멋대로 자리 잡고 앉아 술을 마시기 시작한 것이다. 그런 주제에 관심이 달갑지 않다는 태도를 보이니 어이가 없었다.

친척 관계긴 했으나 리암이 로렌소에게 가진 감정은 호감과 거리가 멀었다. 로렌소는 평판이 좋은 편이었고 종종 친척들 사이에서 비교의 대상이 되곤 했다. 물론 상대적으로 모자란 인간이 되었던 건 언제나 리암 쪽이었다. 리암은 가슴 한편으로 이 멀끔한 사촌이 망가지는 모습을 은근히 기대해 왔다.

리암이 기대를 숨기며 물었다.

"낮에 베르타 공작저에 찾아갔었던 거 아닌가? 그러려고 수도로 온 거잖아."

"그랬지."

"거기서 기세 좋게 차이기라도 했나 보지?"

로렌소는 대답하지 않았다. 리암은 재수 없는 사촌의 낯에서 짙은 피곤을 발견해 냈다. 가서 무슨 이야기를 나누고 왔는지까지는 알 수 없었으나, 정황상 좋지 못한 결과를 얻은 게 분명했다.

리암은 수도에 본적을 두고 있었다. 사촌의 옛 약혼자가 젊은 공작의 짝이 되어 팔자를 폈다는 소식쯤은 일찍이 들어 알고 있었다는 뜻이다. 안 그래도 로렌소의 혼사는 본래 친척들의 소소한 관심거리였다. 약혼한 여자가 워낙 미인이었던 데다 파혼의 이유도 사뭇 파격적이었기 때문이다.

로렌소의 전 약혼자가 베르타가에 가정 교사로 들어갔다는 소식을 들었을 때 리암은 내심 고소해했다. 얼마나 로렌소와 결혼하는 게 싫었으면 그리로 도망쳤을까 싶었던 것이다. 베르타가에서 숱하게 가정 교사를 갈아치웠다는 소문은 이미 수도에서 유명했다. 그녀가 그곳의 가주와 이어지리라곤 예상치 못했지만 덕분에 사촌의 꼴은 더욱 우스워졌다. 예의 약혼자는 그런 변변찮은 직장이 리암의 옆에 눕는 것보다 낫다고 선언한 거나 마찬가지였으니까.

리암이 으스대듯 말했다.

"그러게 가지 말라니까. 누가 베르타 공작을 두고 지방 촌놈한테 돌아가겠어?"

"안 그래도 상심하셨을 분께 무슨 말씀을 하시는 거예요?"

그때 옆에서 다른 목소리가 끼어들었다. 리암은 당황하여 고개를 돌렸다. 모임에 참석했던 영애 하나가 손으로 허리를 짚고 서 있었다. 짐짓 엄한 눈초리로 리암을 흘긴 여자가 로렌소의 옆으로 와 앉았다. 리암이 변명하듯 중얼거렸다.

"난 그냥 분위기가 너무 축 처져서……."

"어쩜 가족이라는 분이 그런 말씀을 하세요. 로렌소 경, 괜찮으신가요?"

분위기 띄우는 추남보다야 울음 짓는 미남이 기꺼운 법이다. 그녀는 우수에 젖은 로렌소의 얼굴을 몹시 안타깝다는 듯 바라보았다. 리암의 표정이 보기 좋게 구겨졌음은 당연한 바다. 로렌소가 염려를 전한 영애를 향해 친절한 웃음을 내보였다.

"전 괜찮습니다."

"어머, 어머…… 성격도 좋으셔라."

삽시간에 로렌소는 여자들의 관심을 잡아끌었다. 정작 로렌소는 그러거나 말거나 혼자 술잔을 기울일 뿐이었다.

이를 지켜보던 리암은 내심 험악한 욕설을 지껄였다. 그의 사촌은 항상 저런 식이었다. 술과 함께하는 소모임에선 가끔은 눈먼 실수가 벌어질 수도 있는 법 아닌가. 그러나 술자리 미담이라도 퍼지길 원하는 건지 로렌소는 이런 자리에서도 여자에게 집적거리는 법이 없었다. 그러면서도 관심의 중심에 서 있는 모습이 참으로 눈꼴 시렸다.

로렌소는 대놓고 불편한 표정을 짓는 리암을 흘긋 넘겨보았다. 리암이 로렌소를 질투하는 만큼, 로렌소도 리암을 한심하게 여기는 건 마찬가지였다.

'멍청하기는, 저래서 여자들이 싫어하는 것도 모르고.'

로렌소는 사람을 다루는 법에 대해 제법 잘 알았다. 그는 어떤 집단에서든 좋은 사람이라는 평판을 유지했고, 그건 그가 원하는 바를 이루는 데 항상 도움이 되었다. 단적인 예로 그는 어떤 여자든 원하기만 하면 그의 손아귀 안에 넣을 수 있었다. 한번 로렌소에게 마음을 준 여인은 그를 떠나지도 못했다. 그가 그러지 못하도록 만들었기 때문이다.

관계에서 우선권을 잡는 방법은 간단했다. 바로 주기적으로 그녀들의 자존감을 깎아내리는 것이었다. 로렌소는 서서히 그녀들을 적셨다. 제가 의도한 곳까지 깊이 들어오게, 상냥한 낯을 유지한 채 그녀들의 귀에 조금씩 독을 풀었다.

반복해서 타인에게 평가받다 보면 자기 자신을 객관적으로 바라볼 수 없게 되는 법이다. 로렌소가 바깥 평판을 잘 유지하기만 하면 그녀들은 문제점을 본인에게서 찾으려고 들었다. 저렇게 착한 사람이 자신에게 나쁜 뜻을 품을 이유는 없다고 정당화해 가며 말이다. 예외는 딱 하나였다.

'못 본 사이 왜 이렇게 건방져졌을까.'

에스텔라의 쌀쌀맞은 표정을 떠올린 로렌소가 고민에 잠겼다. 사실 '못 본 사이'라는 표현에는 어폐가 있었다. 에스텔라가 고향을 떠나기 전 마지막으로 만났을 때도 그녀는 급작스럽게 매정한 태도를 보였다.

지금 생각해도 로렌소는 그때 무엇이 문제였던 건지 알 수 없었다. 그는 충분히 평소처럼 굴었다. 그녀의 인생을 구제하는 희생자의 역할을 뒤집어썼고, 그 사실을 그녀에게도 충분히 주지시켰다. 그런데 그간 순순히 그의 말을 따르던 여인이 예상치 못한 반항을 하고 나선 것이다.

공식적으로 약혼을 파기한 사람은 로렌소였으나, 사실상 그들 관계를 단절시킨 건 에스텔라 쪽이었다. 로렌소는 수도로 이력서를 부친 에스텔라의 행동을 이별 선언 외의 다른 의미로 해석할 수 없었다. 그땐 로렌소도 답지 않게 꽤 화가 났었다.

로렌소는 의도적으로 그녀를 말리지 않았다. 에스텔라는 단 한 번도 사회생활을 경험해 보지 못한 여자였다. 로렌소는 에스텔라의 구직이 그녀를 정신 차리게 할 좋은 기회가 되리라고 여겼다. 제힘으로 벌어먹고 사는 게 얼마나 힘든 일인지 알고 나면 그녀도 그에게 굽히고 들어오게 될 것이었다.

가정 교사란 특히나 좋은 직장이 못 되었다. 가족들과 멀리 떨어져 있어야 하는 데다 마음대로 외출할 수도 없다. 반쯤 갇힌 채 아이들만 돌봐야 하는 생활에서 의미를 찾긴 쉽지 않을 터였다. 심지어 위세 높은 권세가의 아이라면 제멋대로 굴며 선생에게 반항할 가능성도 있다.

그런 면에서 베르타 공작가는 로렌소에게 있어 매우 흡족한 구직처였다. 에스텔라가 대뜸 새 공작과 약혼을 선언하지만 않았다면 말이다.

로렌소가 짧게 혀를 찼다.

"눈치 보는 얼굴이 더 어울리는데 말이야."

"네?"

생뚱맞은 말에 옆에 있던 영애가 의아한 목소리를 냈다. 로렌소는 고개를 내젓고는 재차 술을 홀짝였다.

에스텔라를 놓친 것은 로렌소에게 있어서도 매우 안타까운 일이었다. 로렌소는 그녀만큼 아내로 삼기 적합한 여인을 또 보지 못했다. 객관적으로 에스텔라는 아름답고 지성이 있는 여인이었다. 외려 쇠락한 가문 때문에 그녀가 가진 가치가 평가 절하된 감이 없지 않아 있었다. 덕분에 로렌소는 그녀를 헐값에 얻고, 또한 모두에게 완벽한 남편감 행세까지 할 수 있었다.

어차피 그는 아내가 건방지게 그의 결정에 참견하기를 원하지 않았으므로 처음부터 권세가와의 혼담엔 관심이 없었다. 그렇기에 몬티엘 경의 파산은 외려 그에게 있어 좋은 건수였다. 로렌소는 이를 에스텔라의 심지를 꺾을 기회로 생각했다.

그러나 실패 이후의 결과는 참혹했다. 다시 만난 에스텔라는 바늘 하나 들어갈 틈도 없어 보였다. 새 약혼자인 베르타 공작이 오냐오냐하며 그녀가 제 주제를 잊게 한 것이 틀림없었다. 다시 작업에 들어가려면 꽤 귀찮을 것이다.

'일단 공작과의 결혼을 막아야 할 텐데.'

성공할지는 알 수 없었으나 시도해 볼 가치는 있었다. 저를 버리고 떠난 여자가 행복하게 사는 꼴을 두고 볼 수 없는, 로렌소는 그야말로 비틀린 심성의 소유자였다. 그는 여성이 제게 흠이 있다고 착각하게 만드는 것만큼이나 실제로 흠을 만들어 내는 방식에 대해서도 몹시 잘 알고 있었다.

로렌소의 음험한 속을 모르는 영애가 눈을 반짝이며 그의 팔을 안았다.

"로렌소 경, 옛 약혼자는 그만 잊어버려요. 이곳에서 새롭게 좋은 인연을 찾을 수도 있는 법 아니겠어요?"

"아서라, 저거 또라이야. 얽히면 피곤해진다니까?"

리암이 곧장 혀를 끌끌 차며 끼어들었다. 리암은 제 사촌과 헤어진 여자들이 반 폐인이 되는 걸 여러 차례 목격해 왔다. 에스텔라라는 예외가 존재하긴 하나 어디까지나 예외였다. 리암이 보기에 로렌소는 그다지 좋은 연애 대상이 못 되었다.

"리암, 그쯤 해 둬."

로렌소의 나직한 경고에 리암이 멈칫했다. 로렌소가 소파 등받이에 상체를 묻고는 나른한 미소를 떠올렸다. 그가 달콤한 음성으로 말했다.

"그나저나, 수도에서 제일 입이 가벼운 인사가 누구지?"

"처음 들어 보는 종류의 찌질한 인간이군요."

로렌소와 있었던 긴긴 역사를 들은 후, 디에고가 처음으로 내뱉은 말이었다. 디에고의 혹평에 에스텔라는 반사적으로 웃음을 터뜨렸다. 디에고가 왜 그러냐는 듯 그런 그녀를 멀거니 응시했다. 에스텔라가 겨우 스스로를 진정시키고는 말했다.

"음, 죄송해요. 너무 정곡을 찔러서."

혹여 디에고가 자신을 이해하지 못할까 약간 걱정이 되었던 것도 사실이었다. 한데 그가 이렇게 시원스럽게 로렌소를 욕해 주니 기분이 한결 나아졌다. 처음 디에고가 이야기를 나누자며 찾아왔을 때 무의식적으로 겁을 먹었던 게 허탈하게 느껴지기까지 했다.

디에고가 에스텔라에게 대화를 청한 건 저녁 무렵이었다. 서로의 방으로 통하는 문에서 노크 소리가 들려온 것이다. 잠금장치를 걸어 둔 건 아니라 그대로 열어도 되었을 텐데, 디에고는 에스텔라에게 대답이 돌아오길 잠자코 기다렸다. 에스텔라가 용건을 묻자 디에고는 발코니로 나오라는 말만을 전했다.

공작 부부의 침실은 실내가 아닌 바깥 창 쪽으로도 통했다. 발코니 공간은 여러 종류의 화분으로 장식되어 대단히 아름다웠으나 정작 그곳에서 그와 마주친 적은 없었다. 에스텔라는 어색한 기분이 되어 밖으로 걸어 나갔다. 디에고는 작은 테이블에 앉아 그녀를 기다리고 있었다. 그 광경에 소소한 문제가 있다면 준비된 음료가 차가 아닌 술이었다는 점일까.

어찌 됐든 알코올은 어느 정도 진솔한 태도를 촉진시키기도 하는 법이다. 술을 한 잔 두 잔 걸치고 나자 자연스럽게 고향에서 겪었던 일들이 한탄처럼 새어 나왔다. 사실 계속 비밀로 할 수 있는 일도 아니었다. 그에게 또 놀림당하기가 싫어 웬만하면 침묵하고 싶었지만, 적어도 로렌소의 행동을 예측하는 데 도움이 될 만큼은 정보를 공유해야 할 터였다. 그런 이유로 에스텔라는 디에고에게 제 약혼에서부터 파혼까지의 과정을 축약하여 설명해 주었다.

"괜찮은 겁니까? 그런 남자를 다시 만났는데."

디에고의 물음에 에스텔라는 잠시간 골똘히 생각에 잠겼다.

사실 로렌소가 찾아오기 전까지만 해도 에스텔라는 그를 반쯤 잊고 지냈다. 그도 그럴 것이 수도로 올라온 에스텔라에겐 그 이상으로 신경 쓸 일이 많았던 것이다. 전생을 떠올리는 기이한 사건이 벌어짐으로써 전 약혼자의 악행 따위는 뒷전으로 밀려난 지 오래였다. 자신이 소설 속 엑스트라였다는 사실을 깨닫게 되는 것 이상의 충격적인 일은 보통 흔하게 일어나지 않는다.

"네, 저도 생각보다 아무렇지 않아서 놀랐어요."

에스텔라는 저 없이 잘 살 수 있을 것 같으냐며 악담을 쏟아 내던 로렌소의 모습을 한번 떠올려 보았다. 그의 바람과 달리 그녀는 그 없이 아주, 몹시 잘 지냈다. 그녀는 단 한 번도 전 약혼자를 그리워한 적이 없었다.

에스텔라의 깔끔한 대답에 디에고가 굳은 표정을 풀었다. 그녀의 사연을 들음에 따라 저조해졌던 기분이 다시 평소처럼 돌아왔다. 디에고가 포도주로 목을 축이며 말했다.

"난 당신 약혼자가 꽤 괜찮은 남자인 줄 알았습니다. 조사했을 때도 그렇게 나왔고."

"제가 고향 땅을 떠난 이유의 9할이 그 인간 때문인걸요."

에스텔라가 진저리치며 대답했다. 그녀의 얼굴엔 취기로 인한 홍조가 일어나 있었다. 에스텔라는 술기운을 빌어 가슴속에 묻어 두었던 말을 굳이 입 밖으로 꺼내고 말았다.

"제가 에리카 남작 부인에게 어떤 모욕적인 말을 들었는지 공작님은 상상도 못 하실 거예요."

에스텔라가 느슨한 자세로 테이블 위에 팔꿈치를 기댔다. 그러고는 돌연 눈을 가늘게 뜨며 디에고를 돌아보았다. 꼭 세상 쓴맛 모르는 애송이라도 대하는 듯한 투였다. 생소한 취급에 디에고가 피식 웃음을 터트렸다. 그가 장단을 맞추듯 되물었다.

"뭐라고 했는데요?"

"'내 아들을 홀린 불여우', '뭣도 없는 주제에 고집만 센 독종'? 아, 그리고 덜컥 애부터 배서 본인 아들 미래 망칠 생각은 말라고도 하셨어요."

"……아들의 약혼자에게 말입니까?"

"그 약혼이 성사되기까지 긴긴 역사가 있었죠. 전 그 남자가 자기 어머니 앞을 막아설 때만 해도 꽤 믿음직한 사람이라고 생각했어요."

약혼 과정에서 반대에 부딪쳤을 때, 로렌소는 그야말로 에스텔라에게 헌신을 다했다. 집안 간의 격차를 염려하던 가족들이 그 모습을 보고 마음을 놓았을 정도로 말이다. 그래서 에스텔라는 그에게 더 잘하려 했다. 그가 큰 반대를 무릅써 가며 자신을 받아 주었으니, 저도 그만한 노력을 돌려주어야 한다고 말이다.

"별로 인생을 맡길 만한 인간은 못 되어 보이던데요."

디에고가 따분한 어조로 반박했다. 에스텔라는 가볍게 어깨만 으쓱였다.

"대외적으로는 착한 남자였으니까요. 모두가 저한테 행운아라고 말하니까, 스스로도 그게 정말 다시 오지 않을 행운인 것처럼 느껴지더라고요. 그래서 놓치고 싶지 않았어요."

그리 말하며 에스텔라가 잔 안의 와인을 한 바퀴 굴렸다. 선홍빛 수면이 일렁이며 들큼한 향이 치솟았다.

"사실 지금도 그 남자가 틀린 말을 한 건 아니라고 생각해요. 그의 말대로 그는 저와의 결혼을 위해 감수해야 할 게 많았죠. 로렌소는 절 무시했지만, 확실히 저에겐 무시당할 빌미가 있었어요. 그는 절 존중할 필요가 없었죠."

이상하게 흘러가는 이야기에 디에고가 설핏 인상을 찌푸렸다. 디에고가 설마 하는 음성으로 물었다.

"지금 그 남자를 옹호하는 겁니까?"

"……그냥 사실을 말씀드린 건데요."

"어쩐지 이상하다 했습니다."

그리 대답하며 디에고가 알 만하다는 표정을 지었다. 이제 세상 물정 모르는 애송이는 디에고가 아닌 에스텔라 쪽이 되었다. 에스텔라가 의아한 눈으로 그를 돌아보았다.

"뭐가 말씀이세요?"

"내가 칭찬할 때마다 당신, 꼭 어울리지 않는 옷을 입은 것처럼 구는 거 압니까?"

에스텔라는 그만 말문이 막혔다. 아니라고 대거리하고 싶었지만 확실히 자신은 칭찬받는 데 익숙지 않은 성격이었다. 나쁜 습관을 들킨 것 같아 괜스레 민망한 기분이 되었다.

디에고가 느른한 눈으로 그녀를 내려다보며 말했다.

"남 인생에 참견할 용기만큼만 스스로에게 자신 있게 굴었더라면, 그 남자는 당신한테 감히 들러붙지도 못했을 겁니다."

"……제가 딱히 멍청했던 건 아니고요, 첫인상은 분명 친절했거든요. 그냥 가끔, 갈수록…… 음……."

에스텔라는 필사적으로 변명하려다 말고 그만 앓는 소리를 흘리고 말았다. 제가 남자 보는 눈이 없진 않다는 걸 알리고 싶은데 그러려면 로렌소를 옹호하게 되었다. 에스텔라는 결국 입을 다물었다. 로렌소 같은 남자를 추켜세우는 것보단 스스로를 얼간이로 만드는 편이 나을 것 같았다. 디에고가 더욱 여유로워진 태도로 그런 그녀를 채근했다.

"갈수록, 뭐요?"

"좋아요. 그 남자는 개자식이었어요. 전 바보였고요."

에스텔라가 힘겹게 인정하며 양손을 펴 들었다. 디에고가 즐거운 기색으로 팔짱을 꼈다. 그가 에스텔라에게로 고개를 기울이며 말했다.

"어쨌든 이로써 당신이 어지간히 남자 보는 눈이 없다는 게 또 증명됐군요."

"아, 이야기가 또 이렇게……."

에스텔라가 낙심한 표정으로 테이블 위에 엎드렸다. 디에고가 즐거운 기색으로 손을 뻗어 장난치듯 그녀의 머리칼을 쓸어내렸다. 에스텔라는 반곱슬머리였기 때문에 엉킨 가닥이 잘 풀리진 않았다. 디에고의 손마디 끝에 뭉친 머리칼이 걸렸다. 디에고가 그것을 물끄러미 내려다보다가는 불쑥 말했다.

"그건 사랑이 아닐 겁니다."

에스텔라는 곧바로 그의 말뜻을 이해하진 못했다. 로렌소와 자신 중 누구의 본심을 말하는 건지 알 수 없었기 때문이다. 어느 쪽으로 대입하든 사실과 크게 다르진 않았지만.

에스텔라는 어쩐지 디에고의 단언이 자신을 위로하는 것처럼 느껴졌다. 로렌소와의 사이는 그녀가 의미를 부여할 만큼 대단치 않았으니 그에 깊이 파묻혀 있지 말란 듯이. 그리고 에스텔라는 충분히 그럴 자신이 있었다.

지금의 그녀는 로렌소의 앞에서 위축되지 않았다. 그녀는 전생의 경험을 떠올림으로써 로렌소가 얼마나 끔찍한 인간이었는지 알게 되었다. 로렌소가 건 저주의 맹점은 그가 상대에게 큰 의미일 때만 효과적으로 기능한다는 점이다.

베르타 공작가에서 지내며 마음의 평화를 찾은 건 에스텔라도 마찬가지였다. 아이들이 내주는 애정은 따사로웠고 디에고가 내보인 믿음 역시 기뻤다. 지금의 그녀는 충분히 좋은 사람들 속에 있었다. 그녀를 괴롭게 했던 과거의 누군가가 다시 눈앞에 나타났대도, 결코 그녀의 안정을 흔들 수는 없었다.

에스텔라의 입가에 작은 미소가 스쳤다. 에스텔라가 눈을 감은 채 운율 있는 목소리로 수긍했다.

"저도 알아요."

이윽고 에스텔라가 고개를 들었다. 덕분에 디에고는 손에 쥐고 있던 그녀의 머리칼을 놓쳤다. 에스텔라는 거의 코앞에 있는 디에고의 얼굴을 발견하고는 잠시 멈칫했다. 디에고가 이렇게까지 가까이 붙어 있을 줄은 몰랐기에 내심 당황하지 않을 수 없었다.

반면 디에고는 갑작스럽게 좁혀진 거리에도 불구하고 태연한 기색이었다. 그가 여상하게 말했다.

"사실 좀 걱정했습니다."

"뭘요?"

"당신이 옛 추억에 젖어 날 버리고 도망가 버릴까 봐요."

"그럴 리가 있겠어요?"

에스텔라가 황당하다는 듯 되물었다. 그녀는 굳건한 부정을 드러내듯 주먹을 힘 있게 틀어쥐기까지 했다.

그러나 에스텔라의 옛 연애담을 빠짐없이 알고 있는 디에고로선 제 말이 영 실현 불가능한 일이라고 생각되지 않았다. 에스텔라의 불만 어린 얼굴을 지켜보던 디에고가 픽 웃으며 반대편으로 고개를 돌렸다.

"하기야, 날 두고 그런 남자에게 돌아간다면 제정신이 아닌 거죠."

에스텔라는 취기를 핑계 삼아 그를 한번 때려 보고 싶은 충동을 느꼈다. 그러나 이 순간에 탓해야 할 게 있다면 다름 아닌 방정맞은 제 입일 것이다.

에스텔라는 한숨과 함께 몸을 뒤로 뺐다. 디에고처럼 팔짱을 끼고는 고뇌 어린 표정을 지었다.

"어쨌든 불안하네요. 솔직히 전 고향에 이상한 소문이 날 것까진 각오했었거든요. 수도에서도 같은 걱정을 하게 될 줄은 몰랐지만……."

"딱히 걱정할 것도 없습니다."

걱정스러운 낯의 에스텔라와 달리 디에고는 태평했다. 그는 에스텔라의 빈 잔에 마저 술을 채워 주었다. 달달한 맛에 계속해서 잔을 기울이다 보니 병을 한도 끝도 없이 비우게 되었다. 벌써 술이 동난 듯 붉은색의 물줄기가 점차 잦아들었다. 그가 에스텔라에게 가득 채운 잔을 밀어 주며 말했다.

"당신 얘기를 들으니 대강 뻔히 짐작이 됩니다. 다음에 또 보자던 그 인간이 무슨 수를 벌이고 있을지."

"뭐 방법이라도 있으세요?"

"평판을 무기로 남을 공격하는 인간이니 그 평판을 망쳐 주면 되는 문제 아니겠습니까?"

그가 심드렁한 태도로 되물었다. 건성인 태도와 달리 에스텔라를 향한 시선은 마냥 곧았다. 에스텔라는 잠시간 그를 마주 응시했다. 분명 디에고가 훨씬 더 많이 마셨을 텐데 그는 전혀 취한 기색이 아니었다. 에스텔라는 그가 주량이 센 편이라는 사실을 새삼 되새겼다.

"당신은 본인 약혼자가 어떤 사람인지 좀 제대로 알 필요가 있어요."

에스텔라의 시선을 불신으로 해석했는지 그가 자존심 상한 표정으로 덧붙였다. 에스텔라라고 그의 호언이 딱히 허세라고 생각한 건 아니었다. 그러면 충분히 그녀의 옛 약혼자를 골려 주고도 남을 것이다.

에스텔라는 굳이 당연한 사실에 말을 보태진 않았다. 대신 호기라도 부리는 것처럼 디에고가 따라 준 와인을 한 번에 들이켰다. 갑작스럽게 술을 물처럼 넘기기 시작하는 에스텔라를 보고 디에고가 답지 않게 당황한 표정을 지었다. 에스텔라는 그가 그러거나 말거나 완전히 술을 비웠다. 그러고는 잔을 테이블 위에 내려놓은 것과 동시에 장렬히 전사했다.

멀어지는 정신 속에서 에스텔라는 아득하게 생각했다. 저 눈이 너무도 믿음직한 것이 문제다. 저를 보고 종종 웃는 얼굴이, 꼭 애정이 담긴 것 같은 목소리가, 유독 다정하게 느껴지는 손길이, 하나같이 전부 문제다.

"다앙…… 신, 진짜……."

"뭐요."

"……."

"할 말 있으면 해요. 애꿏은 테이블에 이마 박지 말고."

"……."

"……잡니까?"

디에고가 한참이 지나도 미동이 없는 에스텔라를 내려다보며 물었다. 에스텔라는 테이블 위에 머리를 댄 채 곤히 잠들어 있었다. 옅게 들려오는 코 고는 소리에 디에고는 그만 어이없다는 듯 웃고 말았다. 디에고가 손끝에 힘을 주어 테이블을 두드렸다.

"잘 거면 들어가서 자요."

그럼에도 그녀는 고개를 들지 않았다. 디에고는 중지와 엄지를 겹쳐 그녀의 이마에 가볍게 딱밤을 날렸다. 일부러 힘을 조절했더니 간지럽기만 했는지 에스텔라는 손을 들어 올려 벅벅 제 이마를 긁어 댔다. 태평해도 저렇게 태평할 수가 없었다.

디에고는 손바닥에 턱을 괸 채 그녀의 얼굴을 빤히 응시했다. 그러고는 그녀가 마구잡이로 긁어 빨개진 자리를 반대쪽 손으로 문질러 주었다.

"어디 외간 남자 위험한 줄도 모르고."

물론 저야 잠든 여자에게 흑심을 품을 파렴치한이 아니었으나, 그녀가 거쳐 온 덜떨어진 남자들 앞이었다면 어떻게 됐을지 또 모를 일이었다. 그럼에도 디에고는 양심상 그녀가 상대를 잘 찾아왔다고는 말할 수 없었다. 그가 그녀를 건들지 않는 건 오로지 주취 상태일 때 한정이었으니까.

그러거나 말거나 꿈나라로 떠난 에스텔라는 외간 사내의 경고에도 답이 없었다. 디에고는 슬쩍 미소 짓고는 곧 그녀를 안아 들었다. 그녀의 방 침대 위에 고이 눕혀 주기 위해서였다. 그녀의 전 남자를 처리하는 거사를 앞두고 당사자가 입이 돌아가서는 큰일이었다.

❧

"수도에서 가장 입이 가벼운 사람이라고? 그건 당연히 로메로 자작이지."

바로 건너편에 서 있던 영애와 눈이 마주쳤다. 다갈색 머리카락에 특색 없는 얼굴까지, 흥미를 끄는 부분이 단 한 군데도 없는 여자였지만 로렌소는 성의껏 그녀에게 미소 지어 주었다. 미남의 추파에 여자의 얼굴이 삽시간에 발개졌다. 그녀는 잠시 망설이다가 이내 용기를 내어 로렌소에게로 거리를 좁혔다.

"그런데 너, 이상한 짓 하려는 거 아니지?"

당연하지, 리암. 내가 왜 이 먼 곳까지 와서 이상한 일을 벌이겠어? 침착하게 계획을 이행해 간다면 또 몰라도.

로렌소는 기억에 남은 사촌의 참견에 내심 신경질적으로 대답했다. 당사자 앞에서는 꺼내지 못했던 본심이었지만, 맹세컨대 그가 사촌이 걱정할 만한 일을 벌이려는 건 아니었다.

로렌소는 에스텔라가 그를 버리고 수도로 간 후 스스로가 들어야 했던 온갖 모욕적인 말들을 기억했다. 사람들은 에스텔라가 선견지명이 있었다며, 로렌소와 식을 치르지 않고 떠났길 천만다행이라고 떠들었다. 지방 유지의 차남보다야 당연히 젊은 공작이 낫지 않겠냐며 말이다. 에스텔라의 인생을 구제하며 모두의 우러름을 샀어야 할 그가 한순간에 비웃음거리로 전락한 것이다. 로렌소는 그 괴리를 도무지 견딜 수 없었다.

그는 자신을 배신하고 떠난 괘씸한 여자에게 적절한 죗값을 돌려주려는 것뿐이었다. 그 마땅한 보복에 대체 무슨 문제가 있겠는가?

"안녕하세요, 처음 보는 얼굴이시네요."

"매해 수도엔 무수한 뜨내기들이 등장하는 법이죠."

여자의 첫인사에 로렌소가 장난스러운 응대를 돌려주었다. 여자는 작게 웃으며 한층 더 다소곳하게 섰다. 흐트러진 머리칼을 정돈해 쓸어 넘기고는 두 손을 가지런히 허벅지 앞에 모은다. 잘 보이고 싶은 사람의 앞에 섰을 때 나오는 자세였다. 그리고 로렌소는 그러한 관심에 몹시 익숙했다.

여자가 어색하다는 듯 그에게서 시선을 미묘하게 비낀 채 말했다.

"개중 몇은 성공적으로 수도에 자리 잡기도 하는 법 아니겠어요?"

"그렇다면 영애께서 제 성공적인 수도 데뷔에 약간의 도움을 주시지 않겠습니까? 저는 아는 사람이 없고 더욱이 외로운데, 마침 아름다운 대화 상대가 눈앞에 계시니 말입니다."

달콤한 말재간에 여자의 얼굴이 발갛게 달아올랐다. 로렌소의 입가에 어린 미소가 더욱 짙어졌다. 솔직히 말해 눈앞의 여자는 전혀 그의 취향이 아니었지만, 그렇다고 그녀에게 면박을 줌으로써 자신의 평판을 망칠 생각은 없었다. 그는 어느 정도 깊은 관계로 들어서기 전까지는 상대를 귀히 다루는 편이었다.

로렌소의 음험한 속을 알 리 없는 여인이 목소리를 가다듬고는 물었다.

"물론이죠. 성함을 여쭈어도 될까요, 세뇨르(Señor)?"

무엇보다 지금 받은 질문은 그가 이 자리에 참석한 목적에 정확히 부합했다. 로렌소는 제 목소리가 근처의 모두에게 들릴 만큼, 그러나 결코 시끄럽진 않을 정도로 세밀히 조절했다. 그가 회심의 미소를 지으며 답했다.

"저는 에리카 남작가의 로렌소라고 합니다."

로렌소는 고개를 숙여 여자의 손등에 가벼운 키스를 남겼다. 그는 고개를 들자마자 주변 공기가 사뭇 달라진 걸 느낄 수 있었다. 그가 제 이름을 입에 담음과 동시에 장내의 소음이 가라앉은 것이다. 로렌소는 근처에 있는 사람들이 모두 아닌 척 제게 주의를 집중하고 있다는 사실을 알아챘다. 그는 즐거운 심정으로 군중을 비웃었다.

'이렇게 다루기 쉬워서야.'

물론 그의 얼굴에 드러난 것은 무시가 아닌 친절한 미소였다. 긴가민가한 표정으로 로렌소를 들여다보던 여자가 "아!" 하고 작게 소리쳤다. 그녀가 당황한 기색으로 입을 열었다.

"세상에, 그럼 혹시……."

"에리카 남작가의 영식이시라고요?"

머뭇거리는 여자를 대신해 다른 여인이 촉새처럼 끼어들었다. 이야기를 퍼트려 줄 자라면 누구라도 상관없었으므로 로렌소는 곧장 몸을 비틀었다. 로렌소가 여느 때처럼 친절한 목소리로 말했다.

"예, 무슨 문제라도 있으십니까?"

"어머, 문제라뇨. 호호. 그럴 리가요. 단지 영식과 관련한 흥미로운 소문을 들은 기억이 있어서요."

새로운 바람잡이는 한결 적극적이었다. 그녀가 비밀 이야기라도 하려는 것처럼 로렌소에게 가까이 다가갔다. 그녀의 일행이었던 젊은 무리도 타이밍 좋게 로렌소를 에워쌌다. 덕분에 먼젓번에 다가왔던 영애는 그대로 관심 밖으로 밀려나고 말았다. 그러거나 말거나, 흥미로운 소식에 흥분한 이들은 개의치 않고 로렌소에게 질문을 던졌다.

"혹시 영식께서 이번에 베르타 공작님과 연을 맺으신 에스텔라 양의 전 약혼자가 맞으실까요?"

"아…… 네 맞습니다."

로렌소가 갑작스럽게 쏟아진 관심에 당황한 것처럼 대답했다. 로렌소의 긍정은 분위기를 완전히 뒤바꾸었다. 어디서 들은 이름인가 싶어 긴가민가하던 이들마저도 로렌소에게로 관심을 모았다.

에스텔라가 베르타 공작과 약혼한다는 소식이 알려졌을 때, 새로이 등장한 건수를 놓칠 생각이 없었던 기자들은 다른 경쟁사에게 질세라 한껏 집필욕을 불태웠었다. 신문사의 열정적인 야근 덕에 구독자들은 에스텔라에 관한 기사를 넘치도록 읽을 수 있었다. 그들이 제 친우들과 새로운 가십에 대해 씹고 떠든 건 당연한 결과였다. 그렇게 에스텔라의 과거사는 조간신문을 챙겨 읽을 만큼 부지런하지 못한 이들에게까지도 널리 퍼져 있었다.

그런데 지금 이 시점, 모두가 흥미를 가졌던 대목이 대뜸 실체를 가지고 나타난 것이다. 베르타 공작의 피앙세인 '에스텔라 마거릿 몬티엘'이 거쳤던 전 약혼자. 그 존재는 호사가들에게 있어 은근한 궁금증의 대상이었다.

소문의 전 약혼자는 매력적인 여인을 실수로 놓치고야 만 얼간이인가? 아니면 로맨스 속에서 으레 그러하듯, 여주인공이 진짜 운명을 만나기 전 스친 의미 없는 바람이었을까?

호기심 어린 눈이 로렌소를 샅샅이 훑었다. 이런 결과를 예상했던 로렌소조차 약간의 위압감을 느꼈을 정도였다.

"지방에 본가가 계시다고 들었는데요."

"아, 사촌의 초대로 잠시 수도에서 지내고 있습니다."

"다른 목적 때문에 수도로 올라오신 건 아니고요?"

누군가 날카롭게 질문했다. 로렌소는 질문의 저의를 알아차리지 못할 얼간이가 아니었으나, 바로 그 이유 때문에 더욱 무구한 표정을 자아냈다.

"무슨 말씀이신지……."

"에스텔라 양과 파혼하신 시기가 그리 오래되지 않은 것으로 알아서요. 괜찮으시다면 그때 이야기를 좀 들려주실 수 있을까요?"

상대방이 답답하다는 듯 더 직접적인 화제를 꺼내 들었다. 로렌소는 잠시간 당황한 표정으로 주변을 둘러보았다. 모두가 기대 어린 눈으로 그를 기다리고 있었다. 로렌소가 모두의 기세에 눌린 것처럼 입을 열었다.

"딱히 대단한 이야기는 없습니다. 그냥 연이 아니었던 거지요."

"어머, 그런 뻔한 말은 싫어요."

저돌적으로 다가왔던 여인이 부채를 펼쳐 살랑살랑 흔들었다. 그런 입에 발린 말이나 듣자고 떼로 몰려온 것이 아니었다. 그녀의 투정은 일종의 경고에 가까웠다. 군중의 흥미를 만족시키지 못한다면 로렌소는 그저 그런 지방 인사로 남게 될 것이라는.

물론 그건 로렌소가 바라는 일이 아니었다. 로렌소는 짧게 한숨을 내쉬었다. 들고 있던 잔으로 목을 축이며 시간을 끈 그는 기대감이 적당히 무르익고 나서야 비로소 운을 뗐다.

"하나 확실히 하자면, 저는 그녀를 진심으로 사랑했습니다. 그녀의 모든 나쁜 조건을 다 감싸 안을 수 있을 정도로요. 하지만……."

"'하지만'이라면?"

음험하게까지 느껴지는 추궁에 로렌소의 표정이 한층 더 어두워졌다.

"기우는 집안이라 애초부터 가족의 반대가 막심했습니다. 전 어머니와 아버지를 오래도록 설득했고, 저만큼이나 그녀도 저와 함께할 각오를 굳건히 다졌다고 생각했죠. 그런데 그녀의 생각은 저와는 좀 달랐던 듯해요. 큰 지원을 기대할 수는 없을 거란 소식을 전하자 그녀는 크게 실망한 기색이었어요."

'큰 지원'이라. 변변치 못한 가문의 영애가 결혼을 할 때 우선적으로 봐야 할 사항이 대체 무얼까. 그것은 너무나도 뻔한 답이었다.

"그 후부터 그녀는 내내 식을 치르는 데 있어 미지근한 태도를 보였습니다. 덕분에 날짜조차 잡지 못하고 약혼 기간만 하루 이틀 길어져 갔죠."

진행이 지지부진했던 건 에리카 남작 부부가 날짜를 잡는 걸 차일피일 미뤘기 때문이지만, 로렌소는 그것이 마치 에스텔라의 의지였던 것처럼 포장했다. 어차피 에스텔라가 그의 재산을 욕심냈다는 것도 거짓부렁에 불과했다. 하지만 상대방이 속을 만한 근거를 짜 맞추는 순간 거짓도 합리적인 의심이 된다.

이젠 결정타를 날릴 때였다. 로렌소가 침통한 음성을 자아내며 말했다.

"그렇게 우리 사이는 갈수록 나빠졌어요. 그녀가 수도로 떠나기 며칠 전엔 크게 싸우기까지 했죠. 에스텔라가 수도로 이력서를 부쳤다는 소식이 알려지며 사태는 그야말로 걷잡을 수 없게 되었습니다. 그녀는 결국 수도로 떠났고요. 그리고 머지않아……."

로렌소는 끝내 고개를 떨구었다. 이 이야기만 들어서는 에스텔라가 안 좋은 가정 환경 때문에 지역 유지의 아들인 로렌소를 꾀어냈다가, 여의치 않게 되니 수도행을 결정한 것처럼 보였다. 실제로 그녀는 그로부터 몇 달 지나지도 않아 대단한 부호와 새로이 결혼을 약조했다.

미남의 가슴 아픈 사연에 몇 마음씨 좋은 이들은 안타까움 섞인 한숨을 내쉬었다. 자극적인 이야기를 기대하고 달려들었던 이들도 충분히 식욕을 채웠다는 듯 배부른 표정을 지었다.

로렌소는 자신이 만들어 낸 이 모든 반응들에 만족했다. 그는 충분히 파티의 중심에 있었다. 이대로 계속 시선을 끌고 있으면 로메로 자작이 관심을 가지고 등장할 것이다. 어쩌면 이미 소식을 듣고 자리를 이동하고 있는지도 몰랐다. 로메로 자작의 귀에 지금까지 했던 이야기가 들어가면 오늘의 목적은 대강 달성하는 셈이었다.

로렌소는 다음 날 아침이면 에스텔라와 얽힌 온갖 추잡한 소문을 들을 수 있으리라 예상했다. 에스텔라는 파격적인 신분 상승으로 모두의 이목을 샀던 여자였다. 그 무수한 관심엔 오로지 흥미뿐, 그녀를 지켜 줄 애정 따윈 없었다. 그녀가 추락하는 순간 기다렸다는 듯 물어뜯을 이빨이 차고 넘칠 것이다.

그때 입구 쪽에서 약간의 소란이 일었다. 로렌소는 무의식적으로 고개를 들어 문가를 응시했다. 로렌소를 둘러쌌던 인파 역시 잇따라 시선을 돌렸다. 새로이 등장한 인사를 발견한 로렌소는 그만 당황으로 어깨를 굳혔다.

로렌소가 이곳을 첫 출연 장소로 결정한 것은 로메로 자작의 가벼운 입을 믿어서이기도 했지만, 무엇보다도 공작가에서 이런 자잘한 파티까지 참가하진 않으리라고 판단해서였다. 손댈 수 없는 곳에서 번져 나간 소문이 적당히 무르익었을 즈음 당사자들을 상대해도 늦지 않았다. 어찌 됐든 수도는 로렌소에게 불리한 지역이었고, 그는 이 판도를 제게 유리하게 바꿀 필요가 있었다.

그런데 지금 인파를 뚫고 등장한 이는…… 다름 아닌 제가 그토록 피하려 했던 베르타 공작이었다.

로렌소는 다급히 공작의 옆을 살폈다. 아니나 다를까, 에스텔라가 베르타 공작과 팔짱을 낀 채 선하게 웃고 있었다. 심지어 그들은 단순히 등장하는 데 그치지 않고 서서히 로렌소에게로 거리를 좁혔다.

설마 뒷조사라도 붙인 것인가. 로렌소의 가면 위로 숨기지 못한 당황이 스쳤다.

"안녕하세요, 릴리아나 양. 지난번 다과회에서 뵌 게 마지막이었죠? 그간 잘 지내셨나요?"

어느새 근처로 다가온 에스텔라가 한 영애를 콕 집어 대화를 시도했다. 예상치 못한 관심에 당황한 영애가 일순 뻣뻣하게 얼어붙었다.

"네? 네, 물론이죠. 에스텔라 양은 잘 지내셨나요?"

"물론이에요. 사실 저택을 새로이 정비하느라 좀 바쁘긴 했지만, 이젠 그나마 여유가 나서요. 소홀했던 사교 모임에 집중할 예정이랍니다."

그리 말하며 에스텔라가 싱긋 웃어 보였다. 에스텔라의 발언에 몇 인사들은 지인과 알음알음 눈짓을 주고받았다. 베르타 공작의 피앙세가 약혼식을 치르자마자 저택의 대소사를 돌보고 있다는 소문은 거짓이 아닌 모양이었다. 에스텔라는 의도적으로 제 위세를 과시한 데 이어 곧장 다음 목표물을 지목했다.

"유난히 이곳에 다들 몰려 계시기에, 무슨 이야기가 오가는지 궁금하여 끼어들었지 뭐예요."

"아, 그것이……."

릴리아나가 황망한 기색으로 눈알을 굴렸다. 로렌소의 기대와 달리 그녀에게 상황을 모면할 연기력이라곤 없었다. 릴리아나는 곧바로 소란의 근원인 로렌소를 돌아보았다. 자연히 에스텔라의 눈길이 뒤따라왔다. 이제야 로렌소를 발견했다는 듯, 에스텔라가 해맑은 미소를 내보였다.

"오, 친애하는 로렌소. 수도에서 다시 뵙게 되니 매우 감회가 새로워요."

살가운 에스텔라의 태도에 로렌소는 내심 당황했다. 심지어 에스텔라는 모두에게 로렌소를 소개하기까지 했다.

"여러분, 여기 계신 로렌소 경은 제가 벨로카 지방에 있던 시절 알았던 오랜 지인이에요. 제 입으로 밝히긴 좀 그렇지만, 저와 약혼 관계였던 적도 있었죠. 다 지난 일이지만 말이에요."

에스텔라가 별일 아니란 듯 덧붙였다. 덕분에 주변을 둘러싼 모두가 혼란에 젖었다. 지난 약혼 이력이 이렇게 대놓고 드러낼 만한 사항인가 싶었던 탓이다. 더 이상한 건 옆에 선 베르타 공작이 너무도 태평해 보인다는 사실이었다.

"파혼은 보통 불화로 해석될 사안인데, 두 분은 생각보다 사이가 꽤 좋아 보이시네요."

빠르게 당황을 추스른 누군가가 예리한 질문을 꺼냈다. 그에 에스텔라가 기다렸다는 듯 되물었다.

"글쎄요. 혼인 전에 서로가 어울리지 않는 짝임을 확인할 수 있다는 건 행운에 가까운 일 아닐까요?"

"어울리지 않는 짝이라니. 무슨 말씀이신지 조금 더 자세히……."

"에스텔라, 그만해."

로렌소의 목소리가 그들 사이를 가로질렀다. 자연히 로렌소에게로 모두의 시선이 집중되었다.

로렌소는 긴장으로 주먹을 틀어쥐었다. 에스텔라가 무슨 계획으로 여길 찾아왔는진 알 수 없었으나, 로렌소는 그녀가 어떤 수작을 부리든 원래의 목적을 이행할 자신이 있었다. 어차피 그는 자신의 주장을 피력하는 데 필요한 뼈대를 모두 깔아 둔 상태였다. 로렌소가 거의 흐느끼는 목소리로 호소했다.

"날 어디까지 우습게 만들 거니. 넌 날 버리고 이미 다 잊었는지 모르겠지만 난 아니야."

그의 예상대로 선공을 당한 에스텔라의 얼굴에 당황이 스쳤다. 굳어 버린 분위기에 그녀가 더듬더듬 사과를 전했다.

"오. 미안해요, 로렌소. 난 우리가 나쁘게 헤어졌다고 생각지 않았어요. 제 착각이었군요."

"그런 이별을 겪고 내가 어떻게 아무렇지 않을 수 있겠어?"

"하지만…… 난 우리가 이미 합의를 마쳤다고 여겼어요. 내가 당신의 파혼 요청을 받아들인 건 오로지 당신을 위해서였으니까요."

에스텔라가 안타까운 목소리를 내며 디에고에게 몸을 기댔다. 디에고는 그런 그녀를 안쓰럽다는 듯 내려다보며 그녀의 허리를 감싸 안았다. 자연히 주변의 수군거림이 짙어졌다.

"파혼 요청을 한 게 어쨌든 남자 쪽이라는 거지?"

"아까 들었던 거랑 얘기가 좀 다르잖아."

상황은 로렌소의 예상과 사뭇 다르게 흘러가고 있었다. 애초에 베르타 공작의 앞에서 그의 약혼자를 나쁘게 몰아갈 만큼 생각 없는 인물은 존재하지 않았던 것이다.

평정심을 잃어버린 로렌소는 혹여 말이 꼬일까 혀끝으로 잇새를 눌렀다. 에스텔라의 등장은 정말이지 예상 밖의 일이었다. 또한 그녀가 지금처럼 사람들 앞에서 그를 몰아세운 전례도 없었다. 로렌소가 혼란으로 갈피를 잃은 틈을 타, 에스텔라는 준비했던 결정타를 내던졌다.

"당신의 어머님께서 제게 '주제도 모르는 계집이 씨도둑질을 하려고 한다.'라고 말했을 때 느꼈어요. 제가 당신의 미래에 방해만 되는 존재라는 걸……."

울먹거리듯 말을 끝맺음과 동시에 에스텔라는 두 손을 모아 제 얼굴을 묻었다. 언론에서 친절히 대서특필해 준 덕분에 수도에서 에스텔라가 빈털터리였다는 사실을 모르는 이는 없었다. 그녀가 베르타가에서 가정 교사로 근무했다는 건 이미 유명한 사실이었고, 그녀의 직업은 그 자체로 몬티엘가의 몰락을 의미했다. 그러니 제 가난한 사정을 밝히는 건 새삼 부끄러울 일이 못 된다. 그리고 이왕 불쌍한 여자가 될 거라면 경멸보다는 동정을 사는 편이 나았다.

아니나 다를까, '씨도둑질'이라는 충격적인 발언에 주변을 둘러싼 여인 모두가 경악 어린 표정을 지었다. 로렌소가 제 주장을 위해 꾸며 낸 거짓들과 달리, 에스텔라가 입에 담은 건 에리카 남작 부인이 실제로 내뱉었던 표현이었다. 에스텔라가 훌쩍거리며 말을 이었다.

"남작 부인께선 제가 당신 재산을 노린다고 생각하셨는데, 어떻게 언감생심 결혼을 감행할 수 있었겠어요. 부인께서 뭘 걱정하시는지 제가 모르는 것도 아닌데요."

"그건……. 그, 그렇다면 왜 베르타 공작과 그렇게 빨리 약혼한 건데?"

궁지에 몰린 로렌소가 다급히 베르타 공작과의 약혼을 지적했다. 디에고는 탐탁지 않은 표정으로 그런 로렌소를 노려보았다. 지금껏 디에고는 아무 말도 보태지 않고 있었으나, 로렌소를 보는 그의 심사가 곱지 않다는 사실은 극명했다. 여론은 로렌소에게 더욱 나쁘게 흘러갔다. 그 와중 표정을 가다듬은 에스텔라가 디에고에게 깊이 몸을 기댔다.

"공작님께서는…… 달랐어요. 디에고 님은 제 금전적인 사정 따윈 문제 되지 않는다며, 그저 당신을 믿고 기대라고 하셨죠."

그녀가 감동 어린 눈으로 디에고를 올려다보며 말을 이었다.

"공작님은 파혼을 하고 낯선 곳으로 올라와 우왕좌왕하는 저를 배려하고 보듬어 주셨어요. 제가 어떻게 그런 분께 마음을 바치지 않을 수 있었겠어요."

"당연한 일인 걸요, 에스텔라."

디에고가 그녀의 손을 겹쳐 쥐며 달콤한 목소리로 답했다. 에스텔라가 이번엔 느리게 로렌소를 돌아보았다.

"하지만, 오. 로렌소 경, 아시잖아요. 에리카가는……."

에스텔라가 어딘지 측은한 눈빛으로 로렌소를 응시했다. 그 말인즉 바로 이런 뜻이다. 에리카가의 모자란 재정으로는 자신과 결혼하는 데 부담이 있었을 텐데, 베르타가는 여유가 넘쳐 그런 조건을 전혀 신경 쓰지 않더라는.

한순간에 별 볼 일 없는 집안의 남자가 된 로렌소가 모욕감으로 어깨를 떨었다. 이제 상황은 로렌소에게 안 좋다 못해 끔찍한 방향으로 흘러가고 있었다. 그는 어머니 등쌀에 못 이겨 사랑하는 사람에게 상처를 준 얼간이에 더해, 겨우 상처를 극복하고 새 사람을 찾은 여자를 욕보인 인간쓰레기가 되어 있었다.

"모두에게 잘 해결된 일이니까. 이젠 웃으면서 얘기할 수 있을 줄 알았는데……"

에스텔라가 눈물을 닦아 내며 애써 웃어 보였다. 심지어 자신은 괜찮다며 주변을 다독이기까지 했다.

"죄송해요, 여러분. 제가 못 보일 꼴을 보였네요. 하지만 정말 다 지난 일이에요."

로렌소는 떨리는 다리에 겨우 힘을 주었다. 그가 공들여 가꿔 왔던 평판이 한순간에 무너졌다. 늘 좋은 사람의 역할을 뒤집어썼던 그가 이젠 악당으로 변모한 것이다. 로렌소는 그렇게 만든 이가 다름 아닌 제 전 약혼자라는 사실을 도무지 인정할 수 없었다.

에스텔라는 늘 그가 원하는 대로 휘둘렸던 여자였다. 살이 찐 것 같다고 하면 어느샌가 체중을 조절해 왔고, 파인 옷이 싫다고 하면 여름에도 천으로 피부를 전부 가리고 나타났다. 그런 그녀가 감히 자신을 망가트린다고?

로렌소가 충동적으로 벌컥 소리쳤다.

"에스텔라, 우리 파혼은 네 아버지가……!"

"로렌소 경."

나직한 음성이 귀를 사로잡았다. 로렌소는 흠칫 에스텔라의 옆을 돌아보았다. 여태껏 침묵을 지키던 디에고가 마침내 입을 연 것이었다. 디에고가 몹시 유감이라는 듯이 말을 이었다.

"내 약혼자와 당신은 이미 끝난 사이라고 알고 있습니다. 내가 그녀를 만났을 때 두 사람은 이미 파혼한 상태였어요. 내가 공자께 저지른 무례는 없어 보이는 반면, 공자께서는 참으로 나를 배려치 않으시는군요.”

로렌소는 굴욕적으로 고개를 숙였다. 제가 물러서야 할 때가 됐음을 직감한 탓이었다. 여기서 베르타 공작에게 맞서 봤자 만용일 뿐이다. 이보다 훨씬 더 나쁜 결과가 있을 수도 있다는 사실을 로렌소는 모르지 않았다. 로렌소가 이를 악물며 사과했다.

“죄송합니다, 공작님. 제가 그만 큰 실례를 저질렀습니다.”

로렌소는 느리게 침을 삼켰다. 치솟는 분노를 턱 밑으로 겨우 쑤셔넣은 것이었다. 로렌소는 가까스로 그가 항상 내보이던 친절한 사람의 낯을 뒤집어썼다. 그가 진중한 투로 에스텔라에게 사과를 전했다.

“에스텔라, 우리 어머니가 하셨다는 말씀은 대단히 유감이야. 난 미처 몰랐던 사실이지만, 이제라도 네게 사과하고 싶어.”

에스텔라는 디에고의 팔에 얼굴을 묻을 뿐, 로렌소의 사죄에 대답하지 않았다. 로렌소는 그녀를 끌어와 뺨이라도 한 대 내려치고 싶은 충동을 느꼈다. 당연히 실행으로 옮길 수는 없었지만.

로렌소는 후일을 기약하며 디에고를 향해 간청했다.

“괜찮으시다면 공작님과 조용한 자리에서 뵙고 이야기를 나누고 싶습니다. 부디 제게 저희 사이에 있는 긴 오해를 풀 기회가 있길 바랍니다.”

“……가까운 시일 내에 공작저로 방문하세요. 나 역시 더는 그대가 그녀와 나 사이에 대해 더러운 의심을 품길 원치 않으니.”

차갑게 대답한 디에고가 에스텔라를 안고 돌아섰다. 디에고가 자리를 떠남과 동시에, 로렌소의 주변에 몰려 있던 인파도 빠르게 흩어졌다. 로렌소는 그들이 이젠 저를 도마 위에 올릴 것임을 어렵지 않게 예상할 수 있었다.

로렌소는 이를 악물었다. 목에 핏대가 일어섰다. 이런 굴욕적인 경험은 또 처음이었다.

로렌소는 멀어지는 디에고의 등에 시선을 주었다. 자세한 사정도 모르고 에스텔라의 편을 드는 걸 보면 아무래도 그는 그녀의 사탕발림에 완전히 넘어간 듯했다.

아마 에스텔라는 불쌍한 척 고향에서의 사연을 팔아 그를 유혹했을 것이다. 그 가련한 이미지를 누군가 깨부숴 준대도 공작이 지금처럼 그녀의 편을 들까. 껍데기에 홀려도 잠깐일 뿐이다. 직접 독대하며 에스텔라에 대해 이런저런 안 좋은 소리를 흘리면 공작의 마음에도 의심이 싹틀 터였다. 다른 남자가 이미 즐길 대로 즐겼던 너절한 여자라면 환상을 깨기에 충분하겠지.

로렌소는 애써 입꼬리를 끌어올리며 자리를 박찼다. 당연히도, 파티장을 떠나는 그에게 인사를 전하는 이는 없었다.

⋘∾⋙

로렌소가 베르타 공작저를 방문한 건 그로부터 정확히 이틀 뒤의 일이었다. 막무가내로 쳐들어왔던 지난번 방문과 달리 정식으로 디에고의 승인을 받아서.

사실 디에고는 로렌소가 진짜 자신을 찾아오리라곤 생각지 않았다. 상황 판단을 제대로 했다면 감히 행할 수 없는 방문이었기 때문이다.

디에고가 관심도 없던 로메로 자작의 파티에 참석한 것은 다분히 의도적인 일이었다. 로렌소는 딱 봐도 쉽게 떨어지지 않을 기세였고, 디에고는 일을 확실히 하는 성미이므로 곧장 그에게 감시를 붙였다.

조사한 바에 의하면 로렌소는 제 사촌인 리암이라는 자와 제법 꾸준히 어울리는 편이었다. 자연히 리암의 지인들과 동석하는 경우도 잦았다. 모임의 구성원들을 찾아내는 건 쉽다 못해 하품이 나올 지경이었다. 디에고는 그중 한 영애에게 로렌소의 동향에 대한 정보를 샀다.

로렌소가 참석을 결정한 파티의 주최자 중 가장 이목을 끈 건 단연 로메로 자작이었다. 로메로 자작은 입이 가벼운 인사로 소문이 자자한 데다, 로렌소 같은 뜨내기들도 접근이 쉬운 위치에 있었으니까.

아니나 다를까 디에고의 추론은 대번에 들어맞았다. 파티장 안에서 사람들의 중심에 선 로렌소를 발견한 순간 디에고는 급격히 기분이 저조해졌다. 제가 이런 뻔한 남자를 상대하려 수고를 들이고 있나 싶어 허탈함이 밀려들었던 탓이다.

반면 에스텔라의 연기는 기대 이상으로 수준급이었다. '씨도둑질'이라는 놀라운 단어 선정에는 디에고조차 기함했을 정도였다. 그 이상으로 빠르고 효과적이게 사람을 쓰레기로 만들 수 있는 어휘는 없었다. 디에고는 그 적절한 치명타에 몹시 감명하여 후에 에스텔라에게 은근슬쩍 진위를 묻기까지 했다.

"그거, 과장한 거였죠?"

디에고의 추궁에 에스텔라는 눈을 동그랗게 뜨고는 이렇게 답했다.

"네? 아니요, 진짜인데요. 남작 부인은 임신하지 말라고 저희 집에 이상한 약까지 보내셨던 분이세요."

에스텔라를 향한 감탄이 북부 인간들에 대한 부정적인 편견으로 뒤바뀌는 소소한 일화가 있었지만, 어찌 됐든 그들은 로렌소를 파티 장의 그림자로 만드는 데 성공했다.

애초에 로렌소는 제 아내 삼고 싶은 여자의 자신감을 좋아붙게 만든 한심한 작자였다. 그런 남자를 상대하는 게 어려울 이유는 없었다. 디에고는 로렌소에게 충분히 더 험악하게 굴 수도 있었다.

디에고가 로렌소를 남몰래 처리하지 않은 건 어디까지나 에스텔라에게 예의를 차리기 위해서였다. 로렌소에게 실질적인 피해를 입은 건 에스텔라 쪽이었고, 디에고는 그녀가 스스로 나쁜 기억을 이겨 내도록 돕고 싶었다. 로렌소로서도 그 정도 망신만 당하고 꺼져 주는 편이 신상에 이로웠을 것이다.

"분망하신 와중 시간을 내주셔서 대단히 감사합니다."

물론 로렌소는 주제도 모르고 디에고의 앞에 다시 얼굴을 비추고 말았다. 달갑지 않은 방문객을 마주한 심정을 한 단어로 축약하자면 '감히?'가 되겠다.

디에고는 인사를 받아 주는 대신 상대의 눈을 오래도록 들여다보았다. 다시 생각해도 낯짝만은 참으로 멀끔한 작자였다.

그녀도 이 얼굴을 좋아했던 적이 있을까?

"하실 말씀이 있다고요."

짧은 상념을 치워 낸 디에고가 무감한 목소리로 말했다. 그에 로렌소는 긴장이 역력한 얼굴로 사과를 쏟아 냈다.

"아, 우선…… 이틀 전 파티장에서 제가 다소 안 좋은 모습을 보여 드렸지요. 재차 사과드립니다."

"지난 일은 되었습니다."

인사치레는 그만하면 됐으니 빨리 용건을 내놓으라는 뜻이었는데, 로렌소는 디에고의 화가 어느 정도 풀렸다고 판단한 모양이었다. 로렌소의 낯빛이 미세하게 밝아졌다.

"아무래도 상황이 상황이다 보니 제 행동이 특히 불쾌하게 느껴지셨겠지요. 제가 오늘 방문한 건 그녀와 제 관계에 대한 공작님의 오해를 풀기 위해서입니다."

"오해라?"

디에고가 가만히 되물었다. 로렌소의 변명거리가 한정되어 있다는 것은 뻔한 사실이었다. 디에고 역시 그에게서 대단히 참신한 답이 나오리라고는 기대하지 않았다.

그러나 천연덕스럽게 제 잘못을 축소하는 모습에 불쾌해지는 건 어쩔 수 없었다. 디에고의 언짢은 기색에 로렌소가 송구스럽다는 듯 시선을 내리깔았다.

"저희 파혼 사유를 제대로 아시는지 모르겠습니다만……."

그리 운을 뗀 로렌소는 에스텔라의 어려운 집안 사정과 그 아버지의 도박 이력까지 열과 성을 다해 늘어놓았다. 에스텔라가 그를 '먼저 파혼을 요청해 놓고 뒤늦게 열을 내는 한심한 남자'로 몰아붙인 게 꽤 충격이었던 모양이었다.

물론 디에고는 로렌소가 말하는 모든 것을 이미 알고 있었다. 이전에 개인적으로 행했던 조사에 더해 이번 기회로 에스텔라에게 직접 상세하게 설명 듣기까지 했다. 로렌소가 에스텔라의 아버지를 천하의 한심한 인간으로 묘사하고 있는 것과 달리, 정작 디에고에게 그녀의 가정사는 새삼스러울 바가 못 되었다. 세간의 시각이 이와 조금 다르리라는 것은 디에고도 인정하는 바였지만.

디에고가 에스텔라와 약혼을 결심하며 가장 먼저 행한 건 그녀의 아버지에 대한 정보를 통제하는 일이었다. 가난 그 자체는 상관이 없다. 어차피 베르타 공작가와 비교하면 어디든 뒤떨어지긴 마찬가지였으므로 에스텔라가 조건을 봤다는 오해를 피하기는 힘들 것이다.

그러나 도박 경력이 있는 아버지를 뒀다는 것은 느낌이 조금 달랐다. 스스로의 인생을 나락으로 처박는 행동은 자연히 낮잡아 볼 건수가 되는 법이었다. 그런 아버지를 둔 여자는 어쩔 수 없이 동정과 멸시의 대상이 된다. 눈앞의 남자가 그리하듯이.

"제가 왜 에스텔라가 돈을 보고 저와 약혼했다고 의심했는지 아시겠습니까?"

로렌소가 거의 울먹거리다시피 하며 말을 마쳤다. 숨이 찼던 모양인지 얕게 어깨까지 들썩이고 있었다. 볼 만한 연기였지만 행할 상대를 잘못 골랐다. 디에고가 덤덤히 되물었다.

"글쎄요. 불운한 가정 환경만으로 내가 그녀의 인간성까지 의심해야 한다는 겁니까?"

"아닙니다, 공작님. 요점은 그게 아니지요. 저는 지금 저뿐만 아니라 공작님에게도 해당되는 이야기를 드리고 있는 겁니다. 그녀가 하필, 왜 베르타 가문에 왔을까요? 파혼이야 고향을 떠나지 않아도 할 수 있는 것 아니겠습니까."

"무슨 말씀을 하시는 건지 의미를 모르겠습니다만. 상황을 조합해 보면 그녀는 약혼자와 그 가문에 누를 끼치고 싶지 않아 직접 일

자리를 구한 것으로 보입니다. 경께서 그리 열을 내실 이유를 모르 겠군요."

디에고의 고집스러운 태도에 로렌소가 답답하다는 듯 가슴을 쳤다. 상대가 디에고가 아니었다면 충분히 의심을 싹틔웠을 정도로 최선을 다 한 모함이었다. 로렌소가 웅변하듯 소리쳤다.

"공작님, 그녀가 왜 수도까지 와야 했을까요? 가족들을 돌보기 위 해서였다면 근처 지방에서 일자리를 구하는 게 낫지 않았겠습니까? 처음부터 그녀는 공작님을 노리고 이 저택에 들어왔을 가능성이 높 습니다."

참신한 가설에 디에고의 입이 벌어졌다. 너무도 터무니없는 주장이 었던 통에 디에고는 무의식적으로 헛웃음을 내뱉고 말았다.

디에고는 그녀에게 청혼을 거절당했던 횟수를 정확히 기억했다. 심 지어 최근에도 본식 날짜를 잡자고 했다가 대차게 거부당한 기억이 있다. 로렌소가 의도한 바는 아니었겠지만 왠지 놀림당한 기분에 부 아가 치밀었다.

"공작님, 그녀의 아름다운 얼굴과 달콤한 말에 속으셨습니까?"

로렌소의 눈빛이 진지하게 변했다. 디에고에게 동의를 구하는 기색 이었다. 그는 감히 디에고와 동질감 따위를 형성하려 들고 있었다.

디에고는 로렌소의 입을 틀어막을 적절한 대응을 몇 가지 되짚었 다. 이어 디에고가 느릿하게 되물었다.

"속았다고?"

"예."

"내가 그녀에게 전 재산을 다 바쳐도 아깝지 않을 기분이라고 하면, 이것도 내가 속은 셈이 되는 건가?"

급작스러운 존대의 부재에 위화감조차 느낄 새가 없었다. 로렌소는 디에고가 내놓은 맹목적인 애정 표현에 몹시 당황했다. 별 볼 일 없는 여자를 본처로 들여앉히려 했을 정도니 마음이 깊을 거라고는 예상했지만 이건 예상보다 더했다. 디에고가 이어 영문을 알 수 없는 말을 내던졌다.

"내가 당신과 다시 만나기로 한 건 딱 한 가지 의문 때문이야."

"그게 뭡니까?"

디에고는 곧바로 질문하는 대신 잠시간 시간을 끌었다. 기실 이것이 로렌소를 공격하기 위해 꺼낸 말은 아니었다. 남작 부인이 피임을 위해 약을 보냈다는 소식을 듣고, 한심해 보일까 싶어 디에고가 에스텔라에게 차마 묻지 못했던 것이 있었다.

"키스해 봤나?"

"예?"

로렌소의 얼빠진 물음에 디에고가 말없이 검지를 들어 툭툭 제 입가를 쳤다. 로렌소가 멍하니 그런 디에고의 손끝을 응시했다. 당황은 잠시, 로렌소는 곧 제 주장에 적당한 양념을 더할 때가 왔음을 깨달았다.

그 어떤 사내가 여인의 정조에 무심할 수 있겠는가?

로렌소는 에스텔라의 옛 약혼자였다. 그는 지금 이 상황에서 그 사실이 어떠한 이점을 갖는지 모르지 않았다.

"……있습니다."

대답은 쉬웠다. 애초에 로렌소가 이곳에 찾아와 궁극적으로 전하려 했던 게 바로 이런 것이었다. 에스텔라의 처녀성을 할퀴어 새 약혼자에게 버림받게 하는 일. 그리고 자신은 버림받은 에스텔라를 보며 그 비참한 꼴을 한껏 비웃어 주는 것이다.

그의 발치에 매달린다면 받아 줄 수도 있겠지만, 결코 쉽게 용서해 줄 생각은 없었다. 로렌소의 입가에 어린 미소가 짙어졌다.

"공작님께 이런 말씀까진 드리고 싶지 않았는데…… . 그녀는 남자를 상대하는 데 꽤 익숙한 여자입니다."

디에고는 일견 흥미로운 눈으로 로렌소를 응시했다. 디에고는 저를 찾아온 로렌소가 무슨 말을 할지도 대강 예상했었다.

그가 멍청하지 않다면 디에고의 심기를 거스른 일을 사과하며 다시는 수도에 얼씬도 않겠다고 다짐했어야 했다. 그리고 만약의 경우로는, 로렌소가 에스텔라와 제 사이를 이간질하려 할 수도 있었다. 이 행동은 두 가지 의미로 해석된다.

첫째, 로렌소는 정도 이상으로 멍청하다.

"에스텔라는 원체 엉덩이가 가벼운 여자였습니다. 에스텔라가 공작님께는 어떤 식으로 행동했는지 모르겠지만, 제게는 그보다 유혹적일 수가 없었죠. 그런 여자가 대놓고 잠자리를 요구하는데 어떤 남자가 거절하겠습니까? 덕분에 저도 코를 꿰고야 만 것이지요."

혹은, 그와 제 수준을 동급으로 생각했거나.

그건 정말이지 기분이 더러운 일이었다. 디에고의 눈빛이 깊이 가라앉았다. 자신은 대외적으로 에스텔라와 끈끈한 연인 관계에 있었다. 당사자들을 제외하고서는 그 진심을 의심하는 자가 없다. 그렇다면, 로렌소에겐 제가 연인의 남성 편력에 따라 마음을 달리하는 찌질한 인간으로 보였단 말인가?

여러모로 신선한 평가였다. 불쾌함을 이기지 못한 디에고의 입꼬리가 움찔했다. 반면 로렌소는 적당한 반응이 왔다고 여겼는지 쐐기를 박듯 말했다.

"사실 제가 그녀의 처음이었는지도 잘 모르겠습니다. 시골 미녀란 보통 사내들끼리 작당하여 알음알음 공유하기 마련……."

순간 로렌소의 고개가 돌아갔다. 디에고가 대뜸 자리에서 일어서 주먹을 휘두른 것이었다. 로렌소는 그대로 나가떨어져 바닥을 굴렀다. 로렌소는 반사적으로 제 코밑을 훔쳤다가, 쏟아져 나온 피를 보고 눈을 크게 떴다. 로렌소가 당황한 목소리로 디에고를 불렀다.

"고, 공작님……?"

당연히도 실수였다거나, 혹은 근처의 벌레를 잡았다거나 하는 변명은 돌아오지 않았다. 디에고는 그대로 테이블을 돌아 로렌소가 있는 건너편으로 향했다. 그러고는 힘껏 로렌소의 복부를 걷어찼다. 정확히 급소를 노린 공격에 로렌소는 숨이 막혀 꺽꺽댔다.

"공작님, 대체 왜, 윽……!"

디에고는 기세를 몰아 이번엔 로렌소의 콧대를 걷어찼다. 코뼈가 완전히 나갔는지 둔탁한 소리가 들려왔다. 로렌소는 제 얼굴을 감싸며 크게 신음했다. 헐떡이는 숨소리가 불안정하게 울렸다.

디에고 역시 호흡이 빨라진 건 마찬가지였다. 디에고는 진정하기 위해 숨을 크게 들이켰다. 그러고도 화가 가라앉지 않아 신경질적으로 책상 옆에 있는 서랍을 뒤엎었다. 그 안에 시가를 꺼내든 디에고가 느릿하게 불을 붙였다. 머지않아 흰 연기가 번져 나갔다. 디에고는 한참 말없이 시가를 피웠다.

로렌소는 머리가 돌아가지 않는 와중에도 상황을 파악하려 애썼다. 몸의 떨림은 가라앉았지만 두려움은 갈수록 커졌다. 이어 디에고가 제 쪽으로 돌아오는 소리가 들렸다. 정신을 차리고 눈을 뜨자 바로 눈앞에 구두가 있었다.

로렌소는 질겁하며 몸을 뒤로 물리려 했다. 디에고가 발을 뻗어 그런 로렌소의 어깨를 신발 앞코로 눌렀다. 덕분에 옆으로 웅크리고 있던 로렌소의 몸이 바른 자세로 돌아갔다. 로렌소의 얼굴은 어느새 피로 엉망이 되어 있었다. 디에고는 그 엉망인 몰골을 잠시간 내려다보았다. 길게 시가를 빨아들인 디에고가 나른한 어조로 중얼거렸다.

"아주 보기 좋아."

"윽……."

"지저분하고 꼴사납고, 만신창이인 꼴이 딱 어울려."

디에고가 손을 들어 제 마른 입가를 문질렀다. 그 건조한 태도에 로렌소는 섬뜩한 기분을 느꼈다.

디에고가 눈높이를 맞추듯 로렌소 앞에 쭈그리고 앉았다. 그러고는 짐짓 자비롭게 물었다.

"선택지를 주지. 평판을 잃고 싶나, 아니면 잘난 낯짝을 잃고 싶나?"

로렌소는 그만 말문이 막혔다. 제가 상대를 잘못 건드렸다는 걸 인정하지 않을 수 없었다. 눈앞의 남자가 분노한 지점은 연인의 과거가 아닌 타인의 비방 쪽이었다. 진도를 묻는 말에 이때다 싶어 준비한 말들을 쏟아 놓은 게 문제였다. 저를 보는 디에고의 눈은 더없이 서늘해져 있었다. 이전엔 미처 발견하지 못했던 야비한 낯이었다.

디에고가 피식 웃으며 말했다.

"둘 다 망친 꼴을 보는 것도 꽤 재밌을 것 같은데."

"이, 비열한……!"

"난 원래 비열한 인간이야. 그 여자 앞에서 그렇지 않은 척을 하고 있을 뿐이지."

디에고가 시가를 깊이 빨아들이고는 흘리듯이 웃었다. 로렌소는 긴
장으로 몸을 굳혔다. 편한 대로 행동하는 것처럼 보이는 데도 디에고
의 흐트러진 모습에선 묘한 위압감이 느껴졌다.

"로렌소 경, 당신이 쓰레기인 이유가 뭔지 아나?"

"……."

"당신은 수준 낮은 버러지인 주제에 그걸 숨길 생각도 안 하거든."

그리 말하며 디에고가 로렌소의 얼굴 위로 담뱃재를 털었다. 불티
가 뺨 위로 떨어지자 로렌소가 뜨거움을 호소하며 비명을 내질렀다.
디에고가 재밌다는 투로 그런 로렌소의 뺨을 툭툭 쳤다. 덕분에 재는
털려 나갔으나 불에 닿았던 피부는 이미 울긋불긋해져 있었다.

"그 여자는 당신이 함부로 해도 될 사람이 아니야. 나도 제대로 손
을 못 대고 있어서 말이지."

디에고가 진심으로 유감이라는 듯 말했다. 소중한 사람을 타인이
중고품 따위로 취급하는 걸 보는 건 생각 이상으로 더러운 기분이었
다. 디에고가 얼굴에서 완전히 미소를 지워 내고는 물었다.

"하나 만회할 기회를 주지. 지금 이 시간부로 당신이 뭘 해야 할까?"

로렌소는 겁에 질린 눈으로 디에고를 올려다보았다. 잠시 머리를 굴
리던 로렌소가 떨리는 목소리로 대답했다.

"에스텔라에게 사과를……."

"지금 그 더러운 면상을 내 여자한테 또 보여 주겠다는 건가?"

디에고가 황당하다는 듯 되물었다. 조롱에 가까운 투였다. 로렌소
는 황급히 다른 답을 찾아 눈알을 굴렸다.

"아, 아닙니다. 이대로 고향으로 내려가 수도엔 얼씬도 하지 않겠습

니다. 정말입니다.”

디에고는 그제야 만족스러운 기색으로 고개를 끄덕였다. 에스텔라를 따라 육아에 집중하느라 그동안 너무도 건전한 삶을 이어온 탓일까. 참아 왔던 짜증을 쏟아 내고 나자 기분이 한결 유쾌해졌다.

게다가 '내 여자'라니. 부지불식간에 내뱉고는 스스로도 감탄한 표현이었다. 로렌소에게 들려주기 위해 한 말이었는데 생각보다 그 어감이 몹시 마음에 들었다. 디에고는 강조하듯 그 단어를 한 번 더 입에 담았다.

“아, 듣기로는 당신 어머니가 내 여자에게 피임약을 보낸 적이 있다던데.”

디에고가 대답을 재촉하듯 검지와 중지 끝으로 로렌소의 턱을 두드렸다. 그 사이에 시가를 끼운 채였기에 아마 열기가 그대로 느껴졌을 것이었다. 로렌소는 몸을 벌벌 떨 뿐 대답을 하지 못했다. 에스텔라의 말처럼 그 충격적인 사연은 실화가 맞았던 모양이었다. 다만 그것이 사실이라고 인정했을 때 돌려받을 대가가 무서울 테지.

디에고가 따분한 목소리로 물었다.

“대답 안 하나?”

“…….”

“뭐, 좋아. 사실 진위는 이미 확인했고, 당신이 뭐라고 말하든 결과는 같거든.”

디에고가 어깨를 으쓱이며 다시 로렌소에게로 손을 내뻗었다. 그러고는 시가 끝으로 로렌소 이마 중앙을 짓눌렀다. 살갗이 타는 소리와 함께 처참한 비명이 울려 퍼졌다.

생각 외로 정신력이 약한 편이었는지 로렌소는 그대로 눈을 까뒤집으며 기절하고 말았다. 처음엔 엄살인가 하여 뺨을 두어 번 쳐 보았으나 아무런 미동이 없기는 마찬가지였다. 디에고가 어이없는 표정으로 자문했다.

"이 정도로 기절한다고?"

남의 인생을 망칠 계산을 했으면 제 인생 역시 내놓아야 수지가 맞지 않겠는가. 고작 멀끔한 얼굴을 조금 망쳤을 뿐인데 상대는 너무나 쉽게 나가떨어졌다. 별 같잖은 인간이 다 달려들었다 싶었다.

디에고는 혀를 끌끌 차다 말고 곧 생각을 바꿔 먹었다. 이 정도로 간이 작은 남자라면 다시 이곳을 찾을 엄두를 내지 못할 것이다. 디에고가 시가를 바닥으로 내던지며 즐거운 목소리로 중얼거렸다.

"뭐, 이제 평생 그 잘난 이마는 못 까고 다니겠군."

୧༼ຈ༽୨

에스텔라가 로렌소의 방문 소식을 듣고 디에고를 찾아온 건 저녁 무렵의 일이었다.

"저 없이 무슨 얘기 하신 거예요?"

에스텔라가 문을 열고 들이닥치자마자 숨 가쁘게 내뱉은 말이었다. 디에고는 서류를 처리하다 말고 고개를 들어 그런 그녀를 응시했다. 불시에 습격했음에도 불구하고 눈앞의 그는 더없이 덤덤해 보였다.

디에고의 점잖은 반응에 에스텔라의 얼굴에 옅은 당황이 스쳤다. 그녀가 긴가민가한 표정을 지으며 안으로 걸어 들어왔다. 디에고가 느긋이 펜대를 내려놓고는 물었다.

"뭐가 말입니까?"

"저 없을 때 로렌소가 찾아왔었다면서요."

디에고는 의도적으로 로렌소와 만나는 걸 에스텔라에게 비밀로 했었다. 이번만은 로렌소와 둘이서 이야기를 해 볼 필요가 있겠다 싶었던 탓이다. 당연히도 그건 대화가 유혈 사태로 번질 것을 고려해 내린 결정이었다. 분위기가 험악해지면 자연히 로렌소의 어디 한 부분쯤은 성치 않게 될 텐데, 그 사실이 그녀에게 알려져서는 곤란했다.

디에고는 경험을 통해 에스텔라가 보기 드물게 선량한 인간이라는 걸 알고 있었다. 그런 그녀가 제 폭력적인 면모를 긍정적으로 받아들이리라고는 생각되지 않았다. 결과가 뻔히 보이는데 굳이 분란을 만들 필요는 없으리라.

따라서 디에고는 그녀가 돌아오기 전, 로렌소를 리암이라는 사촌의 집으로 부지런히 실어 보냈다. 고향까지 기어서 돌아가게 두지 않고 회복할 여유를 주다니, 이보다 친절한 배웅이 또 없을 것이었다. 그러니 지금 뱉는 말은 거짓이 아니다.

"잘 타일러서 보냈습니다."

"……어떻게요?"

에스텔라가 미심쩍은 태도로 되물었다. 디에고의 대답이 미덥지 않았는지 눈에 불을 켜고 집무실 안을 탐색하기까지 했다. 이내 그녀는 바닥에 떨어진 무언가를 발견해 냈다.

"이거…… 담뱃재 아니에요?"

디에고는 흘긋 넘겨보았다. 그녀의 시선이 닿은 쪽의 바닥에 회색빛 가루가 흩어져 있었다. 하녀가 핏자국을 닦아 내는 데 집중하느라 근처에 날린 담뱃재까진 제대로 쓸지 못한 모양이었다. 디에고가 태연한 목소리로 대답했다.

"하녀가 재떨이를 치우다 흘렸나 보네요."

"원래 담배 피우셨어요?"

"아뇨. 그런데 그 물건을 권위적으로 받아들이는 사람들이 있어서 종종 이용하긴 합니다."

로렌소의 앞에서 시가를 입에 물긴 했지만, 정작 디에고는 애연가가 아니었다. 굳이 말하자면 진짜 애연가들과 어울리기 위해 사교 목적으로 담배를 배웠다고 볼 수 있겠다.

더욱이 흡연은 험악한 분위기를 내고 싶을 때 몹시 유용했다. 흰 연기와 그 끝의 불씨, 느릿한 숨소리는 밀폐된 공간에서 상대의 시선을 잡아끄는 좋은 신호가 되니까.

"그보다 당신한테 한 가지 변명 듣고 싶은 게 있습니다."

디에고가 화제를 돌리듯 말했다. 바닥에 튄 불티가 무엇을 의미하는지 알 리 없는 에스텔라가 순순히 대답했다.

"제가요?"

"왜 저따위 남자를 만났습니까?"

예기치 못한 공격에 에스텔라는 어안이 벙벙한 표정이 되었다. 로렌소가 저 없는 자리에서 무어라 지껄였을지 상상하는 것만으로 골이 아파 왔다. 소식을 듣자마자 디에고에게 달려온 이유도 정확히 그 때문이었다. 로렌소의 입방정이 대단히 염려스러웠기에.

도대체 약혼자 한번 잘못 만나 이게 무슨 고생인지 모르겠다. 에스텔라가 오른 관자놀이를 꾹꾹 누르며 말했다.

"그러니까 전 어렸고……."

"좋아했어요?"

디에고가 에스텔라의 대답을 툭 끊어 먹으며 물었다. 에스텔라가 얼굴에서 표정을 지우며 재빠르게 대답했다.

"아니요."

"약혼 관계일 땐 사이가 꽤 좋았던 것 아닙니까? 지난번에 말하기로는 키스까진 해 봤다면서."

연이은 질문 공세에 에스텔라는 도무지 정신을 차릴 수가 없었다. 대체 왜 제가 추궁을 당하고 있단 말인가.

정작 그녀에게 혼돈을 안겨 준 디에고는 태연한 얼굴로 자리에서 몸을 일으켰다. 제게 다가오는 남자를 보며 에스텔라는 인상을 찡그렸다. 익숙한 구도에서 어딘지 기시감이 느껴졌다. 지난번 에스텔라는 정확히 같은 자리에서, 같은 사람에게 같은 질문을 받은 적이 있었다.

에스텔라가 애써 당황을 숨기며 물었다.

"아니, 아까부터 대체 그런 걸 왜 물어보세요?"

"당신 전 약혼자라는 인간이 오늘 떠들고 간 게 바로 그런 거라서요. 그때 그 시절의 연인이 얼마나 열렬한 사이였는지."

"네?"

"웃기잖습니까. 내가 그 덜떨어진 새끼한테서 그따위 자랑이나 듣고 있는 게."

디에고가 고깝다는 기색으로 코웃음을 쳤다. 에스텔라는 로렌소가 그에게 무슨 이야기를 늘어놓았는지 어렵지 않게 짐작할 수 있었다. 에스텔라의 얼굴이 벌겋게 달아올랐다. 에스텔라가 필사적으로 부정하듯 소리쳤다.

"저 그 남자랑 아무것도 안 했어요!"

상황을 모면하기 위한 거짓말이 아니라, 그게 사실이었다. 그래서 남작 부인이 피임을 위한 약초를 보낸 걸 알았을 때 더욱 당황했던 거다.

에스텔라는 로렌소와 이렇다 할 진도를 나간 적이 없었다. 정확히 말하자면 로렌소는 요구했지만 에스텔라가 받아 주지 않았다. 제 평판을 위해서인지 로렌소는 혼전 순결을 표방한 약혼자에게 대놓고 잠자리를 강요하지 못했다.

결혼 후를 기대하며 그가 어떤 욕심을 키워 왔는지는 모르겠으나, 어쨌든 지금 와 생각해 보면 그보다 잘한 일이 없었다. 어쩌면 제 안의 남은 마지막 이지가 반복적으로 경고하고 있었던 게 아닐까. 이 남자와 자면 큰일이 날 것이라고.

"……정말입니까?"

생각지도 못한 대답에 디에고가 얼떨떨한 낯으로 되물었다. 에스텔라가 눈썹을 들어 올리며 분명한 어조로 대답했다.

"정말 아무것도 안 했어요. 기껏해야 포옹 정도나 나눴던 것 같네요. 뭐가 됐든 그냥 공작님 기분 상하라고 한 말이었을걸요."

물론 에스텔라가 로렌소와 어디까지 진도를 나갔든 디에고가 간섭할 수 있는 영역은 아니었다. 그 사실을 알면서도 어딘지 심통이 나 그녀에게까지 집요하게 과거사를 캐묻고 만 것이었다.

디에고는 지금까지 자신이 파트너의 연애 경험 따위에 집착하는 저질스러운 인간은 아니라고 생각해 왔다. 그런데 막상 이런 상황에 놓이자 도무지 이성적으로 굴 수가 없었다. 디에고는 자신이 한심하다는 걸 알면서도 올라가는 입꼬리를 막을 수 없었다. 그녀가 그 못난 남자와 별다른 접촉이 없었다는 걸 알게 되자 급격히 기분이 좋아졌다. 디에고가 헛기침을 하고는 한결 누그러진 투로 말했다.

"진작 말을 하시지."

그럼에도 여전히 그녀의 앞에서 비켜서지는 않은 채였다. 에스텔라가 몸을 최대한 뒤로 빼며 의심 어린 목소리를 냈다.

"공작님도 요즘 본인이 좀 이상한 거 아시죠?"

"뭐가요, 내가 발정이라도 난 것처럼 자꾸 당신한테 입술부터 들이미는 게?"

디에고의 난잡한 표현에 에스텔라는 기겁하며 물러섰다. 그녀의 반응을 예상했다는 듯 디에고 역시 걸음을 내뻗었다. 결국 에스텔라는 그와의 거리를 벌리는 데 실패했다. 그녀는 무의식적으로 손을 뒤로 뻗어 책상을 짚었다.

또다. 또 막다른 길이었다.

"……아신다니 다행이네요. 이건 정말 정상적이지 않거든요."

"왜 정상이 아닙니까? 우린 결혼까지 앞둔 사이인데."

"저희가 이런 목적으로 손을 잡은 건 아니었잖아요?"

"우리가 입술 좀 맞댄다고 아드리아나 영애가 그랜튼 3세에게 팔려가기라도 한답니까?"

에스텔라는 아드리아나를 구한다는 명목으로 디에고와 결혼을 약속했다. 그의 말마따나 그들의 스킨십은 당초 목적과 거리가 멀긴 하되, 그렇다고 본질에서 크게 역행하고 있는 것도 아니었다.

쉽게 풀어 말하자면 바로 이런 뜻이다. 에스텔라와 디에고는 연애놀음을 할 이유가 없었다. 그리고 반대로 그러지 않을 이유 또한 없었다. 디에고가 주목한 건 후자였고 에스텔라는 전자에 매여 있었다.

"저희가 이럴 이유가 없잖아요. 지금 이대로가 편한데 왜……."

"왜 이유가 없습니까?"

디에고가 에스텔라의 말을 자르며 대꾸했다.

그들이 입을 맞춘 게 한두 번인가. 아니면 그들보다 서로를 더 잘 아는 이성이 더 있기를 한가. 처음 만났을 때까지만 해도 건방진 가정 교사에 불과했던 그녀가 이제는 그의 생활 전반에 깊숙이 스며 있었다.

그녀가 비중을 늘려 간 건 비단 생활적인 부분만이 아니었다. 일례로 로렌소 같은 놈에게 같잖은 질투를 품은 제 모습은 스스로가 보기에도 새로웠다. 이를 기점으로 디에고는 제 안에서 성질을 달리한 어떤 감정에 대해 오래도록 고민했었다.

디에고가 말했다.

"생각해 봤는데, 난 당신한테 이성적인 관심이 있는 것 같아요."

에스텔라는 그대로 얼어붙었다. 누가 봐도 디에고의 고백이 기꺼운 태도는 아니었다. 그녀의 얼굴을 찬찬히 살피던 디에고가 무심히 덧붙였다.

"당신을 사랑하는 것 같다. 뭐 이런 진부한 말을 하려는 건 아닙니다."

"……그럼요?"

"혈기왕성한 남녀가 가까이 붙어 지내다 보면 이성적인 기류가 생겨날 수도 있겠죠. 흔한 일이에요."

디에고가 대수롭지 않은 투로 말했다. 연애 감정이라 해서 그리 대단히 의미를 부여할 것도 없었다. 이 세상에는 지금도 무수히 많은 연인이 만남을 약속하고 또 헤어지고 있다. 설사 변치 않고 평생의 배필이 된대도 그들만이 같은 결승점을 넘는 건 아니다. 그런 별것 아닌 감정이었다.

"지금 사랑 고백을 하고 계신…… 건 아닌 것 같은데요."

에스텔라가 기민하게 지적했다. 에스텔라의 의문은 정확히 디에고의 고민과도 맞닿아 있었다.

그녀는 자신에게 있어 과연 무얼까.

그녀를 보면 기분이 좋다. 저 달콤한 목소리가 귓가에 흘러들면 긴장이 풀어지고, 제 걱정을 하며 우는 모습을 볼 때면 어딘지 배 안이 헛헛해진다. 외출을 준비한다고 부산스럽게 굴 때면 어디 가서 무시당하는 건 아닌가 걱정이 된다. 제게 향한 시선을 발견했을 때 불현듯 긴장한다.

그러나 그것이 인생을 내걸 만큼 대단한 감정이냐 묻는다면, 디에고는 단연 아니라고 대답할 수 있었다. 그럴 리가 없지 않은가.

"사랑일 리가 없잖아요."

나 같은 사람이 사랑을 할 리가.

디에고의 나긋한 호언에 에스텔라가 입을 다물었다. 그녀라고 그의 말에 실망한 눈치는 아니었다. 애초에 그녀에게 일방적으로 들이대고 있었던 건 디에고 쪽이었다. 외려 에스텔라는 진심이 아니라는 그의 말에 눈에 띄게 안심한 기색이었다.

그 모습에 은근히 배알이 꼴리는 건 제 성격이 나빠서일까. 디에고가 슬쩍 눈썹을 들어 올렸다. 그런 그를 놀리기라도 하듯, 에스텔라가 침착한 어조로 말했다.

"그렇다면 그냥 잊어버리세요. 공작님은 몰라도 전 공작님께 이성적인 관심, 그런 거 없어요."

"그럴 리가."

"전 공작님과 거래를 했을 뿐이에요. 고작 그뿐인 이야기죠."

"거짓말."

디에고가 늘어지는 투로 대꾸했다. 불손한 반응에 그녀도 짜증이 난 모양이었다. 내내 시선을 피하고만 있던 에스텔라가 마침내 그를 올려다보았다. 디에고가 그런 그녀와 시선을 마주하며 말했다.

"그럼 증명해 봐요. 나와 키스했을 때 당신 심장이 뛰는지, 안 뛰는지."

그의 제안에 에스텔라의 뺨이 짙은 색으로 익었다. 반복해서 짓씹은 입술은 평소보다 부푼 채였다.

긴장으로 빳빳해진 목덜미를 쓸어 주면 분명 작게 몸을 떨 테지. 그 모습을 상상하자 디에고는 자연히 하반신이 뻐근해지는 기분이었다.

"유난 떨 것 없잖아요. 그깟 입술 좀 비비는 게 뭐 별일이라고."

디에고가 그녀를 놀리듯이 말했다. 정확히 에스텔라가 그에게 들려주었던 말을 변주한 것이었다. 멍하니 입을 벌리던 에스텔라가 돌연 표독스러운 눈빛을 했다. 에스텔라가 잇새로 그를 비난했다.

"저질스러우세요."

"그거야 선생님께서는 선도할 대상이 없으면 도통 어울려 주질 않으시니까."

노래하듯 말을 맺으며 디에고가 에스텔라에게로 고개를 숙였다. 에스텔라는 이미 최대한 허리를 뒤로 뺀 상태였다. 더 몸을 기울인다면 그와 다리를 맞대게 될 것 같았다.

에스텔라는 이성을 부여잡으려 최대한 노력했다. 에스텔라는 이미 그에게 몇 번이고 휩쓸렸고, 그로 인해 얻은 결과가 바로 이것이었다. 디에고는 꼭 그들이 혀를 섞는 게 당연한 일인 것처럼 굴고 있었다.

"선생님, 가르쳐 주세요. 키스는 어떻게 하는 겁니까?"

느른한 목소리가 꼭 사탄의 그것처럼 느껴졌다. 에스텔라는 저도 모르게 침을 삼켰다. 에스텔라가 가까스로 침착한 투로 대답했다.

"전 이제 선생님이 아니라서 대답해 드릴 수가 없네요."

에스텔라는 안나를 상대했을 때를 떠올렸다. 안나야말로 에스텔라가 거쳤던 가장 대단한 적이었다. 그때 에스텔라는 상대에게 얕보이지 않으려 무던히도 노력했었다. 전혀 당황하지 않은 척 썩 그럴싸한 연기까지 내보이지 않았던가. 그때와 똑같이 하면 된다. 어려운 일은 아니었다.

"그리고 키스하는 법도 모르는 애송이랑은 얽힐 생각이 없어요."

에스텔라는 그를 놀릴 요량으로 한껏 비웃음 섞인 목소리를 냈다. 허세라고 보아도 좋았다. 이런 방법으로 상대의 기세가 수그러든다면 몇 번이고 비슷한 말을 해 줄 수도 있었다.

에스텔라는 그만 매정하게 고개를 돌렸다. 이만 비켜나란 의사의 표시였다. 그러나 디에고는 몸을 뒤로 물리는 대신 더욱 그녀에게 가까이 다가왔다.

에스텔라는 귓가에서 느껴지는 젖은 감각에 그만 몸을 굳혔다. 디에고가 그녀의 귓불을 깨문 것이다. 부지불식간에 일어난 일에 에스텔라는 정신을 차릴 수가 없었다.

"홋……."

생각지 못한 자극에 저도 모르게 신음이 쏟아졌다. 순식간에 얼굴이 달아올랐다. 에스텔라가 반사적으로 제 귀를 감싸며 소리쳤다.

"왜 귀를……!"

"아, 말씀하신 것처럼 제가 키스하는 법을 잘 몰라서요. 원래 귀에 하는 건 줄 알았죠."

디에고가 천연덕스럽게 대답했다. 그러고는 다음을 예고하듯 이렇게 말하는 것이다.

"이제 알았으니 제대로 할 수 있습니다."

그의 입술이 천천히 가까워졌다. 에스텔라가 원한다면 피할 수 있었을 정도로 느린 접근이었다. 그러나 그가 제게 닿은 순간, 에스텔라는 저도 모르게 입을 벌렸다. 동시에 그의 혀가 뱀처럼 그녀의 입술을 타 넘었다. 코끝이 부딪치며 숨이 얽혔다. 디에고가 잘근 에스텔라의 입술을 깨물었다. 안 그래도 스스로 계속해서 짓씹었던 부위라 대단한 자극이 아니었음에도 불구하고 아릿한 감각이 올라왔다.

에스텔라가 반사적으로 신음을 흘렸다. 발끝에서부터 치닫는 아찔한 감각에 무게를 지탱하고 있던 팔에서 힘이 풀렸다. 그대로 책상 위로 무너지려는 에스텔라의 허리를 디에고가 받쳐 들었다. 에스텔라는 무의식적으로 그의 팔을 붙잡았다. 셔츠 아래로 근육이 단단하게 일어선 것이 느껴졌다. 에스텔라는 아득한 기분으로 생각했다.

아, 이젠 이 남자와 입을 맞추는 게 너무도 자연스러워졌구나…….

하나처럼 맞붙었던 입술이 마침내 떨어져 나갔다. 디에고가 고작 손가락 한 마디 정도의 거리만 벌린 채 속삭였다.

"심장 뛰는 소리 다 들려요."

길게 이어진 키스에 둘 다 가쁘게 숨을 몰아쉬고 있었다. 에스텔라는 지금 들리는 게 제 심장 소리뿐인 것 같으냐며 쏘아붙이고 싶었지만, 호흡이 모자라 막상 입 밖으로 내진 못했다. 왜인지 모르게 눈가가 젖어 있었다. 에스텔라는 빨갛게 충혈된 눈으로 디에고를 노려보았다. 디에고가 코를 찡긋하며 말했다.

"어차피 결혼할 사인데 그렇게 불한당 보듯 쳐다보진 말고."

그제야 에스텔라의 호흡이 진정되었다. 에스텔라가 갈라진 목소리로 물었다.

"저한테 뭘 바라시는데요?"

"내가 당신한테 대단한 걸 기대한다고 생각해요?"

"전…… 지금도 충분히 벅차요."

에스텔라가 진심을 담아 대답했다. 그가 이렇게 불시에 달려들 때마다 꼭 심장이 터질 것 같았다. 가장 불안한 것은 저를 꿰뚫듯이 응시하는 저 눈이었다.

디에고의 동공은 검은빛이었고, 그건 색소가 엷은 편인 메스키다인들 사이에서 결코 흔하지 않은 색이었다. 에스텔라는 베르타 공작가에 올 때까지 한 번도 그와 같은 눈을 본 적이 없었다. 에스텔라가 같은 색의 기억을 떠올리기 위해선 전생을 되짚어야만 했다. 에스텔라는 떨리는 기분으로 디에고를 응시했다.

너무도 다른 이 세상에서 당신은 유일하게 내 추억을 어지르는 어두운 눈동자를 하고 있다.

"가끔 이렇게 입술 좀 부딪칠 수 있고."

"……."

"그러다 보면 잘 수도 있고."

디에고가 에스텔라의 입술로 시선을 내리깔다가, 다시 그녀와 눈을 맞췄다. 에스텔라는 이런 상황에서 남자가 뭘 원하는지 모를 정도로 어리숙하지 않았다. 그리고 동시에 그건 에스텔라가 지금까지 의식적으로 피해 왔던 기류였다.

그들은 몸과 마음의 사정을 어디까지 분리해서 생각할 수 있을까. 디에고가 쉽게 즐길 관계처럼 말하고 있는 것과 달리, 둘은 결혼할 사이였다. 그건 그들이 실패를 마주했을 때 물러설 곳이 없다는 사실을 의미했다. 에스텔라는 진심으로 눈앞의 남자를 감당할 자신이 없었다.

"사랑이…… 아니라고 하셨어요."

에스텔라가 자신에게 주지하듯 말했다. 디에고는 자신을 사랑하지 않는다고 말했다. 그가 그 말을 지키기만 한다면 그들 사이에 크게 문제 될 것은 없으리라.

에스텔라가 확인을 구하는 것처럼 디에고를 바라보았다. 하지도 않은 고백을 거절당한 기분에 디에고는 슬쩍 기분이 상했다. 나중에 가서 이 감정이 어떻게 변질될지는 그도 확신할 수 없는 바였다. 솔직한 심정으로 시작하지도 않은 관계에 제한을 달아 놓고 싶지는 않았다. 그에게 미래는 예측할 수 없는 것이란 교훈을 준 사람이 바로 에스텔라였다.

디에고가 에스텔라를 빤히 응시하다가는 어르듯이 말했다.

"아닐 겁니다."

"아니어야 해요."

"사랑한다는 말을 들으면 성욕이 식기라도 하나 봅니다."

불시에 돌아온 농담에 에스텔라가 미약한 웃음을 터뜨렸다. 반면 디에고로선 꽤 진지하게 건넨 질문이었다. 그가 슬쩍 눈썹을 들었다

내리며 물었다.

"상황 정리 끝났으면 계속해도 됩니까?"

"……일단은 키스만요."

에스텔라가 한숨처럼 대답했다. 디에고는 '일단'이라는 표현이 유난히 마음에 들었다. 일단. 그것은 다음을 예고하는 말이었다. 디에고는 그 정도에 만족하기로 했다.

그의 침묵을 이상히 여긴 에스텔라가 눈꺼풀을 든 것과 동시에, 디에고가 그녀의 입술을 삼켰다.

5. 이야기 속 이야기 (1)

"내가 기도하는 중에 방해하지 말랬지!"

엘렌이 문을 박차고 나오며 소리쳤다. 그 안에 담긴 신성한 단어와는 어울리지 않게 짜증스러운 투였다. 신실함을 시각적으로 형상화한다면 아마 고요하고 정적인 성녀의 모습을 띨 것이고, 단연코 엘렌은 그런 쪽과는 거리가 멀었다. 그렇다고 그녀의 신앙심을 거짓이라 매도할 수는 없을 테지만.

엘렌은 대대로 신을 믿어 온 가문에서 나고 자란 독실한 신자였다. 그녀는 힘든 일이 있을 때면 곧잘 저택 내의 기도실에 틀어박혀 절대자에게서 답을 구하곤 했다.

물론 이를 지켜보는 저택의 하녀들은 다소 애매한 심정이었다. 사용인들이 보기에 엘렌이 썩 교리에 맞게 살고 있진 않았던 것이다. 회개 기도를 하고 나와 어린 양의 서툰 빗질을 타박하는 모습은 과연 모순적이었다. 타인에게 너그럽지 않은 사람이 구하는 신의 자비만큼 허상 같은 믿음이 또 없을 것이다.

엘렌을 밖으로 불러낸 이도 비슷한 심정이었지만, 그는 잠자코 죄송하다며 고개를 숙였다. 그래야 수그러들 분노임을 알기 때문이었다. 엘렌은 불같은 성격이었으나 오래 타오르지는 않았다. 사과를 전하면 엘렌은 지금처럼 불쾌하다는 듯 코끝을 한 번 씰룩이고는, 새침하게 고개를 돌리며 이렇게 말하곤 했다.

"일단은 넘어가겠어. 용건이 뭔데?"

"자리를 옮기면서 말씀드리겠습니다."

"레나, 기도실 안쪽을 치워 줘. 난 이야기 좀 나누고 방으로 돌아갈 거야."

엘렌의 명에 레나라고 불린 하녀가 공손히 고개를 숙였다. 사용인들을 모두 물린 엘렌이 먼저 걸음을 뗐다. 하녀들이 적당히 멀어졌을 즈음 엘렌이 턱을 까딱였다.

"이제 말해."

"혹시 로렌소라는 남자가 수도에 얼굴을 비쳤다는 소문, 들으셨습니까?"

"그 남자가 누구…… 아."

인상을 찌푸리던 엘렌이 야트막한 탄성을 내놓았다. 분명 기억에 있는 이름이었다. 엘렌이 불쾌한 기분을 숨기지 않고 물었다.

"그 여자 전 약혼자 말이야?"

"예, 에리카가의 차남 말입니다. 그 남자가 수도에 얼굴을 비쳤다고 합니다. 베르타 공작과의 약혼 소식을 듣고 나름의 복수를 하러 온 모양이더군요."

저택에서 반쯤 갇혀 지내느라 그런 일이 있었던 줄도 몰랐다. 자의로 행한 은거였으나 누군가 그녀를 밖으로 끌어냈다면 굳이 거절하지도 않았을 것이었다. 문제는 뚝 끊겨 버린 친우들의 연락에 있었다. 지난번 마리아 영애의 티 파티에 참석한 후, 엘렌과 그 친구 무리들은 급격히 사이가 소원해졌다. 모두가 베르타 공작의 피앙세에게 밉보일까 알아서 몸을 사리는 기색이었다.

이런 큰 이슈를 교류하던 영애들에게선 한 마디도 전해 듣지 못했다니. 엘렌은 몹시 굴욕적인 기분이 되었다. 마치 파티가 있는 날 장소를 알지 못하고 방황하는 비주류가 된 느낌이었다. 그나마 세상 돌아가는 사정을 알아 오라 붙인 세작이 자기 일에 충실했기에 망정이었다.

분명 처음엔 연심을 이유로 에스텔라에게 덤빈 것이었지만, 이제 이 설전은 두 여자의 자존심 문제로 옮겨갔다. 에스텔라와 엘렌은 공개적인 장소에서 다툼을 벌였고 모두가 그 사실을 알았다. 둘의 대립이 공고해진 이상 엘렌이 전처럼 사교계에서 운신하기 위해서는 에스텔라에게 굽히고 들어가거나, 혹은 완전히 콧대를 짓밟아 줘야 했다. 그리고 엘렌은 전자를 택하기가 죽기보다 싫었다.

엘렌이 불편한 심기를 감추며 물었다.

"복수라니?"

"아무래도 수도에 얼굴을 비치고 나서 한 행동이 악의적이어서요. 파혼 사유가 에스텔라 양에게 있는 것처럼 이야기를 꾸며 내다가 현장에서 걸렸다더군요. 실제로는 그 어머니가 여자 쪽에 씨도둑질할 생각은 말라며 윽박질렀다던가……."

"그거 보기 드물게 구역질 나는 인간들이네."

엘렌이 코웃음을 치며 남자의 말을 잘랐다. 처음 듣는 소식이었지만 추문이 일어나는 방식 자체는 익숙했다. 남녀 관계에 있어 대체로 약자는 여자가 되는 법이었다. 남성의 여성 편력은 큰 문제가 되지 않는 반면 여인의 순결은 집착의 대상이 된다. 아마 그 로렌소라는 남자는 에스텔라의 평판을 더럽혀 두 번째 파혼을 끌어낼 계획이었을 터다.

적의 적은 아군인 법이었으므로, 엘렌의 냉소적인 태도에 남자는 다소 당황했다. 남자가 황급히 덧붙였다.

"아쉽게 된 일이죠. 제대로만 했으면 그 여자 평판이 완전히 가라 앉았을 테니까요. 알았다면 미리 접촉해 봤을 텐데 말이죠."

"이미 파혼한 여자 잘되는 꼴 못 보겠다고 득달같이 물고 늘어지러 온 작자야. 일이 잘못됐을 때 우리한텐 안 그럴 것 같아? 그러면 우리까지 똥물 뒤집어쓰는 거지."

엘렌이 딱 잘라 대답했다. 아쉬운 낯의 남자와 달리 그녀는 에스텔라의 전 약혼자에 대해 이미 흥미를 버린 상태였다. 로렌소를 향한 개인적인 호오를 제하더라도, 엘렌에게 있어 그는 딱히 매력적인 패가 아니었다. 상대가 잃을 것도 없는 변변치 못한 인물임에야, 위험 부담을 떠안는 건 제 쪽이 될 가능성이 컸다.

엘렌이 뒷짐을 지며 느릿하게 말했다.

"뭐, 기회가 어디 이번 한 번뿐이겠어?"

그리 말한 엘렌이 잠시간 복도 끝 벽에 시선을 고정했다. 고민에 잠긴 모양새였다. 엘렌이 제 입술을 깨물며 중얼거렸다.

"그래, 그러고 보니 고향이 있었지……."

번뜩 엘렌이 고개를 돌렸다. 갑작스럽게 주어진 시선에 남자는 당황했다. 엘렌은 상대의 반응에 아랑곳하지 않고 의도를 알 수 없는 질문을 던졌다.

"일자리를 찾아 수도까지 올라온 걸 보면, 그 지방에 있던 인간들이 여간 끔찍한 게 아니었나 봐?"

"어…… 약혼자 집안 말씀이십니까?"

"아니, 전반적으로 말이야. 가족들은 어떤 사람들이지?"

"어머니와 아버지는 모두 그쪽 지방 귀족으로 평범한 사람들이었습니다. 딱히 캐 볼 만한 건수가 없을 정도로요."

"어쨌든 부모도 나름의 사회활동을 하긴 할 거 아니야. 대체 뭐 하는 인간들이냐고. 딸의 구직을 말리지 않았을 정도면 뭔가 사연이 있을 게 분명하잖아?"

바보 같은 대답에 엘렌이 짜증스럽게 화제를 이끌었다. 표면적인 정보나 긁어 오라고 따로 사람을 부리는 게 아니었다. 고작 신문사에 의해 공개된 문단 몇 조각을 읊는 게 한계라면 진지하게 해고를 고려해야 할 것이다.

그제야 남자도 엘렌의 말뜻을 알아차린 듯했다. 그가 굼뜨게 입을 열었다.

"아, 그러고 보니…… 어머니와 달리 아버지에 대해 알려진 근황은 없네요. 특히 아버지는 약혼식에도 참석하지 않았다고 하고."

"아버지가 죽은 건가?"

"그럼 죽었다는 소문이 낫겠죠. 그냥 조용합니다, 없는 사람처럼."

엘렌이 어이없다는 듯 픽 웃으며 되물었다.

"어머니가 성모라도 돼? 남자 없이 애를 낳게."

순간 엘렌의 얼굴이 굳었다. 사람이 살아온 행적이 이렇게 깔끔하게 단절되어 있을 리 있나. 남자가 읊은 가정사에선 무언가 자르고 기워 붙인 인공적인 냄새가 났다. 순박한 가족과 선량한 여자, 그런 여자를 괴롭히는 전 약혼자의 조합은 사뭇 고전적이기까지 했다. 엘렌은 에스텔라의 과거가 한 편의 극처럼 잘 편집되어 있다는 느낌을 지울 수가 없었다.

드러나지 않는 정보는 곧 이를 숨긴 누군가가 존재한다는 뜻이다. 엘렌이 가라앉은 눈빛으로 날카롭게 말했다.

"그쪽 아버지한테 뭐가 있는 거야. 한번 캐 봐."

⋯⋯⋯

열렬한 연인들은 잠시라도 떨어져 있는 걸 견디지 못한다. 실제로 사랑에 빠진 남녀만큼은 아닐 것이나, 그런 흉내를 내야 하는 아드리 아나와 리오넬도 자주 만났다. 둘이 함께하는 자리는 대체로 책을 읽 거나 밀린 업무를 처리하는 자기 개발에 가까운 시간이었다.

다만 오늘 그들이 함께한 테이블에는 서류 뭉치가 아닌 카탈로그 가 올라와 있었다. 리오넬의 생일이 가까워짐에 따라 파티에서 입을 의상을 골라야 했던 것이다.

대외적으로는 연인 사이니만큼 아드리아나와 리오넬은 옷을 맞춰 입기로 결정했다. 그들은 왕실 후원 한편에 자리를 잡고 서로의 취향 에 대해 논의하는 시간을 가졌다. 적어도 원하는 색 정도는 토의를 마 쳐야 왕실 재봉사를 불러 의뢰를 논할 터였다. 산처럼 쌓인 최신 유 행을 따라잡기가 지루했는지 리오넬이 불쑥 질문을 던졌다.

"요즘은 잘 지냅니까?"

아드리아나가 마침 탐독을 끝낸 카탈로그를 덮으며 대답했다.

"아버지께서 혼담을 채근하시는 것만 빼면 괜찮아요."

"아, 그거 눈물 나게 공감이 되네요. 아스테즈 후작이 내게도 눈만 마주치면 국혼을 논의하자며 성화를 부리기 시작했어요."

안에서 새는 바가지가 밖이라고 안 샜을 리 없다. 암만 그래도 감 히 왕세자에게 무엄하게 굴까 싶었는데 아스테즈 후작은 생각 이상으 로 적극적인 태도를 보이고 있었다. 광범위한 민폐에 아드리아나의 목소리가 작아졌다.

"죄송해요. 저 때문에 안 해도 될 고생을 하시네요."

"뭘요, 애초에 알고도 받아들인 건 난데."

단순한 농담이었다는 듯 리오넬이 대수롭지 않게 받아쳤다. 그러고는 할 말이 남은 얼굴로 아드리아나를 빤히 쳐다보았다. 리오넬이 불쑥 물었다.

"그냥 정말 결혼을 해 버릴까요?"

이보다 성의 없는 구애가 또 없을 것이었다. 갑작스러운 청혼이었으나 아드리아나는 그다지 놀라지 않았다. 결혼하자는 그의 말이 진심이 아니라는 걸 알았으니까. 그는 그냥 갑자기 떠오른 충동적인 생각을 내던졌을 뿐이다.

보통의 귀족 영애라면 이 기회를 놓치지 않았을 것이다. 그러나 아드리아나는 리오넬을 만류할 대답을 찾아 머리를 굴려야 했다. 단도직입적으로 말해서, 아드리아나는 리오넬과 부부가 되고 싶지 않았다.

애초에 결혼을 각오하고 디에고에게 청혼한 것이 아니었느냐 물으면 할 말이 없으나, 아무래도 공작가와 왕가는 느낌이 좀 달랐다. 왕비가 된다면 아드리아나는 자유와 동떨어진 삶을 살게 될 것이다. 갇혀 지내는 건 아스테즈 후작가에서의 경험만 해도 충분하다. 그곳에서 나와 또 새로운 감옥에 들어가고 싶진 않았다.

아드리아나는 에둘러 거절의 말을 남겼다.

"전하께선 저보다 좋은 사람과 결혼하셔야죠."

"나 같은 사람은 어떤 사람과 결혼해야 합니까?"

"……현숙하고 기품이 있으며, 아름다움에 지성까지 갖춘 여인이겠죠. 고귀한 신분은 기본이고요."

아드리아나가 전형적인 국모의 조건을 읊었다. 리오넬은 그녀의 말이 끝나자마자 피식 웃음을 터트렸다. 그의 눈빛이 돌연 음울해졌다. 리오넬이 불만스러운 투로 말했다.

"모두가 그런 말을 했기 때문에 내 인생이 빌어먹게도 불운해졌어요."

그리 말하는 리오넬은 진심으로 불행한 표정을 짓고 있었다. 그러나 아드리아나는 권력자라면 응당 본인이 누리는 것들에 대한 책임을 져야 한다고 생각하는 사람이었다. 아드리아나가 바늘 하나 들어가지 않을 듯한 태도로 물었다.

"그래서 분풀이 삼아 제게 장난으로 청혼을 하셨나요?"

"진담이었는데요. 이제 와 다른 사람을 찾으니 당신과 하는 게 나을 것 같아서."

아드리아나가 생각하는 것처럼 리오넬이 마냥 충동적으로 그녀와의 결혼을 고려한 건 아니었다. 아드리아나는 시종일관 담백한 태도로 부담스럽지 않게 행동했고, 또한 적당한 때에 물러날 줄 알았다. 어차피 왕과 왕비가 연인보다 동반자에 가까운 사이라면 정말 그녀와 결혼해도 괜찮겠다 싶을 정도로 말이었다.

아드리아나 본인도 리오넬이 무슨 계산으로 그런 말을 한 것인지 알아차린 듯했다. 그녀가 곧바로 그의 비겁한 심보를 지적했다.

"제가 전하를 귀찮게 하지 않을 것 같아서요?"

"레이디께서 직접 그런 말씀을 하시게 한 건 미안하지만, 정확히 정곡을 찔렀네요."

"애초에 특정한 누군가가 아니면 아무래도 상관없으신 거 아닌가요?"

아드리아나의 예리한 질문에 리오넬의 입가가 굳었다. 아드리아나가 그 미세한 변화를 유심히 살피며 덧붙였다.

"아니면 열애설 정도론 원하는 반응을 못 얻으셨거나."

리오넬이 손바닥에 턱을 괸 채 빤히 아드리아나를 응시했다. 그가 한숨처럼 말했다.

"이래서 눈치 빠른 사람은 싫다니까."

핀잔을 내놓긴 했으나 딱히 아드리아나의 건방진 말에 기분이 상한 기색은 아니었다. 확실히 리오넬은 일국의 왕자치고 성격이 유한 편이었다. 상대가 일정 선을 넘지 않는 이상 귀찮아서라도 화를 내는 법이 없다. 아드리아나는 지금 뒤이어 할 말이 과연 그 선을 넘을지, 아니면 안정권에 있을지 잠시 고민했다. 리오넬의 심기에 제 처우가 걸려 있음을 고려한다면 자신은 입을 다물고 있는 편이 좋았다.

"아브릴 백작 부인과 어떤 사이셨는지 여쭈어도 될까요?"

언제나 그렇듯, 이성은 호기심을 이기지 못했다. 아드리아나는 참지 못하고 오래 품어 왔던 질문을 꺼냈다. 리오넬의 입가에 있던 미소가 사그라들었다. 잠깐의 침묵 후에야 리오넬이 대답했다.

"아무 사이도 아니었습니다."

"그렇게 보이지 않던데요."

"아뇨, 정말. 아무 사이도 아니었어요. 그녀가 날 떠난 게 바로 그것 때문이었죠."

글자가 눈에 들어오지 않아 리오넬도 브로슈어를 덮어 버렸다. 어쨌든 자신은 아드리아나의 모든 사정을 알고 있는 입장이었다. 전부는 아니더라도 조금은 제 사연을 들려주는 게 공평하다는 생각이 들었다. 어쩌면 답답한 속내를 누구에게든 털어놓고 싶었던 건지도 모르고.

"당신도 알겠지만 카밀라는 왕궁 시녀 출신입니다. 궁핍한 생계 때문이었지만, 어찌 됐든 왕궁에 일자리를 소개받을 인맥 정도는 있었으니 나름 운이 좋은 편이었죠."

리오넬이 관망하는 어조로 말했다. 남의 이야기라도 하는 투였다.

"그녀는 대단한 미인이었고 많은 남자들의 관심을 샀습니다. 나도 그런 별 볼 일 없는 사내들 중 하나였죠. 처음 왕비궁에서 그녀를 봤을 때 난 천사가 이 땅에 내려앉은 줄 알았지 뭡니까."

"그녀에게 반하셨었군요."

"과거형으로 말하지 마요. 난 꽤 순정적인 사람이니까."

리오넬이 오른손을 들어 총을 쏘듯 검지로 아드리아나를 겨냥했다. 분위기가 가라앉지 않도록 꾸며 낸 행동임이 느껴졌다.

"한번은 아버지가 슬슬 작업을 걸고 계시기에 내가 곤란해하는 그녀를 도와줬었죠. 그걸 인연으로 우린 꽤 친밀한 사이가 되었어요."

"친구가 되신 건가요?"

"뭐, 대강. 성적으로요."

리오넬의 대답에 아드리아나는 잠시간 침묵했다. 아드리아나가 감당하기에 리오넬의 말씨는 지나치게 자유분방했다. 그러면서도 한편으로는 은근히 다음 이야기가 기대되는 것도 사실이었다.

아드리아나는 잠자코 그가 말을 잇기를 기다렸다. 그러나 흥미를 끄는 서두치고 결말은 갑작스러웠다. 아드리아나에게나 리오넬에게나.

"그리고 어느 날 갑자기, 그녀가 아버지의 연인이 되어 나타났어요."

"……."

"그게 끝입니다. 아무 결과도 낳지 못했으니 결국 아무것도 아니게 된 거죠. 앞으로도 절대 물 위로 나와서는 안 될 기억들이고."

리오넬이 힘없이 웃으며 말을 맺었다. 상황을 정리하면 아브릴 백작부인이 아버지와 아들을 동시에 만나다가 어느 순간을 기점으로 한쪽을 선택한 셈이 된다. 아드리아나가 이해할 수 없는 건 바로 그 지점이었다. 아드리아나가 미간을 찌푸리며 물었다.

"전 잘 모르겠네요. 감히 평가를 드리려는 건 아니지만…… 이왕 누군가를 택할 거면 젊은 왕세자 쪽이 낫지 않나요?"

"짐작이 안 가는 건 아닙니다."

리오넬이 덤덤한 투로 대답했다. 그는 의미 없이 시선을 굴리다가는, 고개를 숙여 테이블 위를 내려다보았다. 그가 손끝으로 상판 위를 툭툭 두드리며 말했다.

"어차피 정비는 못 될 테니까요."

"……."

"당신도 말했잖아요. 내 옆엔 고귀한 신분의 여자만 앉을 수 있다고."

카밀라는 별 볼 일 없는 남작가의, 그것도 방계 출신이었다. 그런 그녀가 언감생심 왕비 자리를 넘볼 수 있을 리 없다. 왕의 정부 자리는 그녀가 거둔 성공의 지표이자 한계였다.

리오넬이 자조하듯 중얼거렸다.

"그러니까 내가 부리는 건 심술이죠."

리오넬이 말을 마치고는 시선을 들었다. 초점 없던 눈이 허공 어딘가에 고정되었다. 리오넬이 마침 저편에서 걸어오는 누군가를 발견하고는 손을 흔들었다.

"아브릴 백작 부인, 오랜만에 뵙습니다."

아드리아나는 황급히 고개를 돌려 뒤를 확인했다. 저편에서 아브릴 백작 부인이 걸어가고 있는 게 보였다. 아브릴 백작 부인은 리오넬의 말을 듣지 못한 것처럼 계속해서 걸음을 옮기다가, 어느 순간 멈춰 섰다.

아드리아나는 언뜻 그녀의 시선이 자신에게 닿았다고 생각했다. 아브릴 백작 부인은 이어 아드리아나와 리오넬이 모인 테이블에 눈길을 주었다. 그대로 자리를 뜰 순 없었는지 그녀가 마지못해 그들에게 다가왔다. 그러고는 어딘지 떨떠름한 기색으로 예를 갖춰 인사했다.

"안녕하세요, 왕세자 전하. 그간 잘 지내셨는지요."

아드리아나는 리오넬이 지금 제게 요구하는 행동을 본능적으로 깨달았다. 아드리아나는 그가 도박하듯이 내보인 마지막 패였다. 리오넬이 아드리아나와 공조한 건 아브릴 백작 부인에게 그들의 관계를 내보이고 싶어서였다. 이곳에서 만나기로 한 것도 카밀라의 동선을 고려한 의도적인 위치 선정이었으리라. 실제로 리오넬은 아드리아나와 궁에서 만날 때마다 늘 야외를 고집했었다.

마치 누군가의 눈에 띄길 바란다는 듯이.

"안녕하세요, 아브릴 백작 부인. 처음 인사드립니다."

아드리아나가 태연한 얼굴로 인사했다. 그제야 카밀라의 시선이 아드리아나에게로 돌아왔다. 카밀라가 은은히 미소 지으며 답했다.

"안녕하세요, 아스테즈가의 영애시라고 했나요?"

"네, 아드리아나 테리사 아스테즈라고 합니다. 부인께는 처음 인사드리는 것 같네요. 제가 어려서부터 몸이 좋지 않아 최근에야 바깥나들이를 하고 있어서요."

"아스테즈 후작가의 귀한 고명따님이 혜성처럼 사교계에 등장했다는 소문은 이미 들어 알고 있었지요. 아버님과 남동생분들이 과보호가 심하시다지요? 그럴 만한 미모이십니다."

아드리아나는 그저 수줍은 척 웃어 보였다. 제 입으로 '사랑받는 딸' 행세를 하는 건 어딘지 비위가 상했기 때문이다.

유려한 첫인사에 이어 카밀라가 부드럽게 화제를 이끌었다.

"오늘은 왕세자 전하와의 만남을 위해 궁에 방문하신 건가요?"

상냥한 목소리였다. 그러고 보니 카밀라는 리오넬 쪽으로는 전혀 시선을 주지 않고 있었다. 리오넬이 그 사실을 지적하듯 대화에 끼어들었다.

"곧 제 생일을 앞두고 있지 않습니까. 모두가 아드리아나 양이 제 배필이 될 것으로 알고 있으니, 슬슬 공식적인 자리에서 그녀를 소개할 때가 된 것 같아서요."

말을 마친 리오넬이 아드리아나를 넘겨보았다. 무언의 재촉이었다. 아드리아나는 기다렸다는 듯 자연스럽게 카탈로그를 집어 들었다.

"사실 저희가 그날 어떤 옷을 맞춰 입을지 의논하고 있던 참이랍니다. 혹시 괜찮으시다면 부인의 고견을 구할 수 있을까요?"

아드리아나가 그리 물으며 카밀라를 올려다보았다. 일말의 흔들림이라도 찾아야 둘 사이의 가능성을 짐작할 터였다. 그러나 카밀라는 잘 조각된 밀랍 인형 같은 미소를 지을 뿐, 조금의 동요도 내보이지 않았다.

"그런 논의는 저보다는 왕비님께 부탁드리는 게 좋지 않겠어요?"

카밀라가 지적한 건 너무도 당연한 사실이었다. 적장자와 그 애인이 아버지의 정부를 붙들고 의복에 대한 조언을 구하는 건 확실히 모양새가 이상했다. 아드리아나는 간신히 변명을 쥐어 짜냈다.

"그게…… 아직 왕비님께 정식으로 인사드리긴 부담스러워서요. 마침 부인께서 옷을 잘 입기로 소문이 자자하신 게 생각이 나 부탁드린 거랍니다."

"저런, 부담스러워 마세요. 왕비님께서도 두 분의 기념적인 날에 참견할 자격을 얻었음에 기뻐하실 겁니다."

카밀라가 아드리아나를 격려하듯 말했다. 그러고는 천천히 시선을 돌려 리오넬을 응시했다. 카밀라가 매끄러운 목소리로 말을 이었다.

"왕비님은 아드리아나 양처럼 고아하고 참한 영애들에겐 더없이 상냥하신 분이랍니다. 괜한 걱정을 하실 필요는 없을 듯싶네요."

카밀라의 눈길이 다시 아드리아나에게로 돌아왔다. 아드리아나는 황급히 카밀라를 붙잡을 다른 변명을 고민했으나, 당연히도 적절한 답을 찾을 수는 없었다. 그들이 마주쳤을 때의 모범적인 지침은 간단히 인사를 전하고 헤어지는 것이 다였다. 리오넬과 카밀라는 고작 그런 사이였다.

카밀라가 두 손을 우아하게 모으고는 살짝 무릎을 굽혔다.

"그럼 풋풋한 연인분들끼리 즐거운 시간 보내시길 바라겠어요."

"이야기 나누어 즐거웠습니다. 다음에 또 뵈어요."

아드리아나는 어쩔 수 없이 카밀라에게 작별 인사를 남겼다. 카밀라는 조금의 흔들림도 없는 걸음걸이로 그들을 떠나갔다. 카밀라와 어느 정도 거리가 벌어졌을 때쯤, 아드리아나가 리오넬을 돌아보았다.

"……아무렇지도 않아 보이시는데요."

아드리아나의 직언에 리오넬이 급격히 피곤해진 목소리로 대답했다.

"나도 아니까 그냥 좀 조용히 해 줘요."

⚜

"공작님, 이만 일어나세요. 아침이에요."

강단 있는 두 손이 재촉과 함께 그의 몸을 뒤흔들었다. 억지로 눈을 떴으나 다시 가물가물 감겼다.

디에고는 인상을 찌푸리며 이불을 끌어 머리 위까지 덮었다. 그러자 이번엔 아래에서부터 이불이 걷어 올려졌다. 결국 디에고는 그의 게으름을 꾸짖는 푸른 눈과 마주하게 되었다. 디에고가 잠긴 목소리로 투정하듯 말했다.

"좀 봐줘요. 잠든 지 세 시간도 안 됐으니까."

"그러게 누가 늦게 주무시라고 했어요?"

"내 수면 시간은 자의로 조절할 수 있는 게 아닙니다."

한 가문의 총책임자라는 것이 기분만 낼 자리는 아니었다. 처리해야 할 급한 일이 있으면 엉망이라도 결과물을 내놓기는 해야 하는 것이다. 디에고는 일을 날림으로 하는 걸 견디지 못했으므로 형편없어진 건 수면 시간 쪽이었다. 베개에 머리를 대고 얼마 지나지도 않았는데 다음 일정을 소화할 시간이 돌아왔다.

답지 않게 억지를 부리며 다시 이불로 기어들어 가는 남자의 모습은 확실히 불쌍해 보였다. 에스텔라의 매서운 표정이 조금 누그러졌다.

"하지만 저희가 참석해야 할 행사 시간이 코앞으로 다가온 건 변하지 않아요."

오늘은 오전부터 자선 모임이 예정되어 있었다. 꽤 유구한 전통을 가진 행사지만 실상은 귀족들이 참석해 제 부를 유세하는 자리였다. 가장 큰 비중을 차지하는 것은 각자의 애장품을 내놓는 경매였는데, 이때 얼마나 귀한 물건을 지원했느냐에 따라 가문의 부를 짐작할 수 있었다. 가주가 바뀐 지금 이 시점에서 그들은 가문의 건재함을 과시할 필요가 있었다.

디에고가 도통 일어날 기미를 보이지 않았기에 에스텔라는 포기하고 매트리스 위에 앉았다. 동생인 세드릭처럼 여덟 살짜리 아이도 아니고, 저 거구를 번쩍 들어 올릴 힘은 없었다. 에스텔라가 그에게 문제라도 내듯이 짐짓 엄한 투로 물었다.

"저한테 고위 귀족으로서 솔선해 자애로운 모습을 보여야 한다고 한 게 누구셨죠?"

"물론…… 나죠."

디에고가 질질 끄는 목소리로 대답했다. 어느 정도는 잠이 달아났는지 그제야 그가 졸린 눈을 떴다. 새어 들어온 빛이 따가웠던 듯 그가 몇 차례 눈꺼풀을 들었다 내렸다.

에스텔라는 직접적으로 그를 일으키는 대신 살살 대화를 유도해 보기로 결정했다. 뇌를 움직이다 보면 대강 정신이 들 것이다. 에스텔라가 무념무상으로 말했다.

"정말 안 일어나실 거예요? 저 혼자 갈 수는 없잖아요."

"안 일어날 건 아닌데……. 음……."

"잠 깨게 냉수라도 가져다 드릴까요?"

"모닝 키스 해 줘요. 그럼 일어날 테니."

갑자기 훅 치고 들어온 요구에 에스텔라의 어안이 벙벙해졌다. 디에고는 잠에 취한 와중에도 놀랍도록 작업에 열심이었다. 에스텔라가 어이없다는 듯 디에고를 내려다보았다. 반사적으로 거부가 튀어나왔다.

"싫어요."

"왜 싫습니까."

"뜬금없이 무슨 모닝 키스예요? 잠 깼으면 그만 일어나세요."

"키스가 싫으면 뽀뽀도 괜찮습니다, 나는."

"대단히 큰 양보를 한 것처럼 말씀하지 마세요."

"입이 아니라 뺨으로 바꿔 줬잖아요. 한결 덜 부담스럽지 않나?"

눈만 감고 있을 뿐, 점점 또렷해지는 목소리를 보니 이미 잠은 다 깬 게 분명하다. 에스텔라는 디에고의 마수를 피해 자리에서 일어났다.

아니나 다를까, 에스텔라가 자리를 피하자마자 디에고가 제대로 눈을 떴다. 그가 팔꿈치로 시트 위를 짚으며 옆으로 돌아누웠다. 그러고는 손바닥에 관자놀이를 기댄 채 에스텔라를 바라보았다. 그가 졸음이 섞여 나른한 목소리로 말했다.

"흠, 난 우리가 어제부터 연애를 하기로 한 줄 알았는데요."

에스텔라도 순간 '그런가?' 싶었을 정도로 뻔뻔한 태도였다. 확실히 어젯밤 그에게서 '한번 만나 보자'는 논조의 이야기를 들은 것 같긴 한데 그게 연인 관계를 지칭하는 건 줄은 몰랐다. 키스와 잠자리를 운운하며 유혹했던 것과 어울리지 않게 그는 꽤 정석적인 단계를 밟아 가려 하고 있었다.

뒤늦게 정신을 붙잡은 에스텔라가 분명한 사실 관계를 지적했다.

"전 그러자고 안 했는데요."

"즐길 건 다 즐겨 놓고 발 빼려 들지 마요."

디에고가 따분한 목소리로 대답했다. 19세 미만 관람 불가 소설의 흔적일까. 디에고는 꼭 불한당처럼 말하는 습관이 있었다. 에스텔라가 허리에 양손을 올리며 그를 훈계했다.

"공작님은 왜 항상 그렇게 저질스럽게 말씀하세요?"

"진짜 파렴치한은 미스 마거릿 쪽 아닙니까? 몇 번이나 내 입술을 훔쳤으면서 자꾸 모른 척을 하잖아요."

디에고가 삐딱하게 눈썹을 들어 올렸다. 에스텔라는 순식간에 할 말이 없어졌다.

실로 그의 지적이 타당했다. 에스텔라는 이미 몇 번이나 이성을 잃고 디에고와 진한 스킨십을 나눈 전적이 있었다. 그런데 그가 관계를 진척시키려 할 때마다 싫다며 몸을 사리고 있는 것이다. 제가 생각해도 입장이 뒤바뀌었다면 어장 관리를 하는 거냐며 치를 떨었을 것 같긴 했다.

디에고가 결정타를 날리듯 입꼬리를 비틀며 말했다.

"내 입술이 먹고 버릴 정도로 형편없는 맛은 아닐 거거든요."

"자의식 과잉이세요."

반사적으로 퉁명스럽게 대답했으나 정작 에스텔라의 목소리엔 힘이 없었다. 과연 디에고는 상황을 본인 뜻대로 끌어가는 데 재능이 있는 남자였다. 중심을 제대로 잡지 않으면 누구라도 그에게 휩쓸리고 말 것이다.

실제로 에스텔라는 그가 꺼낸 '연애'라는 단어를 내심 재 보고 있었다. 어차피 지금 이 시점에서 그와의 이성적인 기류를 끊는 일은 불가능해 보였다. 저부터가 그의 접촉을 싫어하지 않으니 더더욱 문제다.

솔직한 심정으로 그와 한참 혀를 섞고 있다 보면 은근히 다음 단계가 기대되는 것도 사실이었다. 어차피 그의 말처럼 진지하게 생각할 필요 없는 관계인 거라면, 눈 딱 감고 연애 흉내를 내 보는 것도…….

"……조건이 있어요."

망상을 제때 추스르지 못한 에스텔라가 충동적으로 입을 열었다. 내뱉자마자 재빠르게 후회가 밀려들었으나 다시 주워 담을 수는 없었다. 디에고가 기다렸다는 듯 냉큼 이렇게 받아쳤으니까.

"말해 봐요."

조건을 내거는 건 제 쪽인데도 그는 꼭 승자처럼 웃고 있었다. 에스텔라는 한숨을 삼키며 손가락을 하나씩 꼽았다.

"앞으로 제 앞에서 빤다느니, 먹는다느니, 발…… 났다느니 하는 이상한 표현 쓰지 마세요."

"발정이요?"

의도적으로 누락한 발음을 디에고가 집요하게 물고 늘어졌다. 입가에는 여유로운 미소를 띤 채였다. 에스텔라가 순간 눈을 희번덕거리며 소리쳤다.

"비슷한 단어면 뭐든, 앞으로는 절대 안 돼요!"

무서운 기세에 디에고는 주춤 상체를 뒤로 뺐다. 강단에 선 경력 덕분인지 순간적으로 터져 나오는 성량이 대단했다. 안 그래도 정신이 맑지 않은 아침나절이라 더 크게 놀라고 말았다. 잠이 번쩍 깬 디에고가 멍하니 눈을 끔뻑였다. 에스텔라가 무서운 표정으로 대답을 재촉했다.

"약속하실 거예요?"

"……싫다면…… 물론…… 하지 말아야죠."

디에고가 드문드문한 목소리로 대답했다. 아직 당황을 다 벗어던지지 못한 기색이었다. 에스텔라는 그런 디에고를 집요하게 한참 노려보았다. 그동안 보인 행적이 있어서 도무지 쉽게 믿을 수가 없었다. 에스텔라가 경고하듯 말했다.

"약속 안 지키면 두고 보세요."

"……안 지키면 어떻게 되는데요?"

"다신 그런 말 못 뱉도록 단어 교육을 새로이 시켜 드릴 거예요. 뼛속부터!"

에스텔라가 음산한 목소리로 호통쳤다. 기세에 질린 디에고가 힘겹게 고개만 끄덕였다. 에스텔라는 수그러든 디에고를 보고서야 만족스러운 기색으로 방을 떠났다. 빨리 준비하고 나오라는 경고를 덧붙인 채였다.

디에고는 문이 닫히는 소리를 듣고 나서야 굳었던 어깨에서 힘을 풀었다. 처음 보는 그녀의 섬뜩한 모습에 등골이 다 서늘해졌다. 한 번만 더 방종하게 굴었다간 무사하지 못하리란 예감이 느껴졌다.

"뭐, 못 고칠 일은 아니지."

그냥 입을 다물고 하면 되는 문제 아닌가. 디에고는 곧바로 명쾌한 결론을 내렸다.

사실 그간은 그녀의 반응을 끌어내려 일부러 더 심술궂게 군 면도 없지 않았다. 더욱이 그는 성적으로 흥분했을 때 특히 저질스럽게 말하는 본능이 있었다. 딱히 누굴 만나 본 적이 없어서 그 스스로도 몰랐던 사실이었다.

한 번 의문을 가지고 나니 참으로 기묘한 기분이 들었다. 그가 에스텔라처럼 노골적인 성애 소설의 애독자인 것도 아닌데 대체 어디서 나온 습관인지 모를 일이었다.

어찌 됐든 그녀가 싫다는데 굳이 제 취향을 고집할 생각은 없었다. 중요한 건 에스텔라가 새로운 관계의 시작에 대해 동의했다는 사실이었다. 수면 부족으로 피로한 와중에도 디에고는 몹시 기분이 좋아졌다. 상황만 보면 상대가 제 잠을 억지로 깨우고 달아난 것이었으나 고까운 마음은 전혀 들지 않았다.

그는 문득 결혼식을 치른 후, 에스텔라와 한 침대에서 아침을 맞는 상상을 해 보았다. 그 장면을 떠올리는 건 전혀 어렵지 않은 일이었다. 방금 본 그녀의 얼굴을 그리면 되었으니까.

"이래서 결혼을 하는 거군."

배부른 음성으로 중얼거린 디에고가 자리에서 일어섰다. 남들처럼 오붓한 신혼은 아닐 것이나 그게 무슨 대수인가 싶었다. 오가는 체온 속에서 그는 더 이상 외롭지 않을 것이다.

에스텔라의 으름장 덕분으로 둘은 제 시각에 맞춰 목적지에 도착할 수 있었다. 에스텔라와 디에고가 등장하자마자 모두의 이목이 은근히 그들에게로 몰렸다. 경매가 이루어질 단상 앞에 의자가 줄지어 놓여 있긴 했지만, 정작 자리에 앉아서 기다리는 이들은 몇 없었다. 고위 인사들이 모인 만큼 다들 서로 교류하느라 바빴던 탓이다.

덕분에 모인 객의 신분에 맞지 않게 장내에서는 꼭 시장통 같은 분위기가 풍겼다. 그엔 외곽에 널려 있는 기부 물품이 크게 한몫했다. 혼잡해질 것을 고려해 애초부터 야외에 판을 벌였기에 망정이었다.

주변이 소란스러웠던 탓에 슬쩍 귀를 기울이자 근처에서 오가는 대화를 엿들을 수 있었다. 대부분은 제가 경매에 내놓은 물건에 대해 자랑 아닌 자랑을 늘어놓고 있는 듯했다. 에스텔라가 앞쪽에 구비된 팸플릿을 집어 들며 슬쩍 물었다.

"저흰 뭘 준비했어요?"

"먼 이국의 미술품이요. 화가가 사막의 어느 국가를 다녀와서 그렸다던가……."

디에고가 장내를 살피며 건성으로 대답했다. 다른 객들처럼 출품한 물건에 애착이 있어 보이지는 않았다. 실제로 에스텔라는 디에고가 준비했다는 그림을 구경도 하지 못했다. 아마 집사 선에서 적당히 골라낸 물건일 듯싶었다. 에스텔라가 팸플릿을 뒤적이며 미간을 좁혔다.

"일단 왔으니 뭘 사야 하긴 할 텐데……. 따로 봐 두신 거라도 있으세요?"

"사고 싶은 물건은 없지만 꼭 사야 할 건 하나 있죠."

디에고가 담백하게 대답했다. 흥미를 끄는 수식에 에스텔라가 고개를 돌렸다.

"그게 뭔데요?"

"그건 나도 모릅니다."

디에고가 어깨를 으쓱였다. 이해할 수 없는 말에 에스텔라는 의아한 눈을 해 보였다. 정체도 모르는 물건을 어떻게 알아보고 사들인단 말인가. 궁금증 어린 에스텔라의 표정을 본 디에고가 입가를 휘었다. 그가 극비라도 된다는 듯 에스텔라의 귓가에 입술을 가져다 댔다.

"미친 듯이 호가가 올라가는 물건이 하나쯤은 있을 겁니다. 그때 손

들고 절대 내리지 말아요."

"……무슨 물건인지는 상관없어요?"

"모두가 가지고 싶어 하는 걸 우리가 들고 간다는 사실이 가장 중요한 거거든요."

유산 계급의 뇌 구조는 알다가도 모를 것이었다. 참 쓸데없는 일에 열의를 불태운다 싶다. 그렇게 가치 있는 물건이라면 정말 가지고 싶은 사람에게 양보하는 게 낫지 않나. 모두의 이목을 잡아끌 정도라면 보통 값은 아닐 터였다. 그러나 에스텔라는 계획 없는 소비의 폐해를 지적하는 대신 잠자코 수긍했다.

"뭐, 그 돈이 결국은 남을 돕는 데 사용된다니 나름의 위안이 되네요."

어쨌든 수익금이 기부로 이어지는 경매였다. 얼마의 돈을 내놓든, 아직 다 풀어 보지도 못한 세드릭의 선물 탑보다는 가치 있게 쓰일 것이다.

에스텔라는 의연한 얼굴로 번호 패를 들어 올릴 수 있도록 잠시 경매 과정을 상상해 보았다. 예산에 한정이 없다면 사실 낙찰받는 것 자체는 어려운 일이 아니었다.

에스텔라는 제가 만져 본 적도 없는 단위의 금액을 세다가는 데에 고를 돌아보았다. 지나치게 부유한 약혼자 덕분에 갈수록 그녀의 시출 범위와 규모도 커져 가고 있었다. 에스텔라가 문득 감탄했다.

"공작님 덕에 제가 살면서 기부를 다 해 보네요."

사실 엄밀히 말하면 기부가 처음은 아니었다. 전생에서는 국내 아동에게 소액이나마 매달 지원했던 적이 있었다. 반면 이번 생에서는 그럴 만한 여유가 없었다. 일반 시민에서 귀족이 됐으니 나름의 신분 상승을 거친 셈인데 경제 사정은 더욱 안 좋아졌다. 남을 도울 돈이 있으면 당장 생활비에 보태 써야 하는 형편이었으니 말 다 한 셈이다.

에스텔라의 말에서 많은 뜻을 유추해낸 듯 디에고가 짧게 혀를 찼다.

"몬티엘 경께선 당신에게 값진 경험을 참 많이도 앗아 가셨군요."

"지금 저희 아버지를 욕하신 건가요?"

"당신 일가의 불행을 안타까워한 겁니다."

에스텔라의 장난 섞인 지적에 디에고가 능청스러운 대답을 돌려주었다. 곤란한 화제에서 빠져나가는 솜씨가 수준급이었다. 어이없는 기분에 에스텔라는 그만 실소하고 말았다. 그의 말이 틀리지 않았으므로 딱히 반박할 마음도 들지 않았다.

아버지를 말할 때 에스텔라는 종종 어찌해야 할지 모르는 기분이 되곤 했다. 누군가 아버지의 실수를 이야기하며 혀를 찰 때면 양가적인 감정이 느껴졌다. 맞장구를 치며 시원하게 아버지를 비난하고 싶기도 했고, 때론 멋쩍게 웃으며 그를 옹호하고 싶기도 했다.

그래서 에스텔라는 그냥 아무 말도 하지 않았다. 어떤 식으로 아버지를 대하든 나중에 가선 후회로 남으리란 사실을 알았기 때문이다.

"에스텔라 양, 오셨군요."

그때 뒤편에서 익숙한 목소리가 들려왔다. 에스텔라는 곧장 아드리아나에게로 고개를 돌렸다. 처음 만났을 때에 비해 아드리아나의 낯빛은 몹시 좋아져 있었다. 입고 있는 옷 역시 후작가의 영양 자리에 걸맞은 고급스러운 물건이었다. 그것은 꼭 아드리아나가 나아지고 있다는 징조처럼 느껴졌다. 에스텔라가 마음에서 우러나오는 미소를 지으며 인사를 받았다.

"두 분께서 참석하시는 줄은 몰랐네요. 반가워요."

"전 리오넬 전하 때문에요. 워낙 이런 자리에 부지런히 얼굴 비추길 원하셔서."

아드리아나가 짐짓 곤란하다는 듯이 어깨를 으쓱였다. 아드리아나의 옆엔 리오넬이 부드러운 미소를 띤 채 서 있었다. 그가 너스레를 떨며 되물었다.

"외출은 우리 둘한테 모두 좋은 것 아니었습니까? 당신, 딱히 집에 있는 걸 좋아하지는 않잖아요?"

자연스럽게 농담을 주고받는 모습을 보니 둘은 생각 외로 죽이 잘 맞는 듯했다. 아니, '생각 외로'라는 표현을 쓰기엔 약간의 어폐가 있을까. 어찌 보면 리오넬의 상황만은 본래 줄거리에서 딱히 어그러지지 않게 흘러가고 있는 듯도 했다.

에스텔라는 리오넬의 얼굴을 흘긋 올려다보았다. 지난번 무도회에 참석했을 땐 그를 대번에 알아보지 못해 어이없는 실수를 저질렀었다. 후에 디에고에게 소개받고 나서야 에스텔라는 그의 정체를 알게 되었다.

분명 리오넬도 책 속에 등장했었지만, 딱히 관심을 두지 않았기에 이름은 앞 철자 정도만 흐릿하게 기억하고 있었다. 그도 그럴 것이 책 속의 리오넬은 그리 매력적인 캐릭터가 아니었다.

원작에서의 리오넬은 디에고와 아드리아나를 두고 경쟁을 벌이는 일종의 서브 남주인공이었다. 역할만 봐서는 제법 비중이 클 듯하나 정작 그의 존재감은 썩 대단치 않았다. 디에고는 친구를 견제하는 데 적극적이지 않았고 리오넬 역시 주인공들의 불화로 기회가 주어져도 관망하곤 했다. 덕분에 독자들은 두 남자 모두 마음에 안 든다며 여주인공이 아깝다는 식의 혹평을 남겼던 것으로 기억한다.

　모두의 수수께끼였던 리오넬의 본심은 결말이 가까워져서야 밝혀진다. 사실 그는 아드리아나를 괴롭히던 악당 중 하나인 카밀라와 진한 과거사가 있었던 것이다. 실상 그는 아드리아나에게 관심이 있는 게 아니라, 질투를 유발할 요량으로 부러 카밀라 앞에서 그런 척 연기만 했던 거였다. 어찌 보면 그가 지금 아드리아나에게 요구하고 있는 역할과 원작의 설정은 정확히 맞아떨어졌다.

　"할 얘기가 있는데 잠깐 나가지."

　대강 인사를 마친 리오넬이 디에고를 툭툭 치며 말했다. 친구의 재촉에 디에고가 알았다는 듯 고개를 끄덕였다. 홀로 남은 에스텔라가 걱정이라도 된 모양인지 그가 옆을 돌아보며 당부의 말을 남겼다.

　"잠깐 밖에 다녀오겠습니다. 아드리아나 양과 함께 있어요."

　그러고는 에스텔라의 곁을 떠나기 전 잠시간 먼 곳에 시선을 주었다. 에스텔라는 디에고가 자리를 비우자마자 그의 눈길이 머물렀던 자리를 살폈다. 뜻밖의 대상을 확인한 에스텔라가 무의식적으로 입을 벌렸다. 에스텔라 대신 놀란 목소리를 낸 건 아드리아나 쪽이었다.

　"엘렌 양도 참석했네요."

　이곳과는 조금 먼 거리에서 엘렌이 한 중년 부부와 담소를 나누고 있었다. 하기야 엘렌은 독실한 신자로 유명했고 그런 그녀가 이런 나눔의 자리에 참석하는 것도 이상한 일은 아니었다. 그러나 에스텔라는 좀처럼 엘렌에게서 눈을 떼어 내지 못했다.

　시선이 느껴졌을까. 엘렌이 문득 에스텔라 쪽으로 고개를 돌렸다. 그러고는…….

'왜 웃지?'

에스텔라는 황급히 고개를 바로 했다. 당연히 상대가 먼저 피할 거라고 생각했는데 엘렌은 싱긋 웃어 보일 뿐이었다. 반갑지 않은 상대의 예상치 못한 웃음은 불안을 자아냈다. 화해를 청하려는 의도가 아님을 알기 때문이었다.

때마침 사회자가 단상 위로 나섰다. 모두의 시선이 그에게로 돌아갔다.

"경매를 시작하겠습니다. 모두 자리에 착석해 주시길 바랍니다."

"시작했나 본데."

멀리서 들려온 소음에 리오넬이 인상을 찌푸렸다. 잠시 사람 없는 곳에서 이야기를 나누려고 한 것인데 자리를 비운 사이 경매가 시작된 모양이었다. 이제라도 돌아갈까 고민하는 리오넬을 디에고가 만류했다.

"굳이 처음부터 자리를 지키고 있을 필요는 없지."

"경매는 어떻게 하고?"

"파트너가 있잖아."

확실히 그들은 대신 자리를 지킬 일행이 있었다. 리오넬은 "하긴." 하고 짧게 수긍하고는 벽에 등을 기댔다. 뭐 하나쯤 구매해야 면이 서긴 하겠으나 어차피 귀한 물건일수록 뒤에 등장하는 법이었다. 시간을 통째로 잡아먹을 만큼 긴 이야기를 하려는 것도 아니다.

함께 지내 온 세월을 허투로만 보낸 것은 아닌 듯, 디에고가 곧장 리오넬의 의중을 지적해 왔다.

"일은 잘 풀려 가나?"

"끔찍하지."

리오넬이 앓듯이 대꾸했다. 기분 탓인지 속내를 내뱉자마자 두통이 일었다. 리오넬은 제 머리를 감싸 쥐며 끙끙거렸다.

"아무 동요도 없어. 젠장, 그냥 나 혼자 난리 치고 있는 기분이야."

"뭐, 예상치 못한 바는 아니지."

디에고가 피식 웃으며 대꾸했다. 리오넬이 그런 친구를 휙 돌아보며 물었다.

"가망 없다고 생각해?"

"아브릴 백작 부인이 네 아버지의 손을 잡았을 때부터 쭉."

당연한 대답을 내놓던 디에고가 이어 심드렁히 덧붙였다.

"그냥 왕비님께서 골라 주시는 여자를 만나. 그게 답이니까."

"이게 남의 일이라고 막말하네."

리오넬이 디에고를 곁눈으로 노려보았다. 물론 디에고는 비난의 눈초리에도 꿈쩍하지 않았다. 애초에 디에고는 위로보다는 상황 분석에 재능이 있는 사람이었다.

가장 친하다는 친구가 이런 냉혈한이라니. 리오넬은 속으로 디에고의 무정함을 비난했으나 그런다고 해서 답답한 속이 풀리는 건 아니었다. 리오넬은 신경질적으로 품속에서 시가가 담긴 상자를 끄집어냈다.

그때 디에고가 대뜸 선언이라도 하는 투로 말했다.

"나, 결혼할 거야."

리오넬이 시가를 물다 말고 퉤 하고 뱉어냈다. 그러고는 어이없다는 듯한 눈으로 디에고를 돌아보았다. 다소 비위 상하는 광경이었음에도 불구하고 디에고는 아랑곳하지 않았다. 디에고가 곧장 덤덤한 투로 말을 이었다.

"나도 이제 안정을 찾을 때가 된 것 같아서 말이야."

이어진 말에 리오넬의 얼굴이 더욱 해괴하게 일그러졌다. 리오넬이 부스럭거리며 방금 집어넣었던 상자를 다시 꺼내 들었다. 그가 디에고에게 시가 하나를 내밀며 물었다.

"⋯⋯한 대 피울래?"

"그런 거 안 즐기는 거 알잖아."

"아니, 기억력에 문제 생긴 것 같으니까 한 입만 빨아 봐. 이게 머리 돌아가게 하는 덴 그만이거든."

그리 말하며 리오넬이 제 관자놀이 부근을 툭툭 쳤다. 디에고는 피식 웃으며 손등으로 리오넬이 내민 시가를 대충 밀어냈다. 리오넬은 마지못해 상자를 다시 품 안에 추슬렀다.

"난 얼마 전에 네 약혼식에서 이미 그 선언을 성대하게 목격한 걸로 기억하는데. 왜 새삼 유난스럽게 굴고 난리야?"

그리 말하며 리오넬이 경망스럽게 연기를 빨아들였다. 친우의 배신이 마음에 차지 않는다는 투였다. 그도 그럴 것이 본인은 미궁에 빠진 연애 전선 속에서 연일 헤매고 있는데 친구는 홀로 행복과 안정을 찾아가겠다고 한다. 진심으로 눈꼴셨다.

리오넬이 코끝을 찡긋하며 타당한 가설을 제시했다.

"그 여자가 진심으로 좋아지기라도 했어?"

"내 감정은 그렇게 순수한 게 아냐."

"그럼?"

"말하자면 결혼은 지금 이 경매 같은 거지. 내가 잠깐 자리를 비운다고 해서 삶이 엉망으로 흘러가지 않게 하는 것."

틀린 말은 아니나 지나치게 원론적인 소리였다. 무엇보다 디에고가 결혼이라는 제도를 싫어했던 건 정확히 그 부분 때문이 아니었던가. 한 사람으로 충분한 일을 굳이 두 사람의 힘으로 헤쳐 나가는 것 말이다.

리오넬이 눈을 가늘게 뜨며 물었다.

"그런 목적이면 집안 좋은 여자 아무나 골라 만나지 왜?"

"그래도 평생을 살 맞대고 지낼 사람인데 최소한의 취향은 맞아야 하지 않겠어?"

"그 취향이 연심이 아니면 달리 뭔데?"

리오넬의 타당한 지적에 디에고가 짧게 대꾸했다.

"정욕이겠지."

디에고의 말이 끝나자마자 리오넬은 폭소를 터트렸다.

"풉, 푸하하하!"

한참 웃던 리오넬이 껄렁한 투로 시가를 길게 빨아들였다. 긴 한숨 끝에 그가 진지한 얼굴을 들었다. 리오넬이 한심하다는 듯한 눈빛을 내보이며 디에고의 어깨에 손을 얹었다.

"이 새끼가……. 너 진도를 끝까지 나가긴 했냐?"

디에고는 대답하지 않고 리오넬의 손을 치워 냈다. 친구에게 이성 관계를 중계하는 취미는 없었다. 그리고 기실, 리오넬이 한 말은 꽤나 가슴 쓰린 지적이었다. 디에고는 '정욕'이라는 단어를 왈가왈부할 만큼 여인의 몸과 대단히 친밀하지는 못했다. 그녀를 안지 않은 일상도 충분히 즐거운 이 시점에서 이미 그의 감정은 그런 음험한 표현과는 거리가 멀다.

하지만 그렇다고 해서 자신이 그 이상의 무언가를 품었던가?

"네 침대 사정 따위 관심 없지만 지나가던 개새끼가 들어도 그건 아니라는 걸 알겠다."

리오넬이 혀를 차며 말했다. 그는 어리숙한 친구를 바른길로 인도하겠다는 듯 다시 디에고의 어깨를 감쌌다. 건수를 잡았다는 생각에 친구를 신명 나게 비난하긴 했으나 그렇다고 딱히 제가 거짓말을 하고 있는 건 아니었다. 애초에 리오넬은 제 친구가 답지 않게 타인에게 관심을 보일 때부터 이 약혼에서 사뭇 다른 징조를 느꼈다.

리오넬이 진심 어린 눈빛으로 디에고를 응시하며 말했다.

"넌 그 여자가 '당신 같은 냉혈한이랑은 함께 살 수 없어요.' 같은 말로 이별을 고할 때 뒤늦게 깨닫게 될 거야. '아, 이건 진짜 사랑이구나' 하고."

"실없는 소리."

"내기하자. 내가 지면 그때 그, 남부 목장 출하량 제한 풀어 줄게."

그냥 내던지는 제안치곤 통이 컸다. 그러나 디에고는 덥석 승낙하는 대신 눈썹을 추켜세웠다. 디에고는 설령 이길 것이 확실한 내기라고 할지라도 혹시 모를 실패까지 고려하는 이였다.

"내가 지면?"

리오넬이 잠시간 고민하다가는 툭 내뱉었다.

"혹시 우리 왕비님 뒤 좀 캐 줄 수 있나?"

ㅤ

건너편에 있던 중년의 사내와 눈이 마주친 것과 동시에 그의 멋스

러운 콧수염이 움찔했다. 에스텔라는 승자의 미소를 지으며 일행에게
로 고개를 돌렸다. 사뭇 과시적인 태도였다. 그 모든 광경을 지켜보던
디에고가 얼떨떨한 목소리로 물었다.

"……뭡니까, 방금?"

"제가 저 사람이랑 마지막까지 붙어서 이겼거든요."

에스텔라가 으스대듯 말했다. 그러고는 "사라고 하셨던 물건 말이
에요." 하고 대수롭지 않게 덧붙였다. 디에고는 그녀가 무엇을 사들였
는지는 알 수 없었으나 그 과정은 어렵지 않게 상상할 수 있었다. 아
무래도 그녀는 디에고가 앞서 남겼던 당부를 꽤 가슴 깊이 받아들였
던 듯했다.

피식 웃음을 터트린 디에고가 에스텔라와 신경전을 벌였을 사내에
게 시선을 주었다. 남자의 축 처진 등이 묘하게 처량해 보였다.

리오넬과 디에고가 행사장으로 돌아간 건 생각보다 많은 시간을 소
요한 후였다. 디에고가 에스텔라의 옆자리에 자리 잡았을 때쯤 이미
품목의 반 정도는 주인을 찾은 상태였고, 개중에는 에스텔라의 소유
가 된 것도 있었다.

순식간에 눈덩이처럼 돈이 불어나는 현장만큼 박진감이 넘치는 곳
이 또 없을 것이다. 에스텔라는 아직 흥분을 다 벗어던지지 못한 기색
이었다. 에스텔라가 아직 주최 측에 돌려주지 않은 번호 패를 불끈 쥐
며 말했다.

"패 들고 버티는데 글쎄 희열이 느껴지더라고요."

"집안이 풍비박산 날까 무서우니까 앞으로 경매는 금지입니다."

디에고가 짐짓 두렵다는 기색으로 에스텔라에게서 번호 패를 앗아
들었다. 아드리아나가 웃으며 디에고의 말을 받았다.

"맞아요. 에스텔라 양이 생각보다 승부사 기질이 있으시더라고요. 그거 무서운 거예요."

디에고가 그것 보란 듯 눈썹을 들어 올렸다. 에스텔라는 억울한 기분이었으나 다대일의 불리한 상황을 타개하진 못했다. 분명 자신은 디에고가 시키는 대로 했을 뿐인데 왜 골칫덩이 취급을 받고 있는지 모를 일이었다.

에스텔라가 디에고를 탓하듯 지긋이 시선을 줄 때였다. 뒤편에서 돌연 귀에 익은 목소리가 끼어들었다.

"사실 가장 곤란한 건 중독성이죠. 암만 구제의 손길을 내밀어 봤자 이거 내려는 본인의 의지가 없으면 의미 없지 않겠어요?"

어느 정도 거리를 두고 있었음에도 한 번에 귀에 꽂혔을 정도로 큰 소리였다. 덕분에 뒤를 돌아보지 않았는데도 에스텔라는 쉽게 그 상대를 짐작할 수 있었다. 저 맑고 발랄한 목소리는 분명 엘렌의 것이었다.

"원천적인 차단은 금전이 아닌 생필품을 지원하는 거죠. 물론 곡물을 팔아 다른 용도로 쓰는 일까지 막을 순 없겠지만, 재진입을 한결 번거롭게 만드는 데 의미가 있어요. 게다가 북부에서 재배되는 이 약초는 중독 증세를 호전하는데 효과가……."

지금은 모든 경매가 끝나고 따로 준비한 기부 물품을 주최 측에 전달하는 시간이었다. 엘렌도 자신이 지원하려는 물건에 대해 설명하고 있는 듯했다. 엘렌은 이어 중독성 약물이 얼마나 구하기 쉬운지, 그 굴레에 어떤 구조적인 문제가 있는지를 한참 떠들어 댔다. 에스텔라 조차 내심 그 면밀한 지식에 감탄했을 정도였다. 그러나 어쩐지 아까 미소 짓던 엘렌의 표정이 떠올라 에스텔라는 좀처럼 찜찜한 기분을 벗어던질 수 없었다.

대체 엘렌은 왜 저를 보고 웃었을까. 혹여 자신의 사회적 활동을 자랑하는 지금처럼, 제 훌륭한 인격에 빗대어 에스텔라의 부족함을 지적하고 싶었던 걸까?

에스텔라의 불편한 기색을 알아챘는지 건너편에 있던 리오넬이 작게 소곤거렸다.

"원래 저렇게 유세 부리는 걸 좋아해요."

"눈 마주치지 말아요. 괜히 시비 걸릴라."

아드리아나도 덤덤히 말을 보탰다. 근처의 누군가가 보았다면 화제를 알아차리지 못했을 정도로 둘은 표정 변화가 미미했다. 그것이 어쩐지 귀엽게 느껴져 에스텔라는 슬쩍 미소 짓고 말았다. 엘렌이 첫 만남에서 에스텔라에게 대단한 실례를 저질렀다는 건 알 만한 사람들에겐 다 알려져 있었다. 이 깜찍한 남녀는 저를 배려하고 있는 것이었다.

그러나 뒤이어 이어진 대화에 에스텔라는 그만 얼굴에서 웃음기를 지우고 말았다.

"아, 그러고 보니 여기 기부 물품을 가져와 주신 상단 관계자분께서도 도박 이력이 있으셨던 분이세요."

"예?"

당황한 중년의 목소리였다. 짧은 음성이었지만 어딘지 모르게 익숙했다. 에스텔라는 순간 어깨를 굳혔다.

"어머, 실례라면 죄송해요. 하지만 다 지난 일이잖아요? 지난번 지원 물품 구입차 상단에 방문했을 때 이야기를 전해 듣고 대단하시다고 생각했었거든요. 그런 세계에 빠졌다가 일상으로 돌아오는 게 쉬운 일은 아니니까요."

엘렌이 사근사근한 목소리로 대화를 유도했다. 에스텔라는 어렵지 않게 그런 엘렌의 표정을 상상할 수 있었다. 엘렌은 꼭 자신의 승리를 자랑하듯 한껏 입꼬리를 끌어올리고 있을 것이다. 그러고는 곧 그 속의 달콤한 혀를 굴려 제가 아는 이름을 내뱉겠지.

"그러니까 성함이…… 안드레스 몬티엘 씨?"

익숙한 성을 알아챈 디에고가 뒤편을 돌아보는 것이 느껴졌다. 그러나 에스텔라는 바닥에 시선을 고정한 채 좀처럼 고개를 들지 못했다. 손에 땀이 찼다.

안드레스 몬티엘, 자신이 어떻게 그 이름을 모를 수 있을까. 제 친부의 목소리도 알아보지 못하는 작자가 당최 어디 있단 말인가.

그래, 지난번 어머니는 분명 아버지가 일을 구했다고 말했다. 왜 진작 그 직장을 캐묻지 않았을까. 아버지가 스스로 실의에서 벗어났다는 사실에 기뻐하느라 근황을 상세히 여쭐 생각도 못 했다. 익혀 둔 지식이 있으니 아버지가 막노동을 하러 나서진 않았을 것이다. 혹여 안면이 있던 상단에 들어간 것이라면, 그래서 지금 이 순간 제 앞에 나타난 것이라면…….

에스텔라는 떨리는 손을 틀어쥐었다. 우연이라면 자리를 피하는 것으로 충분히 위기를 모면할 수 있다. 문제는 이 연극을 준비한 상대가 그리 호락호락하지 않다는 사실이었다.

"뭔가 낯익은 성인 것 같은데……."

아니나 다를까 엘렌이 곧 고민 어린 음성을 자아냈다. 주변이 작게 웅성대는 것이 느껴졌다.

에스텔라의 동요를 알아챈 아드리아나가 황급히 굳은 표정을 가려

주었다. 대단히 배려 있는 행동이었으나 이는 곧 다음 사실을 의미했다. 방금 엘렌의 발언으로 다른 이들도 충분히 알아차렸으리라는 걸. 그러니까 베르타 공작의 피앙세와 도박 경력이 있다는 저 사내의 성이 유독 닮았다는 사실을 말이다.

지금껏 엘렌과 대화를 나누고 있던 영애 하나가 기민하게 지적했다.

"그거, 에스텔라 양의 성과…… 같지 않나요?"

"어머, 맞아요. 그랬네요. 신기한 우연이네요."

엘렌이 이제야 알아챘다는 듯 손뼉을 쳤다. 그러고는 에스텔라의 아버지를 향해 사근사근한 음성으로 되물었다.

"그러고 보니 딱 에스텔라 양의 아버님 연배시네요?"

엘렌의 물음이 예기로 변질되어 날카롭게 에스텔라의 등허리에 꽂혔다. 모른 척할 수 없을 만큼 커다란 음성이었다.

에스텔라는 천천히 뒤를 돌았다. 순간 밀려든 아찔한 기분에 꿈인가 싶었으나, 그건 에스텔라의 희망 사항에 불과했다. 엘렌의 옆엔 오랜만에 보는 아버지가 서 있었다.

그는 갑작스럽게 진전된 상황에 몹시 당황한 기색이었다. 더욱이 지금 돌아선 에스텔라는 그의 딸이었다. 이보다 갑작스러운 대면이 또 있을까.

에스텔라는 아버지의 눈빛에서 일종의 낯설음을 발견해 냈다. 아버지에게 공들여 치장한 딸의 모습은 익숙지 않은 것이었다. 벨로카에서 지낼 때의 에스텔라는 항상 수수한 옷감에 화장기 없는 얼굴로 지냈었다. 타인의 손길이 더해진 딸의 얼굴엔 그만큼의 이질감이 덧입혀져 있었다. 수도에선 고작 몇 달을 지냈을 뿐인데도 그 낯선 향취가 부녀 사이를 갈라놓았다.

에스텔라는 시험 속에 놓였다. 지금 엘렌은 그녀에게 인간성을 버리든 사회적인 명망을 버리든 택일을 하라는 거였다. 끔찍하게도 에스텔라는 두 선택지 사이에서 고민했다. 도통 그중에서 하나를 고를 수가 없었다. 아니, 어쩌면 긴 침묵만으로 더 중히 여기던 게 무엇인지 증명되었을까.

에스텔라를 물끄러미 응시하던 아버지가 입을 열었다.

"저 아가씨도 성이 몬티엘입니까?"

"네?"

엘렌이 당혹스러운 목소리로 되물었다. 그녀가 가까스로 미소 띤 얼굴을 유지한 채 호응을 유도했다.

"왜 그리 낯설게 말씀하시는지⋯⋯. 제가 보기엔 두 분께서 많이 닮은 것 같은데요. 성도 같고 또⋯⋯."

"잘못 아신 것 같습니다, 아가씨. 나는 저분을 모릅니다."

잘 빚어진 조각 같던 엘렌의 얼굴이 서서히 일그러졌다. 상냥했던 음성마저도 갈라져 표독한 느낌을 자아냈다.

"뭐요? 그게 무슨⋯⋯."

"아무래도 상대를 착각하신 듯싶네요. 성이 같다니 먼 친척일 수는 있겠는데, 모르는 얼굴입니다. 뭐, 그냥 비슷한 성일 수도 있고⋯⋯."

에스텔라의 아버지가 그리 말하며 어깨를 으쓱였다. 무게감 없는 태도였다. 생각지 못한 해프닝에 당황했다는 듯 그의 얼굴엔 언짢은 기색마저도 어려 있었다. 그 태연한 대응에 에스텔라보다도 엘렌이 더 놀랐다.

엘렌은 이 무대를 연출하며 몇 가지 결과를 예상했고, 그중 가능성을 높게 쳤던 건 완전히 다른 상황이었다. 바로 이 시골 사내는 눈치

없이 딸의 이름을 부르고, 에스텔라는 얼굴을 붉히며 어쩔 줄 몰라 하는 것이다. 그리되면 자연히 사람들은 에스텔라의 출신을 웃음거리 삼을 터였다.

반면 지금 곤경에 놓인 건 엘렌 쪽이었다. 엘렌은 그럴 리가 없는데도 순간 제가 실수로 다른 사람을 불러온 건 아닌가 하는 의심에 빠졌다. 엘렌이 혼란을 추스르지 못한 사이 안드레스는 물품을 옮기던 일꾼들을 불러 모았다.

"물건은 다 전달을 마쳤으니 이만 가 보겠습니다."

그는 엘렌에게 정중한 인사를 남기고는 행사장 밖으로 홀연히 사라졌다. 에스텔라에겐 눈 한 번 맞추지 않은 채였다.

변변치 못해 보이는 사내를 행사장까지 끌어온 의도가 뻔했기에 사람들은 엘렌의 뒷이야기를 수군거렸다. 엘렌의 얼굴이 빨갛게 달아올랐다.

엘렌은 여기서 자신이 진실을 소리쳐도 제 평판이 나아지진 않으리라는 사실을 알아챘다. 저 둘의 부녀 관계를 증명해 낸다 해도 그 집요한 비방은 엘렌 본인의 흠이 될 터였다. 기껏해야 불쌍한 여주인공을 악착같이 깎아내리는 악인의 역할을 뒤집어쓸 뿐이겠지.

엘렌은 제 계획이 보기 좋게 실패했음을 인정했다. 그렇다고 해서 에스텔라가 엘렌의 시험에 통과한 건 아니었다. 방금 희생한 건 다른 쪽이었으니까.

엘렌이 에스텔라를 향해 성큼성큼 다가갔다. 그녀가 에스텔라의 손을 붙잡으며 과장스러운 투로 사과했다.

"어머, 에스텔라 양. 기분 상한 건 아니시죠? 전 그냥 성이 같다니 신기한 마음에⋯⋯. 다른 의도는 없었어요."

"……다른 의도가 없으셨다고요?"

"네, 하지만 불쾌하셨다면 사과드리겠어요. 생각해 보니 친척 관계가 아닐까 의심한 것 자체가 에스텔라 양에게는 실례가 아니었나 싶네요. 저런 남자를 어떻게 에스텔라 양과 연결 지을 수 있겠어요?"

엘렌의 눈이 휘어졌다. 잘 의도해 배치한 어휘에선 차가운 날붙이의 냄새가 났다. 에스텔라는 속으로 '저런 남자, 저런…….' 하고 수차례 되뇌었다.

엘렌은 몇 번 의미 없는 사과를 반복하고는 에스텔라에게 이만 가보겠다는 인사를 전했다. 이번 일을 벌임으로써 타격을 입은 건 엘렌 혼자였다. 그런 엘렌이 어떻게든 에스텔라를 할퀴고 싶어진 건 당연한 일이었다. 에스텔라를 지나치던 엘렌이 두 어깨가 나란히 섰을 즈음, 슬쩍 왼편으로 고개를 돌려 작게 소곤거렸다.

"당신, 보기보다 독한 구석이 있었네. 아버지까지 모르는 사람 취급할 줄은 몰랐어."

말을 마친 엘렌이 그대로 에스텔라를 지나쳐 갔다. 에스텔라는 제자리에 못 박힌 듯 섰다. 사람들의 시선이 홀로 남은 에스텔라에게로 모여들었다. 에스텔라는 관중들을 위해 건재함을 연기해야 한다는 사실을 알았으나, 도무지 손끝 하나 까딱할 수가 없었다. 무표정을 가장하는 것만으로 벅찼다.

"세상에, 이게 다 무슨 일이죠? 괜찮아요, 에스텔라 양?"

먼저 당황을 추스른 아드리아나가 에스텔라를 대신해 부산스럽게 큰 목소리를 냈다. 그에 디에고와 리오넬 또한 정신을 차리고는 아드리아나를 따라 에스텔라를 둘러쌌다. 디에고가 무어라 작게 속삭인 것 같았지만 주변의 소음이 커 귀에 닿진 않았다. 에스텔라는 디에고의 눈을 차마 마주 볼 수 없었다.

다행히 사람들은 에스텔라의 침묵을 분노로 착각한 것 같았다. 그들이 남은 승자의 비위를 맞추듯 웅성거렸다.

"엘렌 양의 기세 잡기가 또 시작됐군요."

"사교계에 새 얼굴이 등장하면 신고식을 치러 주지 않곤 못 배긴다죠?"

"그래도 이번은 심했어요. 세상에, 어디 상단에서 일하는 남자를 피붙이라고 끌어와요!"

그들은 방금 그 사내가 에스텔라의 아버지라고는 짐작하지도 못한 기색이었다. 당연한 일이었다. 베르타가와 연을 맺게 된 사내가 왜 별 볼 일 없는 노동을 하고 있겠는가?

설령 그에게 정말 직업이 있었다 할지라도 약혼이 성사된 시점에선 이미 관뒀어야 함이 옳았다. 약혼자가 된 여인만 해도 온갖 값진 옷 감을 두르며 연일 새로운 보석을 차고 등장하는 형편이다. 메스키다 왕국 최고의 부자와 연을 맺은 사내가 그런 모습으로 수도에 등장할 리 없었다. 에스텔라는 그러한 지원을 원치 않았지만, 그건 수도 인 사들의 통상적인 개념과는 상반된 결정이었다.

"앞으로 엘렌 양이 있을 때 제가 같은 자리에 참석하는 일은 없었 으면 하군요."

에스텔라가 가까스로 꼿꼿한 자세를 유지한 채 말했다. 그 경고를 주변의 모두가 새겨들었다.

디에고는 에스텔라의 의견을 뒷받침이라도 하듯 그녀를 에스코트 하고 나섰다. 에스텔라는 디에고의 팔에 손을 감은 채 천천히 장내를 벗어났다. 인파에서 멀어질수록 에스텔라의 걸음이 점점 빨라졌다. 디에고는 그녀와 보폭을 맞추며 마차를 대기시킬 것을 명했다.

잘 훈련된 사용인들은 주인을 오래 기다리게 하지 않았다. 둘은 머지않아 마차 위에 올라탈 수 있었다. 디에고는 곧바로 문을 닫고 커튼을 쳐 주었다. 타인의 시선이 사라지고 나서야 에스텔라가 참았던 숨을 들이켰다. 건너편 의자를 내려다보는 눈엔 초점이 없었다. 에스텔라가 손을 덜덜 떨며 말했다.

"저희 아버지예요."

"……."

"저희…… 저희 아버지였다고요."

머리가 지나치게 어지러웠다. 무엇이라도 내뱉어 답답한 속을 정리하고 싶었으나 어떤 말을 꺼내야 할지 몰랐다. 토기가 밀려들었다. 에스텔라는 상체를 푹 숙인 채 더 이상 아무 소리도 내지 못했다. 꼭 죽어 가는 사람처럼.

짧게 입술을 깨문 디에고가 의자 아래의 수납함에서 담요를 꺼내 들었다. 그가 그것을 펴 에스텔라의 머리 위로 덮어 주었다. 얼굴을 내보이고 싶지 않은 그녀의 기분을 알아챈 듯했다. 에스텔라는 천으로 머리를 감싸고 나서야 고개를 들 수 있었다.

디에고가 침착한 태도로 말했다.

"뒤쫓아 가면 붙잡을 수 있을 겁니다. 아까 갈아탈 마차를 준비하라고 일러뒀어요."

에스텔라는 말없이 고개를 끄덕였다. 지금 그녀의 앞에 있는 사람이 디에고여서 다행이었다. 만약 혼자 있었다면 아버지를 뒤쫓아 갈 생각도 못 하고 망연히 주저앉아 버렸을 것이다. 아니면 드레스 차림으로 달려 나가다가 모두의 비웃음거리가 되었겠지.

디에고의 일 처리는 과연 깔끔했다. 그들은 사람이 없는 한갓진 위치에 도착해 가문의 문장이 없는 마차로 옮겨 탔다. 에스텔라는 온갖 장식이 달린 드레스 위에 칙칙한 로브를 덮어 썼다. 모자를 턱 끝까지 늘어트리고 나자 겉으로만 봐서는 누구인지 짐작할 수 없는 행색이 되었다.

에스텔라는 제 얼굴을 가리며 생소한 기분을 느꼈다. 그녀는 정체를 숨기고 나서야 아버지를 만나러 갈 수 있었다. 그엔 합리적인 이유가 여럿 있었으나 그 어떤 근거도 에스텔라의 기분을 나아지게 하진 못했다.

마차가 최종적으로 바퀴를 멈춘 건 검문소 앞에서였다. 에스텔라의 아버지는 상단의 일원으로 물건을 이송하기 위해 수도를 방문한 것이었다. 목적을 이행했으니 이제는 고향으로 떠날 차례였다. 시간을 돈으로 생각하는 집단이니만큼 이동 속도는 빠른 편이었다. 시간 차 때문에 놓칠 수도 있었던 것을, 디에고는 미리 사람을 보내 통관을 지연시켜 두었다.

검문소 안쪽의 방을 비워 달라고 청한 디에고가 에스텔라를 안으로 들여보냈다. 에스텔라는 홀로 남아 몇 번이고 방 안을 반복해 가로질렀다. 접객을 위해 준비된 테이블이 있었으나 얌전히 자리에 앉아서 기다릴 기분은 들지 않았다. 몇 분 지나지 않은 시점인데도 체감상 서너 시간은 보낸 느낌이었다.

곧 문이 열리는 소리가 들려왔다. 에스텔라는 반사적으로 기척이 느껴진 쪽을 향해 고개를 돌렸다. 모습을 드러낸 건 예상대로 그녀의 아버지였다. 그가 문을 닫자마자 에스텔라는 얼굴을 가리고 있던 모자를 벗었다.

"에스텔라?"

갑작스럽게 등장한 딸을 보고 아버지는 당황한 기색이었다. 그도 그럴 것이 그는 검문 절차 때문이라 설명받고 이곳에 온 것이었다. 문가를 돌아보던 그가 상황을 이해한 듯 곧 고개를 끄덕였다. 에스텔라가 아버지에게 한 걸음 다가서며 말했다.

"왜…… 바로 가셨어요? 저랑 이야기라도 할 수 있었잖아요."

에스텔라는 아버지에게 하고 싶은 말이 많았으나, 결코 이런 원망을 뱉을 생각은 없었다. 오늘 있던 일에서 잘잘못을 따졌을 때 죄책감을 가질 쪽은 아버지가 아니었으니까. 그러나 사람은 부끄러운 모습을 보였을 때 종종 상대방에게 원망을 돌리곤 한다. 에스텔라는 새삼 스스로의 비겁함을 깨달았다.

"일 때문에 온 건데 어떻게 내 마음대로 움직이겠어."

아버지가 피식 웃으며 대꾸했다. 그를 보는 에스텔라의 눈이 많은 감정으로 일렁였다. 그들 사이에 짧은 침묵이 놓였다. 아버지의 낯빛이 언뜻 어두워졌다. 그가 피곤한 기색으로 손을 들어 눈머리를 문지르며 말했다.

"아까는…… 미안하다. 처음부터 이상하다 했어. 어쩐지 나더러 직접 수도까지 가라고 하더라니. 수도 행사에 필요한 물건을 북부에 있는 상단에 부탁했을 때부터 의심을 했어야 하는데 말이다. 내가 정치쪽이랑은 연이 없어서 이런 눈치가 좀 서투르구나."

그런 변명을 들으려던 게 아니었다. 엘렌이 이 상황을 의도한 거라면 어떤 핑계를 대서든 아버지를 수도로 불러냈을 것이었다. 그리고 아버지의 과거를 까발리며 그 밑에서 자란 에스텔라를 함께 비웃었겠지. 에스텔라가 정말 궁금한 건 다른 것이었다.

"언제부터…… 아셨어요? 제가 약혼한 거…….."

에스텔라가 들릴 듯 말 듯한 목소리로 물었다. 몇 번이고 마른침을 삼켰던 목이 그만 쉬어 버린 탓이었다. 그에 아버지가 어이없다는 표정으로 대답했다.

"신문에 그렇게 대문짝만하게 실렸는데 모를 수가 있나."

딸의 긴장을 풀어 주려는 듯 장난스러운 태도였다. 그러나 그의 덤덤한 반응은 에스텔라를 안심시키지 못했다. 에스텔라는 가슴에 안도가 아닌 죄책감을 품었다. 그녀는 아버지가 타인의 입으로 딸의 약혼 사실을 듣게 한 데 이어, 그의 존재를 숨기려고 하다가 들킨 것이었다. 어쩌면 그건 아까 전 그 자리에서 아버지의 존재가 까발려지는 것보다 더 수치스러운 일이었다.

에스텔라가 아버지의 목깃에 시선을 고정한 채 더듬더듬 말했다.

"수도에 왔으면, 저택에 한 번 들르지 그랬어요. 그랬으면…….."

"네가 공작님이랑 결혼한다지 않아. 혹시 그분께서 날 보고 널 안 좋게 생각하시면 어떡하니."

에스텔라는 그만 말문이 막혔다. 문득 얼마 전 저를 찾아왔던 로렌소의 뻔뻔한 낯짝이 떠올랐다. 그도 넘었던 담장을 정작 그녀의 아버지는 넘지 못했다. 그야말로 부당한 일이었다.

아버지가 이어 걱정스러운 투로 물었다.

"공작님께선 뭐라고 하셨니. 그 여자 말을 믿진 않았지? 내가 이래 봬도 연기력이 좀 좋아. 카드 게임에서 제일 중요한 게 바로 평정심 아니냐?"

"……."

"참, 내가 또 눈치 없는 농담을 했네."

에스텔라의 침묵에 아버지가 실수했다는 듯 짧게 혀를 찼다. 분위기를 환기하려던 그의 어떤 시도도 성공으로 이어지진 못했다. 이 역시 그의 잘못은 아니었다. 에스텔라는 도무지 고향에 있을 때처럼 아버지를 편하게 대할 수가 없었다.

숨이 턱 막혔다. 눈에 열이 올랐다. 어떤 말을 해야 할지 알 수 없어 에스텔라는 하염없이 아버지를 불렀다.

"아버지……."

말꼬리가 길게 늘어졌다. 에스텔라는 제 코언저리와 함께 성대가 묵직해지는 걸 느꼈다. 에스텔라가 간신히 가는 음성을 내어 물었다.

"왜…… 왜 아니라고 했어요?"

"……."

"왜 나보고…… 모르는 사람이라고 했어?"

끝에 가서는 목소리가 형편없이 갈라졌다. 그가 그런 에스텔라를 잠시간 빤히 응시했다. 답은 정해져 있었지만 내뱉어도 될지는 알 수 없었다. 하지만 이미 모든 게 분명해진 상황에 아등바등 진실을 가릴 필요가 있을까. 잠시 고민하던 그가 말했다.

"네가 날 알리고 싶지 않아 할 것 같아서 그랬다."

에스텔라의 아버지는 딸의 약혼 사실을 친구를 통해 알았다. 처음 소식을 전해 들었을 때 그는 말도 안 된다며 손사래를 쳤다. 심지어는 별 웃기는 일이 다 있다며 가족들에게 이 이야기를 늘어놓기까지 했다.

우스갯소리로 가장하긴 했으나 그의 머릿속엔 이미 작은 의심이 싹터 있었다. 약혼식 날짜라고 알려진 그날, 하필 가족들이 수도에 있는 에스텔라를 보러 가겠다며 집을 비웠었기 때문이다.

은근한 추궁을 이기지 못한 아내는 그제야 사실을 털어놓았다. 그러고는 혹여나 수도로 찾아갈 생각은 말라며 쌀쌀맞게 당부했다.

그는 그저 그러마 했다. 수도와 약혼식은 어땠느냐고, 딸은 그간 어떻게 지냈으며 그 남자를 보는 눈은 행복해 보였느냐고 묻지도 않았다. 그대로 아무 일 없었던 것처럼 일상을 살았다.

가족들 모두에게 보기 좋게 속았으니 혹자는 화를 낼 법도 한 일이었다. 그러나 안드레스는 화를 낼 수가 없었다.

"네가…… 이 아버지가 얼마나 부끄러웠으면 그랬겠냐."

"……."

"그냥…… 아버지는 없는 사람처럼 살아라. 난 아무렇지도 않다."

그는 정말 그래도 괜찮다는 듯한 표정을 짓고 있었다. 그가 에스텔라에게 다가와 그녀의 얼굴을 가린 머리카락을 쓸어 넘겼다. 그제야 딸의 젖은 두 눈이 온전히 드러났다. 그가 에스텔라를 놀리듯 물었다.

"나 참, 왜 울고 그러냐?"

"아버지……. 제가 아버지 모르는 척했잖아요. 아, 알잖아……."

"하이고, 네가 날 모르는 척했니? 내가 널 모르는 척한 거야. 이렇게 꾸며 놓으니 그 촌구석 아가씨는 어디 갔는지, 도통 알아볼 수가 없더라."

그가 짐짓 엄한 투로 에스텔라를 다그쳤다. 에스텔라는 목이 메어 고개만 내저었다. 아버지가 품속에서 손수건을 꺼내 그런 에스텔라의 얼굴을 훔쳐 주었다. 뻘겋게 변한 코가 신경 쓰였는지 콧물을 풀게 유도하기까지 했다.

아이처럼 아버지의 말을 따르며 에스텔라는 제가 아직 어렸을 때를 생각했다. 그때의 그녀는 단 한 번도 아버지를 한심하다고 생각한 적이 없었다. 사랑하는 사람의 못난 점을 알게 되는 건 비참한 일이었다. 부모를 향한 존경 같은 건 잃지 않는 편이 좋았다. 에스텔라는 아버지가 자신에게 부끄러운 사람이 된 것이 슬펐고, 자신이 그를 부끄러워했다는 사실도 슬펐다.

아버지가 벽에 걸린 시계를 흘끔하더니 말했다.

"난 이만 가야겠다. 더 늦으면 해가 지겠어."

"주무시고 가세요. 왜 벌써 내려가시려고……. 잠자리를 내드릴 테니 저택에 묵었다 가세요."

"오늘 내 얼굴을 본 사람이 많으니 이상한 소문이 날 게다. 울지 말고, 잘 지내라. 아무것도 해 준 게 없는데 이만큼 잘 자란 게 내 복이다."

그리 말한 아버지가 미련 없이 돌아섰다.

에스텔라에겐 오늘 제 행동을 변명할 말들이 많았다. 그는 객관적으로 못난 아버지였다. 아무도 오늘 그녀의 침묵을 탓하진 못할 것이었다. 그러나 동시에, 지금 중요한 건 그게 아니었다.

문이 닫히는 소리와 함께 에스텔라는 그대로 제자리에 주저앉았다. 참지 못한 눈물이 폭우처럼 쏟아졌다. 에스텔라는 차마 소리도 내지 못하고 꺽꺽 울었다.

잠시 후에야 다시 문이 열렸다. 에스텔라의 바람과 달리 이번에 등장한 건 아버지가 아닌 디에고였다. 디에고는 바닥에 쓰러진 에스텔라를 보고 조금 놀란 듯했다. 그는 에스텔라를 자리에서 일으켜 부축하려 했다.

에스텔라는 디에고에게 이끌려 겨우 몸을 바로 세웠다. 힘이 풀린 다리가 중심을 잡지 못하고 휘청였다. 의미 없는 거부인 걸 알면서도 그녀는 자신을 저택으로 데려가려는 디에고에게 고개를 내저었다. 에스텔라가 울부짖듯이 소리쳤다.

"부끄러워서!"

"……"

"부끄럽고 창피해서……! 그래서 내 아버지가 맞다고 대답 못 한 거예요……. 내가…… 내 아버지를……."

에스텔라는 궁핍한 경제 사정 탓으로 많은 곤경을 맞이했었다. 사용인 신분으로 평민 출신인 안나에게 뺨을 얻어맞기도 했으니 귀족 영애로서 가장 끔찍한 경우까지 겪어 본 것이었다. 그러나 그녀는 지금보다 스스로에게 부끄러웠던 적이 또 없었다.

엘렌이 제게 어울리지도 않는 자리를 차지했다며 주제를 일깨워 줄 작정이었다면 성공했다. 모두가 부러워하는 예비 공작 부인의 자리든 뭐든, 모든 걸 내려놓고 이대로 이곳에서 사라지고 싶다는 생각이 들었다.

⸙

디에고는 망설이다 문 너머로 들어섰다. 그녀의 침실엔 어둠과 함께 서늘한 침묵이 내려앉아 있었다. 숨소리마저도 미약해 언뜻 살펴서는 빈방이라고 생각될 정도였다. 방의 주인 역시 침대에 누운 상태 그대로 미동이 없었다. 디에고는 저 둘둘 말린 흰 이불이 꼭 누에고치 같다고 생각했다.

상대가 아무런 알은체를 하지 않았으므로 그의 상념은 다소 길게 이어졌다. 디에고는 그대로 문가에 등을 기댄 채 잠시 침묵했다. 이윽고 그가 입을 열어 사과했다.

"허락 없이 들어와서 미안합니다."

"……."

"다시 나갈까요?"

여전히 에스텔라는 대답이 없었다. 저택으로 돌아온 직후 그녀는 꼭 넋을 빼놓은 사람처럼 제 방에 처박혔다. 그러고는 밤이 깊은 시간까지 밖에 얼굴을 비추지 않았다. 행사장에서 급히 빠져나오느라 점심때를 놓쳤는데 저녁까지도 거르고 만 것이었다. 단순히 속에 받히지 않는 거라면 끼니야 건너뛸 수도 있는 일이나, 문제는 에스텔라에게 그럴 만큼 큰일이 있었다는 점이었다.

혹시 잠이 든 걸까. 그렇다면 깨우지 않고 그냥 두는 편이 나을 터였다. 디에고는 그대로 돌아서 문고리를 쥐었다. 그때 이불 더미 속에서 힘없는 목소리가 들려왔다.

"……이리 와요."

디에고의 손이 멈칫했다. 디에고는 머뭇거리다가 이내 에스텔라를 향해 걸어갔다.

에스텔라는 머리끝까지 이불을 덮어쓰고 있었다. 디에고는 가만히 손을 뻗어 그녀의 얼굴을 가린 천을 걷어 냈다. 곧 숨겨졌던 우울한 낯이 드러났다. 에스텔라가 디에고에게 시선을 주지 않은 채 말했다.

"들어오라고 말하고 싶었는데, 막상 목소리를 키울 힘이 없었어요. 그러니까 괜찮아요."

디에고는 고개만 끄덕였다. 에스텔라는 힘없이 눈을 굴려 그런 디에고를 올려다보았다. 그녀에게서 쉰 목소리가 새어 나왔다.

"너무 높이 있어서 힘든데, 옆에 누워 줄래요?"

유혹의 기미라고는 없는 말이었다. 그런 일을 겪은 사람이 텅 빈 침대에 타인을 끌어들였다고 해서 음험한 감정을 품어서는 곤란할 것이다. 디에고는 잠자코 에스텔라의 옆자리에 누웠다.

침대는 두 사람이 편히 잘 수 있을 정도로 넓었다. 디에고는 팔목 안쪽에 관자놀이를 기댄 채 옆으로 몸을 돌렸다. 그러고는 곧장 에스텔라를 마주 보았다. 에스텔라의 얼굴은 눈물의 흔적이라곤 없이 바싹 말라 있었다. 그러나 디에고는 기묘하게도 그녀의 낯에서 비 내음을 맡았다.

에스텔라가 입술을 달싹여 인사했다.

"고마워요, 힘들었거든요. 이대로 죽어서 아무도 절 찾지 않았으면 좋겠다는 생각까지 들었어요."

"무서운 말을 하네요."

"농담 같으세요?"

적어도 에스텔라가 농을 내뱉을 상태가 아니라는 것 정도는 알았다. 디에고는 조용히 고개를 저었다. 여전히 에스텔라와 눈을 맞춘 채였다.

어떻게 하면 그녀의 기분이 나아질 수 있을지 알 수 없었다. 디에고에게 아버지란 이토록 슬픔으로 가슴을 찢게 하는 대상이 아니었다. 그가 부친 때문에 흘렸던 눈물은 오직 증오와 분노에 기반했다. 오늘 타인의 비웃음을 샀던 몬티엘 경 쪽이야말로 명망 있는 인사였던 전대 베르타 공작보다도 훌륭한 아버지였다.

디에고가 불쑥 말했다.

"당신 아버지, 생각보다는 좋은 사람 같습니다."

그건 에스텔라도 동의하는 사실이었다. 제 어머니가 상종 못 할 끔찍한 남자를 남편감으로 고르지는 않았다. 에스텔라의 아버지는 멋대로 전 재산을 날려 먹을 만큼 돼먹지 못한 사내였으나, 동시에 가족들에게 미안해할 정도의 양심은 있는 사람이었다.

때문에 다 쓰러져 가는 상태라 아무도 사지 않으리라 생각했던 저택이 날아갔을 때만 해도 일가족 모두가 어리벙벙한 상태였다. 그들의 가장은 이런 잘못을 저질러서는 안 되는 사람이었으니까.

"아버지가 파산했을 당시엔 아무도 그렇게 생각 안 했어요."

"……."

"그 시간을 겪은 저도 그랬고요."

에스텔라는 아버지를 원망했다. 가족들 모두가 같은 배신감을 느꼈고, 기실 그것은 아버지가 마땅히 치러야 할 죗값이었다.

에스텔라는 멍하니 오늘 보았던 아버지의 행색을 떠올렸다. 이 나라의 의복에는 계급을 나타내는 몇 가지 특징이 있다. 그리고 아버지가 입고 있던 옷에는 그의 신분을 유추할 수 있는 요소가 하나도 없었다.

에스텔라가 말했다.

"지난번에 어머니가 왔을 때, 아버지가 일을 구하셨다고 하셨었어요. 그토록 저희가 바랐던 구직에 나서신 거죠. 저희 어머니는 도박꾼이 될 바엔 마구간지기로 일하는 게 나을 거라고 하셨거든요."

"그건 나도 동의하는 바입니다."

"전들 아니겠어요?"

에스텔라가 작게 키득였다. 그러나 에스텔라의 얼굴에 웃음이 스친 건 그야말로 찰나의 순간이었다. 그녀의 눈이 곧 울 것처럼 변했다.

"근데 그 말끔하게 차려입은 사람들 사이에서, 누가 봐도 노동자처럼 보이는 아버지가 너무…… 너무 부끄러운 거예요."

"……."

"웃기죠? 제 직업은 자랑스럽다는 듯이 말해 놓고, 정작 가장 중요한 순간에는……."

아무리 한미하다고는 하나 몬티엘가는 엄연히 남작 위를 가진 집안이었다. 관리자의 위치라고 한들 노동으로 생계를 꾸리는 일이 아버지에게 유쾌하지는 않았을 것이다. 아버지도 같은 생각으로 제 존재가 자식에게 약점이 되리라 판단했다.

끔찍한 사실이었다. 그녀는 오늘 아버지를 부끄러워했고, 또한 그걸 들켰다.

"이런 말 눈치 없다고 생각할지도 모르겠지만, 당신은 어쩔 수 없었어요."

에스텔라의 예상대로 디에고는 그녀를 위로하려 나섰다. 에스텔라는 그의 진심을 의심하진 않았다. 그건 에스텔라가 엘렌의 앞에서 스스로의 혀를 붙들었던 이유와 정확히 같았다. 에스텔라가 담담한 어조로 답했다.

"나도 알아요. 내가 거기서 알은체를 했다면 공작님까지 우스워졌겠죠. 엘렌 양은 비열했고 아버지에겐 그런 취급을 받을 만한 과오가 있었어요. 전부 알아요. 그 이상의 최선은 없었다는 거."

"……안타깝게도 당신 아버지는 그럴 만한 실수를 하셨어요."

반복되는 위로에 에스텔라가 피식 웃었다. 에스텔라가 그의 말에 동조하듯 말했다.

"큰 실수였죠. 전 재산을 날려 먹을 때까지 정신을 못 차렸으니. 아버지는 정말 잘못한 거예요."

에스텔라의 얼굴에서 곧 웃음기가 사라졌다. 에스텔라는 참으로 오랜만에 고향에서의 기억들을 떠올렸다. 수도로 올라오며 전생이란 것에 빠져 지내느라 뒷전으로 미뤄 두었던 삶을 말이었다.

베르타 공작가에 들어온 이후, 고개를 돌려 마주한 얼굴들은 대부분 에스텔라에게 익숙한 이름을 하고 있었다. 에스텔라는 심지어 그들의 삶이 어떻게 흘러가는지까지 기억했다. 그건 마치 그녀가 어떠한 절대자라도 된 것만 같은 착각을 느끼게 했다.

이곳에서의 그녀는 실수할 이유가 없었다. 모든 옳고 그름은 정해져 있었고 에스텔라는 알고 있는 미래에 맞춰 원하는 선택을 하면 되었다.

그러나 아버지의 얼굴을 마주한 순간, 에스텔라는 그대로 현실로 끌어내려졌다. 친부의 앞에서 그녀는 순식간에 벨로카에서의 무력했던 시골 소녀로 되돌아갔다.

에스텔라가 불안정한 호흡을 삼키며 가까스로 말했다.

"그런데 오늘의 저도 그랬어요."

"에스텔라, 오늘 일은……."

"전 위선자였어요."

에스텔라가 디에고의 말을 막고는 재차 제 잘못을 곱씹었다. 에스텔라의 얼굴이 피로로 물들었다. 그녀가 눈을 감으며 중얼거렸다.

"전 오늘 하면 안 되는 짓을 한 거예요……."

에스텔라의 얼굴에 곧 물기가 번져 들었다. 에스텔라는 차오르는 눈물을 참으려 했으나, 딸꾹질을 닮은 울음은 도통 목 아래로 넘어가지 않았다. 숨을 참아도 기껏해야 끅끅거리는 소리가 새어 나갔을 뿐이다.

디에고가 보다 못해 그런 그녀를 끌어안았다. 에스텔라를 제 품에 기대게 하고는 그녀의 머리 위에 턱을 괴었다. 에스텔라는 그가 제 우는 모습을 가려 주고 있음을 깨달았다.

"울어요, 그냥 울어."

그가 에스텔라의 등을 두드리며 말했다. 그제야 에스텔라가 방둑이 무너진 것처럼 눈물을 쏟아 냈다. 구슬픈 소리였다. 디에고는 이토록 슬프게 우는 사람을 달리 또 보지 못했다.

옷이 젖는 게 느껴졌지만 디에고는 아랑곳하지 않고 그녀를 안은 팔에 힘을 주었다. 어딘가 붙잡을 곳이 필요했던 듯, 에스텔라가 힘없이 늘어졌던 손을 그의 왼팔 위에 얹었다. 그러나 그녀의 손짓은 막상 디에고의 몸이 아닌 옷가지를 움켜쥐는 데 그쳤다.

그녀의 손이 잘게 떨리는 것이 느껴졌다. 품속에서 새어 나온 엷은 울음소리가 그의 가슴에도 흘러들었다. 가슴께에서 느껴진 저릿한 감각에 디에고는 덜컥 겁을 먹었다. 순간 제 품 안에서 떠는 작은 몸을 밀어내고 싶은 충동이 일었을 정도였다. 그러나 당연히도 그녀에게 그런 형편없는 짓을 저지를 순 없었다.

디에고는 그저 제 마음을 단단히 하고는, 피부를 간질이는 그녀의 머리칼을 뺨으로 쓸어 눌렀다. 너무나도 가까운 거리였기에 디에고는 그녀의 가슴이 천천히 올라붙었다가 내려앉는 것까지 느낄 수 있었다.

술렁이는 심장과 그녀의 울음은 한참 후에야 가라앉았다. 아주 느리게 침잠하듯이, 결코 사라지지는 않은 모양새로.

〈패륜 공작가에는 가정교육이 필요하다〉 3권에서 계속